병자호란

병자호란

이정근 지음

좋은땅

차례

제1장

제1장

삼전도의 치욕

압록강을 건넌 청나라 군대가 양철평에 이르렀다는 급보가 대궐에 날아들었다. 양철평은 도성이 지척이다. 평온하던 궁궐이 술렁거렸다. 살육을 당하느냐? 도망가느냐? 그것이 문제다. 임금이 영의정 겸 체찰사 김류를 불렀다.

"경징에게 빈궁을 비롯한 궁실과 사대부 가속들을 맡기고자 하는데 경의 생각은 어떠한가?"

도승지로 있던 김경징은 며칠 전, 판윤을 제수 받아 한성부를 맡고 있었다.

"경징이 소신의 아들이어서가 아니라 적을 막고 성을 지키는 일에는 능력이 있습니다. 하명만 내려 주신다면 어찌 몸과 마음을 다하지 않겠습니까."

아버지가 아들을 강력 추천했다. 모양새가 좋아 보이지 않았지만 격식을 따질 때가 아니다.

"경징을 들라 이르라."

왕은 창덕궁에, 한성부는 광화문 앞에 있다. 임진왜란 때, 왜군이 장호원에 진입했다는 보고를 받은 선조는 야밤에 임진강을 건넜다. 이름하여 '몽진'이다. 백성을 버리고 도망갔다고 분노한 백성들은 궁궐을 불살라 버렸다. 경복궁은 폐허로 변했지만 육조는 광화문 앞에 있었다. 승전색 발바닥에 불이 붙었다.

"전하! 불러 계시옵니까?"

단숨에 달려온 김경징이 머리를 조아렸다.

"내, 그대에게 왕실의 안녕을 의탁하겠다."

작아졌다. 덩치가 작아진 게 아니라 창의문을 부수고 도성으로 진군하던 배포가 작아졌다.

"의탁? 이건, 명이 아니라 부탁이지 않은가?"

부복한 김경징의 입가에 야릇한 미소가 흘렀다.

"왕이 나에게 부탁을 하다니…?"

김경징은 쾌재를 불렀다. 시대가 영웅을 만들고 난리가 인물을 만든다 하더니 자신에게 기회가 온 것 같았다. 검찰사 김경징, 부장 이민구, 종사관 홍명일이 임명되었다. 왕실을 지키고 강화도를 사수하라는 것이다.

시간이 화급하다. 지체할 수 없다. 원임대신 윤방과 전 예조판서 김상용이 종묘사직 위패를 받들고 앞장섰다. 승지 한홍일이 세자빈과 원손을 모셨다. 봉림과 인평 두 대군과 부인 및 여러 숙의를 비롯한 궁인들 그리고 두 공주와 옹주, 부마 윤신지와 유정량이 대열을 이뤘다. 진원군, 회은군, 금성군 등 종친도 뒤따랐다.

숭례문을 빠져나온 일행이 청파역에 이르렀다. 역에는 한 무리의 피난민이 기다리고 있었다. 대감댁 가솔들이다. 일인지하 만인지상 영의정 부인과 위수 사령관으로 특명된 김경징의 아내가 덮개 있는 가마를 타고 있었고, 피난 짐을 가득 실은 50여 대의 수레가 긴 줄을 이루고 있었다.

육로는 위험하다. 용산강에서 배를 탔다. 김경징이 어디서 구했는지 거룻배와 나룻배가 20여 척. 대 선단이다. 목멱산이 점점 멀어져 갔다. 삼개나루를 지나 서강을 지났다. 잠두봉 기슭에 몸을 숨기고 있던 백성들이 우르르 몰려 나와 손을 흔들며 태워 달라고 아우성을 쳤다. 난리를 피해 강을 건너려는 사람들이 발을 동동 구르지만 양화진에는 배 한 척 없다.

조심스럽게 하류로 내려가던 배가 운양 나루터에 닻을 내렸다. 강화도로 들어가는 지름길은 갑곶이지만 문수산 아래에는 이미 청나라 군사가 진을 치고 있다는 첩보다.

양촌리를 지나 덕포진에 도착했다. 겨우 배 한 척을 징발한 김경징이 자신의 가속과 절친한 친구를 먼저 건너게 하려고 다른 사람들은 타지 못하게 했다. 빈궁을 비롯한 왕실도 예외가 아니었다. 세자빈을 비롯한 궁실 여인들이 이틀 동안이나 추위에 떨었다.

청나라 군사의 함성이 들렸다. 문수산에서 헛다리 짚은 청군이 몰려오고 있었던 것이다. 세자빈이 가마 안에서 소리쳤다.

"경징아! 네가 어찌 이런 짓을 할 수 있단 말이냐?"

세자빈의 소리를 강화유수 장신이 들었다.

"빈궁에 대한 예의가 아닌 듯하오."
"예의 같은 소리 하지 마시오. 전쟁에 무슨 예의가 있단 말이오."
"그래도 이건 아닌 듯합니다."
"이곳은 내가 대장이오. 유수도 내 명에 따르시오."

검찰사의 콧대는 하늘을 찌를 듯했다. 전시 계엄 사령관이다. 강화유수를 물리친 김경징은 자신의 가속과 짐수레를 먼저 건너게 한 다음 세자빈 일행을 건너게 했다. 사대부 집 여인들이 떠나는 배를 바라보며 울부짖었다.

"우리들도 태우고 가시오."
"우리를 버리고 가면 우리들은 어쩌란 말이오?"

겸징의 가속과 세자빈이 탄 배가 떠난 직후, 청나라 군사가 들이닥쳤다. 청나라 군사들은 부녀자들을 닥치는 대로 끌고 갔다. 끌려가지 않으려는 여인들이 바다에 몸을 던졌다. 갯바위에 여인들의 치마가 바람에 휘날렸다.

"강화도는 역시 하늘이 내려준 천혜의 땅이야. 천하의 요새 강화도를 누가 감히 넘보겠는가. 으하하하!"

강화도에 들어간 김경징은 자만에 빠졌다. 수전에 약한 적이 물살이 센 강화도를 건너오지 못할 것이라 예단했다. 그의 일과는 술 마시며 시간 보내는 것이 전부였다.

"네 나이 지금 얼마인데 이러느냐?"

김상용이 준엄하게 꾸짖었다.

"나이 가지고 이러지 마슈."

김류가 신미 생, 김상용이 신유 생, 아버지보다 10살 위다.

"네 아버지는 주상 전하를 모시고 남한산성에 갇혀 위기가 코앞에 닥쳐 있다."
"그래서 어쩌란 말이요. 나이가 밥 먹여 주고 적을 막아 준답디까?"

김경징이 눈을 치뜨고 대들었다.

"네가 이럴 수 있느냐?"
"그딴 소리 하지 마시오. 아버지는 체찰사요 아들은 검찰사니 나라를
위난에서 구할 자가 우리 집안 말고 누가 있단 말이오?"

김경징은 원로대신의 꾸지람에도 아랑곳하지 않고 오히려 물품을 집어
던지며 행패를 부렸다. 뿐만 아니다. 피난민을 구제한다는 명목으로 통진
에 있는 나라 곡식을 실어 온 김경징은 자신의 친인척 외에는 한 사람도
나누어 주지 않았다.

강화도의 비극

갑곶은 강화도의 관문이다. 밀물 때는 물살이 빠르고 썰 물때는 갯벌이다. 물때를 모르는 뱃사람은 감히 건너지 못하는 위험한 뱃길이다. 수전에 약한 청군은 펄 밭에서 많은 희생자를 냈다. 시행착오를 거듭하던 청군이 조선인 길잡이를 앞세워 갑곶에 상륙했다.

강화도는 순식간에 아수라장이 되었다. 관군은 무너지고 도망가기에 바빴다. 김상용은 화약을 끌어안고 자폭했다. 임금으로부터 세자빈과 왕실 지친을 호종하라는 특명을 받은 김경징은 제 한 목숨 살자고 달아났다.

위급함을 느낀 세자빈이 원손을 데리고 궐문 밖으로 나와 바다를 건너려 했으나 김경징의 부하들이 문을 열어 주지 않았다. 점점 가까워 오는 청군의 함성에 위기를 느낀 세자빈은 내관 김인과 서후행을 불렀다.

"나와 대군은 어쩌면 이곳에서 죽을지 모른다. 허니, 원손은 종묘사직을 위하여 보존해야 한다. 어서 원손을 데리고 이곳을 떠나라. 바다를 건너지 못하면 산골짜기에 숨어 있으라. 너희에게 원손을 부탁한다."

강보에 싸인 원손을 내 주었다. 작별 인사를 할 겨를도 없이 내관이 행궁을 빠져나갔다. 그 순간 청나라 군사가 들이닥쳤다.

"이곳은 포위되었다. 한 놈도 빠져나갈 생각을 마라."

구레나룻이 새까만 청나라 장수가 엄포를 놓았다. 여기저기 불기둥이 솟고 비명이 들렸다.

"책임자가 누구냐?"

검찰사 김경징은 어디로 갔는지 모른다. 나이로 따지면 김상용이 제일 연장자다. 하지만 그는 폭발음과 함께 사라졌다. 원임대신 윤방이 있지만 그는 몸을 사리고 있다.

"그대는 누구인가?"

세자빈이 앞으로 나섰다. 모두의 눈동자가 빈에게 쏠렸다.

"나는 대 청국 모사개다. 앉아서 오줌 누는 년은 빠지고 서서 오줌 싸는 놈이 나오라."

좌우로 눈동자를 굴리던 장수가 목소리를 높였다.

"말버릇이 고약하구나. 난 이 나라의 세자빈이다."

"세자빈이 무엇인지 나는 모른다. 사내 녀석이 나오라."

청나라는 남존여비 사상이 조선보다 심했다. 여자는 남자의 종속품으로 생각했다. 딸은 아비가 주인이며 부인은 지아비가 주인이라는 풍습이었다. 때문에 여자는 사고파는 물건쯤으로 여겼다.

"난 이 나라의 국모가 될 사람이다."
"국모 좋아하시네, 망한 나라에 무슨 국모냐? 이 나라엔 사내가 이다지도 없느냐?"

지휘봉을 탁탁거리며 좌우를 두리번거리던 모사개가 봉림대군 앞에 걸음을 멈췄다.

"네놈은 뭐하는 놈이냐?"
"대군이오."

봉림이 잔뜩 움츠러들었다.

"뭐하는 놈이냐고 물었다."
"대군이라 하였습니다."
"대군이 뭐하냔 말이다."
"…"

딱히 할 대답이 없다.

"칼을 쓰느냐? 붓을 잡느냐?"
"형님을 도와 왕자 수업을 받고 있습니다."
"먹물을 들이키고 있다는 소리군."

비웃음을 흘리던 모사개가 정화옹주 앞에 멈추었다.

"반반하게 생겼군."

모사개가 지휘봉으로 옹주의 턱을 쿡쿡 찔렀다. 선조의 딸 11명 중에서 제일 예쁜 딸이다.

"아니, 저놈이…"

부마 윤신지가 주먹을 불끈 쥐고 입술을 깨물었다. 아버지 윤방은 몸을 사리는데 그는 괄괄한 할아버지 윤두수를 닮아서 다혈질이었다. 허나, 객기는 목이 달아날 수 있다.

"지금 뭐라고 했나?"

모사개가 눈알을 부라렸다.

"여기에 있는 분들은 왕실 가족이다. 합당한 예우를 해달라고 했소이다."
"예우 같은 소리 하지마라. 넌 내가 데리고 갈 것이니 저쪽에 서 있거라."

모사개가 정화옹주를 열외시켰다.

"예의가 없구나."

세자빈이 나섰다.

"죽고 죽이는 전장에서 무슨 예의가 필요하냐?"
"장수라면 장수답게 행동하시오."
"답게라는 걸 난 모른다."
"그래서 너희들이 위아래도 모르는 오랑캐라는 소리를 듣는다."
"이뇨니…"

오랑캐라는 소리에 모사개가 발끈했다. 모사개의 손에 칼자루가 닿았다.

"죽기를 각오한 몸, 내 목을 치면 네놈의 목도 달아날 것이다."

모사개는 은근히 겁이 났다. 왕실 가족을 정중히 모시라는 도르곤의 명이 떠올랐다.

"좋다. 네가 왕실 대표라니 명을 전달하겠다."

모사개가 한발 물러났다.

"너희들은 포로다. 지금부터 남자와 여자를 분리 수용한다. 그리고 나의 명 없이는 한 발짝도 옮길 수 없다. 또한 주는 대로 먹고 이동할 때 목적지를 묻지 마라."

세자빈과 봉림대군 그리고 왕실 가족들은 임시로 마련된 막차에 수용되었다.

죽음보다 더한 굴욕

칼바람 부는 삼전 들녘에 팔기군 깃발이 나부꼈다. 조선을 떨게 했던 공포의 깃발이다. 부왕의 능행길에 세종이 건넜던 삼전포 나루터 주변은 황량한 야생 삼밭(麻田)이었다. 세종이 이곳을 세 구역으로 나누어 목장을 조성하면서 삼전(三田)이라 불렀다.

세종은 이곳에서 기른 말을 기동력 삼아 국경을 침범하는 여진족을 몰아내고 사군과 육진을 개척했다. 그로부터 200년 후. 두만강 너머로 쫓겨갔던 여진족의 후예가 이곳에 깃발을 꽂았다.

둥, 둥, 둥!

북소리와 함께 조선 국왕이 청나라 황제에게 예를 갖추는 의식이 시작되었다.

"일 배요."

통례의 목소리가 적막을 깼다. 왕이 무릎을 꿇고 머리를 조아렸다.

"이 배요."

임금이 머리를 땅에 대었다. 그리고 이마를 세 번 찧었다.

"삼 배요."

인조가 머리를 땅에 박았다. 익선관이 땅에 닿을 때마다 흔들렸다.

임금이 청나라 황제 앞에 엎드린 모습을 바라본 사대부들은 공황에 빠졌다. 어버이처럼 받들던 임금이 가련해서가 아니다. 강화 조약 첫번째 조문 '청나라에 군신의 예를 지킬 것'이 욕스러워서는 더더욱 아니다. 조선은 누대로 명나라에 군신의 예를 지켜 왔으니 사대 정도는 이미 욕됨이 아니다. 세 번째 조문 '조선왕의 장자와 차자를 보낼 것'이 염려스러워서도 아니다.

세자와 대군이 끌려가는 것은 안타까운 일이지만 항복한 나라에서 이 정도는 달게 받을 준비가 되어 있었다. 마지막 열한 번째 조문 '조선은 세폐를 보낼 것' 때문도 아니다. 조선은 일찍이 명나라가 요구하면 공물도 보내고 여자도 보냈다. 둘째 조문, '명나라에서 받은 고명책인(誥命册印)을 바치고 명과의 교호를 끊을 것.' 바로 이것이었다.

명나라와 관계를 끊으라는 두 번째 조문은 비수가 되어 사대부들의 가슴에 꽂혔다. 조선 사대부들에게 명나라는 세계의 중심이었고 세상의 전부였다. 임금이 어버이라면 황제는 어버이의 어버이였다. 그들이 하늘처럼 신봉하는 충효(忠孝)의 귀착점은 명나라였다. 그런 명나라와 관계를 끊는다는 것은 조선 사대부들에게는 죽음보다 더한 굴욕이었다.

삼배구고두(三拜九叩頭)를 행한 인조가 무릎을 꿇고 황제의 다음 명을 기다렸다. 황제는 아무 말이 없다. 눈을 감았다. 찬바람이 뼛속을 파고든다. 얼마의 시간이 흘렀을까.

"물러가도 좋소."

용골대의 목소리에 정신이 번쩍 들었다. 인조는 수항단에 좌정한 황제에게 읍하고 뒷걸음으로 물러났다. 천막에는 강화도에서 붙잡혀 온 왕실 가족들이 한곳에 모여 있었다.

"빈궁과 대군 부인은 나와서 예를 갖추시오."

45일 만에 남한산성을 나서며 '정축하성(丁丑下城)'이라 에둘러 자위하며 내려온 사대부들이다. 차라리 자신들이 삼백 배, 삼천 배를 하고 싶다. 어찌 조선의 세자빈을 오랑캐 앞에 무릎을 꿇린단 말인가. 피가 거꾸로 솟는 듯했다.

항복한 임금은 모든 것을 체념한 듯 먼 하늘만 바라보았다. 산천초목을 떨게 하던 위엄은 간 곳이 없다. 나라를 바로잡겠다며 반정을 일으킨 그 기상은 찾을 길이 없다. 청나라 황제의 한 마디에 오라면 와야 하고 가라면 가야 한다. 밤새 만들어 입은 남염의(藍染衣) 자락이 북풍에 펄럭였다.

"세자빈에게 절을 올리라는 건 너무한 것 같소. 거두어 주시오."

김신국이 상기된 얼굴로 읍소했다.

"조선이 동방예의지국이라 하니 황제에게 예를 올리라 하는 것이오."
"조선의 법도에는 없는 일이오."
"하라면 할 것이지 왜 그리 말이 많소?"

용골대가 목소리를 높였다.

"강화 조약에 없는 일을 어찌 행하라 하시오?"

김신국이 배수의 진을 쳤다. 이렇게 밀리다 보면 얼마나 더 끔찍한 요구를 해 올지 모른다. 터럭 한 올도 부모에게 물려받은 소중한 것이라 했는데 청나라 사람들처럼 머리를 빡빡 깎으라 하면 어떡하란 말인가.

허리춤에 차고 있던 용골대의 칼이 쩔렁거렸다. 파리 목숨 하나쯤은 날릴 수 있다. 팽팽한 긴장감이 흘렀다.

도열한 청나라 군졸들의 삼지창이 흔들렸다. 왕자를 보내라는 요구에

코웃음을 치던 조선이 제법 센 줄 알고 1700여 리 길을 달려온 그들이다. 추위에 군졸이 얼어 죽고 식량이 부족하여 임금이 하루 한 끼를 먹으면서도 세자를 내보내라는 요구를 외면했던 조선군에게 든든한 뒷배가 있는 줄 알았다. 그런데 조선의 임금은 먹을 것이 떨어지자 성문을 열고 나와 항복했다. 허탈했다. 제대로 한판 붙어 보지도 못한 채 전쟁이 끝나버렸으니 온몸이 근질거렸다.

"좋다. 대절하는 것을 허락한다."

여기저기에서 '휴' 하는 안도의 숨소리가 흘러나왔다. 동궁전 나인이 대신 절을 올렸다. 크게 인심을 쓰는 척했지만 조선 대신들의 기를 꺾어 놓기 위해 계산된 수순이었다. 앞으로 전후 뒤처리에 할 일이 많다. 미리 선수를 친 것이다.

나인들이 예를 올리는 동안 용골대가 담비 가죽으로 만든 여진족 전통 의상 초구(貂裘)를 가지고 왔다. 임금이 받아서 입고 다시 들어가 황제에게 3배(三拜)를 올렸다. 황제의 신하가 되었다는 상징적인 의식이다. 이어 도승지 이경직이 국보(國寶)를 받들어 올렸다.

"고명책인과 옥책(玉册)은 어찌하여 바치지 않소?"

용골대가 눈초리를 치켜세웠다.

"옥책은 변란으로 잃어 버렸고, 고명책인은 강화도로 보냈는데 어찌 되었는지 모르오."

도승지 이경직을 제치고 임금이 변명했다.

"알았소."

인조를 흘겨보던 용골대가 초구 몇 벌을 더 가져왔다.

"삭풍한설 몰아치는 산성에서 고생했기 때문에 주는 것이다."

영의정을 비롯한 판서들에게 입게 했다. 민망한 듯 서로 얼굴만 바라보다가 마지못해 초구를 입었다. 그들이 그토록 경멸하던 오랑캐가 따로 있지 않았다. 그들이 영락없는 오랑캐였다. 잠시 사라졌던 용골대가 초구다섯 벌을 가지고 다시 나타났다.

"승지들도 입도록 하라."

명령이었다. 임금이 황제에게 무릎을 꿇고, 정승판서가 초구를 입는 마당에 한낱 승지가 어찌 거역할 것인가. 강화도에 들어간 한흥일을 제외한다섯 승지가 초구를 입었다. 정승판서와 승지들이 하사받은 초구를 입고황제에게 3배를 올렸다.

백성을 버리고 가는 놈이 임금이냐?

해가 서산에 기울었다. 바람이 옷깃을 파고든다. 춥다. 몸도 춥고 마음
도 춥다. 팔기군 깃발을 바라보면 더 춥다. 인조가 밭 가운데 앉아 하염없
이 기다렸다. 항복한 왕에게는 선택권이 없다. 가라면 가고, 있으라면 있
어야 한다. 해 짧은 정월, 대모산에 해가 걸렸다. 살을 에는 칼바람이 품속
을 파고든다. 발이 시리고 턱이 떨렸다.

"궁으로 돌아가도 좋소."

용골대가 턱으로 지시했다. 교만하기 짝이 없다. 하지만 불측을 따질
때가 아니다. 목을 내놓으라면 내놓아야 하고, 심양으로 끌고 간다 하면
따라야 하는 운명이다. 생사여탈권은 황제에게 있다. 궁으로 보내 주는
것만 해도 감지덕지다. 헌데, 혼자 가란다. 끔찍이 아끼는 후궁이 포로 무
리 속에 있다.

인조가 천막으로 들어갔다. 보고 싶은 얼굴은 없고 세자빈이 있었다.
빈궁의 두 눈에 눈물이 그렁거렸다. 최명길을 불러 세자빈을 배종하라 이
르고 막차를 나섰다. 그 모습을 바라보는 세자빈은 가슴이 무너졌다.

"마마! 저희를 버리고 가시나이까?"

강화도에서 끌려온 봉림대군을 비롯한 자녀들과 왕족들이 울부짖었다. 임금은 이들을 데리고 갈 힘이 없다. 지켜보던 소현세자의 목울대가 경련을 일으켰다.

청군 진영을 빠져나온 인조가 뒤를 돌아보았다. 압록강을 건넌지 이레 만에 한양을 유린해 버린 팔기군(八旗軍) 깃발이 노을에 펄럭이고 있었다. 발걸음을 재촉했다. 도성으로 가려면 배를 타야 한다. 그러나 앞으로 나아갈 수 없었다. 수많은 백성들이 쏟아져 나와 길을 메웠다.

"오랑캐의 개 같구나."
"곤룡포보다 더 낫다."
"아이, 재수 없어. 퉤, 퉤, 퉤."

누구 목소린지 모른다. 청군에 끌려가 죽어도 무섭지 않고, 포청에 끌려가 죽어도 두렵지 않다. 이래 죽어도 저래 죽어도 죽는 건 매일반이다. 죽음을 초월한 민초들의 눈빛이 살벌하다.

용골대가 군사를 이끌고 길을 텄다. 채찍이 바람을 갈랐다. 여기저기에서 비명 소리가 들렸다. 한강에 얼음은 풀렸지만 아직 차가운 바람이 살갗을 엔다. 얼어 터진 피부에 채찍이 닿았다. 피가 튄다. 하늘로 치솟는 선홍색 핏줄기가 노을에 유난히 붉어 보였다. 채찍이 춤을 추었지만 백성들은 흩어지지 않았다. 겨우 길을 뚫어 송파 나루에 도착했다.

나루터는 썰렁했다. 사람들로 넘쳐나던 강마을은 괴괴했다. 한강에는 광나루, 송파 나루, 삼개 나루, 동재기 나루 등 백성들이 이용하는 나루도 있었지만 한강진, 노량진, 동작진, 양화진 등 병조 산하 도승관(渡丞館)이 있었다. 한강 4도(四渡)의 하나였던 삼전도가 이럴 수는 없다. 청군은 도승관을 불태우고 군졸들을 도륙했다. 임자 없는 나룻배 한 척이 물결에 흔들리고 있었다.

임금이 배에 올랐다. 백관들이 서로 타려고 어의를 잡아당기고 백성들은 그들의 옷자락을 잡고 늘어졌다. 배가 물로 나아가는 것이 아니라 백사장으로 올라갈 지경이다. 평소 같으면 임금의 용안을 쳐다보는 것만으로도 불경죄로 다스릴 일이다. 배에 올라 탄 승지가 백성들을 향하여 호통을 쳤다.

"무엄하구나. 어찌 감히 주상 전하 가시는 길을 막는단 말이냐?"
"백성을 버리고 가는 놈이 임금이냐?"
"자식을 버리고 가는 놈이 애비냐?"
"짐승만도 못한 놈!"

살기 띤 목소리가 여기저기서 튀어나왔다. 홍타이지 앞에 무릎 꿇은 치욕보다 더한 모욕이다. 백성을 볼 낯이 없다. 고개를 숙이고 배를 탔다. 배는 탔지만 사공이 없다. 내관들이 노를 저었다. 배가 서서히 움직였다.

승지들이 배에 매달리는 백성들을 뜯어내고 발길로 찼다. 물에 빠진 백성들이 허우적거렸다. 그들을 뒤로하고 배는 앞으로 나아갔다.

뚝섬에 내린 인조 일행은 살곶이를 건너 왕십리를 지나고 청계천에 걸친 영도교를 건넜다. 흥인문으로 가는 길목 동묘 주변에는 청나라 군대가 진을 치고 있었다. 몽골족 군졸들이었다. 한양에 무혈입성한 몽골족 제1진은 숭례문과 모화관 어름에 진을 치고 제2진은 동묘 주변에 군영을 마련했다.

조선을 침공한 청군은 크게 3개 군단으로 편성되어 있었다. 선봉대로 한양을 점령하고 있는 몽골족, 강화도를 유린한 한족, 남한산성을 포위한 여진족이었다.

길거리를 배회하는 성폭녀

　홍인문을 통과했다. 도성을 빠져나갈 때는 허겁지겁 나가느라 시신이 나가던 시구문을 빠져나갔지만 돌아올 때는 대문으로 들어왔다. 도성은 텅 비어 있었다. 거리에는 치우지 못한 주검이 널브러져 있었다. 아녀자들이 대부분이었다. 여자들을 붙잡아 가던 청군은 등에 업힌 어린 것을 빼앗아 집어 던졌다. 반항하면 칼이 춤을 추었다. 산발한 머리통이 구르는가 하면 목 없는 몸통이 엎어져 있다. 팔이 잘린 여인의 시신은 하복부가 심하게 짓이겨 있었다.

　거리의 참경에는 아랑곳없이 굶주린 개들이 어슬렁거렸다. 하늘을 보고 벌러덩 누운 여자 시신을 발견한 수캐가 뒷다리를 들고 오줌을 갈겼다. 아직 사람을 먹을 만큼 배가 고프지 않은 누렁이는 영역 표시만 해놓고 어디론가 사라졌다.

　잠시 후, 검둥이가 나타나 코를 박고 킁킁거리더니 시신을 뜯었다. 피 냄새를 맡고 굶주린 개 서너 마리가 몰려왔다. 야성이 되살아난 개들이 먹이를 앞에 놓고 어금니를 드러내며 으르렁거렸다. 시신을 뜯어 먹던 검둥이가 여진족 복장을 한 임금을 보고 컹컹 짖었다.

철시한 배오개는 적막했다. 전란이 휩쓸고 간 자리엔 불타고 부서진 빈 집들만 널려 있었다. 배오개는 칠패시장, 종루시전과 함께 도성 3대 시장이다. 그득히 쌓여 있던 쌀가마는 간 데 없고 창고는 텅 비어 있었다. 종루 상인들의 질시로 난전(亂廛) 탄압을 받았지만 끈질긴 생명력으로 도성의 양곡 유통을 장악한 배오개 시장이 난리 통에 폐허가 되어 쥐 떼만 들끓었다.

후미진 모퉁이에 산발한 여자가 앉아 있었다. 갈기갈기 찢어진 옷깃 사이로 젖가슴을 드러내 놓고 있다. 싸전에서 콩을 줍던 그녀가 콩으로 공기놀이를 하며 히죽히죽 웃고 있다.

바람이 불었다. 냉기를 피하려고 치마를 잡아당겼다. 찢어진 치마 사이로 허연 허벅지가 드러났다. 산발한 머리를 옷고름으로 묶었지만 금방이라도 풀어질 것만 같다. 헝클어진 머리카락 사이로 보이는 목선이 곱다. 공기놀이하면서 흘러내린 옷고름을 입에 물었다.

그녀의 자주색 옷고름은 당화였다. 당화(唐貨)는 세계의 중심 중국에서 건너온 수입 명품이다. 아무나 수중에 넣을 수 있는 물건이 아니다. 당나라가 망한지 언제인데 대륙에서 건너온 물건은 모조리 당화라 했다. 사대부들은 명나라에 쪽을 못 썼고 여자들은 당화에 껌뻑 죽었다. 공기놀이를 하던 그녀가 흥얼흥얼 노래를 불렀다.

어린 자식 품에 품고 자란 자식 손목 쥐고

신주상자 등에 지고 칠십쌍친(七十雙親) 어이하리.

잡거니 붙들거니 촌촌이 거려가셔.

장안 백만가(百萬家) 연진(煙塵)이 되여 잇고

일우고성(一隅孤城)의 우리 님군 싸엿난데

양도군병 함몰하고 외원병(外援兵)이 끈처시니

슬프다 이 시절, 막극다 우리 님군.

죄상 곳 혜여내면 다 버힐 놈이로다.

난리가(亂離歌)다. 누가 지었는지 어디서 흘러왔는지 모른다. 입에서 입을 통하여 팔도에 퍼졌다. 도성이 불타고 재만 남았다는 구절도 가슴 아리지만 마지막이 더욱 절절하다. '조사하면 다 나온다.'는 것이다. 명분에 휩싸여 갑론을박 세월 보내면서 이 나라를 이 지경으로 만든 놈들, 조사하면 다 나오고 죄다 목을 베어 버릴 놈들이라는 뜻이다.

'목 벨 놈'에 자신의 아버지가 포함되었는지 기억에 없다. 예전에는 있었지만 지금은 지워졌다. 전란의 참화가 여자의 기억을 모조리 지워 버렸다. 공기놀이도 재미가 없는지 그녀가 벌떡 일어났다. 한 움큼 주운 콩을 하늘을 향하여 뿌렸다.

"공깃돌이 미쳤나봐."

그녀가 흥인문 쪽으로 발걸음을 옮겼다. 걸어가는 걸음걸이가 어기적거렸다. 슬금슬금 여자를 뒤따르던 누렁이가 찢어진 치맛자락을 물었다.

놀란 여자가 뛰었다.

쫘아악 -

소리가 적막에 싸인 배오개 거리를 갈랐다. 임금도 그 소리를 들었다.

전쟁이 나면 가장 피해를 보는 것은 아녀자들이다. 어린이라서 특별히 보호해야 한다는 개념은 사치였다. 아이는 또 낳으면 되는 것쯤으로 여겼다. 애들은 헐벗고 굶주린 채로 버려졌고 여자들은 폭행의 대상이었으며 욕망을 채우고 나면 칼침으로 짓이겼다.

전쟁은 여자들을 평등하게 만들었다. 정승 판서 사대부집 여자들이라고 특별히 올려 봐 주는 것도 없고 쌍것들이라고 내려 보는 것도 없다. 그저 치마만 걸치면 됐다. 여기에 반반하면 금상첨화다.

정승판서 대감댁 여자들은 물론 궁녀들도 겁탈당한 여자가 부지기수였고 능욕을 피하여 자결한 여자도 적지 않았다. 예쁜 게 자산이 아니라 부담이었다. 여자들은 얼굴에 숯검뎅이를 발랐고 산속으로 숨어들었다. 피하지 못한 여자들은 집단 성폭행을 당했다. 그 충격으로 정신 줄을 놓아 버린 여자가 도성에 떠돌고 있었다.

채찍은 반상 구별 없이 공평했다

배오개 싸전을 지났다. 창을 꼬나잡은 청군이 한 무리의 포로를 끌고 지나갔다. 사로잡힌 백성들은 굴비 엮이듯 오라에 묶여 끌려가다가 임금의 환궁행차를 발견하고 묶인 손으로 가슴을 두드리며 울부짖었다.

"전하! 우리를 살려 주소서."

애끓는 절규였다. 포로들의 행렬이 멈췄다. 임금의 행차도 나아가지 못하고 엉켜 버렸다. 차가운 날씨에 홑옷 하나 겨우 걸친 포로들의 눈빛은 애원으로 가득했다. 얼어서 시퍼렇게 부은 얼굴에 눈물이 땟국으로 흘렀다.

"길을 열어라."

채찍이 허공을 갈랐다. 만주벌판에서 말을 몰던 채찍이 춤을 출 때마다 피가 튀었다. 그들에게 조선인 포로는 인간이 아니라 물건이었다. 심양으로 끌고 가서 짐승처럼 팔아먹을 상품이었다.

청군이 휘두르는 채찍은 포로들만 겨냥한 것이 아니었다. 임금을 호종

한 재상과 대신들에게도 날아왔다. 노 재상의 머리 위에 앉아 있던 관모가 나뒹굴었다. 땅에 떨어진 관모를 짓밟으며 청군의 채찍은 계속되었다. 겨울바람보다 더 매서운 청군의 채찍은 양반의 머리 위에도 떨어졌고 상놈의 등짝에도 떨어졌다. 채찍은 반상 구별 없이 공평했다.

길이 열리자 매타작이 끝났다. 임금의 행차가 창경궁을 향하여 움직였다. 매를 맞으며 뒤돌아보던 포로들의 행렬도 홍인문을 향하여 움직였다. 가가(假家)는 대부분 불타 무너지고 폐허가 되어 있었다. 아직도 연기가 피어오르는 민가에서 짐을 가득 실은 수레가 나왔다. 농이며 궤짝이며 숟가락, 젓가락 닥치는 대로 싹쓸이한 청군의 약탈 수레였다.

배오개를 넘은 임금의 행차는 이슥한 밤이 되어서야 궁에 도착했다. 창경궁이다. 평소 같으면 종루에서 28번의 종을 울려 통행금지 시간을 알렸겠지만 지금은 종을 칠 군졸도 없거니와 종소리를 들을 백성도 없으니 종소리가 있을 리 만무했다.

임진왜란 때 불타 광해가 중건한 창경궁의 정문 홍화문은 이번 전란에 소실되지 않았다. 임금이라면 당연히 정문으로 들어가야 하지만 마음이 급했다. 불과 100여 보 북쪽에 있는 홍화문까지 갈 겨를이 없다. 추한 몰골을 빨리 숨겨야 했다. 임금의 행차는 가까운 선인문으로 들어갔다.

도성에 4대문이 있고 허드레가 나가는 시구문이 있듯이 선인문은 동궐의 샛문인 허드레 문이다. 선인문을 통과한 임금이 양화당으로 향했다.

인적이 끊긴 지 오래인 썰렁한 방에 쥐들이 우글거렸다. 사람의 기척에도 도망가기는커녕 웬 불청객이냐는 듯 멀뚱멀뚱 쳐다만 보았다. 궁궐은 우리가 접수했다는 태도다. 병자년은 쥐의 해다.

나라가 망한 것보다 더한 치욕

조선을 침공한 청나라는 에르데니와 이어(李魚)를 대동했다. 만주족 귀족 출신으로 명나라 조정에 출사한 에르데니는 대륙의 정세 변화를 간파하고 재빨리 청나라에 귀화한 학자이고, 이어는 홍타이지의 채홍사다.

청나라 군막은 붙잡혀온 조선의 여자들로 넘쳐났다. 도성에서 붙잡혀온 아낙들도 있었고, 강화도에서 붙잡혀온 여인들도 있었다. 대부분 사대부집 여자들이었다. 용골대가 1차로 걸러낸 여자들을 이어가 자신의 군막으로 불러들였다. 황제에게 바칠 여성을 골라내기 위해서다.

여진족은 하얀 피부, 검은 눈썹, 작은 발을 미인의 조건으로 꼽았다. 홍타이지는 여기에 색다른 취향이 하나 더 있었다. 그는 은밀한 곳에 숲이 무성한 여자를 좋아했다. 그것을 익히 알고 있는 채홍사는 역관 정명수 외에는 아무도 들이지 않은 군막을 운영했다.

"자라지 않으면 물이라도 줘야지, 이게 뭐냐?"

불합격 판정을 받은 여자가 얼굴을 감싸며 뛰쳐나왔다. 불합격 그 자체가 행인지 불행인지 그녀는 모른다. 난생처음 당하는 치욕이 나라 망한 것보다 수치스러웠다. 합격 판정을 받은 여자는 다른 군막으로 옮겨졌다. 그녀 역시 넋이 나간 여자처럼 동공이 방향을 잃었고 겁탈당한 여자처럼 몸을 웅크렸다.

별도 없는 그믐밤, 사위는 적막했다. 인솔자의 뒤를 따라 얼마쯤 갔을까. 색깔이 다른 군막을 지나는데 검은 물체가 장승처럼 서 있다. 깜짝 놀란 연실이 몸을 사렸다. 가슴을 쓸어내리며 자세히 살펴보았다. 거기에는 환궁한 부왕의 안위가 걱정스러워 북녘 하늘을 바라보고 있던 세자가 망연히 서 있었다. 세자와 눈이 마주쳤다.

연실은 세자를 잘 알지만 소현은 연실을 모른다. 하늘이 내려준 인연이 그들을 비켜 갔기에 세자는 연실을 알 리 없다. 연실은 가볍게 목례를 건네며 지나갔다. 소현은 그녀가 지금 어디로 가는지 알고 있다. 하지만 그에겐 그녀를 구해 줄 힘이 없었다. 연실이 군막으로 들어갔다. 군막에는 이어와 정명수 단 둘이 앉아 있었다.

"치마를 내려라."

낯선 사내 앞에 속살을 내보이라니 황당했다. 잘못 듣지 않았나? 귀가 의심스러웠지만 뱁새눈으로 노려보고 있는 역관의 눈빛이 매서웠다.

삼배구고두는 황제와 임금의 놀이인줄 알았다. 나라가 망한 것은 병가의 상사처럼 남정네들에게 있을 수 있는 일로 알았다. 헌데, 치마를 내리라는 강요에 '아니오.'라는 말이 나오지 않았다. 의자에 단 둘이 앉아 있건 만 '안 돼!'라고 저항할 힘이 없었다. 백주 대낮에 낯선 남자 앞에 속살을 보인다는 것은 죽기보다 싫었다. 그들의 지시에 혀를 깨물고 죽어도 부족 할 능욕 앞에 자신도 모르게 치마로 손이 가는 것을 발견한 연실은 자신 이 한없이 미웠다.

게슴츠레한 눈으로 하체를 훑어 내리던 이어가 고개를 끄덕였다. 그 모 습을 지켜보던 정명수의 눈길도 먹이를 앞에 놓은 독사의 혀처럼 연실의 하체를 훑었다. 그들의 시선이 휘돌아 나갈 때, 연실은 죽음보다 더한 치 욕을 느꼈다. 끈적거리는 시선을 여자의 가장 은밀한 곳에 집중적으로 받 아야 하는 연실은 온몸에 소름이 돋았다. 그날 밤, 채홍사 이어가 선발한 조선 여자 열 명이 황제에게 바쳐졌다.

이튿날 아침, 홍타이지는 왕과 장수들을 불렀다.

"조선 정벌에 공을 세운 제왕들의 공을 치하하며 상을 내리노라."

황제는 채홍사 이어가 선발한 열 명의 여자 가운데 네 명을 남기고 나머 지는 왕과 장수들에게 나눠 주었다. 여진족은 황제가 품었던 여자를 하사 받는 것을 큰 영광으로 여겼다.

심양으로 돌아가기 위하여 한강을 건넌 홍타이지는 곧장 북행길에 오 르지 않았다. 공유덕과 경중명을 대동하고 삼전도에서 배를 탄 홍타이지는 독도(뚝섬)에 군영을 마련했다. 경중명은 명나라 장수였으나 청나라에 투항한 후 회순왕(懷順王)에 봉해져 황기(黃旗)를 부여받은 인물이다. 공유덕 역시 한족으로 모문룡의 부하였으나 산동성에서 난을 일으켜 청나라에 귀순하여 왕으로 봉해졌다.

　항복 첫날밤을 양화당에서 보낸 인조는 뜬눈으로 밤을 새웠다. 이게 아니었는데 기가 막혔다. 쿠데타를 일으켜 광해군을 쫓아낼 때만 해도 이것이 아니었다. 명나라에 대한 재조지은(再造之恩)을 국책으로 삼아 나라의 기강을 바로 세우려 했는데 자신이 청나라에 무릎을 꿇었다. 믿고 싶지 않았다. 그러나 현실이었다.

산성의 공기는 살벌했다

창경궁으로 돌아온 인조는 제도(諸道)의 군사를 파(罷)하여 고향으로 돌아가라 명했다. 군대 해산 명령이다. 산성에서 명을 받은 사영대장 신경진이 길길이 뛰었다.

"쥐새끼 같은 무리들이 나라를 이 지경으로 만들었다."
"이 나라는 문관들이 말아먹었다."

참찬 정기업이 가세했다. 참찬은 의정부 찬성사 문신이다. 산성의 공기가 문신을 향하여 폭발 직전에 이르자 무신에 붙은 것이다. 이때 청나라 군사에게 포로로 잡혀간 처자를 찾아보겠다고 살며시 성을 나간 교리 남노성이 청군에게 붙잡혀 돌아오지 못하는 사건이 발생했다. 흥분한 총융사 구굉(具宏)이 팔뚝을 걷어붙이며 큰소리를 쳤다.

"윤황(尹煌)이 늘 말하기를, '오랑캐가 만일 들어오면 나의 여덟 아들을 이끌고 나가서라도 쳐서 물리치겠다.' 하였는데, 여덟 아들이 어디 있는가? 화친을 배척하기를 주장하여 이 지경에 이르도록 하였으니 만일 윤황을 베지 않으면 어떻게 나라를 다스릴 수 있겠는가?"

산성의 공기는 험악했다. 결과를 놓고 무인들끼리도 반목을 일으키고 있으니 더 말해 무엇하랴. 무인들의 문인들에 대한 원망은 살벌했다. 성 안에 갇혀 있던 문인들은 생명의 위협을 느끼며 전전긍긍했다.

추위와 굶주림에 지친 군사들이 무기를 반납하고 하산했다. 옷은 남루 하고 눈구멍은 휑했다. 나라를 망하게 한 것이 자신들의 죄인 양 하나같 이 고개를 떨어뜨렸다. 이 모습을 지켜보던 청나라 군사들이 돌팔매를 던 지고 주먹으로 쳤다. 군사들은 대항 없이 그냥 맞았다. 전 참의 이상급은 청군에게 매를 맞고 옷을 빼앗겨 이날 밤에 얼어 죽었다.

창경궁의 아침이 밝았다. 궁정은 고요했다. 나인들의 발걸음도 없었다. 적막을 깨고 말발굽 소리가 들렸다. 한두 마리가 아니다. 궁궐에서의 말 발굽 소리는 있을 수 없는 일이다. 양화당 앞에 한 무리의 기병대가 멈췄 다. 말들의 콧구멍에서 하얀 김이 뿜어져 나왔다. 군사를 이끌고 궁정에 들어온 대장이 말에서 내렸다. 화들짝 놀란 승지가 뛰어 나갔다.

"황제 앞에 문안드리는 것이 어찌 이렇게 늦는가?"

용골대가 눈알을 부라리며 호통을 쳤다. 홍타이지는 뚝섬 군영에 있었다.

"예, 예. 받들어 모시겠습니다."

영의정 김류가 번개처럼 튀어나갔다.

"고려 왕을 알현하러 왔다."

조선 땅에 와서 고려왕이라니 승지는 어안이 벙벙했다.

"뭘 이렇게 꾸물거리느냐? 너희 왕에게 고하라."

마부대의 목소리가 궁정을 울렸다. 인조를 알현한 용골대가 보자기에 싼 물건을 내밀었다.

"황제께서 내리신 왕인이오."

고려왕인(高麗王印)이었다. 명나라에서 내린 조선 왕을 폐하고 고려왕으로 봉한다는 뜻이다. 인조가 예를 갖춰 사례했다. 천자의 나라 명나라에서 내려준 고명을 회수하고 오랑캐의 왕인이라니 억장이 무너졌다. 하지만 삼배구고두를 행하며 '군신맹약'을 한 몸. 선택의 여지가 없었다.

"몽고 사람들이 아직도 도성에 있으면서 사람을 해치고 물건을 약탈한다고 합니다."

"알았습니다, 즉시 조치하도록 하겠습니다."

용골대는 자신의 무관에게 한성 점령군의 도성 출입을 금하라 지시했다. 숭례문과 흥인문 밖에 진을 치고 있던 몽고족 군졸들은 수시로 도성

에 드나들며 닥치는 대로 약탈을 자행하고 있었다. 용골대는 진달(眞獺)
에게 휘하 군졸들을 풀어 4대문을 직접 지키도록 했다.

"황제가 내일 돌아갈 예정이니 나와서 전송하도록 하시오."

"알겠습니다. 동교에 나가도록 하겠습니다."

"일찍이 나와서 대기하도록 하시오."

"네, 그리 하도록 하겠습니다."

"인평대군과 부인은 도성으로 돌려보낼 것입니다."

"고맙습니다, 귀국에 사로잡힌 사람들이 많은데 놓아줄 수 없나요?"

"포로들은 황제께서 직접 처분하실 것입니다."

"세공(歲貢)을 마련하기 어려우니 선처를 바랍니다."

"귀국의 형세를 황제께서 직접 보셨으니 의당 재명년부터 시행할 것입
니다."

"감사합니다."

전곳에서 하염없이 대기하는 임금님

이튿날, 인조는 새벽에 창경궁을 나섰다. 도승지 이경직 한 사람이 배행했다. 삼전도에 붙잡혀 있는 소현세자는 호종할 수 없었다. 전곳에 이르니 아침 해가 아차산에 얼굴을 내밀고 있었다. 일출이다. 떠오르는 태양을 바라보며 시름에 잠겼다. 할아버지 태종대왕이 사냥 후 신하를 모아 놓고 잔치를 베풀던 자리에서 하염없이 기다려야 하는 자신이 한심하기 짝이 없었다.

북소리가 요란하게 울렸다. 청나라 황제 홍타이지 환송식이 시작되었다. 군졸들이 창을 하늘 높이 치켜 올리며 소리를 질렀다. 만주족 특유의 함성이 독도를 진동했다. 높은 언덕에 앉아있던 홍타이지가 인조를 발견하고 제왕의 윗자리로 인도하여 앉게 했다.

"짐은 특별히 고려왕에게 은전을 베푸노라. 고려 백성 1천 6백 명을 석방하도록 한다."

"황은이 망극하옵니다. 선전관을 평양에 보내 홍익한을 붙잡아 폐하 가시는 길에 압송하도록 하겠습니다."

인조는 머리를 조아리며 화답했다. 홍익한을 묶어 헌상하겠다는 것이다. 홍익한은 청나라가 군신 관계를 요구하는 사신을 보내왔을 때, '사신을 죽여 나라의 명분을 세우자.'고 주장하는 상소를 올렸다.

"우리나라는 본디 예의의 나라로서 열성(列聖)들이 계승하여 한마음으로 사대하기를 정성스럽게 하였습니다. 그가 보낸 사신을 죽이고 그 국서를 취하여 사신의 머리를 함에 담아 명나라 조정에 보내소서. 만일 신의 말이 망령되어 쓸 수 없다고 여기신다면 신의 머리를 참하여 오랑캐에게 사과하소서."

환송식을 끝낸 홍타이지는 도르곤을 별도로 불렀다.

"군사들을 수습하여 차질 없이 철군하도록 하라."
"네."
"철군하면서 조선 백성들의 원성을 사지 않도록 하라."
"네."
"왕세자를 심양으로 데려오는 데 있어서 각별히 예우하도록 하라."
"넵. 받들어 모시도록 하겠습니다."

조선 왕의 항복을 받아 낸 이상 쓸데없는 행동으로 백성들의 적개심을 부추기지 말라는 것이었다. 전쟁에서 공포심을 심어 주는 것도 하나의 심리 전술이다. 치고 들어갈 때는 악귀처럼 잔인하게 치고 들어가고 목적을 달성했을 때는 자비를 보여 주라는 것이다. 강자의 여유다.

조선 수군의 심장부를 보고 싶다

"짐은 환궁할 것이다. 예친왕은 철군에 만전을 기하라."

철군 명령이 떨어졌다. 자신은 먼저 심양으로 돌아갈 것이니 도르곤이
책임지고 철군을 수행하라는 명령이다.

"조선 수군의 심장부를 보고 싶다."

황제 일행을 태운 배가 두모포에 도착했다. 병선은 보이지 않고 부서진
고깃배 몇 척이 포구를 지키고 있었다. 두뭇개는 황량했다. 대마도를 정
벌하기 위하여 227척의 전함을 거느리고 떠나던 이종무 장군의 위용은 흔
적도 없었다.

"조선 수군이 이것이 전부란 말이냐?"

홍타이지의 얼굴에 실망감이 가득했다.

"용산강에 조선 수군의 제조창이 있습니다."

사람들은 목멱산을 기준으로 광진에서 노량까지를 한강, 그 서쪽 삼개 나루까지를 용산강, 그 이서 양화진까지를 서강, 그리고 임진강이 만나는 곳을 경강, 예성강 하구를 아우르는 곳을 조강이라 불렀다.

"그리로 안내하라."

황제를 태운 배가 용산강에 도착했다. 조선 수군의 최대 함선 제조창이 었던 용산강은 을씨년스러웠다. 뭍에는 건조하다만 배가 나뒹굴고, 강변에는 불에 탄 병선이 앙상한 뼈대만 드러낸 채 누워 있었다. 홍타이지는 가슴을 쓸어내렸다.

대륙 정복의 야욕을 불태우던 홍타이지는 조선 수군의 존재가 두려웠다. 말 달리며 만주벌판을 석권한 여진족은 수전(水戰) 경험이 없다. 물론 병선도 없다. 적의 수군과 붙으면 백전백패라는 패배의식이 팽배했다.

불과 40여 년 전. 동아시아 최강의 수군을 보유한 일본이 대륙을 넘보며 한반도를 유린했을 때, 일본 수군을 궤멸시킨 조선 수군은 공포의 대상이었다. 수군의 전설 이순신은 가고 없지만 조선 수군은 그 자체로 두려움의 대상이었다.

청나라가 북경으로 나아가려면 요하를 건너야 한다. 대륙을 요동과 요서로 가르는 물길이다. 이때 청나라의 왼쪽 옆구리가 발해만이라면 오른쪽 옆구리가 압록강 하구다. 조선 수군이 명나라와 연합하여 청나라의 옆구리를 친다면 청나라는 앞으로 나아갈 수 없다. 최악의 경우 심양을 내줄 수도 있다. 상상하기 싫지만 현실이 될 수도 있다. 그것이 홍타이지가 가장 두려워하는 그림이었다.

조선 수군의 심장을 확인한 홍타이지는 가슴이 뛰었다. 멀리만 느껴지던 대륙이 눈에 보였다. 중원이 손에 들어온 것만 같았다. 홍타이지의 입가에 환한 미소가 그려졌다. 어젯밤 품에 안은 조선 여자도 만족스러웠고 조선 수군의 실체는 더더욱 흡족했다.

"병선을 건조하여 가도를 치도록 하라."

경중명과 공유덕에게 명이 떨어졌다. 조선인의 함선 제조 기술을 이용하여 병선을 만들어 가도를 공격하라는 명령이었다. 가도(椵島)는 평안도 철산반도 앞바다에 있는 작은 섬이다. 압록강 하구와 맞닿아 있다. 땅은 조선 땅이지만 명나라 수군이 주둔하고 있다. 청나라에게 가도는 목에 가시다.

공포의 기병대 팔기군의 전설

송화강과 목단강 유역에 살고 있던 건주여진족은 나하추가 명나라에 항복하고 조선이 4군을 설치하자 동가강 유역으로 옮겨갔다. 여진족의 부족장이던 누르하치는 혼하(渾河) 유역에 자리를 잡고 군사 조직에 심혈을 기울였다.

150여 가구가 시(矢)라는 중대로 조직되었고, 10개 중대가 연대를 이루었으며, 5개 연대. 즉, 7500가구 규모의 부대가 하나의 기(旗)를 이루었다. 평시에는 생업에 종사하고 유사시에는 군대가 되는 병민일체(兵民一體) 조직이다. 이렇게 하여 8기군의 전신 4기군이 편성되었다.

누르하치는 항복하거나 정복한 부족들을 시기(矢旗) 군사 계급으로 흡수 편입하여 황(黃), 적(赤), 백(白), 남(藍) 기를 내리고 아들들로 하여금 통치하게 했다. 이들이 청태종으로 등극한 8자 홍타이지, 2자 예친왕(禮親王) 다이산, 12자 영친왕 아지거, 14자 예친왕(睿親王) 도르곤이다.

남의 불행은 나의 행운이라 했던가. 누르하치가 세력을 키우는데 결정적인 기회를 제공한 것은 임진왜란이었다. 조선강토는 왜군에 짓밟혀 초토화됐고 조선에 원군을 보낸 명나라는 휘청거렸다. 이것은 누르하치에게 하늘이 준 기회였다. 누르하치는 해서여진과 야인을 통합하여 4기군을 8기군으로 확대 재편성했다.

1616년, 막강한 군사력을 바탕으로 후금 칸의 지위에 오른 누르하치는 1619년, 무순과 요동을 점령하고 심양으로 천도했다. 명나라에 정면 대결을 선언한 것이다. 동조 세력이 필요한 누르하치는 몽골족을 끌어들였다. 명(明) 태조 주원장에 의해 북쪽으로 쫓겨 간 몽골족을 명나라 정복 대열에 참여시킨 것이다. 오랑캐를 오랑캐로 치듯이 한족에 원한을 가지고 있는 몽골족을 이용하여 명나라를 친다는 것. 절묘한 전략이다.

만주족은 몽골족과 적극적인 혼인 관계를 맺었다. 누르하치와 그의 아들들은 모두 6명의 몽골 여인과 혼인했다. 종족 간 결혼은 군사 동맹 이상의 혼인동맹이다. 홍타이지는 12명의 딸들을 몽골 부족장들에게 시집보내 결혼 동맹을 한층 강화했다.

누르하치에 이어 황제로 등극한 홍타이지는 목표를 북경으로 설정했다. 요하를 건너 서진하려면 북방에 있는 몽골과 바닷길로 맞닿아 있는 조선이 걸림돌이었다. 몽골은 뒤통수를 칠 수 있는 위치에 있었고 조선은 육전에만 익숙한 자신들에게 위협적인 수군이 있었다. 더욱이 조선 수군은 불과 40년 전, 한반도를 짓밟은 일본군을 바다에 수장시킨 경험이 있으며 전설적인 장수 이순신을 배출한 수전 강국이지 않은가.

1635년. 홍타이지는 사돈의 나라 몽골을 공략했다. 뒤통수의 후환을 없애기 위한 선제공격이다. 허를 찔린 몽골 부족장들이 홍타이지에게 전국 옥새(傳國玉璽)를 바치며 몽골 가한(可汗)의 칭호를 올렸다. 대 제국 원나라의 정통성까지 확보한 것이다. 1636년, 국호를 청나라로 개칭한 홍타이지는 몽골족과 요동 한족을 각각 별도의 8기군으로 편성했다.

명나라와 일전을 준비하고 있던 청나라는 심양을 방문한 사신 박노에게 제고지문(制誥之文)을 보내 정묘호란으로 맺어진 '형제맹약'을 파기하고 군신 관계를 요구했다. 조선을 한반도에 묶어두기 위한 전략이다. 조선이 이에 불응하자 11월 25일까지 왕자를 보내라고 최후통첩을 보냈다. 조선은 홍타이지의 요구를 묵살했다.

12월 1일. 다이산, 아지거, 도르곤, 도도 형제와 경중명, 공유덕 등 이민족 출신 왕과 장수들을 심양에 소집한 홍타이지는 아우 도르곤에게 여진족 7만, 몽골족 3만, 한족 2만 도합 12만의 군사를 주어 조선을 정벌하라 명령했다.

12월 5일. 압록강변 구련성에 도착한 도르곤은 전열을 정비하며 이틀 동안 냄새를 피웠다. 대군의 침공을 눈치 챈 조선이 알아서 복종하기를 기대했다. 이때 청군 지휘부에서는 조선인 세작을 풀어 조선군의 군세를 꿰뚫어 보고 있었다. 그런데도 조선은 묵묵부답이었다. 군대랄 것도 없는 조선이 뭘 믿고 배짱을 부리는지 의아스러웠지만 더 기다려 줄 여유가 없었다. 드디어 팔기군을 앞세운 청나라 군대가 압록강을 건넜다.

이 무렵, '구련성의 청군 동태가 심상치 않다'는 국경수비대의 봉화가 두 자루 올랐다. 그러나 도원수 김자점은 "소식이 도성에 알려지면 민심이 소란스러워진다."며 정방산성에서 봉화를 차단했다. 압록강을 건넌 도르곤은 선봉장 타닥에게 몽골족 군병 3만을 주어 한성을 향하여 진군하라 명했다.

수적인 열세를 통감한 의주부윤 임경업은 휘하 군사를 이끌고 백마산성으로 들어갔다. 청나라 본진이 지나간 다음, 꼬리를 자르고 배후를 협공하기 위한 전술적 복안이었다. 그러나 도원수에게 요청한 증원군은 오지 않았다.

선봉장 타닥은 백마산성으로 들어가 버린 임경업군을 후속부대에 맡기고 남하했다. 청나라 선봉대가 신천과 안주를 지나는 동안 조선군은 그림자도 비치지 않았다. 평양에 무혈입성한 청나라 군대가 송도를 지났다는 개성유수의 장계가 대궐에 날아들었다. 이때 청군은 이미 양철평을 지나고 있었다. 양철평은 홍제원 너머다. 사태의 심각성을 깨달은 인조는 예방승지 한홍일에게 신주를 받들고 강화도로 떠나라 명했다.

청나라 선봉장 타닥은 정묘호란 때 왕을 놓쳐 버린 전철을 밟지 않기 위하여 선수를 쳤다. 양화진이 봉쇄되고 김포가 적의 수중에 떨어졌다. 임금이 허둥지둥 대궐을 빠져나와 강화도로 가려 했으나 이미 길이 막혔다. 인조는 숭례문 누각에 올라 탄식했다. 그 모습을 지켜보는 소현세자는 가슴이 미어졌다.

발길을 돌린 인조는 구리개를 거쳐 시구문을 빠져나갔다. 청군이 압록강을 건넌지 7일 만이다. 얼어붙은 삼전도를 거쳐 남한산성으로 들어간 인조에겐 1만 3000의 군사와 50일분의 식량뿐이었다.

대륙을 품은 사람과 망국을 껴안은 사람

철수 명령을 받은 도르곤의 본격적인 철군 작업이 시작되었다. 그러나 문제가 생겼다. 삼전 들녘에 진을 치고 있던 군사들과 포로들이 한강을 건너야 하는데 배가 없었다. 남한산성으로 진공할 때는 강이 얼어붙어 걸어서 건넜다. 이제 입춘도 지나고 날이 풀려 배가 필요한데 배가 없었다.

삼전도에서 청군의 도하작전이 벌어졌다. 배가 없다고 한강을 헤엄쳐서 건널 수는 없다. 그렇다고 상류로 우회할 수도 없다. 길은 하나다. 배를 만들어야 한다. 하지만 배를 만들 기술자가 없다. 가도 공격용 병선을 만들기 위하여 장인들은 모조리 용산강으로 징발해 갔다. 들녘에 진을 치고 있는 청나라 군사는 10만 명에 이른다. 홍이포도 있다. 언제 이 많은 병력과 대포를 실어 나를 배를 만든단 말인가.

"뗏목을 만들어라."

도르곤의 명이 떨어졌다. 청군에는 수군이 없다. 그래서 병선도 없고 선박 건조 기술도 없다. 하지만 혼하나 요하를 건너며 전투를 치른 경험이 있어서 뗏목 이용술은 높았다. 오대산과 태백산에 들어가면 실한 나무가 많지만 시간이 많이 걸린다. 귀로에 가도를 공격하는 황제군과 구련성에서 합류하여 심양에 개선해야 한다. 시간이 없다.

송파 일대의 집을 뜯어내기 시작했다. 외양간과 뒷간도 헐렸다. 청나라 군사들이 지나간 마을은 온전하게 살아남은 집이 없었다. 송파를 싹쓸이한 청나라 군사들이 벽동말로 진출했다. 온 동네 골목마다 집 무너지는 소리가 요란했다. 당말은 물론 능골까지 자욱한 흙먼지가 하늘을 뒤덮었다.

청나라 군사들의 뗏목용 목재 약탈로 송파와 천호동 일대가 초토화되었다. 그래도 목재가 부족했다. 포로 중에서 어깨가 튼실한 장정들을 골라 청평과 가평에 보내 나무를 벌목하여 하류로 떠내려 보내게 했다.

"세자와 빈궁을 먼저 모시겠습니다."

소현의 군막을 찾아온 용골대가 떠날 채비를 독촉했다. 철군 작전에 돌입한 청군은 포로들을 동원하여 뗏목을 만드는 한편, 부서진 배를 긴급 수리하여 지휘부가 이동하고 있었다.

세자와 세자빈이 함께 군막을 나섰다. 군영에서 나루에 이르는 길가에는 아직 치우지 못한 시신들이 널브러져 있었다. 목이 잘리거나 배가 터진 시체가 즐비했고 새까맣게 불에 그슬린 시신들이 도처에 서로 엉켜 있었다. 전쟁의 참상을 처음 목격한 세자빈은 경악했다. 이 정도의 참상이라고는 미처 상상하지 못했다. 차마 눈 뜨고는 보지 못할 참경이었다.

삼전도에 도착했다. 황량하기만 하던 나루가 사람들로 북적거렸다. 군막에 가둬 두었던 포로들을 끌어내어 뗏목을 만들고 있었다. 날은 풀렸지만 아직 추위가 가시지 않은 날씨에 땀을 뻘뻘 흘리고 있었다. 여기저기에서 비명이 들렸다. 포로들이 조금만 꾸물거려도 청군의 채찍이 날아들었다.

배를 탔다. 부서진 배를 수리한 병선이었다. 목적지가 어디인지 모른다. 그저 그들이 끌고 가는 대로 가야 한다. 강가에는 얼음에 묻혀 있던 아이들의 시신이 해동과 함께 둥둥 떠다니고 있었다. 세자빈은 차라리 눈을 감고 말았다. 그래도 아기의 울음소리가 들리는 것만 같았다. 세자빈은 귀를 막았다.

나루를 벗어난 배가 물줄기를 타고 강 복판에 이르렀다. 고개를 돌려 뒤를 돌아보았다. 남한산성이 한눈에 들어왔다. 산성에 갇힌 세자가 부왕을 모시고 하얗게 밤을 지새웠으리라 생각하니 가슴이 먹먹했다.

물줄기를 따라 흐르던 배가 독도 나루를 지나친 것으로 보아 더 하류로 내려갈 모양이다. 도착지가 어디인지 모른다. 배가 가는 대로 가야 한다. 불어오는 강바람이 싸하다. 진눈깨비가 흩날렸다. 얼마쯤 갔을까.

"내리시오."

상암벌을 끌어안은 강기슭이었다. 배에서 내려 강 언덕을 올랐다. 아담

한 정자가 보였다. 망원정이었다. 태종의 둘째 아들 효령대군이 별장으로 세운 건물이다. 세자 문종을 대동하고 양화진에서 주화포와 질여포를 발사하며 실전을 방불케 하는 훈련을 참관한 세종이 형의 별장을 방문하여 희우정(熹雨亭)이라는 편액을 내렸다. 망원정은 그 후 월산대군의 별장이 되었는데 얼마 전까지만 해도 명나라 사신 접대 장소로 사용되던 곳이다.

망원정 주변에 청군의 지휘소가 설치되었다. 세자와 세자빈의 군막도 바로 주변에 배당받았다. 군막을 나와 바라보니 무악산이 눈에 들어왔다. 건국 초기, 한양 천도를 놓고 개국공신들이 치열하게 논쟁했던 무악산. 인왕 주산을 추천한 무학대사와 북악산을 주장하는 정도전 사이에서 무악산을 천거했던 하륜의 목소리는 작았지만 태종이 못내 아쉬워했던 곳이 무악산 명당이다.

무악산을 강력히 추천했던 하륜은 수운이 좋아 부국강병의 터전이 되고 상암벌에 10만 군사를 모으면 요동을 호령할 수 있다고 주장했다. 허나, 200년이 지난 오늘, 요동을 장악한 청군이 그 상암벌을 점령하였으니 참으로 역설적이다.

"세자는 부왕께 하직 인사를 하고 오시오."

귀에 익은 목소리가 들렸다. 도르곤이었다. 서두르는 것으로 보아 북행 길이 가까웠나 보다. 세자와 세자빈은 채비를 갖춰 창경궁으로 향했다. 세자 일행은 용골대와 마부대가 선도했으며 역관 정명수가 따라붙었다.

세자와 세자빈이 대궐에 도착했다. 영의정 김류와 좌의정 홍서봉이 영접했다.

"전하, 부디 옥체를 보존하소서."

눈물이 앞을 가렸다. 세자는 더 이상 말을 잇지 못했다.

"오늘을 잊지 말라."
"명심하겠사옵니다. 마마!"

세자의 두 눈에서 눈물이 흘러내렸다. 잠시 침묵이 흘렀다. 임금과 세자는 더 이상 말이 없었지만 피를 토하는 오열이 오고갔다. 그 모습을 지켜보는 세자빈의 가슴도 울고 있었다.

"세자는 일어나시오."

역관 정명수가 찬물을 끼얹었다.

"조선은 폐하와 한 약조를 잊지 마시오."

용골대가 두 눈을 부릅떴다. 수항단(受降檀)에서 행한 강화 조약을 착오 없이 이행하라는 것이다.

"두 나라는 이제 군신의 의를 맺었는데 무슨 말인들 따르지 않겠소이까. 가도를 공격하고 남조(南朝)를 공격하는 것은 오직 명령대로 따르겠소이다."

영의정 김류의 목소리다. 아버지 나라라고 떠받들던 명나라를 남조로 격하했다.

"세자는 무얼 하시오? 어서 일어나지 않고…"

정명수의 재촉이 거듭되었다. 소현세자가 말에 오르려는 순간, 영의정 김류가 말 잔등에 거만스럽게 앉아 있는 용골대에게 다가갔다.

"내 딸 아이가 포로로 잡혀 있는데 속바치고 돌아오게 해주면 천금을 주겠소."

용골대와 마부대가 서로의 얼굴을 쳐다보았다. 말이 통하지 않았음을 깨달은 김류가 역관을 껴안으며 귀엣말로 속삭였다.

"이제 판사(判事)와 우리가 한 집안이 되었으니 내 딸이 속바치고 돌아오는 일에 힘을 써 준다면 공이 요구하는 것을 내가 어찌 따르지 않겠소?"

정명수가 김류를 쏘아보았다. 가소롭다는 표정이다. 싸늘한 웃음을 흘리며 정명수가 돌아섰다. 김류가 정명수를 붙잡고 애원했지만 명수는 뿌리치고 말에 올랐다. 말고삐를 잡은 김류가 애걸하며 매달렸다. 정명수가 채찍을 들었다. 말을 겨냥한 척하면서 김류의 얼굴을 갈겨 버렸다. 일인 지하 만인지상. 한 나라의 영의정이 얼굴을 감싸 쥐고 뒷걸음질 쳤다.

세자와 세자빈이 서서히 움직이기 시작했다. 신하들이 말고삐를 붙잡고 울부짖었다. 세자가 말을 멈추고 한참을 그대로 서 있었다. 신하들의 통곡소리가 대궐을 울렸다.

"세자는 빨리 움직이지 않고 뭐하시오?"

정명수의 채근에 신하들은 피가 거꾸로 치솟았다.

"역관 따위가 세자 저하께 감히 이리 무엄하게 군단 말인가?"

분노에 찬 얼굴로 정명수를 노려보았다. 기다렸다는 듯이 정명수의 채찍이 날아들었다. 여기저기에서 비명이 터졌다. 정명수의 말고삐를 붙잡고 애걸하던 김류가 얼굴을 감싸안고 뒷걸음질 쳤다.

평안도 은산에서 천출의 아들로 태어난 정명수는 은산현 관아에서 하인 노릇을 했다. 평산 현감 홍집에게 곤장을 맞은 일로 관리들에게 적개심이 강했다. 광해시대, 강홍립 장군을 따라 청나라에 갔다가 포로로 잡힌 그는 세작 노릇을 충실히 수행하여 황제의 신임을 얻었다. 역관 신분으로 조선에 출정한 그는 청나라 사람들보다도 더 조선 사람을 괴롭히고 행패가 심했다.

세자가 하직 인사를 하러 들어오기 전, 창경궁은 며칠 째 술렁거렸다. '세자를 호종하는 사람으로 누구를 보내느냐?' 하는 눈치 바람이 대궐을 감쌌다. 감투라면 물불을 가리지 않던 사람들이 줄줄이 사직했다.

강화 조약에서 '대신들의 아들이 볼모로 간다.'는 첫째 조항이 확정되자 우의정 이홍주는 연로하다는 이유로 물러났고 호조판서 김신국은 병이 위독하다는 핑계로 사직했다. 결국 세자를 호종하겠다고 나선 사람은 남이웅, 이시해, 박황, 이명웅, 박노, 이회, 민응협, 정뇌경과 익위사(翊衛司) 관원 3명이었다. 이들 가운데 대신의 자제는 하나도 없었다.

붉은 돼지가 출몰하여 걱정입니다

　황제의 명을 받든 도르곤은 치밀한 철군 작전을 수립했다. 조선군의 간담을 서늘하게 했던 홍이포와 10만이 넘는 대군을 철수시키는 일은 공격 못지않게 중요한 작전이었다. 운송 수단은 강화도를 공략할 때 사용했던 병선 40여 척. 절대 부족이었다. 포로들을 혹사하여 뗏목 만들기에 총력을 집중했다.

　대륙의 늙은 호랑이 명나라와 일전을 준비하고 있는 청군에게 홍이포는 보물 같은 존재였다. 홍이포의 손실은 곧 전력 약화다. 군졸들의 목숨보다 더 소중하다. 당대의 최신무기 홍이포를 명나라는 직접 제작하여 실전에 투입했다. 청나라는 기술력이 없다. 명나라와 전투에서 노획한 것이 전부였다.

　뗏목과 병선을 이용하여 삼전도에 있는 주력군의 도하 작전이 시작되었다. 홍이포가 먼저 한강을 건넜다. 강화도를 공략한 일부 병력을 빼내어 상암 들녘에 집결시켰다. 철수가 완료되면 숭례문 밖에 주둔하고 있는 도성 점령군에게 출발을 명령하여 벽제에서 합류한다는 계획이었다.

　용산강에서 함선 건조에 여념이 없는 공유덕과 경중명에게 목표를 조기에 달성하라는 특명이 떨어졌다. 뗏목은 아무나 만들 수 있지만 병선은 기술자가 필요하다. 장인은 한정돼 있다. 죽어나는 것은 포로들뿐이었다. 배가 만들어지면 강화도로 내려가 잔류하고 있던 군졸을 승선시켜 북상하라는 작전 명령이 내려졌다. 귀로에 오른 황제군과 철산반도에서 합류하여 가도를 공격하겠다는 전략이다.

삼전도를 출발한 뗏목이 한강을 메웠다. 망원정에 도착한 뗏목 가운데 쓸 만한 것은 병선에 매달아 상류로 끌어올리고 부실한 것은 하류로 떠내려 보냈다. 연유를 모르는 강화도 사람들이 횡재를 만났다. 눈에 보이는 대로 끌어다 해안에 매어 두었다. 청군의 공격을 받아 집이 불타고 무너진 강화 사람들에게는 소중한 목재였다.

삼전도에서 철수를 완료한 청군의 환송식이 한강 기슭에서 열렸다. 임금이 신하들과 함께 잠두산에 나아갔다. 봉우리 모양이 누에가 머리를 들고 있는 것과 같다 하여 잠두(蠶頭)라는 이름을 얻은 잠두봉은 서강 3경 가운데 하나였다. 시인 묵객들이 즐겨 찾던 명승지다.

"조선의 풍광이 매우 아름답습니다."

도르곤이 한강의 풍치에 탄성을 질렀다. 잠두봉에서 바라본 한강은 가히 절경이었다. 깎아지른 절벽 아래 강물이 철석이고 밤섬에서 날아오른 물새들이 평화롭게 날고 있었다. 멀리 관악산이 눈에 들어오고 양말섬이 손에 잡힐 듯했다.

"삼천리금수강산에 때 아닌 붉은 돼지가 출몰하여 걱정입니다."

"……?"

탄식처럼 내뱉은 인조의 말을 역관 정명수가 제대로 알아듣지 못했다. 의미는 더더욱 몰랐다. 붉은 돼지란 홍태시(紅泰豕)다. 홍타이지를 폄하하는 궁중 은어였다. 어전회의에서 청나라를 성토할 때 곧잘 등장하는 말이다. 정명수가 제대로 알아들었다면 위험천만한 발언이다.

"강화도의 군사들이 도착하면 떠날 것이오. 아마 내일 모레가 될 것 같소."

"편안히 가시오."

도르곤은 푸짐한 식사를 내놓았다. 굶주린 조정 대신들의 눈빛이 빛났다. 배고픔에는 염치가 없다. 사흘만 굶으면 보이는 것이 없다. 굶주린 대신들이 게걸스럽게 먹었다. 허나, 신익성과 이지항은 오랑캐의 음식을 먹을 수 없다며 손도 대지 않았다.

창경궁으로 돌아온 인조는 마음이 조급해졌다. 세자가 심양으로 떠날 날이 가까워 오는데 세자를 시종할 신하들이 부실하다고 생각되었다. 도승지 이경석을 불렀다.

"세자를 시종할 신하들을 보강하도록 하라."

인선 작업에 들어갔으나 모두들 꽁무니를 뺐다. 삼공육경(三公六卿)이

하나같이 자기 자식은 내놓으려 하지 않았다. 세자를 호위하는 익위사 관원들마저 북행을 피하기 위하여 도망갔다. 잔류 관원들은 병이 위독하다 핑계대고 부솔(副率)들에게 대신하도록 했다.

"태평한 시대에는 좋은 벼슬을 자기네들이 다 차지하고 어지러운 시대에는 우리를 죽음의 구렁텅이로 밀어 넣으니 참, 엿같은 세상이다."

조선 사람들에게 대륙은 동경의 땅이었다. 세계의 중심 명나라에 들어가는 것은 일생의 꿈이자 광영이었다. 사신단에 뽑히면 가문의 영광이었다. 며칠씩 잔치를 벌이고 떠나는 날에는 돈의문 밖 반송정에 나가 성대한 환송식을 열었다. 말고삐를 잡고서라도 따라가기를 원했던 곳이 대륙이다.

허나, 이제는 서로 가지 않으려 한다. 왕명을 거역하면서까지 꽁무니를 뺐다. 오랑캐 땅에서 언제 돌아온다는 기약도 없다. 살아서 돌아온다는 보장은 더더욱 없다. 그러니 다들 왕명도 우습게 알고 몸을 사리는 것이다. 대륙은 이제 환상의 땅이 아니라 두려움의 땅이다.

난항 끝에 호종 인원이 확정되었다. 가함대신 남이웅, 대빈객 박황, 부빈객 박노, 무재 박종일·이기축, 보덕 황일호, 겸보덕 채유후, 필선 조문수, 겸필선 이명웅, 문학 민응협, 겸문학 이시해, 사서 서상리, 겸사서 정뇌경, 설서 유계, 겸설서 이회, 익위 서택리·양응함, 사어 허억·김한일, 부솔 이간·정지호, 시직 이헌국·성원, 세마 강문명, 사복시 주부 정이중,

선전관 위산보·변유·구오, 부장 민연, 의관 정남수·유달이 최종 확정되었다. 이 가운데 자청한 사람은 정뇌경과 세자빈의 남동생 강문명뿐이었다.

상암 들녘에 진을 치고 있던 부대가 움직이기 시작했다. 마침내 본국으로 철수다. 도르곤이 앞서고 소현세자가 뒤따랐다. 그 뒤를 세자빈과 봉림대군이 따랐다. 도르곤의 수레에는 금은보화가 가득 실려 있었으며 연실이가 타고 있었다. 용골대의 수레에도 약탈한 물건과 함께 조선인 여자도 타고 있었다. 행렬의 후미를 따라가는 역관 정명수의 수레는 자그마치 4대나 되었다. 누가 채워 주었는지 모르지만 금은보화가 그득했고 조선인 여자 네 명도 타고 있었다.

청군의 철수 행렬이 창릉고개에 이르렀다. 세자를 따라갈 호종 신하들을 이끌고 임금이 먼저 와 있었다. 북으로 끌려가는 아들의 마지막 모습을 보기 위해서다. 창릉은 세조의 둘째 아들 예종과 계비 안순왕후 한씨가 잠들어 있는 능역이다. 등성이 남쪽에는 의경세자의 경릉이 있었지만 등극한 왕은 예종이었으므로 창릉고개라 불렀다.

"멀리 오셔서 전송해 주시니 감사합니다."

말에서 내린 도르곤이 인조를 향하여 정중하게 예를 갖췄다.

"미거한 자식이니 잘 지도해 주시기 바랍니다."

"세자를 겪어 보건대 제가 감히 가르칠 입장이 못 됩니다."

"자식들이 구중궁궐에서만 자라 연약하니 건강이 걱정됩니다."

"세자는 머지않아 돌아올 것이니 너무 심려하지 마십시오."

"부탁드립니다."

"군대가 갈 길이 머니 이만 하직했으면 합니다."

도르곤이 말에 올랐다. 소현세자와 봉림대군도 부왕에게 하직 인사를 하고 말에 올랐다. 인조가 눈물을 흘리며 전송했다.

"몸 보전에 힘쓰라. 지나치게 화를 내지도 말고 가볍게 보이지도 말라."

말에서 다시 내린 세자가 엎드렸다. 신하들이 세자의 옷자락을 잡아당기며 통곡했다. 솔바람 불던 창릉고개가 울음바다로 변했다.

"전하께서 여기에 계신데 어찌 감히 이렇게들 하는가?"

오열을 억누르며 세자가 만류했다. 이제 헤어지면 다시 만날 기약이 없다. 이것이 마지막이 될 수도 있다. 소현세자는 가슴이 찢어졌지만 슬픔을 드러낼 수도 없었다.

"모두들 자중하라."

소현은 솟구치는 눈물을 감추며 말에 올랐다. 세자가 탄 말이 북쪽을 향하여 움직이기 시작했다. 세자빈과 봉림 그리고 대군 부인이 뒤따랐다. 인조는 소현의 모습이 보이지 않을 때까지 창릉고개에 망주석처럼 서 있었다.

북으로 향하는 세자빈은 아직 돌도 지나지 않은 아들 석철이 눈에 밟혔다. 죽었는지 살았는지도 아직 모른다. 살아 있다면 어느 산속 깊은 곳에서 어제 내린 눈발에 떨고 있지나 않을까? 가슴이 시렸다.

잘 있거라 고국산천 다시 보마 삼각산아

청군이 철수하는 의주대로의 벽제 길은 사람들로 미어졌다. 의기양양하게 철군하는 청군의 행렬. 두 손이 묶인 채 비틀거리며 끌려가는 포로들. 청나라 사람들이 정말 붉은 돼지처럼 생겼나? 호기심이 발동하여 구경나온 사람들, 포로 무리에서 피붙이를 발견하고 이름을 부르며 울부짖는 사람들… 그야말로 북새통이었다.

여기에서도 빈부가 극명하게 갈렸다. 백성들을 수탈하여 재물이 넘쳐나는 고관대작 자제들은 끌려가는 도중에도 돈만 치르면 풀려났다. 가난한 민초들은 찾아오는 이도 없고 이름을 불러 주는 사람도 없었다. 고개를 숙이고 끌려갈 뿐이었다. 속바치고 풀려나는 포로와 기뻐하는 가족들의 모습을 바라보는 것은 그들에게 또 하나의 서러움이었다.

벽제에서 한성 점령군과 합류한 청나라 군대가 혜음령에 이르렀다. 한양과 의주에 이르는 관서대로의 중요한 길목이다. 고개 아래에는 벽제관이 있었다. 대국의 사신들이 한양 입성 준비를 하던 곳이다. 세자는 명봉산 아래 깎아지른 고갯길 마루턱에서 남쪽을 바라보았다. 멀리 삼각산이 눈에 들어왔다.

"다시 보마 삼각산아!"

고개를 내려가면 삼각산을 볼 수 없다. 삼각산은 도성의 조산이다. 어디에서 보아도 눈에 들어오고 그 자리에 그렇게 있기만 해도 듬직한 산이다. 이제 그 산을 다시 볼 기약조차 없다.

철군 행렬이 임진강을 건너 개성을 지나 평양에 도착했다. 점령군 장수와 평안감사가 대동문까지 나와 영접했다. 대동문은 평양의 관문이며 내성 정문이다. 정묘년 난리에 소실된 대동문을 2년 전에 고쳐지었는데 다행히 이번 전란에는 화를 입지 않았다. 배흘림기둥에 얹힌 부드럽고 우아한 팔작지붕 곡선이 이곳이 색향임을 말해주고 있었다. 아직도 청군이 주둔하고 있는 평양은 대부분의 집이 불타고 텅 비어 있었다.

대동문을 통과하여 감영으로 가는 길로 접어들었다. 황량한 길거리에는 주검이 나뒹굴고 추위와 굶주림에 지친 아이들이 배회하고 있었다. 고구려 때 평양을 지킨 을밀장군의 이름을 따서 지었다는 을밀대는 석축만 남아 있을 뿐 흔적도 없이 불타버렸다. 겹처마 합각지붕이 빼어나게 아름다운 누각이었는데 이제는 그 모습을 다시 볼 수 없다.

부벽루에서 연회가 열렸다. 도르곤의 개선을 축하하는 연회다. 도르곤을 비롯한 청나라 장수들과 소현세자와 평안감사가 참석했다. 대동강 청류벽 위에 자리 잡은 부벽루는 물위에 떠 있는 듯한 느낌을 주는 환상적인 누각이었다. 아무리 풍광이 좋다 한들 흥이 날 리 없다. 그들만의 축하연을 바라보며 비탄에 잠긴 세자는 지그시 눈을 감았다.

압록강은 흐른다

평양을 떠난 철군 행렬이 청천강을 건너고 전문령을 넘어 의주에 도착
했다. 한때 명나라와의 교역으로 북적거렸던 의주는 폐허가 되어 있었다.
저잣거리는 텅 비었고 민가는 불에 타 무너졌다. 조선 백성은 간데없고
온통 청나라 세상이었다.

"군대 있는 나라가 불과 이레 만에 적에게 도성을 내준다는 것이 도무지
이해가 되지 않는다. 어찌 이런 일이 있을 수 있단 말인가? 다시는 이러한
치욕을 당하지 않으려면 되짚어 봐야겠다."

의주에 들어간 세자는 복기에 들어갔다.

"'형제의 나라'를 '군신의 나라'로 바꾸자고 청나라가 조선을 압박해 올
때, 인조는 청나라의 진의를 파악하고자 사신을 보냈다. '조선이 11월 25
일 이전에 대신과 왕자를 들여보내 다시 화친을 청하지 않는다면 내가 친
히 군사를 일으킬 것이다. 조선이 산성을 많이 쌓았다지만 나는 큰길로
곧장 한성을 향할 것인데 산성을 가지고 막을 수 있겠는가? 조선이 믿는
것은 강화도이겠지만 내가 만일 팔도를 모두 장악하고 나면 한낱 작은 섬
으로 나라가 되겠는가? 우리를 배척하자고 주장하는 자는 모두 유신(儒

臣)이니 그자들이 붓으로 우리를 물리칠 수 있겠는가?"

홍타이지의 답서를 받은 조정은 들끓었다. 척화파와 주화파의 극한 대립이다. 대책 마련은 뒷전이고 갑론을박 격론을 벌이며 시간을 보냈다. 주화파의 목소리는 척화파의 목소리에 묻혀 버렸다. 최후통첩 시한을 놓치고 부랴부랴 사신을 파견했다. 사신이 지름길을 택하여 달려갔으나 이미 청나라 동정군은 출발한 뒤였다.

김자점과 김류는 유사시 의주의 진(鎭)은 백마산성, 평양은 자모산성, 황주는 정방산성, 평산은 장수산성으로 옮긴다는 방책을 세웠다. 이것은 조선 건국 이래 요충지대는 중진(重鎭)을 벌려 두는 것과 배치되는 전술이다. 이 무렵 관서 지방 군사 지휘 계통은 체찰사 김류, 도원수 김자점, 의주부윤 임경업이었다.

압록강 건너 청군 동태가 심상치 않다는 첩보가 조정에 전달된 것이 12월 초. 수어사 이시백은 남한산성 보수에 주력했고 도원수 김자점은 자신의 본영 자모산성 축성에 매진했다.

"오랑캐가 올 겨울에는 쳐들어오지 않을 것이다."

김자점은 큰소리쳤다. 하지만 그것은 잘못된 판단이었다. 6일, 의주 용골산에 봉화 두 자루가 올랐다. 김자점은 정방산에서 봉화를 끊었다. 7일, 연이어 두 번 봉화가 올랐다. 의주의 다급한 몸짓이었다.

"이것은 사신이 들어가니 오랑캐가 나와 환영하는 것이다. 어찌 적이 올 리 있겠는가?"

김자점은 무시했고 더 이상 의주의 비명은 없었다. 김자점은 자만했다. 하지만 무장의 예민한 후각에 뭔가 포착되었다. 무엇인지 모르지만 느낌이 좋지 않았다. 9일, 김자점은 군관 신용을 의주에 파견했다. 말을 달려 의주로 향하던 신용은 눈을 의심했다. 적은 이미 의주를 통과하여 평양 지척 순안까지 진출해 있었다. 기겁한 신용이 황급히 말을 돌렸다.

"적이 순안에 와 있습니다."
"뭣이라고? 그럴 리 없다. 어찌 헛된 말로 군정(軍情)을 어지럽히려 드느냐?"

김자점이 칼을 빼어들어 신용의 목을 겨누었다.

"적이 내일이면 여기에 당도할 터이니 하루만 기다렸다 나를 치시오."

거짓인지 참인지 하루면 판명될 것이라는 얘기다. 잠시 후, 적정을 살피러 나갔던 또 다른 군관이 신용의 보고를 확인해 주었다. 이때서야 김자점은 부랴부랴 조정에 장계를 올렸다. 청군 수중에 떨어진 역로를 달리던 전령은 청군의 칼날에 쓰러지고 장계는 탈취당했다.

7일, 압록강을 건넌 청군은 백마산성의 임경업 군과 자모산성의 김자점군을 상대하지 않고 파죽지세로 남하했다. 조선군의 저항은 없었다. 팔기군을 앞세운 청군의 기세에 대적할 조선군은 어디에도 없었다. 역로와 역참은 적의 수중에 떨어졌고 봉화대는 봉쇄되었다. 산성에 들어간 군대는 고립되었고 통신은 마비되었다.

12일, 임경업이 보낸 장계가 사선을 뚫고 한양에 도착했다. 청군이 이미 송도를 통과했다는 개성유수의 장계가 조정에 도착한 날이 13일. 모든 보고는 뒷북만 치고 있었다. 세자는 생각할수록 기가 막혔다.

비변사에 나라의 안위를 맡겨 두고 조정은 척화파와 주화파로 갈려 싸움질만 일삼고 있었으니 어처구니가 없었다. 국가의 틀을 근본적으로 뜯어고치지 않고서는 조선의 장래는 없다고 생각되었다. 허나, 지금은 볼모로 끌려가는 몸. 생각만 간절할 뿐 아무것도 할 수 없었다.

의주에서 사흘을 머문 청군이 다시 심양을 향해 움직이기 시작했다. 의주관에서 성대하게 환송을 받은 청군이 압록강에 이르렀다. 백두산 눈이 녹아내린 강물이 아침 햇살에 반사되어 영롱하게 빛났다. 입춘, 우수가 지나 강심은 얼음이 풀렸지만 가장자리에는 아직도 살얼음이 남아 있었다.

"이 물줄기를 조선에선 무어라 부르오?"

도르곤이 말을 붙여 왔다.

"물빛이 오리의 머리를 닮았다 하여 압록강이라 합니다."

"우리는 청하(淸河)라 부르며 장강(長江), 황하(黃河)에 이어 세 번째 강이오. 조선에선 몇 번째에 드오?"

"제일 큰 강입니다."

"으뜸의 강을 세자와 함께 건너게 되었으니 영광이오. 하하하"

욕인지 칭찬인지 모르겠다. 강물이 눈부시게 푸르다. 백두산에서 발원하여 숱한 지천을 거느리고 내달려온 압록강. 뱃전에 부딪치는 물결 소리가 어미 잃은 아기 울음소리 같다. 가슴이 아리다. 둔중한 몸체가 움찔하더니만 스르르 움직이기 시작했다.

조국산천이 점점 멀어졌다. 가슴에 뜨거운 것이 치밀고 올라왔다. 피를 토할 것 같은 아픔이 가슴을 짓눌렀다. 숨이 멎을 것만 같다. 머리를 들었다. 통군정을 품고 있는 삼봉산이 시야에 들어왔다. 이제 가면 언제 다시 볼 것인가. 멀어지는 조국산천을 눈에 가득 담고 싶었다.

다시는 고국에 돌아가지 않으리

압록강을 미끄러지는 뱃전에 물결이 부딪쳤다. 부서지는 포말을 바라보며 하염없이 흐느끼는 여인이 있었다. 연실이다. 그녀의 흐느낌은 색깔이 달랐다. 포로로 끌려가는 대부분의 여인들은 다시 돌아올 것을 갈망하며 눈물지었지만 그녀는 멀어지는 조국산천을 바라보며 이를 악물었다.

"내 다시 조국으로 돌아가지 않으리."

그녀의 입술이 파르르 떨렸다. 고개를 들었다. 창백한 얼굴이다. 백마산성이 눈에 잡혔다. 어머니의 품처럼 포근한 모습이 가슴에 와 닿았다. 청군에게 끌려가던 자신의 손목을 붙잡고 목 놓아 울부짖던 어머니가 보고 싶다.

멎었던 눈물샘이 다시 터졌다. 흐르는 눈물 사이로 보이는 백마산은 자신이 태어난 인왕산과 너무나 닮아 있었다. 어릴 때 뛰어 놀던 고향집이 뇌리를 스치고 지나갔다.

한양의 조산(祖山)이 삼각산이라면 주산(主山)은 백악이다. 좌청룡 낙산과 우백호 인왕이 감싸고 있는 한양은 천하의 명당이다. 이러한 명당

가운데 명당으로 꼽히는 곳이 있었으니 인왕산 아래 청풍계다. 인왕산은 조선 건국 초, 무학대사가 궁궐터로 강력히 추천했으나 정도전의 백악 주산론에 밀려 정궁이 들어서지 못했던 곳이다.

도성에 해가 뜨면 맨 먼저 햇빛을 받는 이곳은 아무나 들어가 살 수 있는 곳이 아니었다. 권세 있는 사람들만 끼리끼리 뭉쳐 사는 동네였다. 과거에 급제하고 입신출세하여 들어갔더라도 관직을 잃거나 정변에 휩쓸려 몰락하게 되면 소리 소문 없이 나와야 하는 동네다.

적자(嫡子)가 아니라는 약점을 안고 등극한 광해는 늘 불안에 떨었다. 형 임해군을 진도에서 사사시키고 여덟 살밖에 안 된 이복동생을 강화도에 유배 보내 강화부사 정항으로 하여금 참혹하게 죽이도록 한 그는 인왕동 소세양의 집터에 왕기가 서린다 하여 청심당을 헐어버리고 이궁을 건립했다. 인경궁이다.

왕위에 불안감을 느낀 광해는 여기에서 그치지 않았다. 정원군의 집터에 왕기가 서린다는 당대의 술사 김일룡의 요설에 따라 정원군의 집과 주변 민가 수천 채를 헐어 내고 궁궐을 지었다. 경덕궁이라는 그럴 듯한 이름을 붙였지만 백성들은 새문동 셋째 궁궐이라고 비아냥거렸다. 광해는 이 궁에 들어가 보지도 못하고 쫓겨났다.

정원군의 아들 능양군이 등극하여 인조가 되었으니 술사의 도참이 터무니없는 것만도 아닌 것 같다. 중종의 후궁 창빈안씨 소생 덕흥군 이초가 이 부근 인달방에 살면서 셋째 아들을 낳았다. 명종이 후사 없이 죽자 그 아들이 졸지에 임금이 되어 경복궁으로 들어갔으니 인왕산 아래에 왕기가 서렸다는 술사의 예언이 허무맹랑한 허언만은 아닌 것 같다.

그날 밤. 연실은 잠을 이루지 못했다

인왕산에 걸쳐 있던 해가 사라지고 인달방에 땅거미가 내려앉자 도성의 선비들이 하나둘씩 윤대감 댁으로 모여들었다. 한양 선비들의 세계에도 두 패가 있었다. 권세파와 풍류파다. 양지를 찾아 권력을 좇는 자들은 청풍계로 몰려들었고 시화와 가무를 즐기는 풍류객들은 옥류동을 찾았다. 옥류동의 원조는 안평이고 청풍계의 좌장은 김상용이다.

일찍이 출사하여 입신한 윤대감 집은 풍치가 그만이었다. 인왕산에서 흘러내린 개울물이 사랑채 바로 앞에서 바위를 타고 작은 폭포를 이루는 모습은 그 자체가 한 폭의 산수화였다. 백악과 목멱이 한눈에 들어오는 정자에 앉아 시라도 읊으면 신선이 따로 없었다. 바로 지척에 백사 이항복이 한음 이덕형과 시문을 나누었던 필운대가 있고 살구꽃이 피는 계절이면 가히 절경이었다.

"윤대감 막내 여식이 올해 몇이오?"
"열두 살이외다. 왜 그러시오?"
"아니, 윤대감이 모르고 있었단 말이오?"
"좋은 혼처라도 있소?"
"궐에서 곧 간택이 있을 것이라는데 여식을 한 번 내보내 보시지요."

정묘호란으로 강화도에 몽진했다 환궁한 인조는 국본(國本)을 염려했다. 왕과 세자 그리고 원손. 이렇게 혈맥으로 단단히 묶여 있으면 어떠한 환란이 닥쳐도 걱정이 없을 것 같았다. 세자 나이 열셋. 어서 세자빈을 맞아들여 원손을 보고 싶었다. 인조는 서두르고 있었다.

"당치않은 말씀을. 제 여식은 아직 어리고 미거하여 어림없습니다."
"자색이 곱던데…."
"그게 어떤 자리인데 내보내고 싶다고 내보낼 수 있습니까?"
"한 번 밀어 볼까요?"
"아서요, 아서. 언감생심 꿈도 꾸지 말아야지요."

손사래를 쳤지만 윤대감은 내심 싫지 않은 기색이었다.

"아닙니다. 소인이 힘껏 밀어 보겠습니다."
"어림없다니까요. 하하하."

사랑채에서 흘러나온 소리를 엿들은 연실은 얼굴이 붉어졌다.

"왕자님이라고 하셨지? 어떤 분이실까?"

그날 밤. 연실은 잠을 이루지 못했다. 가슴은 새처럼 콩닥거렸고 입술은 타들어갔다. 살며시 방문을 열고 밖으로 나갔다. 밤하늘에 무수한 별들이 반짝이고 있었다. 연실은 수많은 별 중에서 왕자별을 찾느라 하얗게 밤을 지샜다.

제2장

권력의 지도를 바꾸는 왕실의 혼인

김대감은 인왕산 아래 장동에 살았다. 그런 연유로 병판을 그만둔 뒤에도 장동대감으로 불렸다. 김대감은 증광문과에 급제하여 검열로 출사했다. 임진왜란 때에는 권율 장군의 종사관으로 명나라 원군을 지원했다. 이때 뼛속 깊이 새겨 둔 것이 재조지은(再造之恩)이다. 명나라에 대한 무한한 충이었다.

"이리 오너라."

묵직한 목소리가 강승지 집을 찾았다. 임금을 지척에서 모시는 승지 집을 이른 아침부터 찾아와 큰소리칠 만한 사람은 조선 팔도에 몇 되지 않는다. 화들짝 놀란 하인이 짚신을 잘잘 끌며 대문 사이로 빠끔히 내다보았다.

"뉘신데 이른 아침부터 큰 소리유?"
"장동대감이라고 일러라."

하인의 전갈을 받은 강석기가 버선발로 뛰쳐나왔다. 장동대감이 누군가. 집권 세력을 이끄는 좌장이 아닌가. 비록 학맥은 달라도 조선의 사대부들이 죄다 머리를 조아리는 어른이다. 강석기는 심장이 벌렁벌렁 뛰었다. 아무리 생각해 봐도 책잡힐 일은 없지 싶은데, 무슨 사달이 났나 하여 더럭 겁부터 났다.

"대감께서 어인 일로 소인의 누옥을 찾으셨습니까?"

김대감을 사랑채로 안내한 강석기는 몸 둘 바를 몰랐다. 김대감은 강석기보다 스무 살이나 위로 아버지뻘이다.

"긴한 얘기가 있어 결례를 무릅쓰고 이른 아침부터 찾아왔네."
"말씀만 내려 주십시오."
"거두절미하고 단도직입적으로 묻겠네. 자네 둘째 여식이 올해 몇인가?"
"열 넷입니다만 어인 일로…?"
"머잖아 세자빈 간택이 있을 걸세. 자네 여식을 세자빈으로 넣을 테니 그리 알게."

의사타진이 아니라 일방통고다. 강석기는 머릿속이 하얘졌다.

"내 딸이 세자빈이라? 세자가 등극하면 나는 국구가 되고 내 딸이 아들을 낳으면 임금의 할아버지가 된다?"

꿈같은 이야기다. 그 이야기를 지금 듣고 있는 것이다. 하지만 스승 김장생은 용상의 자리가 사람을 죽일 수도 있고 살릴 수도 있는 무서운 자리라고 했다. 가문의 영광이 될지, 재앙이 될지는 아무도 모른다. 자신은 임금을 지척에서 모시는 승지다. 승지도 모르는 혼담이 오간다는 것이 놀라울 뿐이었다.

"저희 여식이라니요? 당치 않은 말씀입니다. 아직 어리고 미거하여 어림없습니다."
"일없네. 그런 줄 알고 난 일어나겠네."

문을 박차고 나오던 김대감과 댕기 머리 소녀가 부딪쳤다. 당황한 소녀는 머리를 숙여 예를 올렸다.

"이 녀석인가?"
"그렇습니다."
"자색이 출중하구먼…."
"과찬이십니다."

김대감이 돌아간 그날 밤, 소녀는 잠을 이루지 못했다.

왕자님의 첫날밤

조선 팔도에 금혼령이 내려졌다. 세자의 혼사는 단순한 혼인이 아니다. 차기를 담보로 한 세력 재편이다. 세자를 잡아야 차기가 보장된다. 어느 정파에서 세자빈을 배출하느냐에 따라 정치 지형이 달라진다. 정파 간에 각축전이 벌어질 수밖에 없다.

판윤 이서가 먼저 선수를 치고 나왔다. 윤의립의 딸을 추천한 것이다. 인조는 정사공신 이서의 천거에 마음이 쏠렸다. 암중모색 중이던 김자점이 반대하고 나섰다. 모두가 혁명 동지들이다.

"윤의립의 딸은 바로 윤인발의 사촌 누이입니다. 통촉하소서."

윤인발은 이괄의 난에 연루되어 죽었다. 세자빈으로 부적절하다는 것이다. 김자점에 이어 사간 이상급이 가세했다.

"윤의립의 딸을 국혼의 대상으로 논하는 것은 천부당만부당합니다. 판윤 이서를 중벌로 다스리소서."

혼사 문제가 파벌 싸움으로 번졌다.

"내 뜻은 이미 그쪽에 있는데 공들이 어찌 이와 같이 반대한단 말인가?"

"조종조로부터 역적 집 자식과 혼인한 예가 없습니다. 그런데 하필이면 역적 집의 자식과 혼인을 한단 말입니까?"

"혼인은 부모가 주관하는 것이지 여러 사람이 논쟁할 일이 아닙니다."

시독관 이경용이 세자 혼인을 가정사로 축소하며 끼어들었다.

"여론을 수렴하여 일호도 미진함이 없게 하여야 할 것입니다."

김상헌이 신중론을 펼쳤다. 인조는 머리가 아팠다. 세자빈 간택이 논쟁으로 비화한 것이다. 인조는 세자빈 간택을 거두어 들이고 금혼령을 해제했다. 세자빈 간택 문제는 수면 아래로 가라앉았지만 차세대를 겨냥한 각축전은 물밑에서도 불꽃을 튀겼다. 열기가 가신 뒤에 임금이 선언했다.

"승지 강석기의 집과 혼사를 맺으려 한다."

"신민들의 소망에 흡족하니 종묘와 사직에 무궁한 복입니다."

편전에 부복한 대소 신료들이 머리를 조아렸다. 국혼은 급물살을 탔다. 가례도감이 설치되고 날짜도 잡혔다. 해를 넘기지 않아야 해로한다는 속설 때문에 섣달 스무이레로 정해졌다. 그런데 문제가 생겼다. 정숙옹주의 장례 날짜와 겹쳤다. 정숙옹주는 선조와 인빈 김씨 사이에서 태어난 셋째 딸로서 인조의 고모가 된다.

"정숙옹주의 장례가 이달 스무이레로 정해져 있다는데 그날 가례를 행하는 것은 바람직하지 못하다."

가례가 벽에 부딪혔다. 왕실 경사(慶事)와 상사(喪事)가 겹친 것이다.

"세자의 가례는 국가의 중대사입니다. 정숙옹주가 비록 지친이지만 사가(私家)의 상례입니다. 그것 때문에 대례를 옮길 수는 없습니다."

난항 끝에 옹주댁에서 장례를 하루 미루는 것으로 일단락되었다.

왕실에서 강석기 집에 꽃무늬를 새긴 은 50냥, 홍색과 초록색 명주 각 16필, 목화 10근, 당주홍칠 함 1부, 당주홍칠을 한 상 1좌가 함에 담겨 예물로 보내졌다. 납징(納徵) 예물이다. 숭정전에서 납징례를 치른 강석기의 딸은 별궁으로 거처를 옮겼다. 왕실 법도와 세자빈 수업을 받기 위해서다. 예물은 계속 이어졌다. 별궁예물, 정찬예물, 본방예물이 별궁에 속속 도착했다. 예물 홍수 속에서 세자빈의 책봉례가 거행되었다.

"세자의 친영례(親迎禮)를 별궁에서 행하는 것이 마땅하겠으나 태평관에서 친영한 때도 있었습니다."

크고 성대한 것을 좋아하는 인조를 간파한 예조가 품신했다. 명나라 사신을 접대했던 넓은 곳으로 옮기자는 것이다.

"태평관에서 친영한 전례가 있었다면 규례에 따라 시행하라."

마지못해 떠밀려 가는 모양새를 취했으나 인조는 기분이 좋았다. 강석기의 딸은 별궁을 떠나 태평관으로 옮겼다.

댕기머리 소녀는 뭐가 뭔지 모른다. 그저 어른들이 시키는 대로 할 뿐이다. 신부는 신랑이 세자라는 것 외에 신랑에 대해서 아는 것이 하나도 없었다. 소녀는 왕자님 생각에 잠을 이루지 못했다.

드디어 친영 날이 다가왔다. 기러기 한 마리를 싼 보자기를 두 손으로 받쳐 든 나인을 앞세우고 신랑이 친영을 나왔다. 신랑은 왕자다. 그것도 평범한 왕자가 아니라 이 나라의 대통을 이을 세자다. 대례청에 선 신랑 신부는 시선을 내리깔고 마주 섰다. 신부보다도 신랑이 더 떨었다.

전안위(奠雁衛)에 기러기를 올려 놓고 어린 신랑이 두 번 절을 했다. 전안례(奠雁禮)가 끝나자 승지 댁 할멈이 기러기 보자기를 치마로 감싸듯이 받아들고 방으로 들어가 시루로 엎어 놓았다. 다산과 장수를 기원하는 축원이다.

신랑 신부 교배례가 이루어졌다. 왕과 왕비의 경우에는 동뢰연(同牢宴)이라 하여 술잔을 주고받지만 이들은 아직 어리기 때문에 술잔을 받는 시늉만 했다. 이어 합근례(合巹禮)가 거행되었다. 신랑은 무릎을 꿇고 신부는 다소곳이 앉았다. 하님이 청실·홍실을 드리운 술잔에 술을 따르고 신부가 허리를 굽혀 읍했다. 하님이 술잔을 한 번은 대례상 왼쪽으로, 한 번은 오른쪽으로, 또 한 번은 대례상 위로 신랑에게 보냈다. 신랑은 입에 대었다가 다시 신부 쪽으로 보내고 술잔을 받은 신부는 잔에 입술을 대었다 퇴주했다. 합환주(合歡酒)다.

합근례를 치른 신랑 신부가 신방으로 들어갔다. 열다섯 살 신랑과 한 살 위 신부가 맞이하는 첫날밤이다. 신부는 가슴 설레는데 신랑은 떨고 있다. 어린 신랑은 떨리는 가슴을 달래며 신부를 살짝 엿보았다. 색시가 무엇인지 모르지만 예쁘다. 그리고 밤은 깊어 갔다.

실수였을까 의도적인 도발이었을까

선달 스무이레. 세자의 가례가 숭정전에서 거행되었다. 인조 등극 이후 처음 갖는 경축행사다. 그동안 인조는 생부 원종 추숭과 생모 계운궁 장례 절차 문제로 상처를 많이 받았다. 이괄의 난과 정묘호란은 치명적이었다. 반정군을 이끌고 도성으로 진공할 때의 기개는 사라진 지 오래다. 인조는 이 모든 것을 한 방에 날려 버리기 위해 세자의 혼례를 성대하게 치르라 명했다.

사가에서도 맏이를 처음 혼인시키는 개혼(開婚)은 집안의 경사다. 하물며 임금이 세자빈을 맞아들이는 국혼이다. 대통을 이을 원손을 낳아 줄 여인을 궁에 들이는 일이다. 얼마나 경사스러운 일인가. 더구나 소현은 인조에게 맏아들이고 인조 나이 이제 서른 둘. 삼십대 초반에 며느리를 본 셈이다.

경덕궁 창건 이래 처음 갖는 대사를 경축하기 위하여 시전은 철시했고 홍화문 앞은 인산인해를 이루었다. 도성의 종친과 대소 신료는 물론 지방 수령들도 구름처럼 몰려들었다. 운종가, 황토현, 돈의문 일대에도 백성들로 산을 이루었다. 임금과 온 백성이 모처럼 호란(胡亂)의 시름을 잊고 경하해 마지않았다.

광해가 자신의 왕좌에 위협이 되는 왕기를 말살하기 위하여 정원군의 집터를 헐어내고 새로이 지은 궁전이 경덕궁이다. 집을 지은 사람은 경덕궁에 들어가 보지도 못하고 쫓겨났다. 광해가 지어준 궁궐에서 아들의 혼례를 올렸으니 도성에 괴이한 소문이 퍼졌다.

"죽 쒀서 개 좋은 일 했구먼."

정월 초하루, 새해가 밝았다. 새 신랑 소현이 혼례 후 처음 맞는 새해다. 세자가 백관을 거느리고 진하례(陳賀禮)를 거행하였다. 세자빈도 배행했다. 그런데 새색시가 사고를 치고 말았다. 다음날 사헌부에서 득달같이 들고 일어났다.

"세자빈이 조현(朝見)할 적에 타고 온 연(輦) 뒤를 배종한 시녀들이 말을 타고 숭정문 앞까지 이르렀습니다. 시강원은 규칙에 따라 시행하지 못한 책임을 면하기 어렵습니다. 그날 연을 수행한 관원을 문책하시고 제대로 살피지 못한 병방승지를 추고하소서."

궐내에서는 지위 고하를 막론하고 말을 타고 통행하는 것을 엄격히 금지했다. 대소 신료들에게도 금기 사항인데 하물며 시녀들이 말을 타고 궁에 들어왔으니 대궐이 발칵 뒤집혔다. 연루된 시강원 관원과 병방승지가 줄줄이 문책을 당했다.

세자빈은 사대부 집 출신이다. 더구나 아버지가 승지다. 궁중 법도를 모를 리 없다. 또한, 별궁에서 궁중법도를 익혔고 세자빈 수업을 받았다. 궁궐에 갓 들어온 신참이지만 내명부 서열 2위다. 연을 타고 앞서가는 세자빈이 뒤따라오는 말발굽 소리를 못 들었을 리 없다. 계산된 도발이었을까?

옹녀의 조건, 커문이 좁으면 거기도 좁다

아들을 장가보낸 인조는 자신의 치세기간 중 가장 태평스러운 때를 보내고 있는데 사헌부에서 상소가 올라왔다.

"근래 기강이 해이해져 근본도 없는 여인들이 법을 무시하고 제멋대로 궐에 출입하고 있으니 한심하기 짝이 없습니다. 병조는 대궐의 통행을 살필 의무가 있는데 전혀 단속하지 않고 있으니 직무를 태만히 한 책임을 면할 수가 없습니다. 당상과 낭청을 중하게 다스리소서."

후궁 조씨의 출현이다. 훗날 장렬왕후 조씨, 세자빈 강씨와 함께 삼각관계를 이루며 궁중에 피바람을 불러왔던 후궁 조씨는 등장부터 회오리바람을 일으켰다. 소현세자의 비극과 조선의 불행이 잉태되는 순간이었다.

후궁은 간택을 통하여 입궁하거나 궁녀로 들어와 임금의 눈에 띄는 경우가 있다. 그러나 조씨는 중전의 형부 되는 승지 여이징의 천거로 궁에 들어왔다. 뒷구멍으로 들어온 것이다.

여이징의 처와 정백창의 부인은 속내를 털어 놓고 지내는 사이였다. 정백창의 처가 가슴이 부풀어 오르기 시작한 아이를 여이징의 부인에게 소개했다.

"궁에 넣어 두면 제값을 할 때가 있을 거예요."

"별루 예쁘지 않던데…"

"얼굴은 별루지만 귀가 잘 생겼잖아요."

"귀가 어때서?"

"귀문이 좁으면 거기도 좁다는 야그가 있잖아요. 호 호 호."

"그래요?"

"옹녀의 조건이라나 뭐라나 사내들이 그러던데요."

"난, 금시초문인데…"

"형님두. 내숭은…"

"이제 보니 아우님 귀도 보통이 아닌걸."

"걔는 아예 붙어 있어요."

"서방님이 사족을 못 쓰는 이유를 이제야 알겠구나."

"아이, 몰라요."

귓불이 빨개진 정백창의 부인이 귀를 가렸다. 그녀 역시 대단한 이문(耳門)을 가지고 있었다. 궁에 들어간 조씨는 인조의 혼을 빼 놓았다. 이주간절흔(耳舟間切痕)이 품고 있는 좁고 깊은 동굴의 위력이다. 종4품 숙원에서 정4품 소원을 순간에 꿰찼다.

인조는 어려서 뭘 모르는 어린 왕후와 숙의 장씨를 제쳐 두고 요염한 조씨에게 빠져들었다. 조씨는 인조의 총애를 독차지하며 세력을 키워갔다. 덩달아 여이징과 정백창은 승승장구했다.

기뻐할 수도 슬퍼할 수도 없는
왕실의 겹경사

세자와 세자빈은 금슬이 좋았다. 세자는 공식적으로 후궁을 들일 수 있는데도 다른 여자들에게 눈길을 주지 않았다. 헌데, 혼인 6년차가 지났는데도 태기가 없었다. 왕실의 우려도 있었지만 은근히 걱정스러운 것은 세자빈의 친정이었다. 신랑의 나이가 어려서 그러려니 하면서도 전전긍긍했다.

세자 나이 스물이 넘었는데도 소식이 없자 불안하기 시작했다. 그러던 왕실에 경사가 터졌다. 겹경사다. 소원 조씨의 회임에 이어 중전이 회임했다. 원손을 기다리던 인조에게는 아쉬웠지만 그도 왕실의 경사였다.

드디어 기쁜 소식이 순화방 강석기의 집에 날아들었다. 세자빈이 회임한 것이다. 세자빈의 회임은 친정을 안도케 했으며 왕실의 더없는 축복이었다. 하지만 세자빈은 내놓고 기뻐할 수도 없었다. 세자빈이 회임 7개월째에 중전이 만삭이었다. 사가의 경우라면 시어머니와 며느리가 동시에 임신한 셈이다.

소원 조씨가 딸을 순산했다. 효명옹주다. 아들을 사산하고 산후통으로 사흘을 혼수상태에서 헤매던 중전이 산실청에서 승하했다. 인열왕후 한씨다. 그로부터 3개월 후 세자빈이 아들을 순산했다. 원손 석철이다. 대상(大喪) 중에 원손이 태어났으니 기뻐할 수도 슬퍼할 수도 없었다. 예조에서 문제점을 제시했다.

"원손 탄생은 온 나라의 경사입니다. 종묘에 고하고 축하 의식을 거행해야 합니다."

슬픔보다 기쁨에 무게를 실었다. 하지만 상중에 경사라 난감하다. 영의정 윤방, 영돈영 김상용, 대제학 홍서봉이 해법을 제시했다.

"인열왕후의 재궁(梓宮)이 빈소에 있으니 진전(進箋)을 더하고 산호(山呼)를 한 번 불러서 신하들이 송축하는 마음을 펴게 하는 것이 마땅하겠습니다."
아무리 상중이라 하지만 경사는 경사이니 천세라도 한 번 부르자는 것이다.

제3장

배가 가득 실린 배를 타고
배는 어디로 가고 있는가

압록강 푸른 물이 눈부시다. 세자빈은 뱃전에 부서지는 물결에서 하얗게 웃고 있는 얼굴을 발견했다. 석철이었다. 열여섯에 혼례를 올리고 9년 만에 낳은 아들이다. 보고 싶다. 하지만 지금 생사도 모른다. 가슴이 아리다.

수심에 잠긴 세자빈을 먼발치에서 바라보고 있는 여인이 있었다. 연실이다. 세자빈 간택에 거명되었다는 사실 때문에 어디에서도 혼담이 들어오지 않았다. 혼기를 놓친 연실에게 병자호란은 악몽이었다. '앉아서 죽으면 죽었지 사대부가 경망스럽게 피난을 갈 수 없다'는 아버지 때문에 집에 머물고 있던 연실은 청나라 군사의 습격을 받았다.

자신이 태어난 집에서 8명의 군졸들에게 집단 성폭행 당했다. 혀라도 깨물어 죽고 싶었지만 죽음마저도 선택할 수 없었다. 삼전도 군막으로 끌려간 그녀는 홍타이지 채홍사의 망측한 심사를 통과하여 하룻밤 황제를 모시고 부하에게 하사되어 심양으로 끌려가는 몸이 되었다.

청나라는 조선에서 철군하는 병력을 수송하기 위하여 압록강 도하 작전에 장비를 대량 투입했다. 1000명 이상의 병사와 수레를 실을 수 있는 대형 뗏목과 크고 작은 병선이었다. 세자, 세자빈, 연실은 공교롭게도 한 배를 탔다. 세 사람이 함께 탔지만 생각은 각각 달랐다.

"보고 싶다. 생사라도 알고 싶다. 이 어미가 너의 생사조차 모르고 있다니 가슴이 미어지는구나. 제발 살아만 있어 다오."

세자빈은 생사를 알 수 없는 석철을 생각하고 있었다.

"부왕이 삼전도에서 항복했고 나는 압록강에서 배를 탔다. 이 배는 이미 조선의 배가 아니라 청나라 배다. 이 배가 가는 곳은 나의 뜻과는 무관하다. 나는 그저 배가 가는 대로 따를 뿐이다. 이제 정녕 조선의 미래는 없단 말인가?"

소현세자는 패망한 조국을 생각하고 있었다.

"내 배는 세자를 태울 준비된 배였지만 세자는 다른 배를 탔고 내 배는 무뢰한들이 탄 다음 황제를 태웠다. 세자 한 분만을 위한 배라고 생각했는데 기구한 운명의 장난이 그마저도 허사로 돌리고 말았다. 내 배(腹)는 누구의 배인가?

내가 태워 주고 싶었던 사람은 타지 말아야 할 배를 타고 괴로워하고 있고, 그 사람을 태운 배는 배에서 이탈한 배를 애타게 찾고 있다. 베(緋緞)와 배(梨)가 가득 실린 배(船)를 우리는 함께 타고 있다. 우리는 지금 어디로 가는 것인가?"

간택에 거명되었던 스물네 살 처자의 피를 토하는 울부짖음이었다.

조선 최초로 외국 땅을 밟은 왕실 여인

의주를 떠난 세자와 세자빈은 중도(中島)에서 하룻밤을 묵었다. 압록강 중도는 아직 조선 땅이다. 이튿날 도르곤과 함께 배에 올랐다. 압록강을 미끄러지는 뱃머리에서 뒤돌아보았다. 조국 산천이 점점 멀어졌다.

드디어 애자하 하구에 이르렀다. 물빛이 다르다. 압록이 오리 머리를 닮아 압록 빛이라면 애자하의 물빛은 더 푸르고 차갑게 느껴졌다. 청나라의 발상지 영벽산(影璧山)에서 발원한 애자하는 압록강을 만나 본류로 흘러들어 간다. 일명 삼강이다.

배가 청나라 쪽 강기슭에 닿았다. 소현세자가 배에서 내렸다. 난생처음 밟아 보는 청나라 땅이다. 청나라 땅을 밟는 순간 형언하기 어려운 감회가 등줄기를 타고 내렸다. 심호흡을 했다. 폐 속을 드나드는 공기는 조선이나 다름이 없었다.

청나라 땅을 밟은 세자빈은 만감이 교차했다. 세자빈은 조선 왕실 여인 중에서 최초로 외국 땅을 밟은 여인이었다. 왕실의 공주나 옹주가 혼례를 올리면 사가로 하가(下嫁)하는 경우는 있지만 왕후나 세자빈이 외국에 나가는 것은 처음이었다.

"후세의 사가들은 내가 외국 땅을 밟은 최초의 왕실 여인이라고 쓰겠지. 이건 영광이 아니라 치욕이다. 기회가 주어진다면 정중한 초청을 받아 당당히 나가고 싶다. 나는 국모가 예약된 세자빈이지 않는가. 그런데 이게 무슨 꼴이란 말인가? 세자 저하와 함께 끌려가고 있다니 참담할 뿐이다."

구련성에서 하룻밤을 묵은 세자와 세자빈은 심양으로 향하는 청나라 군사들과 함께 구련성을 출발했다. 허허벌판이다. 청나라는 압록강에서 책문에 이르는 120리 구간을 비워 놓고 백성들의 주거를 금지했다. 청나라의 발상지 만주를 보호한다는 명분이었지만 불만 세력이 조선과 연합하여 반란을 일으킬까봐 비무장지대를 설정해 놓은 것이었다.

금석산에 이르렀다. 고갯마루에서 바라보니 의주 천마산이 아스라이 보였다. 고개를 내려가면 이제 조국산천이 보이지 않는다. 조국 산천을 보고 싶어도 볼 수 없다. 세자빈은 가슴이 미어졌다. 고갯길을 내려가면서 자꾸만 뒤돌아보았다. 점점 작아지던 천마산이 시야에서 완전히 사라졌다. 이제 보이는 것은 만주 벌판뿐이다.

총수에서 하룻밤을 묵은 세자 일행은 심양을 향하여 벌판을 가로질렀다. 지평선이 보이는 허허벌판에 소나무 울타리가 나타났다. 송책(松柵)이다. 가까이 다가가니 문이 하나 있었다. 대륙으로 통하는 책문(柵門)이다.

책문에서 사흘을 보낸 세자 일행은 다시 심양을 향하여 출발했다. 가도 가도 끝이 없는 벌판을 지났다. 얼마쯤 갔을까. 눈에 익은 산이 시야에 들어왔다. 봉황산이다. 한양의 삼각산을 빼닮았다. 청나라 땅에서 조국의 산을 본 것처럼 반가웠다.

하늘과 땅 사이에
두 아버지가 있을 수 없다

조선 철군 본대보다 먼저 심양에 도착한 홍타이지는 연일 전승 축하 연회를 열었다. 명나라와 깊은 관계를 맺고 있는 조선에 출정하여 삼전도에서 조선 국왕의 항복을 받아냈으니 신경 쓰일 일이 없었다. 이제 마음 놓고 만리장성을 넘어도 거리낄 것이 없었다. 홍타이지는 옥에 갇혀 있는 홍익한을 끌어내라 명했다.

황궁 숭정전 앞에 끌려나온 홍익한은 초췌했다. 조국 땅에서 조국의 관리에게 결박당하여 청나라 황제에게 인도된 홍익한. 머나 먼 이국 땅 심양까지 끌려오는 동안 수많은 고초를 겪었다.

전곳에서 홍타이지를 전송하던 인조는 척신(斥臣)을 묶어 보내겠다고 약속했다. 어명을 받은 평안감사가 증산현령 변대중에게 홍익한을 체포하라 명한 것이 2월 12일. 변대중이 결박을 풀어 주지 않아 물도 마실 수 없고 밥도 먹을 수 없었다. 홍익한의 모습이 안타까워 은산현감 이순민이 결박을 풀어 주어 겨우 밥을 먹게 해 주었다.

함거에 실려 의주에 도착한 홍익한은 미관첨사(彌串僉事) 장초에게 압송되어 황제의 행렬을 뒤따랐다. 조선을 정벌한 홍타이지의 전리품이었다. 홍익한을 발견한 용골대가 다가왔다.

"너는 무슨 까닭으로 잡혀 왔느냐?"
"나는 척화를 앞장서서 주장한 대간으로서 붙잡혀 왔다"

홍익한은 사헌부 관원이었다. 장령이면 정4품이다. 12월 14일. 남한산성
으로 피신하던 인조가 홍익한에게 서윤(庶尹) 직책을 주며 평안도 보산성
으로 떠나라 명했다. 이무렵 청나라 군대는 평안도를 휩쓸고 도성에 진입
하고 있었다. 적지에 보낸 것이다. 이 때 이미 홍익한은 인조의 의중을 읽
었다. 단순한 좌천이 아니라 화의를 위한 희생물이라는 것을 알았다.

"너의 나라 조정의 관리 중에는 척화를 주장한 자가 많은데 어찌 유독
너 한 사람뿐인가?"
"내가 비록 이 지경에 이르렀으나 어찌 죽음을 두려워하여 남을 끌어들
이겠는가. 작년 봄에 네가 우리나라에 왔을 때 소를 올려 너의 머리를 베
자고 청한 것이 바로 나다."

청나라 사신을 죽이자고 주장한 사람은 홍익한뿐만이 아니었다. 조정
대신들도 척화와 주화로 갈려 극렬하게 대립했고 태학생 김수홍 외 1백
38명과 유학(幼學) 이형기가 오랑캐 사신을 참하고 청나라에서 보내온 국
서를 불사르자고 상소했다. 조정 대신들의 갑론을박이 비등점을 향하여
치솟고 있을 때, 홍익한이 상소를 올렸던 것이다.

2월 25일 심양에 도착한 홍익한은 심양궁 옥에 갇혔다. 햇빛도 들어오지 않은 어두운 감옥이었다. 3월 3일 답청일(踏靑日)이다. 우리나라는 삼월 삼짓날이라 하여 제비가 오는 날이라 하지만 청나라에서는 답청일로 경사스러운 날이다.

"왜 무릎을 꿇지 않느냐?"

홍익한을 바라보던 홍타이지가 호통을 쳤다.

"이 무릎을 어찌 너에게 꺾을 수 있겠느냐?"

홍익한의 두 눈에 핏발이 서 있었다. 홍익한은 죽음을 각오하고 있었다. 창경궁의 한쪽 귀퉁이보다 못한 전각에 황제랍시고 좌정하고 앉아있는 홍타이지가 가소로워 보였다. 저런 무뢰한에게 머리를 조아린다는 것은 자존심이 허락하지 않았다. 지켜보던 용골대가 조마조마했다. 칼이 번쩍일 것만 같았다.

"무엇 때문에 대 청국을 배척했느냐?"
"너는 우리나라와 형제가 되기로 약속을 해 놓고 우리를 신하로 삼으려고 했다. 우리는 군신 맹약을 받아들일 수 없다."
"그토록 척화를 주창하던 사람이 어찌 싸움을 하지 않고 이렇게 잡혀 와 있느냐?"

홍타이지는 도저히 이해할 수 없었다. 조선 정벌을 결심할 때, 조선군의 군세가 강력할 것이라 예상했다. 일본 수군을 격파한 조선 수군은 두려움의 대상이었다. 몇 차례의 대 회전(會戰)을 예상하고 동정(東征)에 나섰다.

압록강을 건너 한성에 이르는 동안 변변한 저항이 없다는 보고를 받았다. 전투 없는 남진은 매복에 걸릴 위험이 있다며 진군 속도를 조절했다. 직접 동망봉에 올라 산성을 향하여 대포 몇 방 쏘았더니 조선 왕이 항복하고 나왔다.

임금도 그렇고 사대부라는 신하들도 그렇다. 도대체 무얼 믿고 그렇게 큰소리치고 버티는지 알다가도 모를 일이었다. 모든 힘은 칼끝에서 나온다는 것을 모르는 조선인들이 답답해 보였다. 군신 관계를 유지하며 끌고 간다 하더라도 아둔한 조선 때문에 골머리 아플 일이 많을 것만 같았다.

"천하에 아버지가 둘 있는 자식은 없다. 하늘과 땅 사이에 어찌 두 천자가 있을 수 있겠는가?"

홍익한은 처형되었다. 홍익한은 조국에 노모가 있었고 전란에 어미 잃은 세 딸이 있었다.

잠 못 이루는 심양의 밤

드디어 심양에 도착했다. 세자와 세자빈은 용골대의 뒤를 따랐다. 남탑을 지나고 황궁이 가까워 오자 거리는 제법 번화했다. 갖은 방물을 쌓아 놓고 파는 전방(廛房)이 있는가 하면 지나는 행인도 많았다. 거리에는 손이 묶인 포로들이 어디론가 끌려가고 있었다. 먼저 도착한 조선인 포로들이었다.

얼마쯤 갔을까? 눈앞에 숭례문보다도 훨씬 큰 대문이 떡 버티고 있었다. 남문이다. 귀마루가 위로 말아 올라간 모습이 전형적인 여진족 건축물이다. 문 앞에는 붓과 종이를 파는 필방(筆房)과 도자기와 그림을 파는 유리창이 많았다. 남문에서 오른쪽으로 꺾은 용골대는 얼마 가지 않아 걸음을 멈췄다.

"세자와 대군이 거처할 집을 짓고 있으니 당분간 여기에서 묵으시오."

동관이었다. 사신들이 묵던 숙소다. 땅거미가 짙어 갈 무렵에 도착한 세자 일행은 고국에서 가져온 짐바리를 들이고 식량을 내리느라 북새통을 이루었다.

세자와 세자빈은 모처럼 온기가 있는 방구들에 몸을 뉘었다. 한양을 떠난 지 얼마이던가? 두 달 만이었다. 1700여 리 머나먼 길을 오는 동안 대부분 노숙이었다. 피로가 파도처럼 밀려왔다. 하지만 잠을 이룰 수가 없었다. 다음 날. 용골대가 빈객 박노를 호부로 불렀다.

　"세자를 호종하고 들어온 인원이 너무 많소. 시종 100여 명과 말 10여 필을 남기고 모두 돌려보내시오."

　볼모로 잡혀 온 주제에 식솔이 너무 많다는 것이다. 한양을 떠나올 때 193명. 오는 도중에 도정(都正) 신해는 죽고 역관 최응립은 병이 나서 돌아갔다. 그밖에 선전관과 내관 등 돌아간 숫자가 꽤 되지만 추가된 인원도 있었다. 무과에 급제한 박사명과 최득남, 만포 출신 사과(司果) 김충선이 세자의 행렬에 자진하여 따라나섰고, 서흥 아전 김대업도 스스로 배종하기를 자청하여 합류했다. 인원이 한양을 출발할 때보다 오히려 많아졌다.

　"왕세자는 다른 사람과 달라 그 정도의 인원은 꼭 필요합니다."
　"몽골 왕도 30명밖에 딸려 있지 않소."
　"들어올 때 약정한 숫자가 있으니 결코 줄일 수 없습니다."
　"우리도 많은 사람이 오는 것을 바라는 바였소. 허나, 이렇게 많은 사람을 먹이려면 양식이 보통이 아니란 말이오."

　청나라는 세자를 호종한 관원들이 세자가 도착하면 소수 인원만 남고 돌아갈 줄 알았다. 이러한 예상을 깨고 200여 명이 주저앉겠다니 청나라로서는 적잖이 부담스러웠다.

"황제의 뜻이 정 그러하시다면 논의하여 처리하겠습니다."

"상의는 무슨 얼어 죽을 상의요? 즉각 시행하시오. 그리고 들어오겠다던 질자(質子)는 왜 안 들어오는 것이오?"

용골대가 조선 조정의 아픈 곳을 찔렀다. 삼전도에서 맺은 강화 조약 셋째 조항을 들먹인 것이다. '대신의 아들들을 청나라에 보낼 것'이라는 조문이다. 이 조항을 비켜 가기 위하여 많은 대신들이 사직하고 꽁무니를 뺐다.

"우리나라는 조정 대신의 교체가 수시로 이루어지는데 현직 관리의 자제로 할까요? 아니면 당시의 대신 자제로 할까요? 현직으로 한다면 그때마다 바꾸어야 하는 폐단이 있습니다."

난감한 문제였다. 골똘히 생각하던 용골대가 답했다.

"현직 관리의 자제로 하시오."

용서해 줄 것이니 훼절하겠는가?

대정전은 청나라 건국 초기 힘의 상징이었다. 청나라가 이민족을 정벌할 때 출정식이 있었던 곳이다. '이기고 돌아오라.'는 황제의 유시를 듣고 군사들이 동문을 향하여 쏟아져 나갈 때 말발굽 소리가 천지를 진동했고 대륙이 흔들렸다.

좌익왕 정에 끌려나온 윤집과 오달제는 초췌했다. 소현세자를 뒤따라오는 청나라 군사들과 함께 오느라 세자보다 5일 늦게 심양에 도착한 윤집과 오달제는 빛도 들어오지 않은 감옥에 갇혀 있었다. 오랜만에 햇빛을 바라보니 눈이 부셨다.

"지금부터 하는 말은 황제의 명으로 묻는다."

용골대가 커다란 눈동자를 굴렸다.

"그대들이 화친을 단절하자는 의논을 앞장서 외쳐 두 나라의 틈이 생기게 하였으니 그 죄가 매우 중하다. 죽여야 하겠지만 특별히 인명이 지중하여 살려 주고자 하니 너희들이 처자를 거느리고 이곳에 들어와서 살겠는가?"

"난리에 처자가 살았는지 죽었는지 알 수 없으니 천천히 들어보고 처신하겠다."

윤집에게는 아들이 셋 있었다. 한양이 함락된 이후 남양으로 갔으나 죽었는지 살았는지 모른다. 남양이 청군의 수중에 떨어져 부사가 죽었다는 소식만 들었을 뿐이다.

"너는 왜 대답이 없느냐?"

용골대가 오달제를 노려보며 눈알을 부라렸다.

"내가 참고 여기까지 온 것은 만에 하나라도 살아서 돌아가면 우리 임금과 노모를 다시 보려는 것이었다. 다시 고국에 돌아갈 수 없다면 사는 것이 죽는 것만 못하다. 속히 나를 죽여라."

오달제의 두 눈에 핏발이 서 있었다.

"저것이 황제가 살려 주는 은혜를 생각하지 않고 항거하다니 이제는 다시 용서할 수 없다."

용골대의 얼굴에 분노와 함께 싸늘한 미소가 흘렀다. 대빈객 박황과 겸필선 이명웅이 용골대에게 매달렸다. 소현세자는 황제가 친국하지 않는다는 전갈을 받고 참석하지 않았다.

"나이 젊은 사람이 임금과 어버이를 사모하는 마음만 간절하여 함부로 말한 것이니 용서해 주시오."

용골대가 오달제의 태도를 주시하고 있었다. 박황이 오달제를 바라보며 말했다.

"그대는 서서(徐庶)의 이야기를 듣지 못하였는가? 그대의 노친에게 그대가 살아 있다는 말을 듣게 하는 것이 비록 이역에 있다 하더라도 죽었다고 하는 것보다야 낫지 않겠는가?"

조조가 형주에서 패배하고 서서의 모친을 인질로 잡아 서서를 회유하던 '삼국지' 일화를 거론하며 오달제를 설득했다. 서서는 패업을 맹세했던 유비를 하직하고 노모를 찾아 조조에게로 갔다. 서서는 노모 때문에 절개를 꺾은 것이다.

오달제의 눈앞에 70 노모의 모습이 어른거렸다. '어머니' 하고 부르면 금방이라도 주름진 손을 내밀 것만 같았다.

"어머니 때문에 절의를 지켜야 하나? 꺾어야 하나?"

갈등이 파도처럼 밀려왔다. 오달제도 인간이다. 어머니 가슴에 대못을 박는 일은 불효라 생각되었다. 허나, 사나이 한번 먹은 마음. 구차하게 목숨을 구걸하고 싶지 않았다. 오달제는 한양에서 끌려오는 길에 아내에게 글을 남겼었다.

　　정이 깊어 금슬도 좋았었지요. (琴瑟恩情重)
　　만난 지 두 해도 못되었는데(相逢未二朞)
　　이제사 멀리 이별하게 되니(今成萬里別)
　　백년해로 하잔 약속 헛되이 등졌구려(虛負百年期)
　　길은 멀어 글 띄우기 쉽지가 않고(地闊書難寄)
　　산이 높아 꿈길 역시 더디겠지요. (山長夢亦遲)
　　이 내 목숨은 점칠 수가 없으니(吾生未可卜)
　　부디 당신 뱃속 아이를 보호해 주오. (須護腹中兒)

　절의는 그의 신념이었다. 조국을 떠나올 때 이미 죽음을 각오하고 있었다. 그렇지만 노모의 모습이 눈앞을 가렸다. 오달제의 얼굴에 눈물이 흘러내렸다.

　"이것들이 죽기를 작정했구나. 이봐라, 이 자들을 끌어내어 즉시 처형하라."

　용골대의 명이 떨어졌다. 청나라 군사들이 달려들어 결박 지으려 했다.

　"이보시오. 사나이 죽는 것은 두렵지 않소만 노모에게 편지 한 장은 남겨야 하지 않겠소."

지필묵을 받아 든 오달제가 거침없이 써 내려갔다.

　외로운 신하 의리 바르니 부끄럽지 않고
　성주의 깊으신 은혜 죽음 또한 가벼워라.
　이생에서 가장 슬픈 일이 있다면
　홀로 계신 어머님 두고 가는 거라오.

서문 밖으로 끌려 나간 윤집과 오달제는 처형되었다. 이때 윤집 나이 서른하나, 오달제 스물여덟이었다. 아까운 동량이 형장의 이슬로 사라진 것이다. 특히 오달제는 유복자가 있었다.

윤집과 오달제가 처형되었다는 소식이 고국에 전해졌을 때 기평군 유백증이 통박했다.

"척화를 주장한 사람이 당해야지 젊은 사람이 무슨 죄냐?"

홍익한에 이어 윤집과 오달제의 처형을 보고 받은 소현세자는 충격에 빠졌다. 아까운 신하들이 죽어 나가는데 아무것도 할 수 없는 자신의 무기력이 원망스러웠고, 그저 지켜볼 수밖에 없는 현실에 좌절했다.

잠을 이루지 못한 세자는 뜰로 나왔다. 고국에서 옮겨 심은 소나무 가지에 보름을 갓 넘긴 둥근달이 걸려 있다. 밤하늘을 쳐다보았다. 구름에 가려 있던 별빛이 쏟아지고 있었다.

"저하! 밤바람이 차갑습니다. 어인 일로 밖에 나와 계십니까?"

"빈궁은 어인 일이시오?"

"저하께 기쁜 소식을 전해 드리려 나왔습니다."

"기쁜 소식이라니요?"

"원손이 무사하답니다. 우리 석철이가 살아서 환궁했답니다."

"그게 정말이오?"

세자의 입가에 모처럼 미소가 그려졌다.

"신첩이 강화에서 위기에 처해 있을 때 김 내관에게 원손을 넘겨주며 '종사를 보존하라' 일렀는데 김인과 서후행이 원손을 데리고 교동으로 피난하였으나 오랑캐들이 추격해 오자 배를 타고 당진으로 옮겨가 구사일생으로 목숨을 보존하였다 합니다."

세자빈의 눈가에 이슬이 맺혔다. 돌도 지나지 않은 어린것이 교동에서 당진까지 뱃길에 시달렸을 것이라 생각하니 가슴이 미어졌다.

"하늘이 도우셨구려."

오랜만에 듣는 기쁜 소식이었다. 세자는 긴 한숨을 내쉬었다.

가축처럼 팔려 가는 조선의 백성들

며칠 후, 용골대가 찾아왔다.

"포로를 매매할 것이오."

"그게 무슨 말씀입니까?"

"조선에서 붙잡아온 포로를 팔겠다는 것이오."

"포로를 팔겠다니요? 당치 않습니다."

세자는 전쟁 포로를 재물로 인식하는 청나라의 태도에 아연실색했다.

"붙잡아 온 자들을 우리 맘대로 팔겠다는데 무슨 말이 그리 많소?"

"청국과 조선은 전쟁을 했습니다. 그 전쟁을 끝내자는 것이 강화 조약이었습니다. 그 징표로 제가 여기에 와 있습니다."

무슨 '귀신 씨감자 파먹는 소리냐?'는 듯 용골대가 소현을 뚫어져라 쳐다보았다.

"그들은 전쟁 포로입니다. 청나라와 조선이 체결한 강화 조약이 성실히 이행되면 그들은 고국으로 돌아가야 할 사람들입니다."

"돌려보내고 안 보내고는 우리 마음이오. 조선에서도 사람을 사고팔고 하지 않소?"

용골대의 반격에 세자는 찔끔했다. 조선에서도 노비가 매매되고 있었기 때문이다. 15세 이상 40세 이하 건장한 노비는 오승포(五升布) 150필에 매매되고 있었다. 말 한 마리 값이 오승포 400~500필이니 노비 셋과 말 한 마리 값이 같았다.

"노비와 전쟁 포로는 다릅니다. 조선은 반상의 나라이기 때문에 노비를 노비 문적에 따라 사고팝니다."
"노비와 포로가 다를 게 뭐 있소? 다 같은 사람인데."
"노비는 천민이고 포로들은 양민들입니다."
"그러니까 값을 더 후하게 받을 수 있지 않겠소. 우리가 이들을 괜히 끌고 온 줄 아시오?"

용골대의 입가에 미소가 흘렀다. 청군은 조선에 출병할 때 지휘관들에게 포로 소유권을 부여했다. 소속 부대장의 부가 가치로 인정한 것이다. 철군 길에서 포로를 가지고 지휘관들끼리 실랑이를 벌인 속셈을 이제야 알 것 같았다.

"그들을 매매해서는 안 됩니다. 그들은 고국에 돌아가야 할 포로들입니다. 양국이 체결한 조약을 성실히 이행하기 위하여 저부가 여기에 와 있지 않습니까. 청나라는 그들을 조국에 돌려보내 주어야 할 책무가 있습니다. 그것이 서로의 약속입니다."

"나는 강화 조약 따위는 모르는 일이오. 포로 매매는 황제 폐하의 명령으로 허락을 받은 사항이란 말이오."

논리에서 밀리던 용골대가 황제의 명이라는 말을 남기고 동관을 빠져나갔다.

세자가 빈객 박노를 불렀다.

"포로 매매 시장이 어디에 열린다 하더냐?"
"남탑에서 열린다고 하였습니다."
"남탑이라면 여기에서 얼마나 되느냐?"
"삼십 리쯤 됩니다."
"냉큼 채비를 놓아라. 그리로 나가 보아야겠다."

갑자기 동관이 부산스러워졌다. 아무리 이국 땅 볼모 생활이라지만 세자 거동은 간단치가 않다. 세자는 물론 시종하는 신하들 의관 정제하랴, 사관 지필묵 준비하랴, 여간 요란스러운 것이 아니었다. 준비를 마치고 동관 정문을 나서려는데 수문장이 제지하고 나섰다.

"세자 저하 나가시는 길을 왜 막느냐?"

익위 서택리가 청나라 군졸에게 따졌다.

"세자이기 때문에 더욱 그렇습니다."

"저하이기 때문에 그렇다니 무슨 말이냐?"

"세자 저하 출입은 명령이 없으면 허락할 수 없습니다."

세자 출입은 상부 명령 사항이라는 것이다. 결국 세자 출입은 허용되지 않았다. 거처하는 관사에서 마음대로 출입도 할 수 없다는 사실에 세자는 절망했다.

"아! 나는 출입조차 마음대로 할 수 없는 몸이구나."

조선의 세자이지만 이곳에서는 볼모라는 현실을 뼈저리게 느꼈다. 청나라는 가함대신을 비롯한 동관의 조선 관리들의 출입은 자유롭게 허용하면서 세자만은 철저히 통제했다. 조선에서 오는 사신과 속환사들마저 자신들이 심사한 후에야 세자를 만나게 했다.

포로 시장에서 마주친 모자의 피울음

이튿날, 세자의 출입이 허락되었다. 세자가 동관을 나섰다. 빈객 박노, 보덕 황일호, 겸필선 이명웅, 익위 서택리와 양응함이 호종했다. 남탑 거리는 동관에서 그리 멀지 않은 곳에 있었다.

야트막한 집들이 엎어져 있는 거리 곳곳에 손이 묶인 포로들이 양지를 찾아 쭈그리고 앉아 있었다. 몰골이 말이 아니다. 허름한 차림에 씻지 못하여 땟국물이 줄줄 흘렀다. 한족과 몽골인도 있었고 조선인도 있었다. 남탑 거리는 청나라의 공인된 포로 시장이었다.

조선인들은 행색부터 눈에 띄었다. 산발한 머리에 누더기가 다 된 바지저고리를 걸치고 있었다. 여자들은 치마저고리가 해지고 찢어져 속살을 허옇게 드러내 놓고 있었다.

세자는 조선인들을 발견한 순간 피가 거꾸로 치솟았다. 머나먼 타국 땅에 끌려와 소, 돼지처럼 팔려야 한다니 가슴이 찢어졌다. 와락 달려들어 손이라도 잡아 주고 싶었다. 하지만 여기는 청나라 시장 바닥이다.

"이건 몇 냥이나 해?"

"아흔 냥이다. 하하."

"옆에 것은 스물닷 냥이라면서 무슨 말을 그렇게 해?"

"그건 한족이구 이건 조선인이다 해."

팔려 나온 닭처럼 새끼줄에 발목이 묶여 장터에 나와 있는 포로를 두고 청나라 사람들끼리 흥정이 붙었다. 청나라 말을 알아듣지 못하는 조선인 포로는 눈만 껌뻑거리며 쳐다보고 있었다.

이때였다. 키가 장대 같은 청나라 사람이 대여섯 명의 포로를 끌고 지나 갔다. 조금 늦게 장터에 나온 모양이다.

"어무이!"

외마디 소리와 함께 쭈그려 앉아 있던 조선인 포로가 뛰쳐나갔다. 함께 발목이 묶여 있던 다른 포로들도 덩달아 일어났다. 깜짝 놀란 포로 주인 도 벌떡 일어나 눈이 휘둥그레졌다. 끌려가던 포로가 발길을 멈췄다. 귀 에 익은 목소리였다. 뒤돌아봤다. 눈이 마주쳤다. 꿈에도 그리던 얼굴이 거기 있었다.

"대식아!"

맹수에게 물려간 새끼를 다시 찾은 어미 사슴이 하늘을 쳐다보며 울부 짖는 소리와 같았다. 두 사람은 손을 내밀며 다가갔다. 그러나 발목을 묶은 새끼줄 때문에 더 가까이 갈 수 없었다. 팽팽한 줄이 금방이라도 끊어질 것만 같았다.

"이거뜨리 지금 뭐하고 있어 해?"

끌고 가던 포로 주인의 채찍이 날아왔다. 아들을 향해 내민 어미의 팔뚝에 채찍 자국이 선홍빛으로 그어졌다. 반가움과 두려움이 교차하던 대식이의 눈에 핏발이 섰다. 또다시 채찍이 날아와 어미의 팔뚝을 할퀴었다. 핏줄이 금방이라도 터질 것만 같다. 이에 아랑곳하지 않고 어미는 손을 거두지 않았다.

"잡혀 온 주제에 놀고 있네. 따로 놀아 해."

포로 주인이 손에 쥐고 있던 줄을 확 잡아챘다. 닿을 듯이 가까이 다가가던 모자는 끝내 손을 잡을 수 없었다. 끌려가는 어미가 서럽게 울며 뒤를 돌아봤다. 멀어가는 어미의 모습을 바라보는 대식의 두 눈은 화살 맞은 호랑이처럼 이글거렸다.

동네 골목길에 어사화 쓰고 다니던 아이

장동 집에서 붙잡힌 민씨 부인은 북으로 끌려가면서도 전쟁에 나간 아들이 무사하기만을 빌었다. 대식은 집안의 대들보였다. 아들을 못 낳는다고 집안에서 구박도 많이 받았다. 지아비가 시앗을 봤을 때는 피눈물도 흘렸다. 줄줄이 7공주를 낳고 화계사에 불공을 드려 낳은 아들 대식은 민씨 부인의 유일한 희망이었다.

대식이 무과에 급제하여 어사화를 쓰고 순화방 동구 밖에 나타났을 때, 민씨 부인은 세상의 모든 것을 얻은 것처럼 기뻤다. 푸른 종이를 감은 참대를 명주실로 잡아매어 머리 위로 휘어 넘겨 입에 물고 있는 대식의 어사화를 어루만지며 아들 낳은 보람을 느꼈다.

대식이 경갑사(京甲士)에 차출되어 대궐에 들어간다 했을 때, 출세는 보장된 것으로 생각했다. 탄탄대로에 문이 활짝 열린 것으로 믿었다. 원하는 말도 한 필 사 주었다. 이러한 대식이 나라를 구하고 임금님을 지켜야 한다며 집을 나설 때, 어미는 자식의 무운을 빌었다. 이렇게 헤어진 아들을 포로 시장에서 만나다니, 민씨 부인은 하늘이 무너지는 것 같았다.

남한산성에 들어간 대식은 성을 포위하고 있는 적보다도 추위에 떨어야 했다. 얇은 옷 하나로 동장군과 맞서야 했으며 거적으로 칼바람을 피해야 했다. 추위를 견디지 못한 동료가 쓰러지고 배고픔에 창자가 뒤틀려도 나라를 지키겠다는 일념 하나로 버텼다.

"청나라와 화친하여 사직을 보전해야 한다."
"명나라를 배신하고 오랑캐에 머리를 숙여서는 안 된다."

대신들의 공론은 공허한 메아리로 들려왔다. 나라의 운명이 백척간두에 걸렸는데 탁상공론만 일삼고 있는 대신들이 한심스러웠다. '결전하라'는 임금의 명에 꽁무니를 빼는 김류가 과연 이 나라의 군사를 총지휘하는 체찰사인가 의심스러웠다.

무사답게 적과 겨뤄 보고 싶었다. 적을 베지 못하면 내가 베이겠지만 죽음쯤은 두렵지 않았다. 드디어 기회가 왔다. 성문을 열고 나가 청군을 습격하라는 명이 떨어졌다. 별장과 함께 암문(暗門)을 나선 대식은 제대로 싸워 보지도 못하고 청군의 매복에 걸렸다. 허둥지둥 퇴각하다가 신성립 등 9명이 전사하고 대식은 사로잡히고 말았다.

산성에서 사로잡힌 대식은 포로수용소에서 임금의 항복 소식을 들었을 때 땅을 치며 통곡했다. 임금이 항복한 이 나라는 어떻게 될 것인가? 포로가 된 자신의 안위보다도 나라의 장래가 염려스러웠다.

심양으로 끌려가는 대식은 전쟁 통이라 어머니 소식을 알 길이 없었으나 무사할 것이라고 믿었다. 북으로 끌려가는 아들의 생사를 모르는 어머니가 얼마나 걱정하실까, 오히려 걱정이었다. 살아 있다는 소식만이라도 전하면 좋겠는데 포로로 끌려가는 몸이니 방법이 없었다. 이렇게 헤어져 애를 태우던 모자가 포로 시장에서 만난 것이다. 기구한 운명이다. 이 모습을 지켜보던 세자의 눈이 촉촉이 젖었다.

차마 눈뜨고 볼 수 없는 포로들

시장 바닥은 소란스럽기 짝이 없다. 목청껏 호객하는 사람, 멱살을 잡고 드잡이하는 사람, 잃어버린 물건을 여기에서 찾았다고 고래고래 소리를 지르는 사람. 그렇게 왁자지껄한 곳이 시장이다.

모자의 애끓는 상봉도 흔히 있을 수 있는 한바탕 소동으로 끝났다. 더구나 조선말을 알아들을 수 없는 청나라 사람들은 더욱 그랬다. 언제 그랬냐는 듯이 다시 흥정이 시작되었다.

"조선인이라 비싸?"
"가지고 있으면 돈 된다 해. 출신이 좋으면 횡재할 수도 있다. 어제도 300냥에 찾아간 사람이 있었다 해."

조선인은 포로 시장에서 인기가 있었다. 남자는 덩치가 좋아 노동력을 필요로 하는 농장주의 구미에 당겼고, 여자는 인물이 좋아 호색한들이 군침을 흘렸다. 그뿐 아니라 조선인은 투기의 대상이 되었다. 거금을 들고 찾아오는 사대부 집 가족들이 있었기 때문이다.

"이건 얼마?"

아예 물건 취급이다.

"때깔 한번 좋다 해. 손님도 물건 보는 눈이 높으서. 헤 헤 헤"

홍정의 대상에 오른 포로는 댕기머리 처자다. 뉘 집 딸인지 이목구비가
수려하다. 세파의 더께도 없고 구김살도 없다. 처자는 청나라 사람들이
지껄이는 소리를 알아들을 수 없지만 오가는 눈빛에 잔뜩 겁을 먹고 있었
다. 장사꾼은 너스레를 떨며 사려는 사람의 눈치를 살피고 있다. 매수자
의 태도에 따라 값이 달라지기 때문이다.

"그 물건은 실컷 쓰고 되팔아도 남는 장사다 해."

처자는 어젯밤을 생각하면 치가 떨렸다. 악몽이라 하기에도 몸서리쳐
졌다. 혀라도 깨물어 죽지 않고 시장 바닥에 웅크리고 있는 자신이 한없
이 미웠다. 누런 이를 드러내고 히죽거리며 지껄이고 있는 주인의 얼굴에
침이라도 뱉어 주고 싶었다. 그래도 산목숨이라고 양지를 찾아 햇볕을 쬐
고 있는 자신이 한없이 저주스러웠다.

남문 밖 백탑보에 사는 배불뚝이 장사꾼은 처자를 데리고 있으려고 산
것이 아니다. 임자만 잘 만나면 매매 차익을 톡톡히 올릴 수 있을 것 같아
거금을 투자한 것이다. 이렇게 구매한 포로를 시장에 내놓으려니 금방 팔
릴 것 같았다. 뭔가 아쉬웠다. 흑심이 생긴 것이다. 배불뚝이는 자신의 침
소로 처자를 불러들였다.

포로에겐 선택권이 없다. 주인의 명을 거절하면 폭력이 뒤따른다. 처자는 순순히 응했다. 열일곱 어린 처자는 이번이 처음이 아니다. 처음 당할 때는 이를 악물고 저항했다. 돌아온 것은 매였다. 저항할수록 더 거친 폭력이 되돌아온다는 것을 체험한 처자는 항거를 포기했다. 욕심을 채우고 처자의 몸에서 떨어지던 배불뚝이가 내뱉었다.

"야, 넌 네 어미만도 못하냐?"

그자의 말을 듣는 순간, 숨이 턱 막혔다.

"아니, 저자가 엄마도?"

온 몸에 소름이 돋았다. 배불뚝이의 손길이 스친 가슴에 벌레가 스멀거리는 것 같았다. 온몸이 가려웠다. 처자는 어깨를 감싸며 그자의 얼굴을 쳐다보았다. 게슴츠레한 눈에 나른한 포만감이 걸려 있다.

눈이 마주쳤다. 처자의 눈이 독사의 눈으로 변했다. 그자의 눈에 독침을 뱉어 눈을 멀게 해주고 싶었다. 독기를 뿜어 그자를 죽일 수 있다면 그렇게 하고 싶었다. 허나, 마음만 간절할 뿐 아무것도 할 수 없었다.

처자는 어젯밤의 일을 입 밖에 내지 못했다. 어머니의 얼굴을 똑바로 쳐다볼 수 없었다. 뭔가 죄를 지은 기분이다. '저자는 인간이 아니야. 짐승이야 짐승'이라고 저주를 퍼부으며 악이라도 써 보고 싶었지만 그것도 마음

뿐이었다.

햇살이 따사로운 4월의 오후. 햇볕을 찾아 웅크리고 앉아 있는 지금 이 시간, 짐승 같은 그자의 손에 자신의 운명이 달려 있다는 것이 원망스러 웠다. 그자의 배설물이 아직도 자신의 아랫도리에 흐르고 있는 것 같아 역겨웠다.

"그러니까 얼마?"

조선인 처자에 눈독을 들이던 사람의 마음이 급해졌다. 공포에 떨고 있 는 처자의 검은 눈동자가 역설적이게도 말초 신경을 자극했다. 저고리 섶 을 치밀고 올라와 있는 젖무덤이 눈을 현혹했다. 치마 사이로 슬쩍 보이 는 피부로 보아 속살이 고울 것 같았다. 이 모습을 간파한 배불뚝이는 회 심의 미소를 흘렸다.

"130냥 받아야 하는데 꼭 사려면 120냥만 내."

노련한 장사꾼이다. 매수자의 태도로 보아 100냥은 너끈히 받을 수 있 다고 생각한 배불뚝이는 20냥을 얹어서 부른 것이다. 포로는 정찰이 없 다. 부르는 게 값이다.

"110냥만 하자 해."

몸이 후끈 단 매수자가 엽전 꾸러미를 내려놓았다. 열 냥은 거저다. 뿐만 아니라 80냥에 산 포로를 하룻밤 사이에 재미도 보고 30냥을 벌게 되었으니 배불뚝이 입이 째졌다. 청나라 물가는 소 한 마리 값이 15냥이다. 배불뚝이가 표정 관리에 들어갔다.

"이러시면 안 되는데….."

엽전 꾸러미를 슬며시 끌어당겨 돈궤에 넣은 손이 포로의 손목에 감겨 있던 새끼줄을 풀고 있었다. 처자는 소스라치게 놀랐다. 지금까지의 얘기가 자신을 두고 오고간 말이며 그 엽전 꾸러미가 자신의 몸값이란 말인가?

"엄마아!"

외마디 소리와 함께 옆에 있는 여인의 품속으로 파고들었다. 사태의 심각성을 파악한 여인의 얼굴이 백지장처럼 창백해졌다. 손발이 떨리고 호흡이 멎는 것 같았다. 넋이 나간 여인은 본능적으로 딸아이를 끌어안았다. 이때였다. 배불뚝이의 채찍이 날아들었다. 얼굴에 채찍을 맞은 여인이 외마디 소리를 지르며 나뒹굴었다. 그 사이 억센 팔이 처자의 손목을 낚아챘다.

"엄마아!"

끌려가는 처자가 울부짖었다. 피투성이 얼굴을 감싸 쥔 여인은 딸아이를 망연히 바라볼 뿐 어찌할 도리가 없었다. 끌려가며 자꾸만 뒤돌아보던 처자의 모습이 시야에서 사라졌다. 이 모습을 지켜보던 세자는 시장 바닥에 주저앉아 통곡하고 싶었다.

그들이 관사를 새로 지어 준 까닭은?

관사가 완공되었다. 황궁에서 10리 정도 떨어진 곳이다. 세자가 임시 숙소인 동관에 입주한지 27일 만이다.

새 건물은 팔작지붕의 조선식 기와집이다. 청나라는 조선에서 목재와 기와를 들여오고 조선인 목수를 징발하여 집을 지었다. 정원도 조선식으로 꾸몄다. 조선의 토종 적송은 물론 화화나무와 향나무도 심었다. 조선에서 끌고 온 왕족이 2세를 낳으면 황제의 신하가 된다고 생각해서일까? 다남(多男)을 기원하는 대추나무도 심었다. 모든 과정은 세자와 상의 없이 청나라의 일방적인 집행이었다.

관원들은 짐을 꾸려 이사했다. 동관보다 훨씬 넓었다. 따로 마련된 세자전과 대군전이 회랑으로 연결되어 있었다. 세자는 동쪽 관사에, 대군은 서쪽 관사에 들었다. 청나라 사람들은 새 건물을 세자궁이라 불렀다. 그들이 보기엔 제법 큰 집이었다. 그러나 200여 명이 생활하기엔 비좁았다. 노복들은 동관에서처럼 관사 밖에 별도의 거처를 마련했다.

이사한 첫날밤, 잠을 이루지 못한 세자는 뜰로 나왔다. 조선에서 옮겨 심은 소나무는 아직 뿌리를 내리지 못했지만 꿋꿋하게 서 있었다. 하늘에는 별빛이 쏟아지고 비슬나무 가지에 반달이 걸려 있었다.

"보이지 않는 반쪽을 고국에 계신 아바마마께서는 보실 수 있을까?"

여기에서 보이지 않는 반쪽이 고국에서는 보일 것만 같았다. 세자는 삼전도에서 삼배구고두례를 행하던 부왕의 모습을 하루도 잊어본 적이 없었다. 오고 가는 신하들을 통하여 부왕의 소식은 듣고 있었지만 중전도 어마마마도 안 계신 부왕의 안위가 걱정이었다. 그러나 본국의 인조는 세자의 염려가 무색하게 소용 조씨의 치마폭에 싸여 세월 가는 줄 모르고 있었다.

"저하, 주무시지 않고 어인 일이십니까?"

세자빈이었다.

"빈궁은 어인 일이오?"
"잠이 오지 않아 나왔습니다."

두 사람은 함께 걸었다. 모처럼의 동행이다. 이게 얼마만인가? 시종 신하들을 물리치고 단둘이 걸어 보는 것은 혼례 이후 처음인 것만 같았다. 그러나 오붓하고 흐뭇해야 할 한밤의 산책이 마냥 즐겁지만은 않았다.

"저하! 새 집을 지어 주는 것이 오히려 두렵습니다."

"너무 심려치 마시오. 머잖아 돌아가게 될 것이오."

"저들이 저하를 금세 돌려보낼 생각이라면 왜 새 집을 지었겠습니까?"

"나도 그렇게 생각하오만 희망을 잃지 맙시다."

"저 달을 바라보면 원손 생각에 가슴이 미어집니다."

세자빈의 눈가에 이슬이 맺혔다.

"지금 몇 개월째이지요?"

"이제 갓 돌이 지났으니, 14개월째입니다."

"많이 자랐겠구려."

세자는 깊은 한숨을 내쉬었다. 9년 만에 처음 얻은 아들을 만날 수 없는 처지에 서글픔이 파도처럼 밀려왔다.

"보고 싶습니다."

세자빈의 옷고름이 젖었다.

"눈물을 거두시구려. 좋은 소식도 있습니다."

"좋은 소식이라니요?"

물기에 젖어 있던 세자빈의 두 눈이 반짝였다.

"능성부원군의 인질로 와 있는 구인전이 모친상을 당하여 용장에게 부탁했더니 고국에 나가 장례를 치르고 가을에 들어오라고 허락했습니다. 청나라 사람들이 마냥 인륜을 무시하는 무지몽매한 사람들만은 아닌 것 같습니다."

"그렇습니까? 저하께서도 고국에 돌아가 주상 전하를 뵈었으면 좋겠습니다."

"이제 머잖아 어마마마의 대상일입니다. 저들에게 한번 청을 넣어 볼까 합니다."

"하루 빨리 그러한 날이 왔으면 좋겠습니다."

이슬이 맺혀 있던 세자빈의 얼굴이 밝아졌다. 석철을 만날 수 있다는 기대감으로 희미한 미소가 입가에 번졌다.

이사를 마친 세자는 가함대신 남이웅 이하 빈객들을 소집했다.

"저들이 우리의 처소를 뭐라 부르든 우리는 마땅히 조선관이라 불러야 할 것이오."

청나라에 있는 조선 대표관이라는 의지의 표현이다. 이후부터 심양에 있는 관원들은 세자의 처소를 조선관이라 불렀다. 하지만 청나라는 시종일관 고려관이라 불렀고 조정에서는 심양관이라 부르며 자세를 낮췄다.

세자를 내보낼 테니 원손을 들여보내라

동관에 머물고 있던 사은사를 호부에서 불렀다. 지척에 있는 세자를 알현하지도 못하고 연금이나 다름없는 생활을 하고 있는 사신을 호출한 것이다. 옥으로 치장한 황궁 계단을 밟는 조선 사신의 다리가 후들거렸다. 호부 수장으로 승차한 용골대가 사신을 맞이했다.

"왜 정사는 아니 오고 부사만 왔소?"
"오는 도중 영상대감께서 병을 얻어 의주에 머무르고 소신이 왔습니다."

황제가 보낸 병문안에 대한 답례로 사은사를 보내기로 한 조정은 영의정 최명길을 정사로 한 사신단을 파견했다. 한양을 출발한 최명길이 중도에서 고열에 시달렸다. 병이 난 최명길은 의주에 머무르고 부사 이경헌이 서장관 신익전을 대동하고 심양에 도착한 것이다.

"무슨 일로 왔는가?"
"국왕의 병이 날로 깊어 가는데 세자를 보내 주시라는 청을 드리러 왔습니다."

이경헌이 공손한 어조로 청을 올렸다.

"무슨 방법으로 세자를 보내 달라는 것이냐?"

"대군을 들여 보낼 테니 국왕이 살아생전에 세자를 볼 수 있도록 허락해 주소서."

"지난번 만장이 나갔을 때 조선이 세자의 귀국을 간청하였고 지금 또 사신이 간절하게 고하니 국왕의 병세가 매우 중하다는 것을 충분히 알겠다. 예부와 상론하여 통보할 테니 동관에서 기다리라."

"심양관에서 기다려도 되겠습니까?"

"심양관이 어디냐?"

"세자 계신 곳 말입니다."

"거긴 고려관이다."

"네? 아, 네. 고려관 말씀입니다."

"잠시 들러 가는 것은 좋다."

황궁을 빠져나온 이경헌이 조선관으로 발걸음을 옮겼다. 세자와의 접촉을 차단하던 청나라의 정책 변화인지 일시적인 허용인지 알 수 없다. 관사에 도착한 이경헌과 신익전은 큰절을 올렸다.

"세자 저하! 그동안 강녕하셨습니까?"

"먼 길 오느라 고생이 많았다."

"빈궁마마께서도 강녕하신지요? 문후 여쭙니다."

"고국에 계시는 전하께서 병환이 위중하다는데 시약 한번 못하니 눈물이 앞을 가리는구나."

"저하!! 흑흑흑."

엎드려 있던 이경헌이 흐느꼈다. 이 모습을 바라보던 관원들도 눈물을 훔쳤다. 절을 마치고 일어나는 이경헌의 손을 잡아 주던 세자의 눈가에도 이슬이 맺혔다.

"황궁에 들어간 일은 잘 되었느냐?"
"세자 저하의 귀국을 요청했는데 긍정적인 답변을 받았습니다."
"그래? 듣던 중 반가운 소식이로구나. 호부에서 뭐라 하더냐?"
"칙서를 내려줄 테니 동관에서 대기하라 하였습니다."
"좋은 소식이 있으면 좋겠다."

세자는 동쪽 하늘을 바라보았다. 아바마마께서 병마에 시달리고 계시는 고국. 한달음에 달려가고 싶었다. 자신과 고국을 가로막고 있는 고산준령도 두렵지 않고 압록강도 무섭지 않았다. 하지만 황제의 허락이 있어야 움직일 수 있는 몸. 이경헌을 동관으로 보낸 세자는 잠을 이루지 못했다.

"저하! 무슨 걱정이라도 있으십니까?"

뒤척이던 세자를 바라보던 세자빈의 눈빛이 불안하다.

"빈궁! 희소식이 있을 것 같소."
"좋은 소식이라니요?"
"고국에 돌아가게 될 것 같으오."
"정말이십니까? 저하!"

그늘져 있던 세자빈의 얼굴이 환하게 밝아졌다.

"석철이 벌써 다섯 살입니다. 어서 돌아가 안아 주고 싶습니다."

환하게 웃던 세자빈의 눈가에 이슬이 맺혔다. 석철은 소현과 세자빈 사이에 태어난 첫 아이다. 강화도에서 돌도 안 지난 아기를 강보에 싸 내관 김인과 서후행에게 맡기고 생사를 몰랐다. 심양에 도착하여 살아 있다는 소식만 들었을 뿐, 얼마나 컸는지 모른다. 들떠 있는 세자빈을 바라보는 소현의 가슴은 미어졌다.

세자가 잠 못 이루고 뒤척이던 그 시각. 황궁에서는 금주(錦州)에서 대승을 거두고 돌아온 도르곤의 전승 기념 연회가 열리고 있었다.

"조선에서 세자를 보내 달라고 하는데 어찌하면 좋겠소?"

자연스럽게 한 자리에 모인 조선통 4인방 가운데 용골대가 운을 뗐다. 조선 문제는 중요 사항이 아니기 때문에 연회석에서 스스럼없이 논의되었다.

"아직은 시기가 이르다 생각되오."

마부달이 시기상조론을 폈다.

"국왕이 병환에 시달린다 하니 세자를 보내지 않은 것도 인륜상 옳지 않다고 봅니다. 또 다행히 왕이 죽으면 그곳에서 세자를 등극시키면 될 것 아닙니까?"

피파박시가 조선 왕의 승하를 다행이라 칭하며 현실적인 방안을 내놓았다.

"한성으로 돌아간 세자가 우리 말을 듣지 않으면 어떻게 할 것이오? 장성을 넘어 일전을 벌여야 하는 우리가 새삼스럽게 동쪽으로 출병할 수야 없지를 않소."

용골대가 피파박시의 의견에 반대했다.

"좋은 방안이 있소. 세자를 내보내되 세자빈은 여기에 있게 하는 것이오."

범문정의 눈이 번뜩였다.

"조선에 나간 세자가 빈궁을 여기 놔두고서 딴마음을 품을 수야 없지 않겠소."
"조선에 있는 세손을 들어오게 하고 세자를 내보내는 것이오. 아무리 강심장이라도 자식의 안위를 외면하지는 못하겠지요."

범문정이 붉은 미소를 지었다.

"좋은 방법이오."

용골대가 맞장구를 쳤다. 그리고 4인방의 웃음소리가 황궁을 메아리쳤다. 조선의 왕세자 소현은 이렇듯 심양에서는 청나라 관리들의 안줏감이 되고 있었다. 모든 것을 청나라의 처분에 따라야 할 뿐 어느 것 하나 자의로 결정할 수 없는 처지다. 청나라와 조선의 현안 중심에 있으면서 아무런 선택권이 없는 세자. 이것이 바로 심양의 소현세자다.

조선을 한반도에 묶어 두는 데 성공한 청나라의 최대 관심사는 북경이었다. 홍타이지가 몸소 군대를 이끌고 삼전도를 밟았지만 이제 조선은 그의 관심 밖이다. 지금부터는 만리장성을 언제 넘느냐가 지상 과제다. 북경 공략에 골몰한 홍타이지는 조선 문제는 청나라의 조선통 4인방에게 맡겨 두고 최종 재가만 내리고 있었다.

청나라의 최종 목적지는 북경(北京)

조선 침공 결정은 홍타이지가 내렸지만 그 이면에는 범문정의 세계 전략이 숨어 있었다. 조선을 유린함으로써 일본의 발을 섬에 묶어두고 명나라의 내부를 흔들자는 계책이었다. 그 전략은 기막히게 들어맞았다. 청나라의 배후를 위협할 수 있는 조선이 맥없이 무너지자 명나라는 무력감에 흔들렸고 일본은 움츠러들었다.

7년 간에 걸친 전쟁을 치르면서도 조선의 항복을 받아 내지 못한 일본은 청나라가 단 2개월 만에 조선왕의 항복을 받아 내자 청나라 군대의 기동력에 두려움을 갖게 되었다. 팔기군에 공포감을 느낀 명나라 역시 황권이 흔들리고 자중지란이 일어났다. 범문정은 홍타이지의 두뇌였다.

황제가 보낸 칙서가 한양에 도착했다. 대소 신료들이 도열한 가운데 임금이 무릎 꿇고 칙서를 받았다.

"그대는 명을 어기고 남한산성과 평양성을 수축하여 말 먹이와 식량을 비축하였다. 그대의 강토를 내가 이미 얻었고 그대의 목숨과 자식들을 모두 거두었다가 놔 주었는데 지금 무슨 이득이 있다고 다시 전쟁의 실마리를 일으키려고 하는가?"

칙서를 받아든 인조의 손이 부들부들 떨렸다. '전쟁의 실마리를 일으키려고 하는가?'라는 마지막 말에 숨이 턱 막혔다. 전쟁? 생각만 해도 끔찍했다. 삼전도에서 환궁할 때 널브러져 있던 시신들의 참혹한 모습이 눈앞을 가렸다.

"소이는 패씸하나 몸이 아프다 하니 세자를 보내어 문병하게 할 것이다. 그대의 아들과 세자의 아들을 심양으로 보내라."

세자를 불러오기 위하여 대군을 보내겠다고 한 것은 조선에서 제안한 일이었기에 불만이 없다. 허나, 원손을 보내라니, 억장이 무너졌다. 어린 것이 1700여 리 머나먼 곳까지 가야 한다니 가슴이 미어졌다. 인조가 편전으로 원손을 불렀다.

"원손! 지금 나이 몇이지?"
"다섯 살이옵니다. 할바마마!"

아무 것도 모르는 석철은 생글거렸다. 석철은 부모의 얼굴을 모른다. 미처 돌도 안 된 갓난아기 때 헤어졌으니 알 턱이 없다.

"이 못난 할아비를 용서해다오."

석철을 끌어안은 인조의 얼굴에 하염없이 눈물이 흘렀다. 삼전도에서 항복할 때도 이토록 서럽지는 않았다. 창릉고개에서 세자를 떠나보낼 때에도 이토록 가슴 아프지는 않았다. 자신의 미욱함으로 원손을 오랑캐 나라에 보낸다는 현실이 원망스러웠다.

비틀어진 백악 장자 승계를 방해하다

백악산 아래에 나라의 터전을 마련한 조선의 건국자들은 동쪽으로 약간 기울어져 있는 백악산에 항상 마음 졸였다. 정(正)이 바로 서지 못하는 풍토, 장자 승계가 이루어지지 않은 왕통. 왕조 국가에서 장자는 법통이다. 법통이 바로 서지 못하면 피를 부른다. 이에 그 불길함을 극복하고자 태종 이방원이 창건한 궁이 창덕궁이다. 하지만 창덕궁은 이궁일 뿐, 법궁은 경복궁이었다.

경복궁의 주산이 백악이라면 창덕궁과 창경궁을 아우르는 동궐의 주산은 응봉이다. 백악의 날카로움이 권위와 남성을 상징한다면 응봉의 부드러움은 음과 여성을 뜻한다. 성종 이후, 조선 왕들이 창덕궁을 애용하면서 궁궐에 치맛바람이 거셌다. 창덕궁 후원이 응봉과 맞닿아 있는 것도 그와 무관하지 않다.

인조는 아직도 환자다. 침을 놓고 있던 이형익을 소원 조씨가 불러냈다.

"전하의 환후는 어떠한가?"
"많이 좋아지셨습니다. 이제 얼마 지나지 않으면 후원 산책도 가능하실 것입니다."

"용태가 호전되었다니 이보다 더한 다행이 없겠구나. 허나, 머잖아 세자와 함께 사신이 들어온다. 사신이 돌아갈 때까지는 전하께서 누워 계셔도 안 되고 걸어 다니셔도 안 된다. 무슨 말인지 알겠느냐?"

"그럼 어떻게…?

이형익이 머리를 긁적였다.

"이런 아둔한 사람을 봤나. 수위를 조절하란 말이다."

날카로운 목소리가 이형익의 심장을 찔렀다. 그날 밤, 양화당을 찾은 조씨가 인조의 품속을 파고들었다.

"전하! 심양에 있는 세자가 감히 대홍망룡의(大紅蟒龍衣)를 입었다 하옵니다."

"그게 무슨 소리요?"

"황제가 베푼 송별연에 참석한 세자가 국왕의 장복을 입었다 하옵니다."

"쓸데없는 소리 하지 마시오. 용장군이 입으라 하는 것을 세자가 거절했다 들었소."

"아니옵니다. 전하! 용골대의 강요를 한두 번 뿌리치다가 결국에는 입었다 합니다."

가슴에 얼굴을 묻고 있던 소원이 품속으로 파고들었다. 인조는 빈객이 올린 장계를 보고 세자의 의젓함에 흐뭇했었다. 그런데 소원의 얘기를 들으니 의구심이 들었다.

"신득연이 거짓 치계를 올렸단 말인가?"

의심은 점점 확신으로 짙어지며 마음이 흔들렸다. 멀리 있는 빈객의 보고보다 가까이 있는 소원의 말이 참인 것 같았다. 이때 인조의 가슴에 머물던 소원의 손이 빨라지는 인조의 맥박을 감지했다. 그와 동시에 소원의 손이 아래로 내려갔다.

제왕학 교과서를 모르는 임금

군주는 참언과 직언을 가려들을 수 있는 소양이 필요한데 인조에게는 그것이 부족했다. 선대왕들은 세자 시절부터 대학연의를 공부했다. 대학연의(大學衍義)는 제왕학 교과서다. 인조는 반정으로 왕위에 올랐고 정묘호란과 병자호란이라는 미증유의 환란을 겪으며 대학연의를 접할 겨를이 없었다.

원손이 하직 인사를 드리러 양화당을 찾았다. 병석에 누워 있던 인조가 자리에 앉으며 원손을 맞았다.

"할바마마! 다녀오겠습니다."
"그래. 몸 성히 잘 다녀 오거라."

원손이 큰절을 올렸다. 석철은 무엇 때문에 자신이 심양에 가는지 모른다. 그저 엄마를 만나러 간다는 것이 좋을 뿐이다. 자신이 그곳에 가는 것이 아버지 소현과 맞교환 때문이라는 것을 알 리 없었다.

"할마마마도 강녕히 계십시오."

곁에 있던 소원 조씨에게도 큰절을 올렸다. 석철은 중전이 무엇이고 후궁이 무엇인지 모른다. 그저 할마마마와 늘 같이 있고 내인들이 할마마마라 부르라 하기에 그렇게 부를 뿐이다.

"잘 다녀오십시오. 원손!"

소원이 눈을 내리깔며 화답했다.

"아바마마! 다녀오겠습니다."

인평대군이 인조에게 큰절을 올렸다.

"원손을 모시고 잘 다녀오라."

원손 석철은 다섯 살이고 인평대군은 스무 살 성인이다. 장가도 들었다. 사적으로는 숙질간이지만 종법상 원손의 신하가 된다. 원손은 왕위 계승 서열 2위다.

명나라 건국 초기, 주원장의 아들 의문태자가 병사하자 황태자의 아들 혜제가 황태손에 책봉되어 건문제로 등극했다. 이러한 예법을 따르는 조선은 원손이 아직 책봉되지는 않았지만 그에 준하는 예우를 법통으로 생각했다.

하직 인사를 마친 원손 일행이 북행길에 올랐다. 말을 탄 별감이 앞장서고 원손이 탄 가마가 뒤따랐다. 뒤이어 인평대군의 말이 뒤따르고 익위사 무사들과 내인들은 걸었다. 일행 30여 명은 심양을 향하여 길을 재촉했다.

정월이 지났으나 아직도 매서운 바람이 옷깃을 스치는 이른 아침. 조선관 관원들이 부산하다. 50여 명의 일행이 먼 길을 떠나야 하니 이것저것 챙길 게 많다. 황제가 내려 준 선물은 물론 대식구가 귀국길에 먹어야 할 식량과 용품이 적지 않다.

수레에 쌀가마를 싣는 노복들의 발걸음이 가벼웠다. 세자가 귀국한다니 자신들이 고국에 돌아가는 것보다 기뻤다. 세자를 호종하여 고국에 돌아가는 관원들도 덩달아 신바람이 났다. 오랫동안 헤어져 있던 부모 형제와 내자를 만날 수 있으니 이보다 좋을 수 없었다. 하지만 일행에 포함되지 않은 관원들은 시무룩했다. 그렇다고 내색할 수도 없다. 세자빈과 대군을 모시고 조선관을 지켜야 할 임무 또한 막중했다. 그 대신 세자를 호종하여 귀국하는 관원들에게 안부 서찰을 부탁하는 것으로 위안을 삼았다.

"빈궁! 다녀오리다."

다른 사람들에겐 평범하게 들렸으나 세자빈의 귀에는 떨림으로 들렸다. 세자를 바라보았다. 세자빈의 눈이 이슬에 젖어서일까. 세자의 눈망울도 젖어 있는 것만 같았다.

"강건히 잘 다녀오십시오."

눈물을 보이지 않으려고 애썼으나 세자빈의 눈가에 이슬이 맺혔다.

원손과 세자, 엇갈린 1700리 길

원손 일행이 대동강을 건넜다. 꽁꽁 얼었던 대동강은 풀렸지만 북녘에서 불어오는 바람이 매섭다. 옷깃을 파고드는 칼바람에 호종하는 신하들은 종종걸음을 쳤지만 가마에서 흔들리는 석철은 마냥 즐겁기만 했다. 기억에도 없는 엄마를 만나러 간다니 너무 좋았다. 하지만 철없이 생글거리는 원손의 모습을 지켜봐야 하는 호종신하들의 가슴은 찢어지는 것만 같았다.

청천강을 건넌 원손 일행은 의주를 향하여 걸음을 재촉했다. 이번 북행 길은 즐거운 행차가 아니다. 비록 사슬에 묶여 가는 것은 아니지만 원손을 볼모로 모시고 가는 길이다. 호종 신하들의 마음은 무거웠다. 온갖 참람한 일을 다 겪어야 하는 약소국의 신하된 도리가 원통하고 참담했다.

의주에서 하룻밤을 묵은 원손 일행은 압록강에서 배를 탔다. 이제 건너편 강변에 배가 닿으면 이국이다. 군관 유중길은 조선 강토를 유린한 청나라 황제에게 세자를 대신할 볼모를 바치러 가는 길에서 바라본 압록강 물결이 야속했다

"차라리 배라도 뒤집혀 버렸으면…"

원손을 모신 신하로서 불경한 생각이다. 유중길의 착잡한 심기는 아랑 곳없이 배는 순풍을 타고 압록 빛 물결 위를 미끄러져 위화도를 지나 애자하 하구에 닿았다.

원손 일행이 배에서 내렸다. 이제 청나라 땅이다. 원손과 인평대군이 청나라 땅을 밟는 순간, 조선의 세자와 원손 그리고 두 대군까지 왕위 계승 서열 첫 번째에서 네 번째까지 모두 적국의 수중에 들어가게 된 초유의 사태가 발생했다. 조선의 미래가 청나라의 손아귀에 달린 것이다.

애하를 떠난 원손 일행이 황량한 벌판을 지나 책문에 도착했다. 국경 검문소다. 행차를 발견한 청군이 책문을 닫아 걸고 길을 막았다.

"조선국 세손이시다. 길을 열어라."

호종 별감이 목소리를 높였다. 망루에서 행차를 살피던 군졸이 문을 빠끔히 열고 내다보았다.

"누구라고 했느냐?"

병졸들을 이끌고 나온 수문장이 되물었다.

"조선국 세손이시다. 어서 문을 열어라."
"세손인지 네손인지는 우리가 직접 봐야 알겠다. 가마 문을 열어라."

내관이 가마 문을 열었다. 문을 들치고 가마 속을 살피던 청나라 군사가 눈을 동그랗게 뜨고 물었다.

"세손이 왜 이렇게 작아? 우릴 속이려는 것은 아니겠지?"
"무엄하구나. 너희 청나라 군사들은 예의도 모른다냐?"

호종 별감 김덕남이 큰소리를 쳤다.

"예의를 모른다고? 두 나라를 받드는 네놈들 싸가지는 어디다 팔아먹었냐? 고얀 놈들 같으니라구. 여봐라! 어린아이를 내리게 하고 가마를 샅샅이 뒤져라."

명나라를 모시던 조선이 청나라에 머리를 조아리자 일개 군졸들에게도 조롱거리가 되었다. 병졸들이 원손을 끌어내리고 가마를 수색하기 시작했다. 당황한 별감이 수문장의 소매를 붙잡고 인삼 몇 뿌리를 안겨 주었다.

"진즉 이럴 것이지. 조선 사람들은 눈치가 없다 해. 조선 사람들이 담배 다 인삼이다 하는 것들을 몰래 들여오기 때문에 우리도 이렇게 짐 뒤짐을 할 수밖에 없다 해. 결례가 되었다면 용서하기 바란다 해."

뇌물을 받고 헤헤거리던 수문장이 책문을 열어 주었다. 일본을 통하여 조선에 들어온 담배가 대륙에 전파되어 청나라 조정은 골머리를 앓고 있었다. '담배 밀수를 엄단하라'는 황제의 엄명이 있었으나 담배는 청나라의 밀무역 최고 인기 품목이었다.

"치사한 놈들 같으니라고! 인삼 몇 뿌리에 나가떨어지는 것을 보면 청나라도 별거 아닌 것 같은데 왜 조선은 청나라 앞에만 서면 한없이 작아질까?"

유중길은 그것이 궁금했다. 어려서부터 명나라는 대국이자 세상의 중심이라고 배웠다. 그런데 어느 날 갑자기 만주의 조그만 부족이 대국이라 자처하고 나서 세상의 새로운 중심이 되겠다고 하니 혼란스러웠다.

"하늘에 태양이 둘이 아니듯이 세상에 대국이 둘일 수는 없다. 대국으로 알고 있던 명나라가 저리 무너지는 것을 보니 과연 청나라가 크긴 큰가 보다. 이왕 청나라에 들어왔으니 청나라가 얼마나 큰지 속속들이 알아보리라."

까마득히 먼 옛날, 말 타고 만주 벌판을 호령하던 종족이 우리 한민족이라는 얘기를 들었는데 그것이 사실인지도 아리송했다. 사실 여부를 알 수 있는 가르침도 없었다. 명나라를 아버지 나라로 받드는 조선의 사대부들은 요동성과 안시성은 물론 고구려 역사를 입 밖에 꺼내는 것조차도 불경으로 생각했다. 그것을 가르치는 것은 상상도 못했으며 공자왈 맹자왈이 교육의 전부였다.

드디어 원손 일행이 봉황성에 도착했다.

"어서 오시오, 세손. 먼 길 오시느라 고생이 많았소."

성장 주근래(周根來)가 정중하게 맞이했다. 청나라 장수 주금래(周金來)의 아우다. 원손과 인평대군이 가마에서 내렸다.

"세자께서 아직 도착하지 않았으니 예서 기다리시오."

원손 일행은 주근래가 내준 숙소에 여장을 풀었다. 석철은 아버지를 만날 수 있다는 기대감에 잠을 이룰 수 없었다.

"아바마마는 어떻게 생기셨을까? 할바마마처럼 작게 생기셨을까? 말 타고 앞장서 가던 별감처럼 의젓하게 생기셨을까?"

석철은 아버지를 모르고 자랐지만 아버지가 너무 보고 싶었다. 피는 물보다 진하다 했던가. 아버지에 대한 그리움이 그 작은 가슴에 가득했다.

사흘 후, 오목도의 호위를 받은 세자 일행이 봉황성에 도착했다. 말이 호위지 호송이나 다름없었다. 모든 것을 통제했고 간섭했다. 먼저 와 있던 아들을 발견한 세자가 원손을 와락 끌어안았다. 왕가의 법도에서는 있을 수 없는 돌출 행동이지만 어디 지금이 한가하게 왕가의 법도나 따지고 있을 땐가. 석철을 품에 안은 세자의 눈이 촉촉이 젖었다.

"저하! 소신의 절을 받으시옵소서."

세자의 품에 안겨 아버지의 얼굴을 올려다보던 석철이 큰 눈을 초롱거렸다. 막상 아버지의 품에 안겼으나 어색했다. 아무래도 석철에게 처음 보는 아버지는 낯설었다. 그렇게 그리던 아버지의 품이건만 왠지 서먹하고 건조했다. 세자가 석철을 내려놓았다.

"세자 저하! 강녕하셨습니까?"

석철이 절을 올렸다. 앙증맞은 모습이다. 궁중의 법도에 따라 신하의 예를 갖춘 것이다. 지켜보는 세자의 눈가에 맺힌 이슬이 햇빛에 반사되어 반짝거렸다. 세자는 절을 마친 석철을 다시 끌어안았다. 무슨 말이 필요하겠는가. 세자는 하염없이 눈물을 흘렸다.

"자, 자, 이만들 헤어져야 하오. 황제의 명이 지엄하니 어서 원손은 심양으로 가고 세자는 한성으로 출발하시오."

오목도가 분위기를 깨며 재촉했다. 철저하게 사무적이다. 원손과 대군이 교체 인질로 온 것을 확인했으니 세자는 조선으로 가도 좋다는 허락이다. 석철이 하직 인사를 했다. 만나자 이별이다. 원손 일행이 성 밖 언덕을 넘어 시야에서 사라질 때까지 세자는 장승처럼 서서 마음으로 통곡하고 있었다.

자신이 두 발을 딛고 서 있는 이곳 봉황성이 옛 고구려인들의 안시성이었든 백암성이었든 세자에게는 중요하지 않았다. 다섯 살 어린 아들을 자

기 대신 볼모로 그 험하고 먼 길을 보내야 하는 현실이 뼈저린 슬픔으로
다가왔다.

압록의 물빛은 변함없이 푸르건만

세자 일행을 태운 배가 애하 하구를 출발했다. 압록강 물은 역사의 소용돌이에는 아랑곳없이 언제 봐도 푸르다. 위화도를 비켜 세운 배가 북서풍을 타고 강 복판으로 미끄러졌다. 압록 물빛은 예나 다름이 없으되 세자의 소회는 달랐다. 심양으로 끌려갈 때는 온통 절망의 빛으로만 보이던 강물이 이제는 희미하게나마 희망으로 다가왔다. 하지만 다시 이 강물을 되짚어 심양으로 돌아가야 한다니 마음이 무거웠다.

세자 일행을 태운 배가 의주에 도착했다. 배에서 내린 세자는 가슴 깊숙이 숨을 들이마셨다. 얼마나 맡아 보고 싶던 조국의 내음인가. 얼마나 그리웠던 조국 산천인가. 감회가 전율이 되어 머리에서 발끝까지 흘러내렸다. 의주관에서 하루를 묵은 세자는 걸음을 재촉했다. 남행이다.

세자가 조선 땅에 들어왔다는 소식을 전해들은 대궐은 술렁거렸다. 오랜만의 희소식이다. 나인들의 발걸음이 빨라졌고 내관들이 분주해졌다. 세자의 귀국은 패전 후유증으로 의기소침해 있던 사대부들에게 활력소가 되었다. 척화에 동조했다 하여 먼 지방으로 쫓겨나 있던 파직자와 선비들이 한양으로 모여들었다.

혜음령을 넘은 세자 일행이 벽제관에서 하룻밤을 묵으며 입성 채비를 갖췄다. 이윽고 행렬이 벽제관을 출발했다. 연도에 늘어선 백성들이 흐느꼈다. 기쁨과 슬픔이 범벅이 된 눈물이었다. 연서역에는 백관들이 나와 세자의 귀국을 영접했다. 홍제원에는 관료와 유생들이 출동하여 세자의 환국을 반겼다.

세자 일행이 홍제원에 도착했다는 보고를 받은 인조는 승지 박노를 보내어 오목도에게 예를 갖추었다. 드디어 세자 일행이 창덕궁에 도착했다. 궐내에서 입직하는 관원들이 금천교에 도열했다. 장경문에 이른 오목도가 세자를 뒤로하고 인조와 마주 섰다.

"밀서를 전할 것이니 좌우를 물리치시오."

오목도는 사신이 아니라 소현세자의 호송 대장이다. 일개 장수가 국왕에게 명령을 한 것이다. 인조가 승지와 내관들을 물리쳤다.

"이 밀서는 황제의 친서이니 신임할 만한 내관 한 사람 외에는 함께 보지 마시오."

오목도가 밀서를 건네 주었다. 밀서를 받은 인조의 손이 가늘게 떨렸다. 밀서의 내용이 무엇인지 모른다. 하지만 오목도가 목에 힘을 주고 전하는 것으로 보아 범상한 내용은 아닌 것 같다.

밀서를 받은 인조는 오목도를 양화당으로 안내했다.

"황제께서 은혜를 베풀어 주시니 황감합니다."

"부자지간의 나라에서 당연한 일이지요."

"대인께서 주선해 주신 덕분이니 이 은혜를 어찌 잊을 수 있겠습니까."

"황제께서 왕의 병이 중하다는 얘기를 듣고 세자로 하여금 근친하도록 하신 것입니다."

"황공하옵니다."

청나라가 볼모로 데려간 세자의 귀국을 일시나마 허용한 것은 군사를 모으고 성곽을 쌓으며 복수의 칼을 갈던 조선의 항전 의지를 온전히 분쇄했다고 판단했기 때문이었다.

"병이 조금 나았다 하니 다행입니다."

"어찌 될지 알 수 없는 병세라 걱정입니다."

공식적인 사신 영접 절차가 끝나고 세자가 들어가 부왕 앞에 부복했다.

"아바마마! 소자의 불효를 용서하소서."

세자는 더 이상 말을 잇지 못했다. 인조 역시 눈물을 흘리며 세자의 등을 어루만졌다. 따뜻했다. 아버지의 체온이 등에 머무는 순간 주체할 수 없는 슬픔이 파도처럼 밀려왔다. 부복한 세자는 어깨를 들썩이며 흐느꼈다. 이 모습을 지켜보던 시종 신하들도 모두 눈물을 훔쳤다.

"왜들 이러십니까? 오랜만에 만났으면 기뻐들 하셔야지…."

상봉의 눈물마저도 간섭하겠다는 것인가. 오목도가 참견하고 나섰다.

"다시 볼 줄은 꿈에도 생각지 못했으므로 저절로 눈물이 나오는 것입니다."

인조가 눈물을 닦았다. 부자 상봉을 마친 소현은 종묘로 직행했다. 선대왕들에게 세자의 귀환을 알리는 절차다. 종묘 전알(展謁)을 마친 세자는 오목도가 묵고 있는 남별궁을 찾았다.

"귀국을 도와주시어 고맙습니다."
"무슨 그런 걸 가지고…. 세자는 너무 지체하지 말고 돌아갈 준비를 하시오."

상봉의 눈물이 마르기도 전에 돌아갈 것부터 독촉이다. 그날 밤 인조는 삼정승과 원임대신, 비국 당상, 삼사 장관을 양화당으로 불렀다.

"황제의 밀서에 대하여 여러 대신들과 의논하고자 한다."

밀서를 꺼낸 인조는 승지 박노로 하여금 읽도록 했다.

"지난번에 내보내었던 사신 마부달과 통사 도리가 같은 병으로 죽은 것에 대하여 여러 의원들이 만독에 혐의를 두고 있다. 관원 중에 악독한 마음을 품은 자가 있거나, 전쟁 중에 피해를 당한 집안이 원한을 갚고자 독기를 부린 것인지 모른다. 특별히 이 칙서를 보내어 왕에게 알리는 바이니 왕은 상세히 살피라. 또 볼모로 보낸 대신의 아들들이 대부분 서출이거나 양자 아니면 촌수가 먼 친족의 조카들이다. 여러 신하들이 짐을 속이려 드는 것은 용서할 수 없다."

승지의 낭독이 끝나자 양화당은 찬물을 끼얹은 듯 조용해졌다. 또 한 차례 태풍을 예고하는 밀서다. 누가 연루되었는지 모르지만 그 누군가는 책임져야 한다.

"만독(慢毒)이란 무엇을 말하는 것인가?"
"임진왜란 때 명나라의 밀사로 일본에 건너간 심유경이 풍신수길과 마주 앉아 환약을 먹었습니다. 괴이하게 생각한 수길이 무슨 약이냐고 물으니 '바다를 건너오느라고 습기에 몸이 상해 병이 들었는데 이 약을 먹었더니 몸이 가뿐하오.'라고 말했습니다. 수길이 '나도 섬에서 돌아왔더니 기운이 없는데 그 약을 먹을 수 있겠소?'라고 하니 심유경이 약을 주었습니다. 의심의 눈초리를 보내던 수길이 약을 반으로 갈라 먹자고 제안하니 심유경이 흔쾌히 나누어 먹었습니다. 숙소로 돌아온 심유경은 다른 약을 먹어 그 약의 독 기운을 내리게 하였으나 수길은 점점 몸이 여위고 피가 말라 죽고 말았습니다. 중국 사람들은 이 일을 '유경만독'이라고 합니다."

영의정 홍서봉이 장황하게 설명했다.

"마부달과 도리 두 사람이 같은 증세로 죽었으니 의심을 하는 것은 당연하다. 또 자기 자식이 아닌 먼 친척의 자식을 심양에 보낸 것은 과인을 속이고 황제를 속이는 일이다. 이 일은 모두 비밀로 할 일이 아닌데 은밀히 보내온 것은 무슨 뜻인가?"

"이 자리에 들어와 있는 신료들 중에도 연루자가 있다는 뜻이라 여겨집니다."

"과인도 세자를 보냈으니 조신들도 적자(嫡子)를 보내야 하거늘 어찌 다른 사람의 아들을 대신 보낼 수 있단 말인가?"

인조는 대노했다. 국가가 위기에 처하여 왕 자신도 몸소 세자를 보냈는데 대소신료들이 적자가 아닌 다른 사람들을 보내어 황제의 추궁을 받게 되었으니 배신감을 느꼈다.

"즉시 조사하여 보고하라."

대사헌 이행원에게 엄명이 떨어졌다. 심양에 있는 홍타이지의 기침 소리가 압록강을 건너며 뇌성이 되고 조정에 벼락이 떨어진 것이다.

환향녀의 눈물

"홍제천에서 목욕하고 들어오면 사(赦)하는 것으로 하자."
"그것이 무슨 한강의 뱃자국이냐? 말도 안 되는 소리 하지 마라."

자기들이 지켜 주지 못한 여자들의 정절 타령이나 하는 동방예의지국 조선이다. 폭력에 정절을 지키지 못한 여자는 물론 죽음을 무릅쓰고 절개를 지킨 여자들마저 훼절한 것으로 치부하고 내치려는 조선의 사대부들이다.

그토록 절의가 중하다면 명나라를 배신한 임금이 먼저 구차한 목숨을 버려야 할 것이며 대명일월을 신앙처럼 떠받드는 사대부들 또한 죽어야 마땅할 것이다. 헌데, 정작 자기들은 살아남아서 애꿎은 여자들을 두 번 죽이려는 후안무치다.

화냥년의 어원은 화랑에서 찾을 수 있다. 고대 사회에서 화랑은 무당이었으며 남자 무당은 지위가 낮아 여자 무당들을 쫓아다니며 일했다. 이러한 과정에서 행실이 좋지 못한 남자 무당을 '화냥이' '화냥놈'이라고 불렀으며 원래 남자에게 쓰이던 말이 여자에게 쓰이면서 '서방질을 한 계집'을 뜻하게 되었다. 심양에 붙잡혀 간 여자들이 돌아오기 이전 신라 시대부터 쓰이던 말이 환향녀들에게 전가된 것이다.

귀국하는 세자 일행과 함께 속환금을 지불한 포로들도 압록강에서 배를 탔다. 나룻배에 몸을 실은 포로들은 기쁨을 감추지 못했다. 이제야 비로소 지옥 같은 청나라를 벗어났다는 안도의 눈빛이었다. 살아생전 다시는 못 볼 것 같았던 부모 형제를 만날 수 있다는 희열이 뱃전을 달구었다.

가까워 오는 고국산천을 바라보며 감격에 겨워 눈물을 흘리는 포로들이 있는가 하면 한숨을 쉬는 사람들이 있었다. 남자들은 기쁨에 들떠 흥분하였고 여인네들은 고개를 푹 숙이고 있었다. 끌려갈 때는 그저 돌아올 수 있기만을 바랐는데 막상 돌아오는 길목에서는 걱정이 앞섰다.

물결이 부서지는 뱃머리에서 흘러가는 강물을 바라보며 수심에 잠긴 여인이 있었다. 한이겸의 딸이다. 사대부 가에서 곱게 자라 장래가 촉망되는 신랑을 맞이하여 대감댁으로 시집갔다. 청나라 군대가 양철평에 이르렀다는 소문이 도성에 퍼지자 피난길에 나섰다. 목적지는 강화도. 강화도는 가장 안전한 곳이었고 선택된 사람들만이 갈 수 있는 피난처였다. 세자빈을 비롯한 궁실 여인들과 함께 강화도에 발을 들여 놓았을 때, '이제 살았다.'며 안도의 한숨을 내쉬었다.

허나, 그것도 잠시. 청군이 바다를 건너 강화도에 들이닥쳤다. 병조판서 이성구의 아내 권씨와 아들 상규의 아내 구씨 그리고 그의 두 딸이자 이일상과 한오상의 아내가 '오랑캐에게 욕을 보느니 차라리 죽겠다'고 목을 매어 죽었다.

헌납 홍명일의 아내 이씨는 배를 타고 강화도를 빠져 나가려다 청군이
가까워 오자 남편의 생질 박세상의 아내 나씨와 겨우 여섯 살과 일곱 살
된 두 아들 자의와 자동을 껴안고 물에 빠져 죽었다. 수많은 조선의 여인
들이 죽음으로 절개를 지켰는데 질긴 게 목숨이라고 죽지도 못하고 살아
돌아간다는 것이 무슨 죄를 지은 것만 같았다.

흘러가는 물결이 뱃전에 부서졌다. 고국에 돌아가는 길이 기쁨보다는
두려움이 앞섰다. 강물에 뛰어들고 싶은 충동을 느꼈다. 강물을 바라보았
다. 압록 빛 푸른 물이 가슴 시리도록 차갑다. 고개를 들었다. 아버지 한
이겸이 지켜보고 있다. 강물을 바라보던 한씨의 두 눈에서 굵은 눈물방울
이 떨어졌다. 강물에 떨어진 눈물을 압록강은 흔적도 없이 삼켜 버렸다.

배가 의주에 닿았다. 뛰어내린 포로들은 덩실덩실 춤을 추었다. 조국의
흙을 두 손에 움켜쥐고 환호하는 사람도 있었다. 살아생전 다시는 못 밟
을 줄 알았던 조국 땅을 밟은 포로들은 기쁨에 충만해 있었다. 한씨는 아
버지와 함께 남행길에 올랐다. 보고 싶은 지아비와 아들이 한양에 있지
않은가. 발걸음을 재촉했다.

청나라에 잡혀간 포로들이 돌아온다는 소문에 도성이 술렁거렸다. 일
반 백성들은 반기는 정서였으나 사대부 집은 벌집을 쑤셔 놓은 듯 뒤숭숭
했다. 돌아온 부녀자들을 어떻게 맞이할 것인가가 사회 문제로 떠올랐다.

신풍부원군 장유가 선수를 치고 나왔다.

"우리 아들은 외아들인데 그대로 조상의 제사를 받들 수 없으니 이혼하고 새장가 들도록 허락해 주십시오."

장유의 상소는 환향녀(還鄕女) 논쟁에 불을 붙였다. 이미 더럽혀진 여자를 며느리로 받아들일 수 없으니 아들 장선징을 새로 장가보내 깨끗한 여자를 맞아들이겠다는 것이다.

"사로잡혀 갔다가 돌아온 사족의 부녀자가 한둘이 아닙니다. 어찌 그럴 수 있단 말입니까?"

"이정귀의 아내 권씨, 여이징의 아내 한씨, 서평군 서준겸의 딸이며 김반의 아내 서씨, 이소한의 아내 김씨, 한홍일의 아내 강씨, 한준겸의 첩 최씨, 이호민의 첩 한씨가 모두 자결하였습니다. 그 밖에 부인들이 절개를 위하여 죽은 것을 모두 다 열거할 수 없습니다. 적에게 사로잡혀 욕을 보지 않으려고 죽은 자의 혼령을 위로해 주어야 합니다."

"부녀자들이 붙잡혀간 것은 그들이 잘못해서가 아니라 나라가 힘이 없어서였습니다. 그들에게 무슨 잘못이 있습니까? 나라에서 따뜻하게 보듬어 주어야 합니다."

"어림없는 소리입니다."

여론이 부글부글 끓었다. 이유야 어찌 됐든 안 된다는 것이다. 어떠한 상황에서도 여자의 훼절(毁節)은 용납할 수 없으니 전쟁 상황도 예외는 아니라는 것이다.

가문의 명예를 더럽힌 여자를 스스로 죽도록 유도하여 목을 매게 하는 나무가 자녀목이다. 물에 젖은 한지를 얼굴에 발라 질식사시키는 것이 도모지다. 자녀안(恣女案)은 품행이 바르지 않거나 세 번 이상 결혼한 여자의 행적을 기록한 대장이다. 자녀목(恣女木)과 도모지(塗貌紙)가 상존하고 있는 나라가 조선이다. 자녀안은 국가에서 관리했다. 자녀안에 오르면 그 가문의 불명예는 물론 배우자의 승진과 자손의 과거 시험에도 불이익을 받았다.

여자의 정조는 곧 예와 직결되었고 여자의 일탈은 풍속사범으로 사헌부의 단속 대상이었다. 가부장제의 나라 조선은 부녀자들의 풍속 문란을 개인 문제가 아니라 사대부가 지배하는 체제에 대한 도전으로 받아들였다. 나라를 말아먹은 자들이 자기들이 지켜 주지 못한 여자들의 정절 타령이나 하고 있는 나라가 조선이다. 청나라에 끌려가 겁간을 당한 여자들은 물론이려니와 죽음을 무릅쓰고 절개를 지킨 여자들마저 훼절한 것으로 치부하고 내치려는 것이 조선의 사대부였다.

그토록 절개가 중하다면 오랑캐 앞에 무릎 꿇고 명나라와의 배신을 맹세한 임금이 먼저 구차한 목숨을 버려야 할 것이며 대명일월을 신앙처럼 떠받드는 사대부들 또한 죽어 마땅할 것이다. 헌데 정작 자기들은 손끝 하나 다치지 않고 살아남아서 아무 죄 없이 희생당한 여자들을 두 번 죽이고자 하는 그 후안무치가 놀라울 따름이다.

"임진왜란 때 사대부의 부녀들이 적진에 잡혀 갔다가 살아서 돌아온 자를 남자 집에서 내치고 새장가 들 것을 청하니 선왕이 하교하기를 '음탕한 행동으로 절개를 잃은 것이 아니니 버려서는 안 된다.'고 하여 허락하지 않았다. 선조에서 정한 규례에 따라 시행하라."

인조가 소방수 역할을 자임하고 나섰다.

"우리나라는 해동예의지국입니다. 이호선의 아내 한씨는 토굴 안에 숨어 있었는데 적병이 불을 질러도 나오지 않고 타 죽었습니다. 심정함의 아내 박씨도 스스로 목을 찔러 죽었고 최필의 아내 정씨, 이중언의 아내 양씨, 황식의 아내 구씨, 이사성의 아내 이씨, 하함의 아내 이씨, 김계문의 아내 박씨가 절개를 지키려다 죽었습니다. 그들의 이름을 헛되게 해서는 아니 되옵니다."

"죽음으로 절개를 지킨 자들의 영혼도 받들어 주어야 하지만 살아 있는 사람도 숨통을 터 주어야 합니다. 끌려갔다 돌아온 그들도 다 우리의 딸들입니다. 그들이 돌아와서 자결하기를 바라지는 않지 않습니까? 사천(沙川)에서 목욕하고 도성에 들어오는 것으로 모든 것을 사(赦)하여 주었으면 좋겠습니다."

최명길이 절충안을 내놓았다. 사천은 홍제천의 또 다른 이름이다. 북한산 남장대에서 발원하여 세검정을 거쳐 모래내를 지나 한강으로 흘러드는 하천으로 서교에서 도성으로 들어가기 바로 직전에 있는 하천이다.

전쟁 특수를 누린 주막거리

　의주를 출발한 한씨는 아버지와 함께 대동강을 건너고 임진강을 건넜다. 포로에서 풀려난 다른 사람들은 하루라도 빨리 한양에 들어가려고 잰걸음을 놓았지만 한씨의 발걸음은 무거웠다. 벽제를 지나 박석고개를 넘었다. 얼마 가지 않아 아름드리 느티나무가 눈에 들어왔다. 정자도 있고 우물도 있었다. 한씨는 지친 몸을 정자나무 그늘에 잠시 맡겼다. 정자에는 한양으로 들어가는 사람과 한양을 떠나 관서 지방으로 장사를 가는 부보상들이 뒤엉켜 왁자지껄했다.

　"세자는 오랑캐 땅에서 고생하고 있는데 나라님은 구중궁궐에서 여우에게 푹 빠졌다며?"

　"그 머시냐? 소원인가 소용인가 하는 그 여우 말인겨?"

　"그 여시가 나라 말아먹겠구먼."

　"이 사람들아, 말조심하게. 아무리 난리 통이지만 그 여우 험담을 했다간 귀신도 모르게 채 가. 그 여자 세도가 하늘 찌르는 것도 모르나… 쯧쯧쯧."

　"제발 잡아갔으면 좋겠수. 가뜩이나 먹고 살기 어려운데 나랏밥 좀 공짜로 먹어 보게."

한씨는 시끌벅적한 정자를 피해 우물에서 물 한 바가지를 들이켰다. 마른 목을 축여 주는 물맛이 시원했다. 병아리가 물 마시고 하늘을 쳐다보듯이 고개를 들었다. 한양 하늘이 눈에 들어왔다. 어미를 애타게 찾고 있을 아들을 생각하니 가슴이 뛰었다. 정자로 돌아서려는데 비석이 보였다. '양천리'라 새겨진 비석이다.

"여기에서 북으로 의주까지 천 리, 남으로 동래까지 천 리라서 양천리(兩千里)라는 이름을 얻었단다."

아버지가 자상하게 설명해 주었다. 한씨는 양천리라 새겨진 비석을 물끄러미 바라보았다. 의주에서 여기까지 천 리. 그 먼 길을 어떻게 왔는지 기억도 나지 않았다. 심양에서 압록강까지는 그래도 발걸음이 가벼웠다. 지옥 같은 오랑캐 땅을 한시라도 빨리 벗어나고 싶은 마음뿐이었다. 그런데 조국 땅을 밟는 순간부터 발걸음이 무거웠다. 끌려갈 때보다도 더 멀게만 느껴지는 길이었다. 아버지가 곁에 없었으면 청천강에 풍덩하거나 다른 길로 새 버리고 여기까지 오지 않았을 것이라는 생각이 들었다.

"날 어떤 마음으로 받아 줄까?"

지아비가 눈앞에 어른거렸다. 차라리 저 비석 대신에 저기 서 있고 싶었다. 그리던 집이 지척인데 차마 발걸음이 떨어지지 않았다.

"애야, 저물기 전에 들어가야 하니 서둘러라."

아버지의 재촉이었다. 양철현을 넘으니 울창한 숲이 보였다. 호랑이가 살 것 같은 산세였다. 숲속 오솔길로 접어들었다. 무서웠다. 바위틈에서 산골(山骨)을 캐는 사람만 있을 뿐 인적이 드문 고개를 넘었다. 산골고개를 넘으니 비로소 커다란 기와집이 있는 마을이 나왔다. 홍제원 마을이다.

홍제원은 보제원, 이태원, 전관원과 더불어 도성 밖 4대 원(院)이다. 명나라를 오가는 사신들이 묵던 모화관과 벽제관 사이에 쉬어가는 공관이다. 홍제원 마을은 임진왜란 이후 상업이 발달하면서 번창했다. 대륙에서 들어오는 값비싼 물품이 통과하는 곳이며 부보상들의 집결지였다. 사람과 물화가 모여들자 생겨난 것은 술집이었다. 작부가 있는 술청이다. 일명 색주가(色酒家)다.

이전의 주막에서는 국밥에 막걸리 한 사발로 허기를 달래고 봉놋방에서 하룻밤 신세를 지는 것이 고작이었지만 새로 생겨난 술청에는 대작을 하는 작부(酌婦)가 있었다. 기생집에 가면 여자가 있지만 서민들에겐 그림의 떡이다. 기생 손 한번 잡아 보기가 여간 어렵지 않다.

새로 생긴 술청에 가면 여자에게 수작(酬酌)을 걸어 볼 수 있고 잘하면 뽕도 딸 수 있다. 한량들에게 이보다 더 좋은 희소식이 없다. 도성의 잡배들이 물 좋다는 소문을 듣고 몰려들었다. 술청은 호황을 누렸다. 덩달아 천변에 목롯집도 생겨났다. 술청처럼 방은 없지만 주모가 있고 여자도 있었다. 홍제원 주막거리는 역설적이게도 전쟁 특수를 누렸다.

불과 40여 년 사이에 임진왜란과 정묘호란 그리고 병자호란을 겪으면서 풍속도 바뀌고 떠도는 여자들도 많아졌다. 갈 곳 없는 여자들이 흘러 들어간 곳이 주막거리다. 그렇다고 작심하고 몸을 팔기 위해 들어간 것은 아니었다. 허드렛일을 도와주며 허기나 면해 보자는 게 전부였다. 하지만 사내들에겐 인기 만점이었다.

시중들며 오가는 여자들에게 말을 걸어 보고 주방과 객장 사이를 가르는 포장 사이로 손을 넣어 손을 잡아 볼 수 있었다. 수작(酬酌)이 수작(手酌)으로 변한 것이다. 이는 남녀칠세부동석의 나라 조선에서는 가히 혁명적인 사건이었다. 수작을 건다는 말은 원래 말이나 술잔을 주고받는다는 뜻으로 쓰였으나 이때부터 엉큼한 마음으로 여자에게 접근한다는 뜻으로 쓰였다.

서산에 해가 걸리고 땅거미가 짙어 왔다. 술청에 붉은 등이 켜지고 주막에 주등(酒燈)이 내걸렸다. 홍제천 다리목에서 발걸음을 멈춘 한씨가 입을 열었다.

"아버님! 먼저 가십시오."
"너는 어떻게 하려고 그러느냐?"
"내일 새벽에 들어갈까 합니다."

한이겸은 잠시 망설였다. 심양에서 딸을 찾아 1700리. 머나먼 길을 데리고 오는 동안 극단적인 일이나 저지르지 않을까 노심초사했다. 이제 압록강을 건너고 대동강과 임진강을 건넜다. 딸아이가 괴이쩍은 일을 저지를 만한 강은 다 건넜다.

"네 마음 내가 알겠다. 엉뚱한 생각하지 말고 동트기 전에 들어오너라."

한이겸은 다리를 건넜고 한씨는 동쪽으로 발길을 돌렸다. 아버지는 무악재를 넘어 도성으로 들어가는 길을 택했고 딸은 세검정 가는 길로 접어들었다.

주저 없이 옷고름을 풀었다

홍제천은 건천으로 비가 오지 않으면 물이 흐르지 않는다. 비가 오지 않았는지 개천 바닥에는 모래와 자갈이 앙상하게 드러나 있었다. 한씨는 개천을 따라 걸었다. 주위는 점점 어두워 오건만 무섭지도 않았다. 얼마쯤 걸었을까? 모래 밑으로 흐르던 물줄기가 모습을 드러냈다. 여기에서부터 건천이 끝나고 개천이 시작되었다. 한씨는 발걸음을 멈추고 흐르던 물이 모래 속으로 스며드는 모습을 물끄러미 바라보았다.

"모래 속에 스며들어 간 물은 완전히 없어진 것이 아니지 않는가. 강물이 가까워 오면 다시 땅으로 솟아올라 한강으로 흘러들어 가겠지. 나도 저 물처럼 세상 속으로 스며들어 갈 수 있다면 좋겠다."

한씨의 입가에 알 수 없는 미소가 그려졌다. 부질없는 생각을 하고 있는 자신을 책망하는 차가운 웃음이었다. 고개를 들어 하늘을 쳐다보았다. 별빛이 쏟아지고 있었다. 한씨는 별빛을 길잡이 삼아 하염없이 걸었다. 상류로 올라갈수록 수량도 많아지고 흐르는 물에 곱게 다듬어진 바위들이 있었다.

한씨는 몽유병 환자처럼 무작정 걸었다. 동쪽에 떠 있던 달이 중천에 걸린 것으로 보아 자시가 지난 것 같았다. 눈앞에 자그마한 정자가 보였다. 한씨는 정자가 바라다 보이는 곳에 자리를 잡았다. 깎아지른 절벽 아래 평퍼짐한 마당바위였다. 절벽을 쳐다보았다. 갈라진 틈바구니에 소나무 한 그루가 뿌리를 내리고 있었다.

"소나무는 흙 한 줌 없어 보이는 바위틈에서도 뿌리를 내리고 모진 세월을 견뎌 내고 있지 않은가. 사대부 가의 딸로 태어난 나는 지아비가 있고 자식도 있다. 그것이 바로 내가 살아야 할 이유다."

바위에 앉아 두 팔에 얼굴을 묻은 한씨는 깊은 상념에 잠겼다.

"대명일월에 목을 맨 사대부들이 작당하여 광해임금을 내치고 이곳에서 피 묻은 칼을 씻었대서 세검정(洗劍亭)이라지? 이 나라를 쥐락펴락하는 사대부들은 입만 열면 '군자는 불사이군'이라는데 웃기는 소리다. 입만 열면 충(忠)을 지껄이던 자들이 자신들의 권세를 위해 멀쩡한 임금을 내쫓는 역적질을 한 게 마음에 걸려서 피 묻은 칼이라도 씻어 용서를 구하려 했는가? 참으로 불충한 자들이 충을 팔아먹고 사는 꼴들이 가소롭구나."

삼각산과 백악산 사이를 흐르는 계곡은 물이 좋았다. 송림 사이로 병풍을 두른 듯한 기암절벽이 절경이다. 놀기 좋아하는 연산군이 수각(水閣)을 짓고 세월을 낚던 곳이다. 이귀와 김류는 이곳에서 술잔을 기울이며 풍류를 즐기다 모사를 꾸몄다. 광해를 몰아내고 능양군을 옹립하자고 결의했다. 이서와 신경진을 규합하여 거사에 나섰다. 그들이 동원한 군대를 의병이라 칭했고 창의문을 부수고 도성에 진입하여 창덕궁을 장악했다. 반정에 성공한 그들은 계곡에서 피 묻은 칼을 씻었다. 세검정이다.

고개를 번쩍 든 한씨는 주저 없이 옷고름을 풀었다. 어깨 위에 별빛이 내려앉았다. 상아를 깎아 놓은 듯한 목선이 아름답다. 치마를 내렸다. 달빛이 한씨의 속살을 타고 흘러내렸다. 실오라기 하나 걸치지 않은 한씨가 외쳤다.

"자, 보아라! 깨끗하지 않느냐?"

내려다보고 있는 달이 빙그레 웃었다. 한씨는 자그마한 소(沼)에 몸을 담갔다. 차가웠다. 삼각산 비봉 깊은 계곡에서 발원한 시냇물이 온몸을 파고들었다. 한씨는 몸을 박박 문질렀다. 자갈을 주워 살갗에서 피가 흐르도록 문질렀다. 목욕을 마친 한씨가 바위로 다시 올라왔다. 한씨의 몸에서 물이 뚝뚝 떨어졌다. 얼굴을 감싸 쥔 그녀가 하늘을 바라보며 울부짖었다.

"세상이 미쳤다. 미치지 않고선 이럴 수 없다. 훌훌 벗고 달밤에 몸을 씻는 내가 미친 게 아니라 세상이 미쳤단 말이다."

물기에 젖은 그녀의 살갗에 피가 흐르고 그 위에 다시 뜨거운 눈물이 흘렀다. 물과 눈물과 피가 범벅이 된 그녀의 피부가 달빛에 번들거리며 또 하나의 곡선을 만들어 냈다. 그 곡선이 슬프도록 아름다웠다. 바람이 분다. 바람이 그녀의 나신을 어루만졌다. 물기 젖은 그녀의 나신이 눈부신 듯 달님마저 구름 속으로 모습을 감추었다.

어디에선가 새벽 예불 소리가 들렸다. 벌써 시간이 이렇게 되었나? 물안개가 피어오르고 동녘이 밝아 오기 시작했다. 옷을 입고 매무새를 고친 한씨는 발길을 옮겼다. 서서히 어둠이 걷히는 여명 너머로 민가가 눈에 들어왔다. 하지만 전쟁 통에 사람이 떠난 폐가였다.

세검정 주변에는 종이를 만들던 조지서(造紙署)가 있었다. 종이를 만드는 데는 많은 물을 필요하기 때문이다. 임진왜란 때 도공들과 함께 잡혀 갔던 장인들이 돌아와 겨우 명맥을 이어 왔으나 이번 전쟁으로 폐허가 되었다.

한씨는 무거운 마음에 발걸음이 터벅거렸다. 도살장에 끌려가는 소의 발걸음이 이랬을까. 한씨는 실없는 웃음을 피식거렸다. 고개를 돌려 오른쪽을 바라보니 그때 그 부침 바위가 그대로 있었다. 혼례를 올린 지 3년이 지나도록 한씨에게는 태기가 없었다. 자하문 밖 바위에 돌을 부치고 소원을 빌면 소원 성취한다는 바위가 있으니 가보라는 시어머니의 성화에 못 이겨 찾아왔던 바위다.

납작한 돌을 구해 자신의 나이만큼 문지르다 손을 놓았을 때 신기하게 돌이 바위에 붙었다. 기도가 통했을까. 한씨는 아들을 낳았다. 그 아들이 고개 넘어 있다. 아들이 사무치게 보고 싶다. 한씨의 두 눈이 젖어 왔다.

언덕길이 나왔다. 이제부터 가파른 오르막길이다. 한참을 오르니 오른쪽에 기와집이 보였다. 무계정사(武溪精舍)다. 세종의 셋째 아들로 태어난 안평대군이 글을 쓰고 시를 읊으며 풍류를 즐겼다는 별장이다. 그 유명한 몽유도원도를 안견으로 하여금 이곳에서 그리게 했다는 이야기를 들었다. 한씨는 잠시 생각에 잠겼다.

"서른다섯 젊은 나이에 조카의 왕위를 찬탈한 형이 보낸 군졸들에게 붙잡혀 강화도로 떠나던 안평대군은 무슨 심정이었을까? 세검정에서 피 묻은 칼을 씻은 자들이나 안평을 강화에 유배 보내어 죽인 자들이나 제 뱃속을 채우고자 명(名)을 팔아먹은 게 아닌가. 그런 사대부들이 좌지우지하는 나라가 조선이다. 역시 사대부인 내 지아비도 그런 부류일까?"

생각하니 온몸에 소름이 돋았다.

마루턱에 올라섰다. 비로소 도성의 바람이 가슴을 파고들었다. 얼마나 맡아 보고 싶던 한양의 내음인가. 인왕산과 백악산 골안개에 묻힌 누각이 눈에 들어왔다. 창의문이다. 인조반정 이후, 반란에 시달리던 인조가 민간인의 출입을 통제하고 군사를 풀어 숙위하던 문이다. 그러나 문을 지키던 군졸은 간데없고 문짝은 떨어져 나뒹굴고 있었다. 창의문을 통과한 한씨는 내리막길로 접어들었다. 자두꽃 향기가 싱그럽다. 하지만 느긋하게 향기에 취해 있을 겨를이 없었다. 한달음에 장동 집에 도착했다.

"저 안에 내 아들이 있고 지아비가 있다."

한양에서 심양까지 1700리, 다시 심양에서 한양까지 1700리. 그 머나먼 길을 걸어갔다가 다시 걸어 왔다. 마음 같아서는 아들을 부르며 대문을 박차고 뛰어들고 싶었다. 허나, 솟을대문 앞에 선 한씨는 대문을 밀고 들어갈 용기가 나지 않았다.

대문 사이로 집안을 들여다 보았다. 조용했다. 마당에는 밤새 떨어진 감꽃이 눈처럼 수북이 쌓여 있었다. 목걸이를 만들어 아들의 목에 걸어주던 생각이 머리를 스쳤다. 그때였다. 등 뒤에서 저벅거리는 발자국 소리가 들렸다.

내 아낙은 죽었소 돌아가시오

"예서 뭐하는 게요?"

귀에 익은 목소리였다. 한씨는 흠칫 놀라며 뒤돌아보았다. 거기에는 낯익은 얼굴이 있었다.

"아니 당신이…."

눈길이 마주쳤다. 얼마나 그리던 얼굴인가.

"당신이라니요?"

싸늘했다.

"저예요, 경복 어미. 당신의 아낙이란 말예요."

얼마나 그리웠던 가슴인가. 품속으로 파고들고 싶었다.

"일 없소. 경복 어미는 대국으로 떠났고 내 아낙은 죽었소."

한씨의 심장이 멎는 듯했다. 이렇게 멀쩡히 살아 돌아온 아내를 눈앞에 두고 죽었다니 기가 막혔다.

"여보! 저 이렇게 살아왔잖아요."
"내 아낙은 죽었다 하지 않았소? 돌아가시오."

마른하늘에 날벼락이었다. 한씨의 두 눈에 눈물이 핑 돌았다. 그립고 보고 싶었던 지아비로부터 외면당하고 보니 하늘이 무너지는 것 같았다.

"가족을 다시 볼 수 있다는 희망 하나로 그 머나먼 길을 발이 부르트도록 걸어 왔어요."
"일 없다지 않았소. 어서 돌아가시오."
"저더러 돌아가라니요? 제 집이 여긴데, 어디로요? 너무하십니다. 이러실 수는 없습니다."

한씨는 바지 자락을 붙잡고 무너져 내렸다. 강화도에서 청군에게 붙잡혀 끌려갈 때도 지아비 생각, 심양에서 풀려나 돌아올 때도 오로지 지아비 생각뿐이었다. 그런 자신이 무슨 죄를 지었기에 내침을 당해야 하는지 도무지 알 수 없었다.

"이리 오너라."

밤새 떨어진 감꽃을 쓸고 있던 마당쇠가 부리나케 뛰어와 대문을 열었다.

"서방님, 왜 이리 늦으셨습니까? 대감마님께서 많이 기다리셨습니다."

청군에게 마누라를 빼앗긴 사내들은 사내들대로 괴로웠다. 자신의 아낙을 지키지 못한 무력감에 심신이 황폐해졌다. 살아서 돌아오기만을 애타게 기다리면서도 차라리 돌아오지 않길 바라는 이율배반이 그들을 고통스럽게 했다. 인륜과 인정의 갈등 속에서 그들은 괴로웠다. 누구에게도 털어놓고 얘기할 고민이 아니었다. 이러한 괴로움을 달래 줄 수 있는 유일한 벗이 술이었다. 한씨의 남편도 기생집에서 밤새 술을 마시고 새벽에 들어오는 길이었다.

"저 여자를 대문 안에 들이지 말거라."

발치에 엎드려 흐느끼고 있는 한씨를 야멸차게 뿌리치고 안으로 들어가 버렸다. 마당쇠가 한씨 옆으로 다가왔다.

"웬 여자가 새벽부터 울고불고 난리야? 재섭게스리… 소금이라도 뿌려야겠구먼."

마당쇠가 안으로 들어가려고 뒤돌아섰다.

"애, 장쇠야!"

어디서 많이 듣던 목소리였다.

"댁은 뉘신데 남의 집 종 이름을 함부로 부르는 거요?"

생뚱한 얼굴로 장쇠가 한씨 곁으로 다가왔다. 동시에 엎드려 있던 한씨가 얼굴을 들었다.

"아니, 마님이 웬일이십니까?"

화들짝 놀란 장쇠는 순간, 뒤통수가 아찔했다. 돌아오는 며늘아기는 절대 집안에 들이지 말라는 대감마님의 엄명이 있었기 때문이다.

"장쇠야, 경복이 얼굴이라도 한 번만 보여 다오."

경복궁의 정기를 받아 큰 인물이 되라고 맏아들 이름을 경복이라고 지으며 얼마나 행복했던가. 그 행복이 영원할 것이라고 생각했었다. 하늘이 두 쪽이 나도 그 행복은 깨지지 않을 것이라고 생각되었다. 허나, 지금 생각해 보면 모두가 부질없는 꿈인 것만 같았다. 흐느끼는 한씨를 두고 장쇠가 안으로 들어갔다. 잠시 후, 되돌아온 장쇠가 무겁게 입을 열었다.

"대감마님께 여쭈었다가 경만 치고 나왔습니다요. 제 마음 같아서는 그렇게 하고 싶지만 송구합니다."

잠시 머뭇거리던 장쇠가 문을 닫고 안으로 들어가 버렸다. 한참을 오열하던 한씨가 일어나 문고리를 잡고 틈새로 안을 들여다보았다. 그때였다.

경복이가 마당에 나와 깡충깡충 뛰며 감꽃을 줍고 있었다.

"경복아!"

불러 보았지만 목울대만 뜨거워올 뿐, 목소리가 입 밖으로 나오지 않았다. 한참을 들여다보던 한씨는 눈물을 글썽이며 발길을 돌렸다. 골목을 빠져나오면서 자꾸만 뒤돌아보았다. 하지만 거기에는 그리운 지아비의 품도, 보고 싶은 아들의 그림자도 없었다.

장동 골목을 빠져나온 그녀의 등 뒤로 아침 햇살이 부서지고 있었다. 골목을 빠져나온 한씨는 경복궁 돌담길을 따라 걸으며 히죽히죽 웃음을 흘렸다. 우는 것도 아니고 웃는 것도 아닌 이상야릇한 웃음이었다. 얼이 빠져 표정도 없는 웃음을 실실거렸다. 전쟁을 온몸으로 겪은 여자만이 웃을 수 있는 비소(悲笑)였다. 전쟁의 참극을 몸소 체험한 여자가 자신의 기구한 운명을 한탄하며 흘리는 웃음을 후대의 사람들은 '환향녀의 웃음'이라고 하였다.

얼마쯤 걸었을까? 허물어진 담장 사이에 부서진 대문이 누워 있었다. 영추문이다. 조선 건국 초, 한때 위용을 자랑하던 경복궁 서문이었지만 초라한 모습으로 허물어져 있었다.

"보아라. 허물어져 있지 않느냐? 인간이 세운 모든 것은 허물어진다는 진리가 바로 여기에 있지 않느냐. 집도 대궐도 성벽도 언젠가는 허물어진다. 인간이 세운 것은 무너진다는 것이 자연의 섭리다. 인간이 만들어 놓은 윤리와 도덕도 비켜 갈 수 없다. 만년 가는 집이 있고 억년 가는 성이 있다더냐? 설혹 있다 하더라도 그것은 억겁의 시간 속에서 찰나에 불과하다. 이 땅의 잘난 사대부들아! 기강을 세우고 인륜을 받든다는 구실로 여자들을 희생양으로 삼고 있으나 이것도 흔적 없이 사라질 날이 머잖아 올 것이다."

한씨의 입가에 냉소가 흘렀다. 분노의 이글거림 속에서 나온 차가운 웃음이었다. 한씨의 눈빛은 세상에 대한 저주가 출렁거렸다. 한씨의 발걸음이 빨라졌다. 숭례문을 지나고 청파역을 지났다. 만초천을 따라 걷는 한씨의 발걸음이 가벼웠다. 세상의 무거운 짐을 벗어 놓은 듯 한강 쪽으로 가던 한씨의 그 후 모습을 본 사람은 아무도 없었다.

돌아온 여자들, 사회 문제로 시끌시끌

　포로들이 돌아온 한양은 온통 울음바다였다. 죽은 줄만 알았던 부모 형제 처자식이 다시 만나 부둥켜안고 눈물을 흘렸다. 돌아온 사람들의 끌려 갈 때의 절망도 돌아올 때의 고단함도 봄볕에 눈 녹듯이 사라졌다. 눈물 겨운 해후였다. 어느 한두 집의 경사가 아니라 도성 전체가 이산가족 상 봉장이 되었다. 돌아온 남자들은 기쁨을 만끽하고 있었지만 여자들은 처지가 사뭇 달랐다. 환향녀를 바라보는 주위의 시선이 곱지 않았다. 딸을 가진 친정 부모는 죄인이었다.

　돌아온 여자들은 시집으로 돌아가지 못하고 버림받았다. 환향녀(還鄕 女)는 죄인이 되어 친정에 틀어박혀 문밖출입을 삼갔고, 그 친정 부모는 고개를 들고 다니지 못했다. 민심이 흉흉해졌다. 급기야 환향녀는 사회 문제가 되었다.

　인조의 반정 정권을 떠받치고 있는 대소 신료들을 딸을 시집보낸 사람 과 며느리를 맞이한 사람으로 갈라놓았다. 이들은 극렬하게 대립했다. 결 코 양보할 수 없다는 것이다. 환향녀를 어떻게 받아들일 것인가? 논쟁은 그치지 않았다. 좌의정 최명길은 인정(人情)이 인륜보다 중하다는 논지를 폈다.

"임진왜란 때 어떤 문관이 새장가를 들었다가 본처가 일본에서 돌아오자 선조께서 후취 부인을 첩으로 삼으라고 명하였으며 본처가 죽은 뒤에야 비로소 정실부인으로 올렸습니다. 그 밖에도 사로잡혀갔다 돌아온 처를 그대로 데리고 살면서 자손을 번창시켜 명문거족이 된 사람도 있습니다. 사람의 목숨이 파리 목숨 같은 전쟁 통에 본의 아니게 몸을 더럽힌 부녀자도 있지만 누명을 뒤집어 쓴 사람도 있습니다. 그것을 어떻게 뒤집어 보이고 증명할 수 있겠습니까? 예(禮)는 정(情)에서 나오는 것이므로 때에 따라 경우를 달리 해야 합니다. 만약 환향녀라 하여 시집에서 내친다면 누가 속환을 원하겠습니까. 이것은 죄 없는 수많은 부녀자들을 영원히 이역의 귀신이 되게 하는 것입니다."

조정이 발칵 뒤집혔다. 말도 안 되는 소리라는 것이다. 사대부에게 절의는 목숨과도 바꿀 수 있는 덕목인데 어디에다 정을 갖다 붙이냐는 것이다. 중신들의 의견을 모아 사헌부에서 상소했다.

"예로부터 충신은 두 임금을 섬기지 않고 열녀는 두 남편을 섬기지 않는 법입니다. 잡혀갔던 부녀들이 정절을 잃었으면 이미 그 지아비를 볼 면목을 상실한 것이니 억지로 다시 합하게 해서 사대부의 존엄을 더럽힐 수는 없는 노릇입니다."

사대부들은 무엇에든 충과 효와 인륜을 잣대로 들이댔다. 연유야 어찌 되었든 훼절은 용납할 수 없다는 것이다. 광해를 몰아내고 두 임금을 모신 인조반정에 대해서는 꿀 먹은 벙어리로 일관하던 자들이 물 만난 고기

마냥 목청을 높였다. 사간원에서 지원 사격에 나섰다.

"최명길은 망령되게 선조(先朝)의 일을 인용하여 비뚤어진 견해를 아뢰었으니 그 잘못이 자심합니다. 설령 그런 전교가 있었다 하더라도 본받을 만한 규범은 아닙니다. 선조 때 행한 것이라고 해서 오늘에 다시 행해야 한다는 법은 없습니다. 옛 선인이 말하기를 '절의를 잃은 사람과 짝이 되면 자신도 절의를 잃는 것'이라 하였습니다. 정절을 잃은 부인을 다시 취해 부모를 섬기고 종사를 받들며 자손을 낳고 가세를 잇는다면 이런 수치가 어디 있겠습니까."

환향녀 문제가 사회 문제를 넘어 정치 문제로 비화했다. 환향녀 문제를 인륜 이전의 인간 본연의 정으로 접근하려던 최명길의 주장은 설 땅을 잃었다.

도성 제일의 옹녀, 남별궁에 투입하다

도성에는 여러 곳에 궁이 있다. 조선을 건국한 태조 이성계와 정도전의 건국 혼이 서린 경복궁은 조선의 법궁이지만 임진왜란으로 소실되어 폐허나 다름없었다. 임진왜란 때 왜군을 피해 의주로 피난 갔던 선조가 돌아와 성종의 형 월산대군 사저에 거처하며 정릉동 행궁이라 불렸던 경운궁도 인목대비가 승하한 이후 을씨년스럽다.

광해가 야심차게 건설했던 인경궁과 경덕궁도 인조 즉위와 함께 초라해졌다. 동궐이라 불리는 창덕궁과 창경궁이 한 울타리에 있지만 전란을 맞이하여 의기소침해졌다. 그런데 임금이 없는 궁이면서 막강한 힘을 자랑하며 문전성시를 이루는 곳이 있다. 남별궁이다.

남별궁은 명나라의 통혼 강요에 태종 이방원이 그의 둘째 딸 경정공주를 조준의 아들 조대림에게 부랴부랴 시집보내면서 하사한 집이다. 이때부터 소공동의 유래가 된 소공주댁이라 불렀다.

선조의 아들 의안군의 신궁이 되면서부터 남별궁이라 불렸던 이곳은 임진왜란 당시 명나라 장수 이여송이 지휘부를 설치하면서 힘의 근원이 되었다. 바로 이곳에 오목도가 똬리를 틀고 있다.

대부분의 사신은 모화관에 머물며 임무를 수행하고 돌아갔으나 칙사급 사신은 남별궁에 묵으며 조선을 호령했고 임금을 질책했다. 산천초목을 떨게 하는 것이 국왕이지만 그 국왕은 칙사 앞에 떨었다. 남별궁의 칙사는 국왕에게는 곧 황제였다. 따라서 남별궁은 청나라의 조선 총독부 격이었다.

임금이 있는 창경궁은 썰렁했지만 남별궁은 문턱이 닳았다. 땅거미가 지고 밤이 이슥해지면 더욱 극성을 부렸다. 북촌에 살고 있는 고관대작들이 보내는 선물 수레가 광통교를 메웠고 애첩과 기생을 보내는 가마가 줄을 이었다. 심양에 인질로 잡혀 있는 가족을 빼 오고 승차하기 위한 뇌물과 성 상납 행렬이다.

승지 박노가 남별궁을 찾았다. 조선 여자를 끼고 느긋하게 밤을 보낸 오목도가 박노를 맞았다.

"이보시오, 승지! 내가 기분이 좋단 말이오. 난 이렇게 기분이 좋은 날이면 산에 올라야 직성이 풀리오. 조선에는 명산이 많다 들었소. 허나, 세자와 함께 돌아갈 날이 머지않았으니 금강산은 다음에 가기로 하고 오늘은 백악산을 오르고 싶소."

오목도의 말투는 부탁이 아니라 명령이다. 순간 박노의 낯빛이 하얗게 변했다. 백악과 목멱은 조선 왕조가 신성시하는 산이다. 특히 백악은 조선 오악(五嶽)의 하나다. 오목도의 요구를 전해들은 조정은 경악했다. 대소 신료들이 격론을 벌였다.

"한양을 신생 조선국 도읍지로 정한 정도전은 백악을 주산으로 삼고 목멱을 안산 삼아 경복궁을 지었습니다. 그리고 백악산과 목멱산을 축으로 성곽을 쌓아 방비를 튼튼히 하였습니다. 오목도가 백악에 오른다는 것은 있을 수 없는 일입니다."

"그가 백악에 오르겠다는 데에는 다른 저의가 있는 것 같으니 허하지 마소서."

"이미 적의 수중에 떨어졌던 성곽이 안보상 어떤 의미가 있는지 알 수 없습니다. 오목도의 요구를 거절할 명분이 없지 않습니까?"

"태조대왕께서는 백악의 성황신에게 녹을 주었고 태종대왕께서는 삼각산 신위를 백악사(白岳祠)에 옮겨 백악의 신과 짝을 지어 주기도 했습니다. 또 세종대왕께서 병환에 시달릴 때 백악산에 기도를 드리기도 했습니다. 이러한 성스러운 산에 오목도가 오른다는 것은 있을 수 없는 일입니다."

"나라가 위기에 처했을 때 신위를 모시고 강화도에 들어갔고 백성들은 신주를 등에 지고 산속으로 들어갔습니다. 그러나 우리를 지켜 준 것은 아무것도 없었습니다. 청나라 군대의 말발굽에 조선강토가 짓밟혔고 백성들이 도륙되었을 뿐입니다. 우리에게 성산은 없습니다."

가히 혁명적인 발언이 튀어나왔다. 신위(神位)와 신주(神主)를 부정하는 현실론이다. 조선은 청나라의 힘을 아직도 인정하지 않고 야만족으로 인식했다. 만주 벌판을 말 타고 내달리는 무식한 종족쯤으로 생각하고 있었다.

청나라 황제 홍타이지를 붉은 돼지로 폄하했다. 그러한 돼지 같은 사람들이 신령한 산에 오르겠다고 하니 억장이 무너졌다. 이것은 주화와 척화라고 하는 이념의 문제가 아니라 정체성의 문제였다. 그러한 사대부들이 정묘호란과 병자호란이라는 두 차례의 전란을 겪고 임금이 이민족에게 항복하는 것을 목도하면서 의식에 변화가 온 것이다.

"칙사의 청을 거절하여 더 큰 화를 자초한다면 어찌 하시겠습니까? 다른 대안이 없지를 않습니까?"

오목도의 청을 물리칠 수 없다는 신하들과 어떠한 불이익을 감수하고라도 허용해서는 안 된다는 신하들이 각을 세웠다. 하지만 오목도의 청을 받아들이자는 목소리보다는 거절하자는 중론이 대세를 이루었다.

인조의 고민이 깊어졌다. 이때였다. 병조참의 권징선이 의견을 내놓았다.

"황제의 명을 거역한다면 문제가 될 수 있지만 오목도는 사신에 불과합니다. 사신의 사적인 청을 물리친다 해서 크게 문제될 것은 없을 것입니다."
"오! 과연 탁견이다. 그대의 말이 옳다."

인조가 무릎을 쳤다. 아주 간단한 해법을 제시한 것이다. 이제야 조정 대신들과 임금이 청나라에 대한 주눅에서 깨어난 것이다. 청나라의 요구라고 하면 대상이 누가 되었든 먼저 머리부터 조아리고 들어가는 굴종적인 습관에서 처음으로 벗어난 것이다. 입장을 정리한 인조가 박노에게 조정의 뜻을 전하라 명했다.

남별궁을 다시 찾은 박노와 오목도가 마주 앉았다. 박노의 얼굴에 결기가 흐르고 비장감마저 배어 있었다.

"소신이 심양에 있을 때 황제와 여러 장수들이 출정할 때면 어워에 제를 올리고 전장으로 떠나는 것을 보았습니다. 전쟁터가 무엇입니까. 적을 베고 승리하는 것에 목적이 있습니다. 하지만 자신이 죽을 수도 있는 것이 전장입니다. 불안한 마음을 씻고 무운장구를 비는 마음의 뜻이라고 생각합니다. 우리 조선은 가뭄이 들면 백악산 성황신에게 기우제를 지내는 것이 풍습입니다. 대국으로서도 조선에 흉년이 들어 군량미를 보낼 수 없게 되는 일을 바라지는 않을 것입니다. 백악산은 성산이니만큼 살펴 주십시오."

열변이었다. 그렇다고 비굴하지도 않았고 오목도의 비위를 거스를 만큼 경솔하지도 않았다. 심양에서 목격했던 청나라 민족 정서를 거론하며 설득했다.

한 곳에 머물지 않고 초원을 떠돌아야 하는 여진족은 일정한 산을 정하지 않고 자신의 집 근처에 돌무더기를 쌓아올린 어워에 출타할 때 제를 올렸다. 그 모습을 상기시킨 것이다.

박노의 얘기를 들은 오목도는 아찔했다. 자신이 백악산에 오른 후, 가뭄이라도 들어 군량미 확보에 차질이 생긴다면 황제의 진노를 어떻게 감당할 것인가. 오히려 박노가 고맙기까지 했다. 그렇다고 속내를 드러내면 체신이 안 선다.

"그 산이 그렇게도 신성한 산이오? 그렇다면 오르지 않으리다. 산에 오르는 사람들이 산이 거기에 있기에 산에 오른다고 하지를 않소. 나도 어젯밤에 좋은 산이 있기에 너무 심하게 오르다보니 하체가 풀렸소. 그렇지 않아도 산행을 취소하려던 참이었소. 하하하!"

오목도의 백악산 산행 소동은 싱겁게 끝났다. 하지만 오목도의 백악산 등정 계획을 미리 탐지하고, 도성 제일의 옹녀라는 서린방 기생 송월이를 오목도의 침소에 밀어 넣었다는 사실을 알고 있는 사람은 두 사람밖에 없었다.

한강의 명물, 삼배탕을 아시나요?

한양에 들어온 사신단의 일정은 공개되지 않았다. 그래서 어디로 튈지 몰랐다. 예상치 못한 요구를 불쑥불쑥 내밀었다.

얼마 전에 삼전도 비를 파손한 사건이 있었다. 일종의 반청 시위다. 비석을 파괴한 경상도 유생을 잡아들이고 급히 수리를 마쳤으나 그 소문이 심양까지 날아갔을까 봐 전전긍긍했다. 사신이 도성에 들어와 있는 이때에 또 다른 훼손 사건이 터질까 봐 군사를 풀어 비각을 지켰다.

백악산 등정을 취소한 오목도가 한강에 나가 뱃놀이를 즐기기 위해 남별궁을 나섰다. 숭례문을 빠져나온 오목도가 누각을 바라보며 물었다.

"이 문이 무슨 문이오?"
"숭례문이라 합니다."
"남대문은 어디 있소?"
"이 문입니다."
"누굴 놀리는 거요? 숭례문이라 하지 않았소?"

오목도가 화난 얼굴로 쳐다보았다.

"문은 하나인데 선비들은 숭례문이라 부르고 일반 백성들은 남대문이라 부릅니다."

"선비들 입하고 백성들 입하고 다르답디까?"

"그, 그게 아니고…"

"조선은 참 알 수 없는 나라다 말씀이야"

"황송합니다."

"우리가 도성에 들이닥쳤을 때 국왕이 누각에 올라 어디로 도망칠까 우왕좌왕했다는 그 문이 바로 이 문이오?"

"그렇습니다."

"햐, 우리가 김포로 빠지지 않고 곧바로 이리로 왔다면 국왕을 사로잡을 수 있었겠군."

오목도가 아쉽다는 듯이 침을 삼켰다. 조선 원정군 선봉에 섰던 그는 양철평에서 진로를 놓고 고심했다. 도성으로 곧장 내달을 것인가, 정묘년과 같은 우를 범하지 않기 위하여 김포로 진격할 것인가를 두고 저울질하다가 후자를 택했다. 왕이 강화도에 들어가는 길을 차단하기 위해 양화진을 건너 김포에 진을 친 것이 절호의 기회를 놓쳤다는 아쉬움이다.

"차라리 국왕이 그때 잡혔으면 우리도 고생하지 않고 조선 백성들도 상하지 않았을 텐데 뭘 믿고 산성으로 들어갔을까?"

혼잣말처럼 중얼거리던 오목도가 청파역을 지나 용산강에서 배에 올랐다. 만초천 하구를 빠져나온 배가 중지도를 지나 노들에 닻을 내렸다. 쌀쌀

한 강바람이 상큼하다. 사신단 일행이 모두 뱃놀이에 나섰으니 한두 척이 아니다. 노들강변이 조개껍질을 엎어 놓은 듯 유선(遊船)으로 뒤덮였다.

"한강에서 바라보는 삼각산은 언제 보아도 명산이란 말이야."

오목도가 감탄을 연발했다. 삼전도에서 뗏목을 타고 철수할 때 각인된 바로 그 모습이었다. 심양에는 산이 없다. 끝없이 펼쳐진 평지에 요하와 혼하가 있을 뿐이다. 심양 사람에게 삼각산은 더없이 수려한 명산으로 보였다.

"삼각산이 한성만 끼고 있는 줄 알았는데 그렇게 센 여자를 품고 있다는 걸 어젯밤 처음 알았소. 쇠라도 녹일 듯했소. 우리 청나라에는 그런 여자 없다 해. 크흐크흐크흐!"

비파 소리와 함께 너울거리던 오목도의 음담이 한강에 퍼져 나갔다.

"오늘 밤에도 그런 여자를 넣어 드릴까요?"
"어허! 무신 말씀을…. 꿈에 볼까 무섭다 해. 캬캬캬."
"그러시다면 여기에서 삼배탕을 올릴깝쇼?"

시중을 들던 반관이 눈을 게슴츠레 뜨며 넌지시 던졌다.

"삼배탕이 무엇이오?"

"배 위에서 배를 타고 배를 깎아 먹는 한강의 일품 유희입죠."

"달콤하면서도 사각사각한 조선의 명물은 알겠소만 배 위에서 배를 탄다는 소리는 도무지 모르겠소."

"에이 장군님도 내숭은. 귀 좀 잠깐…."

오목도의 귀에 반관이 소곤거렸다. 오목도가 손사래를 치며 파안대소했다. 강 놀이가 별로 없는 여진족에게 선상유희만으로도 대만족인데 선상 성희(性戲)라니, 호기심 만발이다.

짜릿한 뱃놀이를 마치고 돌아온 오목도에게 조정에서 보내온 예물 목록이 기다리고 있었다.

"왜 이렇게 적나? 황제의 칙사를 이리 대접해도 되는가?"

예물 명단을 살펴본 오목도가 벌컥 화를 냈다.

"나라 형편이 좋지 않아 그렇습니다."

"듣기 싫다."

궁으로 돌아온 승지의 보고를 받은 조정은 비상이 걸렸다. 사신을 화나게 했으니 황제에 대한 불경으로 비칠까 전전긍긍했다. 비국에서 대안을 내놓았다.

"돌아가는 서로(西路)에서 물품을 더 보충해 준다 하고 사죄의 뜻을 표해야 할 것입니다."

조정의 뜻을 전달받은 오목도는 서운한 감정을 거두지 않았다.

"세자는 떠날 준비를 하시오."

세자가 들어온 지 며칠이나 되었다고 재촉이다. 조선을 압박하면 더 나온다고 오목도는 알고 있었다. 관반 이명의 보고를 받은 인조는 걱정이 태산 같았다.

환국 후, 세자는 창살 없는 감옥이나 다름없는 나날을 보냈다. 부왕을 한 번 뵙고 종묘에 배알한 것 외에는 외출이 차단되었다. 오목도가 익위사 칙임관을 폐하고 청나라 군사를 동궁에 배치했다. 출입자를 철저히 통제했고 빈객 외에는 접견을 금지했다. 심양 생활보다 더 부자유스러웠다. 이튿날, 세자가 일행을 이끌고 남별궁을 찾았다.

"오장군 덕에 고국에 돌아와 편안하게 보내고 있소. 고맙소이다."
"세자는 편할지 모르지만 나는 심히 불편하오. 빨리 돌아가야 하니 세자는 채비를 갖추시오."
"어마마마의 상중에 조국을 떠났다가 이제 돌아와 종묘에 전알을 드렸을 뿐입니다. 이제 떠나게 되면 재기(再期)와 상제(祥祭), 담제(禫祭)를 모두 이국땅에서 지내게 되니, 숙녕전에서 정례(情禮)를 지내고 떠나도록 해 주십시오."

들고 있던 오목도가 어지러워졌다. 무슨 제사가 그리도 많은지 아리송했지만 부모님에 대한 정성이라 하니 어찌할 것인가. 세자의 효심에 오목도가 많이 누그러졌다.

"고국에 돌아오도록 도와주신 오장군의 은공에 사례하기 위하여 조선의 특산물로 잔치를 베풀어 드리려고 주부(廚夫)를 데려왔소이다."

세자의 주관으로 남별궁에서 성대한 잔치가 베풀어졌다. 조선팔도의 온갖 진미가 동원되었다. 소현은 오목도의 기분을 풀어주기 위해 정성을 다했다. 당장의 일 때문이 아니라 좀 더 멀리 내다보고 투자를 한 것이다. 오목도는 심양에 돌아가서도 자주 부딪혀야 하는 인물이다. 그의 도움을 받아야 할 일이 기다리고 있다.

심양에서 통곡하는 슬픈 모정

원손 일행이 심양에 도착했다. 머나먼 길이다. 다섯 살 어린아이에게는 혹독한 여정이었다. 그러나 엄마를 향한 그리움 하나로 참고 견디며 심양에 도착했다. 원손과 인평대군이 혼하에 도착했다는 보고를 받은 청나라는 용골대를 보내 영접하게 했다. 장수 다섯과 함께 혼하 강변에 도착한 용골대가 원손을 호종하고 온 빈객 오준을 다그쳤다.

"무슨 연유로 이렇게 늦었는가?"
"워낙 나이 어린 원손인지라 원행에 지치고 병이 나서 늦었습니다."
"변명은 듣기 싫다. 빈객은 중벌을 면할 수 없을 것이다."

눈알을 부라리던 용골대가 말에서 내려 가마 가까이 다가왔다.

"다른 아이로 바꾸어 보냈는지 내가 살펴보겠다."

대동한 중관(中官)에게 가마의 가리개를 걷어 올리라 명했다. 원손이 한양을 출발하기 전, 조정에서는 다른 아이를 대신하여 보내자는 중론이 있었다. 이 논의가 첩자를 통하여 심양에 알려졌던 것이다. 중관이 가리개를 걷어 올렸다. 무심코 가마에 앉아 있던 석철이 소스라치게 놀랐다.

"어마마마를 뵙기 위하여 예까지 왔다. 빨리 마마 계신 곳에 가게 해 다오."

겁먹은 목소리였지만 당당했다.

"언행으로 보아 원손이 맞는 것 같은데⋯."

혼잣말처럼 중얼거리던 용골대가 가마 속으로 얼굴을 디밀었다. 구레나룻이 시커먼 용골대의 험상궂은 얼굴과 마주친 석철이 그만 울음을 터뜨렸다.

"우리 엄마한테 빨리 보내 달란 말이다."

아무리 법도가 지엄한 왕실의 원손이지만 애는 애였다. 사가의 어린애처럼 엉엉 울었다. 당황한 용골대가 가리개를 급히 내리며 가마에서 한발 물러섰다.

"원손을 모시고 동관에 들라."

원손 일행은 조선관으로 직행하지 못하고 동관으로 갔다. 관사에 도착한 석철이 엄마를 찾았다. 좌우를 두리번거리던 원손이 엄마가 없다는 것을 확인하고 울음보를 터트렸다.

"심양에 가면 어마마마를 만날 수 있다고 하지 않았느냐?"

석철이 목 놓아 울었다. 이 모습을 지켜보던 내관들의 가슴이 미어졌다.

며칠 후, 원손과 인평대군은 황제의 부름을 받고 황궁에 입궐했다. 원손 일행만 단독으로 부른 게 아니라 매월 거행되는 조참 의례에 다른 제왕들과 함께 부른 것이다. 황궁에는 봉림대군이 부름을 받고 먼저 와 있었다.

숭정전 삼단 대석 위에 황제의 자리가 있고 살아 움직이는 듯한 용 두 마리가 나무로 조각되어 좌우에 걸려 있다. 다섯 개의 발톱을 곧추세운 모습이 황제의 위엄으로 보는 사람을 압도했다. 단상 안쪽 황제의 자리에 홍타이지가 앉아 있고 조정 대소 신료가 두 줄로 도열해 있었다. 계단 아래 돌바닥에 무릎을 꿇은 원손이 4배를 올렸다.

"저 어린 것이 무슨 죄가 있다고 머나먼 이곳까지 와서 돼지 같은 오랑캐 두목에게 절을 올려야 하는가?"

부복하고 있는 어린 조카를 바라보는 봉림대군의 가슴은 찢어지는 것만 같았다. 소현세자와 함께 조선에서 붙잡혀 와 형이 황제에게 무릎을 꿇는 모습을 보는 것보다 더 마음이 아팠다.

"나라가 약해서다. 어린 조카가 이러한 수모를 겪는 것도 나와 형님이 여기에 붙잡혀 와 있는 것도 우리 조선의 힘이 약해서다. 나라를 보존하려면 힘을 길러야 하고 피할 수 없는 전쟁이라면 싸워 이겨야 한다. 전쟁을 방지하는 것도 힘이고, 싸워 이기는 것도 힘이다. 국체의 근간은 힘이다."

생각을 정리하고 나니 마음이 조금은 진정되었다.

"원손은 몇 살이냐?"
"다섯 살이옵니다."
"그놈 참 똑똑하구나."

석철을 바라보던 황제가 인평대군을 불렀다. 인평대군이 4배를 올리고
무릎을 꿇었다.

"나이가 몇인가?"
"올해 열아홉입니다."
"자녀가 있는가?"
"없습니다."

인평을 단하로 내려 보낸 황제가 봉림대군을 불렀다. 봉림 역시 4배를
올리고 부복했다.

"자녀가 몇인가?"
"병자년 전에 낳은 딸아이가 하나 있었는데 이곳으로 온 후 역병으로 죽
었습니다."
"안됐군…."

고개를 끄덕이던 황제가 차를 내놓았다. 이것으로 황제 알현이 끝났다. 황제 배알을 마친 원손에게 범문정이 지시했다.

"이제 고려관으로 돌아가도 좋다."

모자 상봉의 허락이 떨어진 것이다. 황궁을 빠져나온 원손 일행은 조선 관으로 향했다. 가벼운 발걸음이다. 원손이 황궁을 출발했다는 전갈을 받은 세자빈은 급한 마음에 관문 밖으로 뛰쳐나갔다. 아직 원손이 도착할 시각은 아니었지만 행여 원손 일행인가 하여 멀리 보이는 사람들마다 유심히 살폈다.

"얼마나 컸을까?"

강화도에서 열 달 된 핏덩이를 내관에게 넘겨주고 4년. 모정마저 끊어 놓은 한 많은 세월이었다. 생사마저 몰랐던 석철이 살아 있다는 데 감사했고 만날 날을 손꼽아 기다렸다. 강보에 쌓여 생글생글 웃던 그 모습은 아직도 뇌리에 생생하지만 훌쩍 자랐을 모습은 잡힐 듯 말 듯 가물가물했다.

"머나먼 길 오느라고 병이라도 들지 않았을까?"

1700리. 어른이 감당하기에도 벅찬 험한 여정이다. 산을 넘고 강을 건너 노숙이 다반사였다. 하늘을 이불 삼아 벌판에 누웠을 때 칼바람이 옆구리를 파고들었다. 자신은 지아비가 곁에 있어 그래도 좀 나았지만 원손은 혼자서 얼마나 외로웠을까, 생각하니 가슴이 미어졌다.

이때였다. 멀리서 오는 일단의 행렬이 눈에 들어왔다. 흐르는 눈물 때문에 희미하게 보였지만 원손 일행이 분명했다. 가슴이 벅차오른 세자빈은 체면 불구하고 행렬을 향해 뛰었다. 어떤 경우에도 뛰지 않는 것이 왕실의 법도다. 체통과 법도가 피 끓는 모정 앞에 무너진 것이다.

"석철아!"

가마를 붙잡은 세자빈이 목 놓아 흐느꼈다. 이 모습을 지켜보던 빈객과 내관들도 눈시울을 적셨다. 가마에서 내린 원손은 눈을 동그랗게 뜨고 세자빈을 뚫어져라 쳐다보았다. 생전 처음 보는 얼굴이다.

"석철아! 엄마다, 엄마."

석철을 가슴에 안은 세자빈은 오열했다. 이 순간, 세자빈은 지체 높은 왕실 여인이 아니라 잃어버린 새끼를 다시 찾은 어미였고 다시는 못 볼 것 같았던 아들을 만난 엄마였다.

세자빈의 품속에 머리를 묻은 석철이 고개를 들어 바라보았다. 난생처음 보는 여인이 자신의 얼굴에 뜨거운 눈물을 쏟아내고 있었다. 석철은 그 눈물 속에서 끈끈한 체온이 전해져 오는 것을 느꼈다.

가늘게 시작한 빗줄기가 점점 거세어졌다. 석철을 껴안은 세자빈은 미동도 하지 않았다. 굵어진 빗방울이 그녀의 어깨 위로 쏟아졌다. 그녀의 뜨거운 눈물이 빗물이 되어 석철의 머리 위로 흘러내렸다.

뒤를 쫓는 수상한 사나이

오목도가 세자의 출발을 독촉했다. 인조는 연접도감(延接都監) 관반을 보내어 날짜를 늦춰 줄 것을 요청했으나 받아 주지 않았다. 오목도와 친분이 있는 박노를 보내어 통사정했으나 요지부동이었다. 오목도의 의지를 확인한 조정은 황제에게 바칠 예물로 은 1000냥을 마련하고 세자의 출발을 서둘렀다. 소현이 종묘에 하직을 고하고 양화당을 찾았다.

"아바마마! 옥체를 보존하시옵소서."
"세자는 근본을 잃지 말고 몸을 바로 세우도록 하라."
"명심하겠습니다."

근본을 잃지 말라는 부왕의 말이 비수처럼 가슴에 꽂혔다. 비록 세자이긴 하지만 볼모의 몸으로 얼마만큼 체신을 지키라 하시느냐고 항변하고 싶었지만 감히 입 밖에 내지 못했다.

인조는 세자의 처지를 온전히 헤아리지 못했다. 세자 역시 패망한 부왕의 처지를 다 헤아린다 할 수 없었다. 아버지와 아들, 국왕과 세자 간의 간극이었다. 하직 인사를 마친 소현이 돈화문을 빠져나와 무악재를 넘었다.

벽제관에서 하룻밤을 묵은 세자는 혜음령을 넘어 북행길에 올랐다. 임진강을 건너고 대동강을 건넜다. 세자 일행이 정주를 지나 용천에 이르렀을 때 행차를 따라붙는 사내가 있었다. 산발한 머리에 남루한 행색이었다. 괴나리봇짐 하나 없는 맨몸이었다.

"임금은 쥐새끼!"

세자 행렬과 일정한 간격을 두고 뒤따르던 사내가 중얼거렸다. 악다구니도 고함도 아니었다. 혼잣말처럼 우물거리는 소리였지만 높낮이가 있었고 음절이 있었다.

"임금은 쥐새끼. 저 혼자 살려고 산성에 들어갔다가 백성이 다 죽은 다음에 오랑캐에게 목숨을 구걸하여 살아남은 놈. 죽어도 싼 놈이 살아남아서 백성들의 염장이나 지르고 자빠져 있으니 나 원 참, 귀신은 뭐하는 겨? 그런 놈 안 잡아가고…."

임금에 대한 험담이 도를 넘었다. 죽기를 작정하지 않고서는 감히 입 밖에 낼 수 없는 막말이다. 임금을 능멸하는 것은 대역죄로 능지처참 감이다. 미쳤거나 모자란 사람이 아니고서는 세자의 뒷전에서 그런 험담을 입에 담을 수 없다. 사내는 끊임없이 혼잣말처럼 중얼거리며 하늘을 보고 웃다가 행렬이 멀어지면 잰걸음으로 따라붙었다.

세자가 의주에 도착했다. 이제 압록강을 건너면 청나라 땅이다. 청나라에 들어가면 다시 볼모 신세로 운신의 폭이 좁아진다. 그래도 내 나라에 있을 때 휴식을 취하면서 준비를 단단히 해야 한다. 사흘을 묵기로 일정을 잡았다. 의주관을 배회하던 의문의 사내가 목소리를 높였다.

"세자는 뭐 하러 압록강을 건너려 하느냐? 여기에 있다 애비가 죽으면 왕이나 해 먹지."

익위사 판임관의 보고를 받은 세자는 그 사내를 당장 잡아들이라 명했다. 의주부윤 황윤후가 사내를 오랏줄에 묶어 대령했다.

"뭐하는 놈이냐?"
"나요?"

눈을 치뜨고 되묻는 폼이 예사롭지 않다. 세자의 하문에 되묻는 것은 불경죄다. 당장에 물고를 낼 죄목이다. 동헌 마당에 무릎 꿇린 사내가 세자를 뚫어져라 쳐다보았다. 사내의 눈초리에서 섬뜩한 광기가 번득였다.

"나 밥 먹고 똥 싸는 놈인데 왜? 뭐가 잘못 됐수?"

사내가 이죽거렸다.

"예가 어느 안전이라고 함부로 주둥이를 놀리느냐?"

의주부윤이 호통을 쳤다.

"부윤은 진정하시오. 내가 직접 심문하겠소."

"이놈은 무엄하게도 전하와 저하를 능멸하였습니다. 심문할 것 없이 의금부로 압송하여 능지처참에 처해야 마땅할 줄 아옵니다."

"알았소. 압송할 때 하더라도 몇 가지 물어 볼 것이 있으니 부윤은 잠자코 있으시오."

황윤후의 분기를 제지한 세자가 사내를 지그시 내려다보았다.

"어디에 사느냐?"

"장동에 사는데… 건 왜 묻소?"

장동이라면 한양에서도 권문세족들이 몰려 사는 동네다. 강화에서 순절한 김 대감이 그곳의 터줏대감이었고 세자의 장인 강석기 역시 장동에 살고 있다.

"한양에서 무엇 때문에 예까지 왔느냐?"

"세자가 곧 압록강을 건너 심양으로 간다는 소문이 있기에 세자를 만나러 왔소."

"세자를 만나면 무슨 말을 하려고 그러느냐?"

"그건 당신이 알 바 아니오. 세자를 만나면 얘기 할 것이오."

"내가 세자다. 어서 말해 보거라."

사내가 세자를 뚫어져라 쳐다보았다.

"눙치지 마슈. 세자는 댁네같이 생기지 않았단 말이오. 세상이 난리 통이다 보니 웬 별놈이 다 사기를 치네. 에잇, 재수 없어, 퉤! 퉤! 퉤!"

사내가 침을 뱉었다. 세자는 어이가 없었으나 사내의 가슴속에는 응어리진 사연이 있는 것만 같았다.

"네가 세자를 본 일이 있느냐?"
"있다 말구. 네놈 같은 주제는 하늘이 두 쪽 나도 세자를 볼 일이 없겠지만 나는 봤다."

사내가 의기양양하게 어깨를 펴며 세자를 째려보았다.

"그래, 어디서 보았느냐?"
"세자가 강승지의 딸에게 장가가던 날 경덕궁에서 보았다. 어쩔래?"

사내는 오라에 묶인 가슴을 우쭐하며 으스댔다. 세자는 다소 놀라면서 호기심이 발동했다. 경덕궁 숭정전에서 올린 가례를 보았다면 예사 놈이 아니다.

"좋다. 네 말대로 내가 세자가 아니라고 치자. 세자를 만나면 무슨 말을 하려고 했느냐?"

"내 마누라가 심양에 잡혀갔는데, 나는 그 마누라를 찾아오고 싶단 말이다. 그래서 날 심양까지 데려가 달라고 부탁하고 싶었다."

말을 마친 사내가 꺼이꺼이 목 놓아 울었다. 사내를 바라보는 세자의 가슴이 싸했다. 사내를 하옥하라 명한 세자는 침소로 돌아와 잠을 이루지 못했다.

그 시각, 의주부윤 황윤후는 임금과 세자를 능멸한 자를 체포했으니 효시를 윤허해 달라는 장계를 올렸다. 거의 같은 시각, 세자가 익위사 판임관 이세용을 은밀히 불렀다.

"내가 아무 소리 안 하고 있으면 저 사내는 죽게 된다. 이 서찰을 전하께 급히 전하라."

사내를 직접 심문한 결과 실성한 사람으로 판명되었으니 용서해 달라는 세자의 친서를 휴대한 급주마가 의주를 출발했다. '목을 베어 저잣거리에 내걸어라'는 왕명이 떨어진 다음에 도착하면 모든 것이 허사다.

말은 달림 본능이 있지만 지구력이 약하다. 의주부윤이 보낸 전령은 100리마다 있는 역참에서 말을 갈아탈 수 있다. 허나, 세자가 보낸 판임관은 밀사이기 때문에 역마 징발권이 없다. 천리 길 의주대로에 때아닌 말들의 경주가 붙었다.

임금과 세자가 궁을 나서면 의전용 말 외에 비상용 말이 따라붙었다. 말 그대로 비상사태에 대비하는 말이다. 의주부윤이 보낸 말은 평범한 말이다. 세자의 밀사가 탄 말은 천리를 달릴 수 있는 준마다. 전령은 매 30리마다 있는 역에서 말에게 물을 먹이며 쉬어 갔다. 밀사가 타고 간 말은 매 100리에 있는 역참에서 물을 먹이고 곧바로 출발했다. 밀사가 타고 간 말은 내사복시에서 길들여진 천리마였다.

우리의 나아갈 길은 대륙이다

압록강을 건너기 하루 전, 소현이 통군정에 올랐다. 평양 연광정, 강계 인풍루, 안주 백상루와 함께 관서 지방을 대표하는 정자다.

백두산에서 출발한 강남산맥이 판막령과 대성령을 만들어 병풍처럼 둘러쳐져 있고 멀리 용암포가 시야에 들어왔다. 바로 눈앞에는 압록강의 작은 섬들이 조개껍질처럼 엎어져 있고 백마산성이 손에 잡힐 듯하다. 고개를 들어 정면을 바라보았다. 청나라의 구련성이 한눈에 들어왔다.

"내가 서 있는 이곳은 해남 토말에서 시작한 반도의 끝점이 아닌가. 여기에서부터 되짚어 보면 반도의 시작점이다. 내가 서 있는 이곳은 시작점이자 끝점이다. 강을 건너면 대륙이다. 대륙과 반도가 조우하는 지점에 내가 서 있다."

감개가 무량했다. 대륙과 반도, 무심하게 바라보면 똑같은 땅이지만 세자의 생각은 달랐다.

"우리 겨레가 저 강을 건너 대륙으로 뻗어 나갈 때는 반도가 섬이 아닌 대륙이었고, 대륙의 힘이 강을 건너 밀려들어 왔을 때는 반도는 섬이 되었다. 안타까운 일이지만 현실이다. 이게 우리의 숙명이라면 극복할 수는 없을까?"

깊은 상념에 잠겨 있던 세자의 시선이 위화도에 꽂혔다.

"요동 정벌군이 머물던 곳. 장맛비 속에서 보름을 머물며 심사숙고 했겠지만, 그때 태조대왕께서 회군하지 않고 요동으로 진격했다면 이곳의 판도는 어떻게 달라졌을까? 역사를 가정하는 것은 부질없다지만 둘 중 하나였을 것이다. 우리 겨레가 요동의 주인이 되었거나 아니면 대륙의 부분으로 흡수되었거나…"

생각이 여기에 미치자 온몸이 돌처럼 굳었다.

"청나라 군대가 압록강을 건너 조선으로 쳐들어왔을 때 우리 군대는 왜 백마산성으로 들어가 버렸을까? 일단 선봉을 통과시키고 꼬리를 자르려는 전략이었다면 산성에 들어간 군대는 왜 나오지 않았을까? 청나라 대군을 보고 두려워서 나오지 못했을 것이다. 그렇다면 청군이 아예 압록강을 건너지 못하게 할 생각은 왜 하지 못한 걸까?"

세자는 길게 한숨을 내쉬었다.

"우리가 요동의 주인이 되었다면 내가 지금처럼 심양으로 끌려가 머리를 조아리는 일이 없었을 것 아닌가?"

고개를 들어 하늘을 쳐다보았다. 삼봉산에 머물던 구름이 압록강을 건너 대륙으로 흘러가고 있었다.

"우리의 살 길은 대륙이다. 언젠가는 조선의 자존을 회복하고 마침내는 대륙을 도모해야 하지 않겠는가. 우리의 선택은 오로지 하나다. 힘을 기르는 길밖에 없다."

소현은 통군정의 대들보를 바라보았다. 다른 정자와 달리 이중 대들보였다.

"맞다. 대들보 하나로도 누각을 지탱할 수 있는데 굳이 두 개로 한 까닭은 무엇인가. 이것이 바로 우리의 방책이다. 나라의 안위도 2중으로 대비하는 것이다."

남한산성을 수축하고 강화도를 요새화하자는 조정 대신들의 계책만으로는 미흡하다고 생각했다.

"방책이라는 게 모두 수동적인 방어 개념이 아닌가, 최상의 방어는 공격에 있다고 했거늘. 우리가 남한산성에서 항전할 때 저들의 홍이포 한 방에 와르르 무너졌지 않았는가."

생각이 여기에 미치자 오목도가 쳐 놓은 동궁 감시망을 뚫고 잠입해 들어온 군기시 제조의 은밀한 속삭임이 떠올랐다.

"제주도에 표류한 서양인을 도성으로 압송해 별조청에서 홍이포를 시험 제작하고 있습니다."

특급 군사 기밀이었다. 나가사키로 향하던 우베르케르크호가 풍랑에 난파했다. 배에 타고 있던 네덜란드인 벨테브레가 제주도에 상륙했다. 조정에서는 그를 도성으로 압송했다. 한양에 도착한 그에게 박연이라는 이름을 내리고, 홍이포를 제작하도록 하였다.

"화약이 조금만 젖어도 불발이 됩니다. 이것만 해결하면 유산탄을 만들어 낼 수 있는데 지금으로선 막막합니다. 저하께서 심양에 돌아가시거든 비법을 알아봐 주십시오."

남한산성 행궁에 홍이포가 떨어졌을 때, 마루 밑으로 기어 들어가던 대신과 아궁이 속으로 몸을 숨기던 장졸들의 모습이 눈에 선하다. 철갑탄 한방에도 공포에 떨었는데 유산탄이라면 서양에도 없는 최신 무기다.

1604년, 네덜란드 함대가 명나라 해안에 나타나 통상을 요구했다. 중화주의에 빠져있던 명나라는 포격을 가했다. 네덜란드 함대도 응사했다. 그들의 대포는 한방에 병선을 두 동강 내는 괴력을 발휘했다. 네덜란드 대포에 겁먹은 명 수군이 퇴각하면서 괴물 대포를 홍이포라 명명했다. 네덜란드 수군이 붉은 모자를 쓰고 있어 그들을 붉은 모자를 쓴 오랑캐(紅毛夷)라고 불렀기 때문이다.

서양 대포의 위력을 실감한 명나라는 마카오에 있는 포르투갈 상인을 통하여 홍이포를 수입했다. 청나라와의 전쟁에 사용하며 기대 이상의 성과를 올렸다. 홍타이지의 아버지 누르하치에게 패배를 안겨준 영원전투다. 누르하치는 이 전투에서 입은 부상에서 헤어 나오지 못하고 세상을 떠났다.

11문의 홍이포로 후금의 대군을 격퇴한 명나라는 홍이포 제작에 뛰어들었다. 허나, 그들이 만든 홍이포는 조악했다. 청나라는 노획한 홍이포를 가지고 조선 정벌에 나섰다. 그 홍이포를 조선이 제작하고 명나라와 청나라가 만들지 못한 유산탄을 만들어 낸다면 세계적인 최신 무기를 갖게 되는 것이다.

모정에 울다 쓰러진 세자빈

세자가 심양에 도착했다. 조선관을 지키던 재신과 노비들이 모두 밖에 나와 반갑게 맞이했다. 이들을 바라보는 세자의 심정은 착잡했다. 볼모지로 되돌아온 왕세자. 돌아오지 않으면 더 좋을 사람이 돌아온 것을 환영해야 하는 이들의 마음. 세자의 마음이 아렸다.

말에서 내린 세자는 빈궁과 함께 관문 앞에서 기다리던 원손을 끌어안았다. 아들 석철. 오고가는 길에서 스치듯 잠시 만난 탓에 부자 간에 살가운 정을 나눌 겨를도 없었다. 석철을 끌어안은 소현이 한참을 그대로 서 있었다. 그 모습을 지켜보던 세자빈의 눈에 이슬이 맺혔다. 그날 저녁, 석철은 난생처음으로 부모와 함께 식사를 했다. 석철의 기억에는 없는 일이었다.

기승을 부리던 무더위가 한풀 꺾였다. 짝을 찾아 울어대던 매미 소리도 잦아들고 귀뚜라미 소리가 들렸다. 원손을 내보내는 일을 더 이상 지체할 수 없다. 늦어지면 일찍 찾아오는 추위가 1700리 머나먼 여정에 고생길이다. 삼복 무더위에 늘어졌던 노복들이 바쁘게 움직이기 시작했다. 귀국 채비를 마친 원손이 세자에게 예를 갖추었다.

"저하! 강녕하시옵소서."

다섯 살배기 어린아이지만 궁중의 법도가 몸에 베어 있다. 두 손을 가지런히 모으고 엎드려 절하는 모습이 앙증맞다.

"몸 성히 잘 가라, 원손."

석철의 하직 인사를 받은 세자는 목이 메었다. 어린 것을 어미 곁에 두지 못하는 아비. 참담함이 파도처럼 밀려왔다. 세자에게 3배를 올린 원손이 세자빈 앞에 무릎을 꿇었다.

"옥체를 보존 하시옵소서, 마마!"
"석철아!!"

세자빈은 거추장스러운 궁중 법도를 벗어던지고 어머니의 본능으로 돌아가 아들을 품에 안았다. 석철을 껴안은 세자빈은 하염없이 흐느꼈다. 지켜보던 사람들도 모두 눈시울을 붉혔다. 얼마의 시간이 흘렀을까?

"빈궁마마! 원손이 떠나야 할 시간입니다."

머리를 조아리는 사람은 친정 동생 강문명이었다. 우의정 강석기의 질자로 들어왔고 세자 볼모 생활 초기부터 근무했기 때문에 교대하여 나가면서 원손 배행을 맡았다.

재신 오준이 인솔한 원손 행차가 움직이기 시작했다. 관원과 노복들이 허리를 굽혀 원손 원행의 안녕을 빌었다. 떠나가는 원손을 바라보던 세자 빈은 가마가 보이지 않을 때까지 망부석처럼 그 자리에 서 있었다.

원손이 고국으로 떠난 후, 범문정이 찾아왔다.

"군량을 실어 나를 말은 언제 들어옵니까?"
"조선의 물자 사정으로는 갑자기 많은 말을 징발하기가 어렵습니다. 장수가 탈 말과 군병의 의복을 실은 말이 머잖아 들어올 테니 이 말로 군량을 실어 나를 수 있을 것 같습니다."
"몇 마리의 말로 수천 섬의 식량을 어떻게 나른단 말이오?"
"우리가 말을 세내거나 수레를 빌려 쓸 수 있도록 아문에서 도와주십시오."
"우리는 알 바 아니오. 사람이 져 나르든, 말에 실어 나르든 때에 맞춰 옮겨 놓으시오. 지연되면 중한 책임을 면하기 어려울 것이오. 이 일을 어떻게 처리하느냐에 조선의 장래가 달려 있소."

겁박을 늘어놓던 범문정이 돌아갔다. 집무실에 홀로 앉은 세자는 깊은 시름에 잠겼다. 말과 식량은 들어와야 한다. 어떤 방법을 선택하든 고국의 사정이 녹록치 않다. 이를 어찌해야 한단 말인가? 목이 뻣뻣해지고 혀가 말라 왔다. 오른쪽 다리가 저리고 마비 증세가 왔다. 정신이 몽롱해졌다. 결국 세자가 쓰러지고 말았다. 깜짝 놀란 의관 박군과 정훤이 처소로 옮기고 퇴열탕(退熱湯)을 올렸으나 효험이 없었다.

안정을 취하며 사물탕(四物湯)을 들었으나 효과가 없었다. 목이 마르고 신열이 나는 증세는 호전되었으나 오른쪽 다리 마비 증세는 가시지 않았다. 이 모습을 지켜보던 세자빈이 의관 박군을 불렀다.

"저하의 증세가 무엇이냐?"
"확실히는 모르오나 칠정울결(七情鬱結)인 듯하옵니다."
"칠정이라 하면 무엇을 뜻하느냐?"
"분노, 공포, 놀람, 우울, 슬픔, 과도한 생각과 기쁨을 말하며 정신에서 옵니다."

깊은 잠을 이루지 못하고 뒤척이는 세자를 바라보는 세자빈은 억장이 무너졌다. 세자의 기쁨은 자신의 기쁨이고 지아비의 슬픔은 자신의 슬픔이건만 돌이켜 보면 기쁨보다도 슬픈 일이 더 많았던 같다. 세자가 경기를 일으키는 공포. 그것은 곧 자신의 아픔이었다.

세자의 병환을 지켜보던 세자빈마저 눕고 말았다. 원손을 떠나보낸 후, 식욕을 잃고 시름시름 앓더니만 잠결에 깜짝깜짝 놀라는 증상이 나타난 것이다. 아들을 떠나보낸 슬픔에 지아비의 아픔이 병이 되어 세자빈마저 무너지게 한 것이다.

의관 박군과 정훤이 청심보혈탕(淸心補血湯)을 올렸으나 효험이 없었다. 환자의 차도만을 생각하면 가미온담탕(加味溫膽湯)을 쓰고 싶었으나 세자빈은 회임 중이다. 결과가 좋지 않으면 책임을 져야 한다. 급주마를 한양에 보내 내의원의 처방을 의뢰했다.

글은 칼보다 위험하다

의주에는 3개의 관아가 있다. 행정을 담당하는 의주부, 사신들이 이용하는 의주관, 청나라가 총독부처럼 활용하고 있는 용만관이다. 이중 용만관의 규모가 가장 크다. 조선을 오가는 명나라 사신들이 의주관 시설이 낡았다고 불평하여 조선에서 지어 준 건물이 용만관이다. 하지만 만주를 석권하고 조선을 제압한 청나라는 아예 자신들의 관아처럼 전용으로 쓰고 있었다.

용만관에 똬리를 튼 용골대가 홍서봉과 윤휘를 불렀다. 각각 격리 수용되어 있던 영의정과 원접사가 관아에 들어서는 순간 얼굴이 백지장처럼 변했다. 용만관은 조선 땅에 있지만 청나라나 다름없었다. 모든 게 청나라 식이었고 청나라 냄새가 물씬 풍겼다. 특히 용골대 주위에 청나라 형부관원 알사(謁沙)가 시위하고 있으니 겁먹을 수밖에 없었다. 용골대의 입에서 '죄인을 묶어라.'는 명이 떨어지면 꼼짝없이 묶어 심양으로 압송할 태세다.

"명나라와 통하지 않는다는 것이 약조에 있는데도 국서를 가진 사신을 보냈으니 어찌된 까닭인가?"

"예를 갖추어 상국을 섬기고 있는데 어찌 그럴 리가 있겠습니까?"

"근거를 가지고 말하는 것이다."

"최효일이 조정에 죄를 짓고 명나라로 도망쳐 들어간 일이 있는데 이를 지적해서 하는 말이 아닌지요?"

동문서답이다. 사실을 사실대로 긍정할 수 없는 홍서봉은 일단 오리발을 내밀었다. 묻는 자도 알고 있고 답하는 자도 알고 있는 내용이다. 그렇지만 묻는 자는 순순히 자백하기를 바라고, 답하는 자는 근거를 들이댈 때까지 버티자는 것이다.

세상의 중심, 아버지의 나라 명나라에 대한 미련을 버리지 못한 조정은 동지사 김육과 서장관 이만영을 북경에 밀파한 일이 있다. 청나라의 핍박을 받고 있는 조선을 도와달라고 읍소했으나 외우내환에 시달리던 숭정제는 '형세가 궁하고 힘이 약하여 도울 수가 없다.'며 빈손으로 돌려보냈다.

명나라가 청나라의 공격과 이자성의 반란으로 혼란스러운 가운데 명나라 황제 숭정제와 장수들 간에 적전 분열이 일어났다. 요동 총독으로 부임한 원숭환이 금주성에서 홍타이지를 괴롭히며 청나라의 공격을 저지하였으나 범문정의 심리전에 휘말린 숭정제가 군량미를 보내 주지 않았다.

식량 위기에 처한 원숭환이 모문룡을 척살하고 식량을 확보하여 전투에서는 승리했으나 이것이 빌미가 되어 원숭환은 처단되었다. 홍승주가 요동 방어를 명 받았으나 그마저 홍타이지의 계략에 휘말려 14만 대군을 잃고 생포되었다. 이때 그의 수하 조대수 장군이 투항했다. 아들이 심양에 인질로 잡혀 있던 조대수가 조선과의 내통 사실을 알려준 것이다.

변죽을 울리는 탐색전은 끝났다. 이제 본론으로 들어가야 한다. 청나라 로선 '명과 교호를 끊는다.'는 강화 조약을 어긴 조선이 괘씸했고 명나라 와 밀통한 조선에 배신감을 느꼈다. 하지만 조선군을 징발하여 실전에 투 입해 본 결과 조선군은 형편없는 오합지졸에 불과했다.

명나라와의 패권 전쟁에 자신감을 얻은 청나라는 명이 멸망하면 내통 문제는 자연스럽게 소멸되리라 생각했다. 핵심은 조선 내부에 잠복해 있 는 반청 세력이었다. 이를 척결하지 않는 한 조선을 마음대로 요리할 수 없다고 판단한 것이다. 부릅뜬 눈으로 홍서봉을 노려보던 용골대가 태풍 의 핵으로 진입했다.

"김상헌이란 자가 청나라 연호를 사용하지 않고 관작도 받지 않는다고 하는데 과연 그런 사람이 있는가?"

"우리나라에는 김상헌이라는 이름을 가진 자는 없고 전 판서 김상연이 있었는데 안질로 눈 뜬 장님이 되어 을해년부터 벼슬에서 떠났습니다."

"그 사람은 왕과 같이 남한산성에 들어갔다가 국왕이 수항단에 나올 때 어가를 따라오지 않고 시골로 내려갔다. 관작을 제수해도 받지 않았으며 세자가 왕래할 때 모든 사대부는 전송과 영접을 하는데도 유독 그만 참여 하지 않았다. 또 나이 어린 유생들을 선동하여 거듭 상소한 자인데 과연 그런 사람이 없는가?"

홍서봉은 조정 내부 사정을 꿰뚫어보고 있는 청나라의 정보력에 전율했다. 속속들이 들여다보고 있는 저들의 첩보는 어디에서 나올까? 결국 조정 내부에서 흘러 들어간다고 생각하니 등골이 오싹했다.

"홍정승은 왜 그리 꾸물거리는가?"

용골대가 호통을 쳤다. 먹이를 노리는 살쾡이처럼 홍서봉을 노려보던 용골대의 시선이 알사에게 옮겨 갔다. 금방이라도 '묶어라'는 명이 떨어질 것만 같은 분위기다. 용골대와 시선을 맞추지 못하고 있던 홍서봉의 피부에 소름이 돋았다.

"김상연은 병으로 산성에 들어가지 못했던 사람이고 김상헌은 산성에 들어갔지만 병으로 어가를 따라 내려오지 못하였는데 그것을 두고 말하는 것이 아닌지요?"

김상헌이라는 이름을 조심스럽게 입에 올렸다. 바로 이것이다. 김상헌을 들먹이며 변죽을 울리던 용골대의 심리전에 홍서봉이 말려든 것이다. 자신도 모르게 김상헌을 실토한 홍서봉의 등줄기에 식은땀이 흘렀다.

"지금 어디 있는가?"

용골대의 입가에 득의의 웃음이 그려졌다.

"늙고 병들어 안동에 물러가 있습니다."

"안동이 어디에 있는가?"

"경상도입니다."

"경상도가 어느 도인가?"

홍서봉이 어리둥절했다. 대어를 낚은 용골대가 흥분하여 속도위반을 한 것이다. 냉정보다 감정이 앞선 결과다. 이것은 통역상의 오류가 아니다. 만주족 용골대의 입에서 분명 경상도라는 조선말이 튀어나온 것이다. 용골대가 심양을 떠나기 전, 이미 그들은 첩보에 의해 김상헌이 경상도 안동에 내려가 있다는 사실을 알고 의주에 온 것이다. 용골대의 실수 같지만 은연중에 나타난 그들의 본색이다.

"즉시 조정에 보고해서 그자를 속히 이리로 오게 하라."

용골대의 명이 떨어졌다. 용골대가 조선에 나온 목적이 바로 이것이었다. 데려오라 했지만 압송하라는 명이다. 재야에 묻혀 있는 척화파의 거두 김상헌에게 위기가 닥쳤다.

영의정 홍서봉으로부터 김상헌이라는 단서를 끌어낸 용골대가 도승지 신득연을 불렀다. 각기 분리 수용되어 있던 신득연은 심문 진행 상황을 모른 채 용만관으로 들어갔다. 기다리고 있던 알사가 허리춤에 매달린 칼을 쩔렁거리며 의자에 앉혔다. 용골대 좌우에 구레나룻이 시커먼 불곰 같은 장수가 앉아 있고 알사가 차렷 자세로 도열해 있었다.

"보군과 수군을 징발할 때와 원손이 들어갈 당시 횡의를 주장한 사람이 누구냐?"

"육군 조발과 원손이 들어갈 때 나는 심양에 있었으므로 그 당시의 일은 모르오."

신득연은 세자 빈객으로 소현과 심양에 있었다.

"그럼, 수군 징발에 반대한 사람은 누구냐?"

"모릅니다."

이럴 때는 알아도 모른 척하는 게 최고라는 것을 심양에서 터득한 신득연은 모르쇠로 일관했다.

잠시 침묵이 흘렀다. 아직 더위가 가시지 않은 날씨였지만 실내는 싸늘한 냉기가 감돌았다. 사냥감을 앞에 놓은 포식자처럼 눈동자를 굴리던 용골대가 입을 열었다.

"횡의(橫議)를 주장한 자를 이제야 알겠다. 이봐라, 알사는 뭐하고 있는 게냐?"

좌우에 시위하고 있던 알사들의 발걸음이 저벅거렸다.

"아닙니다. 오해이십니다. 한 번만 살려 주십시오."

의자에 앉아 있던 신득연이 털썩 바닥에 무릎을 꿇었다.

"일없다. 이자를⋯."

용골대의 시선이 알사에게 옮겨갔다. 금방이라도 묶으라고 명할 태세다. 용골대 발치에 엎드려 있던 신득연이 역관 정명수 앞으로 무릎걸음으로 옮겨 갔다.

"살 수 있는 방도를 일러 주시오."
"횡의를 주장한 자를 모두 써내면 살 수 있을 것이오."

회심의 미소를 짓던 정명수가 신득연에게 종이를 내밀었다. 쓰라는 것이다. 붓을 잡은 신득연의 안색은 창백했고 손은 떨렸다.

"육군을 징발할 때는 최명길이 파병을 유보하자는 말을 했고 수군 조발과 원손이 갈 적에는 김상헌과 조한영, 함창 유생 채이항이 상소하였습니다."

다 써 내린 신득연의 이마에 땀방울이 맺혔다.

"글은 칼보다 위험하다. 함부로 쓰면 네가 다치고 남을 다치게 한다. 네가 다치는 한이 있어도 남을 다치게 하지 마라. 네가 다치지 않으려고 남을 다치게 하면 결국 너도 다치고 가문을 다치게 한다."

대사헌을 지냈던 아버지 신식(申湜)의 유훈이 머릿속을 맴돌았다. 온몸이 땀으로 후줄근했다. 이제 주사위는 던져졌다. 어떠한 파란이 밀려올지 모른다. 피할 수 없다. 몸으로 부딪혀야 한다. 눈을 감았다. 노도와 같은 파도 소리가 들리는 것만 같았다. 정명수가 진술서를 용골대에게 전했다.

"김상헌은 이미 불러오도록 했다."

용골대의 말을 듣는 순간, 신득연은 안도의 한숨을 내쉬었다. 김상헌을 자신이 처음 거론한 것으로 알았는데 이미 호출하였다 하니 무거운 짐을 벗은 것만 같았다.

"조한영과 채이항을 급히 불러오라."

수군 파병을 반대하고 원손의 심양행 철회를 진언한 지평 조한영과 청나라에 대적하자고 주장했던 함창 유생 채이항에게 호출령이 떨어졌다.

용만관을 물러나 온 신득연은 제정신이 아니었다. 숙소를 찾아간다는 것이 의주부윤 관사로 들어갔다. 거기에는 격리 수용이 해제된 홍서봉과 윤휘가 근심 어린 얼굴로 안절부절 서성이고 있었다.

"고생했소, 도승지! 그래, 용장이 뭐라 묻던가요?"

용골대와 신득연의 면대 결과에 촉각을 곤두세우고 있던 홍서봉이 귀를 쫑긋 세웠다.

"횡의를 주장한 사람이 누구냐고 캐물었습니다."
"그래서 어떻게 하고 나왔소?"
"횡의를 주장한 자가 김상헌이라고 영상대감이 말하는데 맞으면 쓰라며 붓을 내놓기에 마지못해 써 주고 나왔습니다."

신득연의 말을 듣는 순간 홍서봉은 망연자실했다. 이제 모든 것은 끝났다. 태풍이 불어오는 일만 남았다. 홍서봉이 한숨을 쉬는 동안 잘못 들어온 것을 알아차린 신득연이 부리나케 관사를 빠져나갔다. 자신의 숙소에 도착한 신득연은 급히 붓을 잡아 조정에 장계를 띄웠다.

"횡의를 주장한 사람을 캐묻기에 당시 나는 심양에 있었기 때문에 모르는 일이라고 극력 변명했으나 무위에 그쳤습니다. 부득이 최명길, 김상헌, 조한영, 채이항을 써주었습니다."

신득연과 헤어진 홍서봉도 급히 장계를 올렸다.

"저들이 추궁하는 것도 아니었는데 신득연이 지레 겁을 먹고 명단을 써 주었습니다."

합심하여 청나라의 압박을 극복해야 할 대신들이 자중지란에 빠진 것이다. 용골대의 노림수다.

뜨거운 감자 김상헌

나라의 운명이 경각에 달려 있던 남한산성, 척화파와 주화파는 첨예하게 맞섰다. 모두가 위기에 처한 나라를 구하자는 일념이었지만 방법은 달랐다. 과거 회귀 본능에 함몰된 사람들과 현실을 직시하자는 사람들로 확연히 갈렸다. 화친을 주장하는 최명길을 '참하라'는 척화파의 공세가 하늘을 찌를 듯했으나 대세는 주화로 흘렀다. 치열한 이념 투쟁을 거쳐 판세를 장악한 주화파는 삼전도 항복 후 득세했다.

소현세자가 심양에 볼모로 끌려갈 때 많은 신하들이 호종했다. 가함대신 남이웅이 유일하게 60객이었고 대부분의 신하들은 젊었다. 척화파도 있었고 주화파도 있었다. 그들에겐 척화와 주화라는 이념을 넘어 삼배구고두례의 치욕과 통한의 적개심이 그들의 가슴을 지배했고 세자와 운명을 같이하겠다는 의리 하나로 뭉쳤다.

심양에 도착한 그들은 하늘같이 믿었던 명나라가 기울고 청나라가 굴기하는 현장의 중심에서 지금까지 전혀 보지 못했던 새로운 세상을 보았다. 힘의 논리가 지배하는 엄혹한 국제 질서다. 홍익한, 윤집, 오달제의 죽음을 지켜보았고 정뇌경의 무참한 죽음을 목도했다. 믿고 싶지 않은 현실이었다. 힘이 받쳐 주지 못하는 이상이 얼마나 공허한가를 뼈저리게 실감했다.

그들은 소현세자가 징병과 군량미 문제로 청나라의 시달림을 받을 때 고국에 읍소했다. 흉년과 전란에 황폐해진 고국의 사정을 모르는 바 아니지만 애원했다. 하지만 고국에 있는 대소 신료들은 느긋했다. 사정도 여의치 않았지만 가능하면 보내지 않으려고 시간을 끌었다. 그 이면에는 청나라의 거대한 힘을 아직도 인정하지 못하겠다는 반청 사상이 깔려 있었다.

교대 근무로 귀국한 빈객 출신 젊은이들이 요직에 올랐다. 특이한 것은 그들이 하나같이 승지에 임명되어 왕의 지근거리에 포진했다. 박황이 돌아와서 도승지에 제수되었고 귀국한 박노가 좌부승지에 임명되었다. 신득연 역시 귀국과 함께 도승지에 올랐다. 심양의 정보에 목말라하는 인조가 그들을 곁에 두고 싶어했기 때문이다. 그로 인하여 임금을 에워싼 하나의 집단이 형성되었다. 신흥 세력이다.

현실을 인정하는 그들은 척화파의 유전 인자가 흐르고 있었지만 그들하고는 또 달랐다. 이것이 명나라에 대한 미련을 버리지 못한 척화파 원로들에게 못마땅하게 비친 것이다. 김류와 최명길이 퇴장한 조정은 윤휘와 홍서봉이 좌장이다. 신득연과 홍서봉의 장계를 검토한 비국이 보고했다.

"신득연은 저 혼자 살아나고자 하책을 썼으니 참으로 가련합니다. 그가 거명한 사람은 설사 진언한 말이 있다 하더라도 조정에서 수용하지 않았으니 공언에 불과합니다. 이제 그의 실언으로 한 사람을 사지로 몰아넣게 되었으니 이는 전하께서 차마 할 수 없는 일입니다. 통촉하소서."

김상헌을 최초로 실토한 사람은 홍서봉인데 실언한 사람이 모호해졌다. 둔갑이다. 둔갑이 반복되면 사실이 된다. 말은 증발하고 기록은 남는다. 이것이 역사다.

"남을 사지에 밀어 넣고 자신은 살기를 구하였으니 의(義)가 아니며 국가에 근심을 끼쳤으니 충(忠)이 아니다."

인조의 분노가 신득연에게 꽂혔다. 제물(祭物)이 필요한 것이다. 국난을 타개하려면 희생양이 필요하다. 딱 걸렸다. 제물은 준비했으나 김상헌이 문제였다. 가면 다시 돌아올 수 없는 길이 될 수도 있다. 죽음의 냄새가 나는 길이다. 우의정 강석기가 나섰다.

"김상헌은 정축하성 이래 세상을 버리고 시골에서 죽기를 작심하였으나 죽지 못해 살아 있습니다. 저들이 김상헌을 지목한 것은 간사한 무리가 무함한 소치이니 독촉한다고 보내게 되면 이런 전례가 만연되어 감정을 품은 무리가 무함을 자행할 것이니 장차 앞날이 우려됩니다."

용골대가 김상헌을 호출한 것은 무함의 결과라는 것이다. 이어 비국이 상차했다.

"김상헌은 일흔이 넘은 나이로 그를 들여보낸다면 결코 그곳에서 살아

오지 못할 것입니다."

"의주에 나가 있는 상신으로 하여금 선처를 부탁하도록 하라."

김상헌은 비록 초야에 묻혀 있지만 척화의 거두다. 그의 추종 세력이 곳곳에 박혀 있다. 백성들 정서 또한 김상헌과 궤를 같이한다. 벌집을 건드리고 싶지 않다는 뜻이다.

조정의 밀명을 받은 홍서봉이 용골대를 찾아갔다. 그러나 입 밖에 꺼내지도 못하고 질책만 당했다.

"김상헌이 끝내 오지 않는다면 군대를 풀어 잡아올 것이고 그대는 포대에 담아 수레에 싣고 갈 것이다."

혹을 떼려다 붙였다. '포대에 담아 수레에 싣고 심양으로 가겠다.'하니 눈앞이 캄캄했다. 한다면 하는 청나라 사람들이다. 다음 수순이 두렵고 무서웠다. 협박을 받은 홍서봉이 한양에 장계를 올려 급박함을 알렸으나 조정은 움직이지 않았다. 공포에 떨고 있는 홍서봉을 역관 정명수가 찾아왔다.

"상국의 명령을 이행하지 않았으니 그에 대한 책임을 묻겠소. 비국의 유사당상을 속히 들여보내고 좌상도 오게 하시오."

줄줄이 호출이다. 유사당상과 좌의정을 보내라는 명을 받은 조정은 긴

급회의를 소집했다. 우의정 강석기가 대타를 자임했다.

"저들의 명이 아무리 불같다 하더라도 영상도 없는 조정을 비워 두고 좌상이 간다는 것은 옳지 못합니다. 신이 유사당상과 함께 떠나겠습니다."

우의정 강석기는 소현세자의 장인이다. 용골대와 좋은 관계를 유지하고 있으니 자신이 용장을 만나 꼬인 실타래를 풀어 보겠다는 것이다.

"저들이 신을 불렀으니 신이 가지 않는다면 일은 해결되지 않고 그들의 화만 돋울 듯합니다. 속히 가서 후환이 없게 해 주소서."

좌의정 신경진이 가겠다고 나섰다.

"경이 가는 것은 불가하다. 우선 유사당상이 떠나도록 하라."

호출한 김상헌은 꿈쩍하지 않고 당상관들이 한양을 떠났다.

척화의 거두 북행길에 오르다

그 시각, 용골대가 의주에 머물고 있던 홍서봉과 대소 신료들을 불렀다. 잔뜩 긴장한 신료들이 제승당에 도착했다. 청나라 군사가 임시 군영으로 쓰고 있는 관아 마당에 남루한 옷차림의 사내들이 형틀에 묶여 있었다.

"이들은 의주 사람 겨울쇠와 문의족, 개성 사람 무신이라는 자들인데 구련성에서 남초를 거래하다 붙잡혔다. 이들은 나라에서 금하는 물품을 밀매한 자들로 즉결 처단하여야 마땅하나 이들이 조선 사람들이라 그대들에게 알린 후 처형하려고 여기까지 끌고 왔다."

담배는 청나라가 엄격히 금지하는 금수 품목이다. 임진왜란을 통하여 조선에 상륙한 담배가 한반도를 접수하고 압록강을 건넜다. 담배의 중독성에 놀란 청나라는 일벌백계주의로 밀수꾼을 단속했으나 막대한 차익을 노리는 담배 밀매상들을 뿌리 뽑지 못하여 부심하고 있었다.

관아 마당에 묶여 있는 조선인들이 산발한 머리칼 틈 사이로 대신들을 바라보았다. 살려 달라는 애원의 눈빛이다. 그러나 대신들은 눈을 맞추지 못하고 외면했다. 자기 나라에 외국인이 들어와 자기 나라 사람을 처형하겠다고 해도 누구 하나 나서는 이 없었다. 살벌한 분위기가 그들의 무력감을 더할 뿐이었다.

"참하라."

용골대의 명이 떨어졌다. 기다렸다는 듯이 망나니의 칼이 허공에서 춤을 추었다. 칼춤 시간은 짧았다. 바람을 가른 칼끝에서 피가 솟구쳤다. 순간, 몸에서 이탈한 머리통이 바닥으로 떨어졌다. 낭자한 선혈이 땅을 적셨다. 피가 흐르는 땅은 조선 땅이었다.

"모두들 말에 올라라."

피맛을 본 용골대가 말에 오르며 부하 장수들에게 명했다.

"기수를 남쪽으로 돌려라."

용골대의 말이 흙먼지를 일으키며 튀어나갔다. 그 뒤를 이어 청군의 말발굽 소리가 지축을 흔들었다. 흙먼지 자욱한 관아에 남아 있던 신료들은 서로의 얼굴을 쳐다보며 어안이 벙벙했다.

"남쪽이라면 어디를 말하는 것인가?"

화들짝 놀란 홍서봉은 급히 장계를 작성하여 급주마를 띄웠다 용골대가 군사를 이끌고 안주에 도착했다는 급보를 받은 조정은 발칵 뒤집혔다. 안주가 어디인가. 평양이 지척이다. 마음만 먹으면 대동강을 건너 한달음에 한양까지 달려올 거리다. 또다시 청군이 궁궐에 난입한다고 생각하니 끔찍했다.

사태의 심각성을 감지한 비국이 역마를 안동에 급파했다. 학가산 아래 석실에 은거하고 있던 김상헌은 모든 것을 하늘의 뜻이라 여겼다. 김상헌이 안동을 출발했다는 보고를 받은 인조는 안도의 한숨을 내쉬었다.

김상헌이 문경새재를 넘어 송파 나루에 도착했다. 멀리 삼각산이 눈에 들어오고 목멱산이 손에 잡힐 듯하다. 만감이 교차했다. 김상헌이 흥인문을 통하여 도성에 들어왔다. 동료 대신을 사지로 들여보내야 하는 조정은 충격에 빠졌고 백성들은 술렁거렸다.

"김상헌을 어떻게 하면 구할 수 있겠는가?"
"연호를 쓰지 말도록 사주했다는 말에 대해서는 조정이 분명하게 해명해야 할 것입니다."

판중추부사 심열이 조정 차원에서 자문을 보내 김상헌의 죄를 해명하자고 주장했다.

"자문을 작성하여 급히 보내라."

밀서를 휴대한 급주마가 북으로 달렸다. 안주에 도착한 밀사는 정명수에게 동지중추부사를 제수하고 어미에게 월료(月料)를 지급한다는 밀서를 전하면서 은 1000냥을 찔러주었다.

평양 교외에서 무력시위를 한 용골대는 군사를 이끌고 의주로 돌아갔다. 표면상으로는 김상헌이 한성에 도착하여 곧 출발할 것을 확인했다는 명분이었지만 뇌물의 약발이었다.

한양에 머물던 김상헌은 임금을 알현하지 않았다. 인조 역시 부르지 않았다. 피차 거북한 입장이다. 김상헌은 상소 한 장을 궁에 밀어 넣고 북행길에 올랐다.

"성상께서 하찮은 신에게 내사를 보내 안부를 물어 주시고 초구를 보내주시니 감개무량합니다. 용안을 다시 뵙게 된다면 죽어도 여한이 없을 것입니다."

김상헌이 운종가를 지나 돈의문을 빠져나갈 때 도성의 백성들이 몰려나와 통곡했다. 김상헌이 무악재를 넘어 의주로 향했다는 보고를 받은 인조는 대소 신료들과 마주 앉았다.

"김상헌의 상소를 보니 영결하는 뜻이다. 참으로 비통하다."

인조의 눈에 이슬이 맺혔다. 이제는 김상헌을 다시는 보지 못할 것만 같았다. 청나라 문제로 의견이 엇갈려 애증이 깊었지만 나라의 기둥이었다.

"그와 내 머릿속에 각인된 존주양이(尊周攘夷)는 공통분모다. 후금에 기울던 광해를 몰아내자는 데 공감하지 않았는가. 명나라를 섬기자는 생각은 서로 공유한다. 하지만 청나라의 가공할 무력 앞에 그는 '싸워 보고 화친을 받아들여도 늦지 않다'고 역설했고 그와 생각을 달리하는 신하들은 '결과가 뻔하니 화친을 승복하자'고 주장했다. 나는 후자에 동의했다. 그 길이 백성의 도륙을 방지하고 국체를 보존할 수 있다는 신념에는 변함이 없다. 서로 생각의 차이다. 상헌이 주장한 선전후화론(先戰後和論)이 옳은 것인지, 화친을 받아들이고 기회를 엿보자는 판단이 옳은 것인지는 후세의 사가들이 평가할 것이다."

인조가 마른 침을 삼켰다.

김상헌과 조한영, 채이항이 의주에 도착했다. 안주에서 철수한 용골대가 홍서봉을 비롯한 의주 재신들을 용만관으로 불렀다. 삼전도 비석을 확인하고 돌아온 오목도와 용골대가 상석에 앉고 좌우에 장수들이 앉았다. 팽팽한 긴장감이 흘렀다.

김상헌이 용만관에 들어섰다. 지팡이에 몸을 의지한 그가 용골대에게 절을 하지 않고 이현영을 의지해 누웠다. 김상헌의 돌발 행동에 청나라 사람들의 눈이 휘둥그레졌다. 알아서 기어야 할 죄인이 인사도 없이 턱하고 누워 있으니 기가 찼다.

"우리는 다 알고 있다. 모두 말하라."

거두절미하고 다그쳤다.

"묻는 말이 있어야 대답할 것이다. 단초를 말하지 않고 무조건 말하라 하니 무슨 말을 해야 할지 모르겠다."

김상헌의 답은 까칠했다.

"정축년에 국왕이 성을 나와 하산할 때 유독 그대만 임금을 따라 나오지 않았는데 그것은 무슨 의도였는가?"
"내 어찌 우리 임금을 따르려 하지 않았겠는가? 노환으로 따르지 못했을 뿐이다."
"여러 차례 관직을 제수하였는데도 받지 않고 고신을 반납한 것은 무슨 이유인가?"
"노환이라 국가에서 직임을 제수한 적이 없는데 무슨 관직을 받지 않았다고 하는지 모르겠다. 그처럼 허탄한 말을 어디서 들었는가?"

김상헌은 고분고분하지 않았다. 잔뜩 주눅 들어 묻는 말에 답하는 것이 아니라 오히려 반문했다. 녹록치 않음을 직감한 용골대가 화제를 바꿨다.

"수군을 징발할 적에 어찌하여 반대하였는가?"
"내가 내 뜻을 세워 나의 임금에게 고했는데 국가에서 받아들이지 않았다. 그 일이 다른 나라에 무슨 관계가 있기에 굳이 듣고자 하는가?"

칼날 같은 반격이다.

"어찌해서 다른 나라라고 하는가?"
"두 나라는 압록강을 경계로 국경이 있는데 어찌 다른 나라라고 할 수
없는가?"

용골대를 쏘아보는 김상헌의 눈초리가 매서웠다. 용골대 역시 눈매가
날카로워졌다. 두 사람의 눈에서 불꽃이 튀었다. 숨 막히는 긴장이 흘렀
다. 지켜보던 홍서봉의 숨이 턱에 걸리고 윤휘의 목이 뻣뻣해졌다. 승지
이덕수, 감사 정태화, 병사 이현달, 빈객 이행원, 보덕 정치화 등 배석한
관리들의 손에서 진땀이 흘렀다.

괘씸죄를 걸어도 싸다. 하지만 괘씸죄를 걸기에는 상대가 너무 버겁다.
단상에 앉아 있던 오목도가 용골대에게 속삭였다.

"조선 사람은 다들 우물쭈물 말하는데 이 사람은 대답이 매우 명료하니
감당하기 벅차다."

조선에도 이토록 기개 있는 사람이 있다는 것을 처음 알았다는 표정이다.

"이자를 내보내고 조한영과 채이항을 들이라."

한바탕 회오리가 지나갔다. 손에 땀을 쥐게 하는 일합이었다. 곁에서 지켜보는 사람들이 목이 탈 지경이었다. 이조판서 이현영의 부축을 받으며 김상헌이 밖으로 나갔다. 조한영 역시 비굴하지 않게 들어왔다. 조한 영과 신득연의 대질에 이어 채이항의 심문을 끝으로 환문이 종결되었다.

"내가 판단할 일이 아니다. 김상헌, 신득연, 조한영, 채이항을 심양으로 압송하라."

버거운 상대는 심양으로 넘기겠다는 것이다.

나만큼 충성한 자 있으면 나와 보라

정명수가 만옥(滿獄)에 갇혀 있는 김상헌을 찾아왔다.

"네가 김상헌이냐?"

정명수가 조선을 무수히 드나들었지만 김상헌과 대면은 처음이다. 김상헌이 정명수를 뚫어져라 쳐다보았다. 가소롭다는 눈빛이다.

"조선국 당상이 묻는데 왜 대답을 하지 않느냐? 관직도 없는 자가 교만하구나."

정명수가 폼을 잡았다. 그 모습을 바라보던 김상헌이 어이가 없어 웃음을 지었다. 정명수 역시 엷은 웃음을 흘리며 입을 열었다.

"내가 무지렁이라고 너희들이 깔보지만 장유유서(長幼有序)쯤은 알고 있다. 하지만 경어를 쓰지 않음에 불쾌하게 생각하지 말고 지금부터 내가 하는 얘기를 잘 들어라."

정명수가 목에 힘을 주었다.

"내가 정3품 관직을 꿰어 찬 것은 투전판에서 딴 것이 아니다. 주상 전하가 받으라고 통사정해서 받은 관직이다. 너희들이 하늘같이 떠받드는 임금님이 사정해서 억지로 받은 관직이란 말이다."

정명수가 턱을 치켜 올렸다.

"너희들은 날 조국을 배신한 놈이라고 욕하지만 이 나라에 나만큼 충성한 자 있으면 나와 보라고 해."

정명수가 말채찍을 거꾸로 잡고 손바닥을 탁탁 치며 김상헌의 주위를 맴돌았다. 그 모습을 바라보는 김상헌의 입가에 웃음이 피어났다.

"네가 웃고 있는 웃음이 비웃음이라는 것을 알고 있다. 하지만 나는 너의 비웃음을 비웃는다. 네가 공빈 김씨가 정실부인이 아니라고 광해임금을 무시했는데 그 임금을 쫓아낸 자가 적자냐? 네가 받드는 그 임금이 정실 자식이냔 말이다. 너희들이 하면 참사랑이고 남이 하면 부적절한 사랑이냐? 개뼈다귀 같은 인간들 같으니라구…"

정명수의 목소리가 커졌다. 광해군을 몰아낸 인조는 선조의 후궁 인빈 김씨 몸에서 낳은 정원군의 아들이 아니냐는 조롱이다.

"문과에 급제한 작자가 남들은 한직이라고 거들떠보지도 않은 사과(司果)에 있었던 걸 보면 너도 어지간한 반골에 비주류였어…"

광해가 그의 생모 공빈 김씨를 공성왕후로 책봉하는 고명(誥命)을 지어라는 명을 받은 김상헌은 '허물을 보면 어질고 어질지 않은 여부를 알 수 있다.'는 뜻을 풍자한 관과(觀過)라는 낱말을 사용하여 삭탈관직되었고 그가 지은 사은전문(謝恩箋文)은 폐기되었다. 이로 인하여 광해 조에서 관직이 없던 김상헌은 인조반정과 함께 화려하게 부활했다. 김상헌의 주위를 뱅뱅 돌던 정명수가 김상헌 앞에 멈췄다.

"네가 사과직에서 한가롭게 노닐 때, 나는 조국의 부름을 받고 압록강 건너 전쟁터에 나갔던 사람이다. 너희들이 입이 닳도록 얘기하는 명나라에 대한 보은을 위해서 말이다."

김상헌의 주위를 돌던 정명수가 더욱 어깨에 힘을 주었다.

"후대 사람들은 돈 때문에 해외 파병에 자원할는지 모르지만 우리는 순수했다. 급료 한 푼 받지 않고 죽고 죽이는 전쟁터에 나갔단 말이다. 그때 힘 있고 뒷배 있는 집 자제들은 하나도 없었다. 힘없는 백성들을 춥고 배고픈 사지에 몰아넣고 너희들은 따뜻한 아랫목에서 굴었다. 나쁜 놈들 같으니라고."

정명수의 눈이 증오심으로 불타고 있었다.

"강홍립 장군을 모시고 전쟁터에 나갔을 때 너희들은 우물 안에 있었지만 나는 우물 밖 세상을 보았다. 임금님의 밀명을 받고 투항한 강홍립 장군을 용납할 수 없다고? 소인배들 같으니라구. 너희들이 죽고 죽이는 살육의 현장 전쟁터의 전(戰) 자나 아는 놈들이냐? 강자가 약자를 먹고 먹히는 세상을 알기나 하냐 말이다. 너희들은 날더러 매국노라고 비난하지만 나는 너희 같은 용렬한 자들이 이 나라를 말아먹었다고 생각한다."

  명나라의 파병 요청을 받은 광해는 후금의 위세가 두려웠지만 임진왜란 때 도와준 보은 차원에서 1만 3천 명의 군사를 파병했다. 도원수 강홍립은 '형세를 보아 투항하라.'는 광해의 밀명을 받아 부하 군사들을 이끌고 투항했다. 그때 만주어를 아는 정명수는 황제에게 발탁되어 역관으로 활동했고 귀국한 강홍립은 역신으로 몰려 삭탈관직되었다.

  "말이 지나치다."
  "뭣이? 말이 지나치다고? 내가 힘이 지배하는 세상을 보았다고 그렇게 말을 해도 아직 말을 알아듣지 못하느냐? 힘이 무엇이라는 것을 보여 줄까?"

  정명수가 김상헌의 턱밑에 얼굴을 디밀었다. 김상헌은 미동도 하지 않았다.

  "이봐라. 이자를 묶어라."

  군사들이 달려들어 김상헌의 손을 묶고 그의 목에 철쇄(鐵鎖)를 채웠다.

  "죄인 주제에 책은 무슨 놈의 책이냐? 이자가 보던 책을 모조리 불살라 버려라."

　군사들이 김상헌의 책을 끌어내어 불태워 버렸다. 정명수는 평안도 은산에서 천출의 아들로 태어났다. 은산현 관아에서 하인 노릇을 할 때, 은산을 방문한 평산현감 홍집에게 곤장을 맞았다. 이 일이 그에게 상처가 되었다. 양반에 대한 보복심과 선비에 대한 증오심이 작동한 것이다.

가노라 삼각산아 다시 보마 압록강아

강변 풀섶에 무서리가 내리고 압록 빛 강물이 유난히 푸르다. 아직 결빙되지 않았지만 백두산의 냉기가 차가운 강바람이 되어 폐부를 파고든다. 오라에 묶인 김상헌과 일행이 배에 올랐다. 용골대는 휘하 장수들과 먼저 떠나고 죄인 호송은 알사들이 맡았다.

용만 나루를 떠난 배가 미끄러져 갔다. 점점 고국이 멀어진다. 이제 가면 언제 다시 올지 모른다. 살아서 돌아온다는 보장도 없다. 죽어 백골로 돌아올 수도 있다. 정묘호란 당시 원군을 요청하기 위하여 명나라에 진주사로 갔지만 대륙이 막혀 해상로를 통하여 갔기 때문에 압록강은 처음이다.

김상헌의 눈에 비친 압록강은 유난히 푸르렀다. 정인홍이 모함한 성혼 사건에 연루되어 함경도 경성 판관이라는 한직으로 물러나 있을 때 보았던 두만강과는 색깔이 달랐다. 한 임금을 모시는 조정의 신하에도 청신(淸臣)과 탁신(濁臣)이 있듯이 똑같이 백두산에서 발원했지만 이렇게 다르다는 것이 새삼스러웠다.

나룻배가 강 중심에 이르렀다. 압록강 푸른 물을 바라보던 김상헌이 고개를 들었다. 백마산성이 손에 잡힐 듯하고 멀리 삼봉산이 눈에 들어왔다. 그 순간 숨이 턱 막히며 심장이 멎는 듯했다. 한양 삼각산을 보던 심정과는 또 다른 감정이 가슴을 후볐다. 이제 강을 건너면 다시는 볼 수 없는 고국산천이다. 혜음령을 넘을 때 마음에 새겨 두었던 시구를 꺼내었다.

가노라 삼각산아 다시 보마 한강수야
고국산천을 떠나고자 하랴마는
시절이 하 수상하니 올동말동하여라.

이제 가면 언제 다시 고국산천을 보게 될지 모른다. 시절이 하 수상하니 돌아올 기약도 없다. 깊은 상념에 잠겨 있는 사이, 배가 어느덧 애자하 하구에 닿았다. 구련성과 봉황성을 지나 심양에 도착한 김상헌은 남관에 수감되었다.

김상헌, 신득연, 조한영, 채이항이 청군에 끌려 압록강을 건넜다는 보고를 받은 인조는 경악했다. 엄한 문초가 있으리라고는 생각했지만 묶어서 국경을 넘었다는 것은 뜻밖이었다. 설마가 현실로 다가온 것이다. 한양으로 돌아온 영의정 홍서봉과 이조판서 이현영이 도의적인 책임을 지고 사직을 청했으나 이현영의 사직은 수리하고 홍서봉은 반려했다.

"김상헌은 비록 나와 의견을 달리했지만 나라의 대들보다. 나라를 일으키는 데 구심점이 되어야 할 동지다. 홍익한, 윤집, 오달제하고는 격이 다르다."

좌의정 신경진을 사은사로 파견한 인조가 회은군 이덕인을 불렀다.

"여식이 심양에 있다지요?"
"네. 전하!"
"회은군이 심양에 다녀와야겠소."
"분부대로 따르겠습니다."

인조는 회은군에게 김상헌을 구출하라는 특명을 내렸다. 청나라 실력자의 아내로 자리를 잡은 이덕인의 딸을 활용하자는 계책이다. 명을 받은 회은군이 심양으로 출발했다. 그를 따르는 짐바리에는 조정에서 마련해 준 은화가 가득 실려 있었다.

용골대와 함께 먼저 도착한 이행원으로부터 김상헌의 압송 사실을 보고받은 소현은 충격에 빠졌다. '이럴 수는 없다'고 부정해 보았지만 현실이었다. 가슴이 답답하고 다리가 저려 왔다. 오른쪽 다리 마비 증세가 도진 것이다. 침을 맞아도 효험이 없었다. 뜸을 들이고 있는데 역관 정명수가 찾아왔다.

"김상헌과 조선 관리들이 지은 죄에 대해 세자 저하의 뜻은 어떠하신지 알고 싶습니다."

전에 없이 공손했다. 안하무인으로 날뛰어온 정명수가 처음 보이는 태도다.

"용골대가 비판받고 있다는 말이 참일까?"

소현으로선 확인할 길은 없었으나 첩보는 사실이었다. 의주에 파견된 용골대가 군사를 이끌고 안주에 내려간 것은 과격한 행동이었고 김상헌을 압송한 일은 월권이었다고 비판받고 있었다. 청나라는 황제의 명을 어기는 조선을 추궁하여 군대를 징발하고 군량미를 조달하는 것이 목적이었는데 김상헌을 데리고 들어왔으니 부담스럽다는 것이다. 강경론을 펴던 범문정과 용골대가 온건론을 펴던 도르곤에게 공격받고 있었다.

"왜 이리 말씀이 없으십니까?"

정명수가 뱁새눈을 지긋이 뜨며 재촉했다. '죽여 달라'는 답변을 기다리는 눈치였다. 부왕에게 대드는 눈엣가시를 대신 치워 주겠다는 뜻이다. 그래야만 과격한 처신으로 물의를 빚고 있는 용골대의 행동이 합리화될 수 있고 더불어 자신도 화를 면할 수 있다고 생각한 것이다.

모시고 있는 용골대가 문책당하여 한직으로 물러나기라도 한다면 정명수도 한 묶음으로 밀려난다. 그에게는 악몽 같은 일이다. 용골대와 정명수에게 조선 같은 봉이 없다. 탁 치면 미인이 나오고 턱 치면 뇌물이 쏟아진다. 관직은 덤이다. 이런 노다지를 두고 용골대와 함께 밀려난다면 마른하늘에 날벼락이다.

"대국에서 알아서 처리하겠지요. 어찌 감히 그 사이에 의견을 내놓을 수 있겠소?"

소현의 한계였다. 비록 심양에 있으나 고국에서 들어온 사신마저 마음대로 만날 수 없으니 섬에 갇힌 고립무원의 상태나 다름없었다.

"세자의 뜻을 용장군에게 전하겠습니다."

회심의 미소를 지으며 정명수가 돌아갔다.

망가망가는 질색이다

정명수가 돌아갔으나 소현의 마음은 편치 않았다. '세자의 뜻을 용장군에게 전하겠다.'는 정명수의 말이 마음에 걸렸다. 본의와 다르게 전해질 수도 있다. 궁지에 몰린 용골대가 자신에게 유리하게 해석할 수도 있다고 생각하니 잠을 이룰 수가 없었다. 뜬눈으로 밤을 새운 이른 아침, 정명수가 다시 찾아왔다.

"압송해 온 죄인들을 형부에서 심문할 것이니 세자께서는 사신과 함께 참관하시오."

소현은 사은사 신경진과 함께 형부로 들어갔다. 단상 중앙에 질가왕이 좌정하고 좌우에 용골대, 피파박시, 가린, 범문정이 앉아 있었다. 평소에 따뜻한 시선을 보내 주던 질가왕을 보는 순간 조금은 안심이 되었다.

소현은 신경진과 함께 단상 맨 끝자리에 앉았다. 오늘의 심문은 도르곤이 주재할 예정이었으나 그는 금주(錦洲) 전선에 있다. 서부전선은 전투가 치열하다. 언제 돌아올지 모른다. 전선에서 돌아오면 심문할 계획이었으나 기다릴 수 없다는 강경파가 밀어붙여 서둘러 심문이 열리게 된 것이다.

김상헌, 신득연, 조한영, 채이항이 목에 철쇄를 둘린 채 끌려나왔다. 김상헌은 비록 두 손을 결박당했지만 꼿꼿한 자세에 눈빛이 형형했다. 비록 목에 쇠사슬이 감겨 있었지만 김상헌의 마음까지 감을 수는 없었다.

세자와 김상헌의 눈이 마주쳤다. 오가는 시선에서 애증이 교차했다. 김상헌이 묶인 두 손을 가지런히 모으고 목례를 했다. 소현도 가볍게 답례했다. 그리고 소현이 먼저 시선을 거두었다. 심장이 멎는 듯해서 더 이상 바라볼 수 없었다. 시강원 스승에게 사은할 수 없는 제자, 신하의 두 손이 묶여 있어도 풀어 줄 수 없는 세자. 자괴감이 밀려들었다. 알사가 조한영을 앞으로 끌어냈다.

"너는 무슨 일로 소를 올렸느냐?"
"나는 정축년에 과거를 보아 급제하였고 수군을 징발할 때는 병조 낭관 직책으로 군사를 선발하였습니다. 다른 생각이 없었음은 이것으로도 알 수 있습니다."

조한영을 들어가라 이른 초관이 신득연을 불렀다. 잔뜩 겁먹은 신득연이 초관 앞에 섰다.

"우리에게 인부와 말을 보내지 말자고 한 것은 무슨 까닭이냐?"
"우리나라에서 먼 길에 조달할 수 없음을 염려하여 그 값을 은으로 보내자고 하였을 뿐인데 그것이 어찌 반대하는 의견이겠습니까."

신득연에 이어 채이항의 심문이 계속되었다.

"너는 무슨 일로 소를 올렸느냐?"

"백성들이 부역을 괴롭게 여기고 있으니 균평하게 하라는 뜻을 상소하였을 따름입니다."

"불평등한 부역이 무엇이냐?"

"상국에서 군사를 보내라 하면 권문세도 자제들은 다 빠지고 힘없고 권력 없는 자들만 가게 되니 백성들의 불만이 하늘을 찌를 듯하다는 말을 진달했을 뿐입니다."

이윽고 김상헌 차례다.

"국왕이 남한산성에서 내려올 때 왜 따라오지 않았느냐?"

"병이 위중하여 모시고 가지 못했을 뿐이다."

목에 철쇄가 드리워져 있지만 목소리는 카랑카랑했다.

"병이 위중했다면 가까운 곳에 있지 않고 왜 먼 곳으로 갔느냐?"

"처음엔 춘천에 있었으나 병이 조금 나아 덕소에 내려갈 수 있었다."

"병이 나은 뒤에 임금을 뵙지 않고 바로 안동으로 내려간 것은 무슨 까닭이냐?"

"나이 일흔이면 벼슬에서 물러나는 것이 예로부터의 법이다. 늙고 병들어 벼슬할 수 없기 때문에 그렇게 하였을 뿐이다."

"관작을 받지 않고 교지를 돌려보낸 것은 무슨 까닭이냐?"

"처음부터 벼슬을 제수한 일이 없다."

"우리가 수군을 징발할 때 반대 상소한 것은 무슨 까닭이냐?"

"임금과 신하 사이는 아버지와 아들과 같으니 모든 생각을 말하지 않는 것이 오히려 이상한 일이다. 비록 내가 한 말이 있었으나 나라에서 수용되지 않았으니 너의 나라 일이 내 말 때문에 이루지 못한 것이 무엇이냐?"

김상헌의 기개는 조금도 흔들림이 없었다. 초관의 매운 추궁에도 눈 하나 깜짝하지 않으니 누가 심문을 받고 심문을 하는지 모를 일이다. 질가왕이 여러 사람들과 머리를 맞대고 소곤거렸다.

"김상헌은 과연 망가망가."

질가왕이 고개를 절레절레 흔들었다. 청나라 사람들 사고방식으로는 도저히 이해할 수 없다는 것이다. 사람은 누구나 목숨을 보전하고자 발버둥을 치고 비굴하게 용서를 구하게 마련인데 이 자는 그런 것은 도무지 개의치 않은 채 오히려 '나 때문에 너희가 욕심을 채우지 못한 것이 무엇이냐?'고 되받아치고 있으니 어찌할 바를 모르겠다는 것이다.

김상헌의 기개가 청나라 초관의 코를 납작하게 했다는 낭보는 천산산맥을 넘어 순식간에 압록강을 건넜다. 질가왕이 난감한 표정으로 되뇌었다는 '망가망가'는 삽시간에 조선 팔도에 퍼졌다. 망가(望哥)는 만주어로 '매우 어렵다'는 뜻이다. 질가왕이 조선의 노회한 선비 하나를 어찌지 못하고 쩔쩔맨 상황을 상징하는 '망가망가'는 인구에 회자되어 조선의 유행어가 되었다.

한량들이 사대(射臺)에서 활쏘기를 하다가 화살이 과녁에 맞지 않으면 '망가망가'를 외치며 아쉬움을 표했고, 윷놀이를 하다 마음먹은 대로 안 되면 '망가망가'를 연발했다. 심지어 어린아이들이 공기놀이를 하다가도 공깃돌이 제 손안에 들어오지 않으면 '망가망가'를 외치며 웃음을 터트렸다.

질가왕, 범문정, 용골대가 숙의 끝에 판결을 내렸다.

"황제께서 친히 삼전도에 납시어 조선의 죄를 문죄만 하고 너그럽게 용서하셨으니 마땅히 성심으로 순종해야 할 것인데 아직도 뉘우칠 줄 모르고 예전의 버릇을 계속하고 있으니 그 죄가 무겁다. 네 사람 모두 사형에 해당한다."

쇠사슬을 목에 걸고 두 손을 뒤로 묶인 김상헌, 신득연, 조한영, 채이항은 남관으로 이송되고, 소현은 조선관으로 돌아왔다

후궁의 치마폭에 놀아나는 임금

심각하게 돌아가고 있는 심양 공기와는 달리 창경궁은 평온했다. 세자가 병문안을 다녀가고 대질로 심양에 가있던 원손도 돌아왔다. 헤어져 있던 아들을 보아서일까? 인조의 병환도 많이 호전되었다. 체력이 회복된 낌새를 맨 먼저 알아챈 사람은 소원 조씨였다. 한동안 비어 있던 중궁전을 새 왕후가 지키고 있었지만 조씨가 놓아 주지 않았다.

"전하의 병환이 쾌차하시니 소첩이 행복합니다."

운우의 정을 나눈 조씨가 인조의 품을 파고들었다.

"소원이 행복하다니 내 마음이 기쁘구나."

품속에 안긴 소원을 지긋이 내려다보며 환한 웃음을 지었다. 참으로 오랜만의 밝은 웃음이었다.

"그렇게 쳐다보시면 부끄럽사옵니다."

스물여섯 농익은 몸이 인조의 겨드랑이 밑을 파고들었다.

"아이, 간지럽구나."

"중궁전도 가끔 찾아 주셔야 소첩이 민망하지 않습니다."

품속에 얼굴을 묻고 있던 소원이 인조를 바라보았다. 마음에 없는 말을 감추려는 듯 초승달 같은 눈썹이 씰룩거렸다.

"소원의 마음이 하해 같으니 내 마음이 편안하다."
"중전이 너무 어려서 그렇습니까?"
"아니, 아니다. 네가 좋아서 그런다."
"사내들은 나이 어린 여자가 좋다던데 전하는 특이하십니다."

소원이 자기 아픈 곳을 스스로 찔렀다. 소원은 중궁전에 나이어린 왕후가 있다는 것이 여간 신경 쓰이지 않았다. 나비가 꽃을 찾듯이 머잖아 인조가 날아갈 것 같은 불안감이 한시도 떠나지 않았다.

"그자들은 사내고 난 군왕이지 않느냐. 하 하 하"
"정말이십니까?"
"그렇다니까. 허 허 허"
"눈물이 나오려고 합니다."
"눈물씩이나? 중전 일은 내가 알아서 할 테니 너무 마음 쓰지 마라."

소원이 인조의 가슴에 얼굴을 묻었다.

"이번에 군사들이 돌아오는 것은 전하의 은혜라고 백성들의 칭송이 자자합니다."

"잘못된 뜬소문이다. 우리 군대가 청나라에 필요 없게 되어서 돌려보내는 것이다."

"그것 보세요. 소첩이 말씀드린 대로 군대와 식량을 보내지 않았으면 이렇게 오가는 번거로움이 없었을 것 아니에요. 소첩의 생각이 옳았지요?"

"지나고 보니 맞는 말인 것 같다."

"돌아올 군대와 식량을 자꾸만 보내 달라고 하는 세자는 도대체 어느 나라 세자인지 모르겠습니다. 오랑캐가 후하게 대접해 주니까 청나라 사람이 다 된 것 같습니다."

품속을 빠져나온 소원이 새침한 모습으로 인조와 마주 앉았다.

"심양에서 어려움에 처한 세자의 마음을 나는 이해하느니라. 동궁을 너무 탓하지 마라."

"아닙니다. 1500명 군사도 마저 돌아올 수 있었는데 세자가 임장군에게 명하여 해주위로 가게 했다 합니다."

인조의 얼굴이 일그러졌다. 군통수권은 오로지 임금에게 있다. 세자가 그것을 행사했다면 용서할 수 없는 역린(逆鱗)이다.

"그 소리를 어디서 들었느냐?"

"김대장에게 들었습니다."

김자점이라면 믿을 만한 소식통이다. 혁명 동지이며 반정 공신이지 않은가. 한동안 소원했지만 그것은 주위의 이목을 의식해서 그랬을 뿐, 인간이 미워서 그랬던 것은 결코 아니지 않은가. 패전의 책임을 물어 처형해야 한다는 간관들의 성화가 있었으나 죽이지 않고 살려 준 것이 보은하는 것만 같았다.

병자호란 당시, 청군의 남진을 저지하지 못한 책임을 물어 절도에 유배당한 김자점은 소원 조씨의 도움으로 유배에서 풀려났다. 강화유수에 제수된 지 한 달 만에 호위대장으로 끌어올린 소원은 김자점을 수하처럼 부렸고 김자점은 소원이라는 끈을 이용하여 출세가도를 달렸다. 소원은 가장 곤경에 처한 사람을 구원해 주었을 때, 그 사람이 목숨 바쳐 충성한다는 사실을 터득한 여인이었다.

"전하, 너무 상심하지 마시옵소서. 소첩에게 비책이 있습니다."
"무슨 비책이냐?"

인조는 귀가 솔깃했다.

"지금은 말씀드릴 수 없고 소첩의 소원을 들어 주시면 말씀드리겠습니다."
"무슨 소원이냐? 어서 말해 보거라."

인조가 마른침을 삼켰다.

"소첩이 왕자를 생산한 지가 언제인데 소원이 무엇입니까? 아랫것들 보기가 편치 않습니다."

소원이 눈을 흘겼다. 숭선군 이징이 벌써 돌이 지났다. 왕자를 생산했으니 정4품 소원이 불만이고 격에 어울리지 않는다는 투정이었다.

"알았다. 청국에 시달리다 보니 내가 깜빡했구나. 특별히 지시하여 품계를 조정하라 하겠다."
"늦었으니 몇 계단 뛰어 올리실 거죠?"

소원이 인조의 품속으로 파고들며 주먹으로 가슴을 두드렸다.

이튿날, 인조는 교지를 내렸다.

"소원 조씨를 소용으로 한다."

숙용을 건너뛴 파격적인 조치였다. 정소용은 불만이었으나 후궁전은 경사였다. 수많은 하례객이 찾아왔고 여기저기에서 하례품이 쇄도했다. 그 가운데 호위대장 김자점이 선착이었다. 후궁전이 시끌벅적하니 대궐이 활기를 되찾았다. 을씨년스럽던 창경궁에 종종걸음 궁녀들의 발길이 바빠졌고 노복들이 분주히 움직였다.

식량을 자급자족하라

무더위가 지나갔다. 입추가 지나고 처서인가 싶었는데 어느덧 찬바람
이 피부를 파고들었다. 심양의 가을은 유난히 짧다. 왔는가 싶었는데 가
버리는 것이 심양의 가을이다. 노쇠한 몸으로 차가운 감옥에 갇혀 있을
김상헌을 생각하니 세자는 잠을 이룰 수 없었다.

"저하! 왜 이리 잠을 이루지 못하십니까?"

"젊은 사람들은 그래도 견딜 만하겠지만 김상헌이 걱정되오."

"설마 저들이 산목숨 얼려 죽이고 굶겨 죽이기야 하겠습니까?"

"저들이 밥을 넣어 주지 않아 우리 관중에서 식량과 찬거리를 넣어주는
데 상헌이 아직 홑옷을 입고 있다 하오."

"아니, 이럴 수가 있습니까? 멀쩡한 사람을 붙잡아 왔으면 먹이고 입혀
는 주어야지, 일흔 노인에게 아직 홑옷을 입게 하고 있다니⋯."

세자빈이 벌떡 일어났다.

"저하! 침방에 내일 당장 솜바지를 지으라 하겠습니다."

"빈궁의 마음이 따뜻하구려."

세자가 세자빈을 지그시 끌어안았다. 품속에 안겨 있던 세자빈이 눈을 깜빡였다.

"저하! 일꾼들이 공사를 하는 모양인데 무엇을 지으려 하십니까?"
"빙고를 지으려 하오."
"네에?"

세자빈이 품속을 빠져나와 자세를 고쳐 앉았다.

"얼음 창고를 지어서 무엇에 쓰시려고요?"
"지난여름 무더위에 관중 사람들이 너무 고생이 많았소. 그들에게 이번 여름에는 시원한 물을 먹이려고 그러하오."

지난여름 혹독한 무더위에 노복들이 픽픽 쓰러졌다. 일사병에 쓰러져 다시는 깨어나지 못한 사람도 있었다. 그 모습을 지켜보던 세자는 요하가 결빙되면 얼음을 떠 빙고에 보관하였다가 먹이려 한 것이다.

"저하께서 빙고를 지으시려는 뜻을 소첩은 이해할 수 없습니다. 이제 곧 돌아갈 것인데 얼음 창고를 지어 얼마나 쓰시려고 그러십니까?"
"빈궁의 마음은 이해하오. 우리의 소원은 하루빨리 고국에 돌아가는 것이지만 저들의 행태로 보아 그리 쉬운 일은 아니라 생각하오."

세자가 끌려올 때 조선의 전투력이 청나라에 대적할 만한 수준이 아니라는 것이 확인되면 볼모 생활이 끝나리라 생각했다. 세자는 그 기간이 길어야 3년이면 족하리라 예상했다. 하지만 벌써 볼모 생활 5년째다. 장기전에 대비하지 않을 수 없다.

청나라의 전략은 조선의 전투력 확인이 아니라 명나라와 조선이 연합하여 배후를 공격하지 못하게 하기 위한 볼모라는 것을 깨달은 것이다.

"그래도 싫습니다. 우리에게 무슨 얼음 창고가 필요합니까? 우리는 고국으로 돌아가야 합니다. 고국에 있는 석철이 보고 싶습니다."

세자빈이 소현의 품속으로 파고들며 흐느꼈다. 고국으로 돌아가고 싶은 세자빈의 애절함이 소현의 가슴을 뜨겁게 적셨다. 관사 증축 공사를 벌일 때 본국에 상소까지 하며 반대하던 신하들도 세자빈의 반대에 적극 동조했다. 하지만 세자는 뜻을 굽히지 않았다.

정명수가 조선관을 찾아왔다.

"속담에 '나그네 살이 3년이면 저 먹을 것은 지가 챙겨 먹는다.'는 말이 있습니다. 저하께서 이곳에 들어오신 지 이미 5년이 되었는데도 생업이 이루어지지 않았으니 납득할 수 없습니다. 몽고의 제왕들도 다 자기의 힘으로 먹고 사는데 어찌 고려관에 식량을 계속해서 대어줄 수 있겠습니까? 경작할 땅을 드릴 테니 내년부터 농사를 지어 식량을 해결하십시오."

식량난에 허덕이던 청나라는 관사에 공급하던 식량과 찬값을 줄였다. 이제는 그것마저 끊겠다는 것이다. 조선관에 200여 명, 인질로 잡혀온 인질과 노비 100여 명과 수감된 조선인들을 먹이기가 버거우니 관사가 알아서 해결하라는 것이다.

"대국이 소국에서 속공해 온 볼모를 먹이지 못하고 스스로 경작하여 먹게 한다면 세상의 웃음거리가 될 것이오."
"경작할 땅을 이미 세 군데 정해 두었소."

일방통고를 마친 정명수가 돌아갔다. 세자는 재신들을 소집하여 대책을 숙의했다. 거절하자는 중론이 우세했다. 농사 자체도 어려운 일이지만 농사를 짓게 되면 고국에 돌아갈 날이 점점 멀어지고 어쩌면 심양에 뼈를 묻어야 한다는 우려가 팽배했다. 소현은 세자이사(世子貳師) 이경석으로 하여금 호부를 방문하여 조선관의 입장을 전달하라 명했다.

"군병을 조발하고 군량을 운송하느라 인적 자원이 바닥나 농군을 동원할 여력이 없습니다."
"한인(漢人)은 농사일에 익숙하고 그들을 사는 것은 조선인과 달라 열 냥이면 살 수 있는데 어찌 그들을 사서 농사를 지을 생각은 하지 않는 거요?"
"관중에 자금이 말라 농노를 살 돈이 없습니다."
"돈이 있고 없고는 당신네 사정이오."
"그들을 사서 농사를 짓는다 해도 그들이 힘써 농사를 짓는다고 기대할 수 없잖습니까."

"그들을 부리고 못 부리고는 주인 할 탓이오."

"흉년을 만나면 또 어떻게 하겠습니까?"

"흉년이란 하늘에서 알아서 하는 일. 별것을 다 걱정하시오."

"그래도 있을 수 있잖습니까?"

"일없소. 본국에서 농군을 데려다 농사를 짓든 한인을 사서 농사를 짓든 고려관에서 알아서 하시오."

"농군을 뽑아 오는 일은 결단코 할 수 없습니다."

"경작은 이미 정해졌으니 이제 거스르기 어렵소. 야리강에 100일 갈이, 사하보에 150일 갈이, 사을고에 150일 갈이를 준비해 두었으니 내년 봄부터 농사를 지으시오."

100일 갈이는 한 사람이 100일 동안 농사를 지어야 할 넓이의 농토다.

조선 최초의 여성 CEO

청나라의 방침은 확고했다. 명나라와 마지막 일전을 준비하고 있는 청나라는 군량미 확보에 혈안이 되어 있었다. 엎친 데 덮친 격으로 흉년이 들었다. 식량 사정이 좋지 않으니 '직접 농사를 지어 먹어라'는 것이었다. 되돌아온 재신으로부터 보고를 받은 소현은 깊은 고민에 빠졌다.

"청나라에서 식량 공급을 중단하면 큰일이다. 그렇다고 본국에 지원을 요청할 수도 없다. 식솔을 굶기지 않으려면 결국 농사를 지어야 하겠지만 이것이 빌미가 되어 귀국 날짜가 멀어질까봐 그것이 염려스럽다. 이 일을 어찌할꼬?"

"저하! 무슨 심려라도 계십니까?"

잠을 이루지 못하고 뒤척이는 소현의 품을 파고들며 세자빈이 소곤거렸다.

"저들이 농사를 지어 먹으라 합니다."
"농사라 말씀하셨습니까?"
"그렇습니다. 지을 수도 없고 아니 지을 수도 없어서 걱정이오."

"차라리 잘 되었습니다."

"나는 걱정이 태산 같은데 잘 되다니요?"

"저들이 주는 식량을 받아먹으려니 마음이 몹시 불편했는데 직접 농사를 지어 먹으라 하면 오히려 잘된 일이지요."

뜻밖이다. 귀국 날짜가 멀어질까봐 얼음 창고 짓는 것도 반대하던 세자빈이 농사 짓는 데는 적극적으로 팔을 걷어붙이고 나섰다.

"본국 사정으로 보아 농군을 들여올 처지도 되지 못하는데 어떻게 농사를 짓는단 말이오?"

"남탑 시장에서 노예들이 매매된다 들었습니다. 거기에서 조선인 포로를 사들여 농사를 지으면 동포들도 좋고 소출도 좋을 것입니다."

기막힌 발상이었다. 노예 시장에서 매매되어 혹사당하고 있는 포로들은 인간 이하의 대우를 받으며 노역에 종사하고 있었다. 주먹질과 성폭력은 일상화되었다. 학대에 시달리는 그들은 기회를 엿보다 틈만 보이면 도망쳤다. 그들의 탈주는 조선 조정으로서도 골칫거리였다. 이러한 포로들을 사들여 농사를 짓게 하면 포로들도 좋고, 조선관도 좋고, 조정도 편안해져 일석삼조라는 것이다.

세자빈 주도로 본국에서 씨앗을 들여오고 농사 전문가를 데려왔다. 남자 포로 11명을 30냥씩에 사들이고 여자 포로 1명을 25냥에 사서 농사를 짓게 하였다. 둔소 책임자도 정했다.

노가새 둔감에 전 첨지 이정남, 사을고에 전 수문장 김성일, 왕부촌에 전 참봉 백여욱에게 책임을 지워 농사를 지은 결과 25섬 13말의 씨앗을 뿌려 932섬 4말 2되를 거둬들였다. 종자 대비 37배가 넘는 높은 수확이었으나 조선관의 식량에는 턱없이 부족했다.

청나라에서 600일 갈이 논과 400일 갈이 밭을 더 내놓았다. 세자빈이 진두지휘에 나섰다. 농사용 소를 사들이고 보덕 조계원과 역관 이형장을 대동하고 포로 시장에 나갔다. 인간을 사고파는 포로 시장은 참혹했다. 시장에 나와 있는 포로들은 사람이 아니라 짐승이었다. 산발한 몰골에 매 맞은 흔적이 역력했고 상처에서 피고름이 흘렀다. 이들의 모습을 목격한 세자빈은 눈을 의심했다.

"세상에 이럴 수 있단 말인가?"

시골 장터에 나온 닭처럼 발목이 묶여 팔리기만을 기다리고 있는 노예들의 모습은 이 세상 일이 아닌 것 같았다. 양가집과 궁궐에서만 살았던 세자빈에게 충격이었다. 하지만 현실이었다. 그들은 분명 사람이었고 팔리기 위해서 끌려나왔으며 본인의 의사와 상관없이 팔려 가고 있었다. 몽골족과 한족이 대종을 이루는 포로 시장에서 흰옷을 입은 조선인 포로는 금방 알아볼 수 있었다. 씻지 못한 얼굴에 흰자위만 횡한 사내 앞에 세자빈이 섰다.

"조선인이오?"

뜻밖의 조선말에 반가움도 잠시, 모든 것을 체념한 노예는 산발한 머리를 끄덕였다.

"어디에서 왔소?"

"피안도외다."

"피안도 어디요?"

"선천에서 왔수다."

"고향에 부모님은 계시오?"

"아반은 돌아가셨고 일흔 넘은 어마이가 계시는데 살았는지 죽었는지 모릅네다."

상처투성이 손등에 닭똥 같은 눈물이 떨어졌다.

"보덕! 이 사람을 사시오."

동행한 조계원은 이해할 수 없었다. 농사를 지으려면 건장한 사람을 사들여야 하는데 세자빈이 찍은 사람은 비루먹은 망아지처럼 허약하기 짝이 없었다.

"어디에서 왔소?"

저고리를 입은 포로 앞에 세자빈이 발길을 멈췄다. 흰색 치마가 잿빛으로 변한 차림이었으나 기품으로 보아 여염집 아낙 같지는 않았다.

"강도에서 왔습니다."

강화도가 함락되던 날, 강보에 싸인 석철을 내관에게 넘겨주던 일이 세자빈의 뇌리를 스치고 지나갔다.

"지아비는 무엇 하는 사람이오?"

강화도가 적의 수중에 떨어질 때, '오랑캐에 끌려가느니 차라리 자결하겠다.'며 수많은 부녀자들이 스스로 목숨을 끊었고 셀 수 없이 많은 아녀자들이 끌려왔다.

"이곳에 끌려와 만신창이가 된 몸, 지아비를 밝혀 무엇 하겠습니까?"

여인은 한숨을 쉬며 고개를 떨구었다.

"아이들은 몇이나 되오?"
"사내아이 하나에 젖먹이 계집아이를 두고 왔습니다."
"고향에 돌아가야지요?"
"흑, 흑, 흑"

세자빈을 물끄러미 쳐다보던 여인이 팔뚝에 얼굴을 묻고 어깨를 들썩였다. 그것은 고향에 돌아가고 싶지만 돌아갈 수 없는 여인의 서러운 오열이었다.

"보덕! 이 아낙의 값을 지불하시오."

　그동안 조선관에서 포로를 속환한 일이 있었으나 대부분 권력과 관련된 사람들이었다. 비록 농사짓기 위한 매입이었으나 순수한 백성들 속환은 세자빈으로부터 시작되었다. 걸음을 옮기던 세자빈이 건장한 사내 앞에 멈췄다.

"조선 사람이오?"
"그렇소."
"어디에서 왔소?"
"노예를 사러 나왔으면 일 잘할 사람을 고르면 되지 출신은 왜 묻소?"

　사뭇 시비조다. 동행한 보덕을 노려보는 사내의 눈초리가 매섭다.

"사려고 그러오."
"노예를 사고 싶거들랑 나를 사지 마시오. 난 팔리기만 하면 도망칠 사람이오. 고국에 돌아가서 또다시 잡혀오는 한이 있어도 난 달아날 사람이란 말이오."

　사내의 눈망울에 눈물이 그렁거렸다. 이제야 관복을 입은 보덕에게 증오의 눈길을 보내던 이유를 알 것 같기도 했다.

　조선에서 끌려온 포로들은 호시탐탐 기회를 엿보다 탈주하여 고국으로 돌아갔다. 산을 넘고 강을 건너야 하는 그 길은 목숨을 건 험난한 길이었다. 하지만 청나라에서 크게 기침 한번만 해도 조선에서는 탈주 포로를 붙잡아 강제 송환했다. 이렇게 해서 다시 끌려온 포로들은 조선 관리들에게 적개심을 품고 증오감을 표출했다.

필요한 인원만큼 포로를 사들이지 못한 세자빈은 이튿날도 포로 시장에 나갔다. 조선인 포로들에게 다가간 세자빈은 고국에 나이든 부모님이 계시는지를 물어 있다면 사들였다. 특히 여자들에게는 고국에 아이가 있는지를 물어 있다면 무조건 사들였다.

소문은 삽시간에 퍼졌다. 그동안 '도망치는 노예'로 낙인 찍혀 상품 가치가 하락했던 조선인 포로 값이 폭등했다. 요양은 물론 통원보와 봉황성에서도 조선인 포로를 끌고 왔다.

포로 시장에 조선인 포로들이 넘쳐났다. 세자빈은 조선인이 확인되면 두말없이 사들였다. 동행한 조계원은 말을 못하고 끙끙 앓았다. 험한 농사일을 시키려면 힘센 장정을 사들여야 하는데 세자빈이 골라낸 사람들은 비루먹은 망아지 같았다. 세자빈은 그들도 잘 보살피면 건강을 회복하고 동기를 부여하면 열심히 일할 것이라고 믿었다. 평복을 했지만 세자빈을 알아본 포로들이 치맛자락을 붙들고 애걸했다.

"빈궁마마! 제발 저를 사 주세요."

세자빈의 마음은 미어졌다. 모두 값을 치르고 속량해 주고 싶었지만 관사의 예산은 한정되어 있었다. 어쩔 수 없이 남겨두고 가야 하는 포로들 때문에 마음이 쓰라렸다.

남자 145명과 여자 45명을 사들여 본격 농사에 들어갔다. 세자빈의 믿음은 적중했다. 노예에서 풀려난 포로들은 열심히 일했다. 그동안 모진 매질과 학대 속에서 죽지 못해 목숨을 부지해온 포로들은 세자빈의 따뜻한 격려를 받으며 사람답게 살게 되었으니 농사일이 더없이 즐거웠다.

그들의 잠재력을 끌어낸 것은 희망이라는 단어였다. 그들에겐 열심히 일하면 '고국에 돌아갈 수 있다'는 희망이 생겼다. 희망을 먹으며 모두 열심히 일한 결과 생산력은 극대화되었다.

가을이 되어 쌀 5024섬 2말과 목화 620근 그리고 다량의 채소를 수확했다. 조선관 식량을 충당하고도 남는 양이었다. 뜻밖의 결과에 세자빈도 놀랐다. 관사에 모처럼 웃음꽃이 피었다. 자신감을 얻은 세자빈은 포로 출신 이우촌과 서남에게 사을고와 왕부촌을 맡겨 소출에 따라 성과급을 주었다.

신바람이 난 포로들은 새벽 별을 보며 일했다. 비록 몸은 고달팠지만 포로 생활에 비하면 고달픔도 아니었다. 게다가 마음이 한없이 즐거웠다. 인정해 주는 사람이 있고 고국에 돌아갈 꿈이 있었기 때문이다.

흉년으로 식량난에 허덕이던 청나라는 군사들의 식량을 일정 부분 자급자족하라고 명했다. 부대에서 데리고 있는 포로를 처분하여 식량을 조달하라는 것이다. 용골대가 식량 구입 의사를 타진해 왔다.

세자빈은 조선관이 먹을 양식을 제외한 나머지 식량을 주저 없이 매각했다. 여분을 많이 쌓아 놓으면 다음 농사에 소출이 적어진다는 생각이었다. 고국은 군량미 독촉에 시달리는데 조선관은 식량을 판매하는 기이한 현상이 벌어졌다.

남초 밀매자를 사형에 처하던 청나라가 조선관에 남초 반입을 허용했다. 담배 피우는 조선 사람들을 위한 특별 조치라 했지만 밀수입된 남초에 중독된 청인이 기하급수적으로 늘어난 것을 해결하기 위한 고육지책이었다. 특히 전장에 나가 있는 병사들이 담배를 공공연히 피웠고 담배가 떨어지면 사기가 떨어졌다.

소식을 접한 조선은 '남초 대박'에 술렁거렸다. 심양에 있는 재신과 질자를 면회한다는 구실로 남초를 말과 노새에 가득 싣고 들어와 조선관에 부렸다. 관사 앞마당이 남초 장터가 된 것이다. 마침내 도르곤이 남초 100짐을 주문했다. 전과를 올린 병사들에게 하사할 선물이라는데 황제도 어찌할 수 없었다. 이로부터 조선관은 단순한 질관이 아니라 무역대표부 역할을 했다.

남초 봇물을 막지 못한 청나라가 드디어 남초 금수 조치를 전면 해제했다. 합법적인 담배 장사가 시작된 것이다. '청나라 특수'가 터졌다. 세자빈은 남초뿐 아니라 종이, 인삼, 곶감, 배, 수달피, 백세목면(百細木棉), 생강, 약재 등 청나라에 귀한 물품을 들여와 많은 차익을 남기고 팔았다.

쌓이는 자금은 조선관 운영비와 청나라 실력자들 관리용으로 썼다. 한 나라의 세자빈에서 농사꾼과 장사꾼으로 변신한 세자빈은 귀국할 때 4700여 섬이 넘는 쌀을 조선관에 남겨 두고 돌아왔다. 그녀는 시대를 앞서 살았던 여성 경영인이었으며 조선 최초의 여성 CEO였다.

의녀를 데려와 세자빈을 치료하라

둥! 둥! 둥! 4대문에서 북소리가 울렸다. 승전고다. 심양은 축제 분위기인데 조선관은 침울했다. 빈궁의 아버지 강석기가 위중하다는 소식이 고국으로부터 날아들었기 때문이다.

세자빈은 아버지의 안부를 알고 싶었으나 조선으로의 길이 용이하지 않았다. 의주에서 찬거리를 싣고 온 마부에게서 얻어들은 것이 전부였다. 결국 세자빈이 토사곽란을 일으키며 눕고 말았다. 복통에 이어 다리와 무릎이 마비되는 증세가 나타났다.

마비에는 침이 즉효인데 어의들이 침을 놓을 수 없었다. 심양에 파견된 어의는 모두 남자다. 세자빈의 몸에 손을 댈 수가 없다. 우선 평위산(平胃散)을 올려 위를 다스렸다. 향박음자(香朴飮子) 두 첩을 올리니 곽란 증세가 호전되었다. 문제는 마비 증세다.

"이 노릇을 어찌하나?"

의관 채득기는 난감했다.

"의녀 한 사람이 속환되어 관소에 머물고 있는데 그로 하여금 침을 놓게 하면 어떨까요?"

잡혀온 의녀에게 침을 놓게 하자고 의관이 건의했다.

"침을 잘못 놓으면 옥체를 상할 수가 있는데 침 자리도 모르는 의녀에게 침을 놓게 하여 빈궁마마에게 무슨 일이라도 생기면 그 책임을 누가 감당한단 말이오?"

"도리가 없잖습니까."

급히 호출된 의녀로 하여금 배꼽 부근에 뜸을 뜨게 한 의관은 대충(大衝)과 공손(公孫) 두 자리의 혈을 가르쳐 주며 침을 놓게 했다. 허나, 차도가 없었다. 기혈이 허하고 가슴 졸임이 병이 된 것이다.

조중이기탕(調中理氣湯)과 수자목향고(水煮木香膏)를 지어 올렸다. 별무효과였다. 익위승양탕(益胃升陽湯)을 지어 올리니 원기는 회복됐지만 마비 증세는 여전했다. 의관 채득기는 침을 잘 놓는 의녀를 급히 보내 달라고 장사민을 본국에 급파했다.

황제의 죽음은 조선의 기쁨?

대륙의 정복자 홍타이지가 세상을 떠났다. 뇌출혈이다. 조선관에도 비상이 걸렸다. 황제의 죽음으로 황궁은 깊은 슬픔에 빠져 있는데 조선관에는 오랜만에 웃음꽃이 피었다. 원수가 죽었으니 이보다 좋을 수가 없었다. 가만히 있어도 함박웃음이 넘실댔다. 소현세자가 관원들을 불러 모았다.

"청국은 황제의 죽음으로 슬픔에 빠져 있다. 표정 관리에 유념하라."
"칸은 우리의 원수입니다. 조국 강토를 짓밟고 세자 저하를 이곳으로 끌고 온 철천지원수입니다. 그 돼지 같은 놈이 죽었으니 얼마나 좋은지 모르겠습니다. 춤이라도 추고 싶습니다. 좋은 것을 좋다고도 못합니까?"

보덕이 솔직한 심정을 토로했다.

"여러분의 마음을 이해한다. 허나, 조선은 동방예의지국이다. 적장이 죽어도 조문을 보내고 애도하는 게 군자의 도리다."
"그러한 법이 어디 있습니까?"
"이럴 때일수록 저들에게 근신하고 정성을 다하는 모습을 보여야만 신뢰를 쌓을 수 있다. 사가에서도 상례가 으뜸이지 않느냐. 괜한 객기를 부렸다가는 없는 곤욕을 치르게 될 것이다. 억울하겠지만 우리가 처한 현실을 한시도 잊어서는 안 된다. 저들의 눈이 우리를 지켜보고 있으니 예에 합당하는 조의를 표하라."

"알겠습니다."

"정명수가 1520냥을 내놓으며 종이와 단목(丹木)과 괴화(槐花)를 구해 달라고 부탁해 왔다. 종이는 개성에 사람을 보내 백면지와 익산지를 구해 우리 관소의 이름으로 부의하도록 하고 단목과 회화나무 꽃은 조정에 보내 달라고 하라."

"분부대로 거행하겠습니다."

조선관은 역관 이형장을 차비관에 특명하여 개성에 보냈다.

독공전(篤恭殿)에서 황제 즉위식이 열렸다. 홍타이지 사망 불과 닷새 만이다. 황위승계가 일사천리로 이루어져 순치제(順治帝)가 시작된 것이다. 명나라와 대치하고 있는 청나라로서는 길게 끌어서 좋을 것이 없었다. 신속하게 매듭지어 대내외에 공표해야 했다. 청나라의 힘과 단결력을 만천하에 드러낸 것이다.

여섯 살배기 복림이 황제의 자리에 앉고 그 좌우에 우진왕과 예친왕이 자리를 잡았다. 그 모습을 지켜보는 장비는 흐뭇한 미소를 지었다. 이로부터 시작된 도르곤의 지위는 숙부 섭정왕에서 황숙부 섭정왕으로, 다시 황부(皇父) 섭정왕으로 변화했다. 순치제 즉위식과 홍타이지 장례식을 마치고 범문정이 조선관을 찾아왔다.

"호의에 감사하오. 특히 많은 종이를 보내 주어 장례식에 유용하게 쓸 수 있도록 도와주어 고맙소."

"부의가 약소하여 몸 둘 바를 모르겠습니다."

"현재 고애사가 조선에 나가 있소. 며칠 후면 조선에 큰 선물을 가지고 또 사신이 나갈 것이오."

어사개와 할사개가 이끄는 고애사(告哀使)가 한양에 머물고 있었다. 황제에 대한 조선의 조의와 조문 상태를 점검하기 위한 시찰단이다.

"선물이라니요?"

"황제 즉위를 기념하는 큰 선물입니다."

범문정이 돌아갔다. 소현은 곰곰이 생각해봐도 무슨 선물인지 알 수가 없었다.

홍타이지의 죽음
최명길과 김상헌에겐 행운

천타마와 갈림박시가 정명수를 대동하고 한양에 들어왔다. 황제 즉위 축하사절이다. 천타마가 인조를 접견하고 조칙을 전달했다.

"황제의 자리는 오랫동안 비워 둘 수 없는 것이 법이다. 여러 대신들이 짐을 추대하므로 부득이 황제에 즉위하고 연호를 순치(順治)로 한다."

즉위교서는 의외로 간명하였다. 이어 칙서를 발표했다.

"최명길과 김상헌의 죄는 용서할 수 없으나 관대한 마음으로 석방한다. 의주에 감금된 신득연, 조한영, 채이항, 박황을 사면하며 도망갔던 임경업의 족속도 모두 고향으로 돌아가게 하노라."

홍타이지의 죽음이 최명길과 김상헌에게 행운으로 돌아온 것이다. 남관에 갇혀 있던 최명길과 김상헌은 목숨은 구했으나 집에는 돌아가지 못하고 조선관에 머물렀다. 관소 연금이다.

섭정왕 도르곤이 세자를 황궁으로 초치했다.

"세자의 일시 귀국을 허락하오."

"귀국이라 말씀하셨습니까?"

"그렇소."

도르곤의 입가에 시혜의 웃음이 지나갔다.

"황공하오나 빈궁이 수년 동안 타향에서 부왕의 안부를 살피지 못한 지가 오래 되었고 부친상을 당하였는데도 달려가 곡하지 못하고 있습니다."

"빈궁의 부친상에 대한 얘기는 들었는데 서부전선이 치열하여 검토할 시간이 없었소. 함께 다녀오도록 특별히 허락하오."

소현은 뛸 듯이 기뻤다. 압록강을 건너 고국으로 돌아간다. 그것도 사랑하는 빈궁과 함께. 너무 좋아 꿈인 것만 같았다.

세자 귀국이 허락되었다는 심양장계를 받은 인조는 대소 신료와 비국 당상을 불러들였다.

"섭정왕이 세자를 귀국시키겠다고 하는데 진의가 무엇인가?"

"특별한 뜻이 없는 듯하옵니다."

영의정 심열이 의미를 평가 절하했다.

"대신들도 다 그렇게 생각하는가?"

"섭정왕이 생색을 내고 싶은 모양입니다."

좌의정 심기원은 도르곤의 속이 보인다고 꼬집었다.

"우리에게 은혜를 심어 주고 싶은 모양입니다."

우의정 김자점이 맞장구를 쳤다.

"여러 경들의 생각도 그러한가?"
"저쪽에서 먼저 말을 꺼냈는데도 우리 측에서 잠자코 있으면 저들은 우리를 의아하게 생각할 것입니다."

이경증과 정태화가 적극적으로 대응하자고 했으나 인조는 반기는 기색이 아니었다.

"나에게 청나라에 들어오라고 요구한 것은 홍타이지 때부터 있어 왔으나 내가 병이 들었다고 변명하여 들어가지 않고 오늘에 이르렀다. 섭정왕은 나이가 젊고 강퍅하다고 한다. 예전에는 세자를 박대하다가 이제는 후대한다 하니 그 뜻을 어떻게 해석해야 하는가?"

저의가 의심스럽다는 것이다.

세자가 북경에 가게 되면 조선은 절망

심양을 출발한 세자는 봉황성을 통과하여 애하에 도착했다. 강 건너 멀리 의주 삼봉산과 백마산성이 눈에 들어왔다. 얼마나 보고 싶었던 고국산천인가. 소현은 세자빈과 함께 배에 올랐다. 압록빛 강물이 눈이 시리도록 푸르렀다. 폐부를 파고드는 차가움이 상쾌했다.

의주에 도착한 소현세자는 평안감사와 의주부윤의 영접을 받았다. 의주를 출발한 소현은 일로 남행을 재촉했다. 평양과 개성을 지나 임진강을 건넜다.

연서역에서 휴식을 취한 후, 산골고개를 넘은 세자는 시야에 펼쳐진 수많은 유곽에 놀라움을 금치 못했다. 전쟁으로 피폐해진 나라에 먹고 마시고 노는 술집이 번성한다는 것이 이해할 수 없었다.

"이봐라 보덕, 저 많은 술집은 누가 드나든단 말이냐?"
"전쟁으로 상업이 발달해 돈 많은 사람들이 많아졌다 하옵니다."
"저기에서 파는 것은 무엇이라 하더냐?"
"밥 때가 되면 밥도 팔고, 해 떨어지면 술도 팔고, 늦으면 재워 주고, 손님이 원하면 여자도 넣어 준다 하옵니다."

"그 여자들은 어떤 부류의 여자들이냐?"

"주막을 전전하는 작부들도 있지만 심양에 잡혀갔다 속환되어 돌아온 포로 가운데 집에서 받아 주지 않아 이곳에서 작부질을 하는 여염집 여인들도 있다고 합니다."

"뭣이라고?"

세자는 경악했다.

"우리가 포로 한 사람을 빼 오기 위하여 얼마나 많은 속환금을 지불했으며 저들에게 얼마나 비굴하게 굴었느냐. 그렇게 빼내 온 여자들을 다시 쫓아내어 작부질을 하게 한다니, 참으로 통탄할 일이구나."

아직 땅거미가 내려앉지 않는데도 주등(酒燈)이 하나둘 걸리기 시작했다.

"청나라로 보내는 군량미를 빼내어 삼개 나루에서 처분하고 여기에서 여자 끼고 진탕 마시며 분탕질을 하는 자들도 있다 합니다."

이것은 분명 범죄 행위다. 당장 잡아들여 물고를 내고 싶지만 세자에게는 그러한 권한이 없다. 부왕에게 주청을 해야 하지만 그렇게 되면 부왕이 무능하다는 사실을 만천하에 드러내는 꼴이다. 세자는 입술을 깨물었다.

"한심한 작태로군."

세자는 괴로운 신음을 토해냈다. 그 모습을 지켜보던 영접 나온 관리들이 몸 둘 바를 몰라 어쩔 줄 몰랐다.

무악재를 넘어 돈화문에 이르는 연도에는 수많은 백성이 몰려나와 길을 메웠다. 한양에 들어온 세자가 양화당으로 직행하여 부왕을 알현했다. 청나라가 상중이라 호종무사 영접 행사도 간단하게 끝나고 연회는 생략되었다.

삼정승이 인조를 알현했다.

"세자빈이 아버지의 궤연(几筵)에 임하고 모친을 살펴보는 것이 인륜의 도리입니다."

영의정 심열, 좌의정 김자점, 우의정 이경여가 조심스럽게 의견을 품의했다.

"빈궁은 여염집 아낙이 아니지 않느냐?"
"세자빈이 부모 사당에 가서 곡하는 것은 인륜에 부합하는 인정입니다."
"과인은 법 밖의 사사로운 일은 생각하지 않는다."

인조가 법을 내세워 단호하게 선을 그었다. 중궁과 빈궁의 사가 문상은 법에 금지되어 있다. 하지만 관습법으로 허용되고 있던 관례다.

"세자께서 청나라에 귀국을 청할 때 빈궁과 함께 돌아가겠다고 내세운 이유가 부친상을 거론하였는데 찾아가 곡하지 않으면 저들이 문제 삼지 않을까 염려됩니다."

삼정승이 다시 머리를 조아렸다.

"그러한 것은 생각할 겨를이 없다 하지 않았느냐?"

"빈궁이 사가의 사당에 임하고 모친을 살펴보는 일은 비록 예법에 어긋나나 인정에 합당하다고 여겼기 때문에 중외의 논의를 진달하였는데 전하께서는 이를 따라 주지 않으실 뿐 아니라 도리어 엄중히 물리치시니 신들은 황공스럽기 그지없어 대죄합니다. 아울러 사직을 청하오니 윤허하소서."

대소 신료들이 맞불을 놓았으나 인조의 의지를 꺾지 못했다.

세자빈은 친정을 방문하지 못하고 세자와 함께 북행길에 올랐다. 돈의문을 빠져나온 세자 일행이 무악재를 넘어 양철평에서 잠시 멈추었다. 가마에서 내린 세자가 당산나무 정자에 자리를 잡고 목소리를 낮추었다.

"북경이 하 수상합니다."

환송하기 위하여 따라나선 승평부원군 김류, 익녕부원군 홍서봉, 청원부원군 심기원, 한원부원군 조창원이 귀를 쫑긋 세웠다.

"무슨 소식이라도 있는지요?"

"폐하의 군대가 반란군에 밀리고 있다 합니다."

여기까지 말한 세자가 다시 주위를 살폈다. 심양의 황제를 두고 북경의 황제를 거론했으니 청군의 귀에 들어가면 평지풍파를 일으킬 위험한 발언이다.

"황제 폐하의 안위도 위태롭다 합니다."

"아니 이럴 수가… 그게 참이란 말씀입니까?"

떠도는 풍설은 있었다. 허나, 세자로부터 북경 소식을 전해들은 대소 신료들은 망연자실했다. 명나라가 잠시 어려움을 겪고 있는 것으로만 믿고 싶었다. 하늘같이 떠받드는 대국은 능히 고난을 떨쳐 버리고 다시 세상의 중심으로 우뚝 서리라 믿었다. 하지만 해가 서산에 기울고 있다니 믿어지지 않았다.

"어쩌면 북경에 가게 될지 모릅니다. 내가 북경에 가게 되면 명나라는 절망입니다."

모두가 땅이 꺼져라 한숨을 지었다. 심양에 억류되어 있는 세자가 북경에 들어간다는 것은 북경이 청나라 수중에 떨어진다는 것을 의미한다. 환송을 마친 원로대신들은 도성으로 돌아가고 이사 이명한, 보덕 서상리, 문학 이래, 사서 임한백은 세자를 호종하여 북으로 발걸음을 옮겼다. 세자를 호종하는 무리 가운데 이색적인 사람이 있었으니 환관 김언겸이다. 소용 조씨의 심복이다.

제4장

대명제국 마지막 황제의 최후

270여 년을 대륙의 맹주로 군림해 온 제국이 가쁜 숨을 몰아쉬고 있다. 정화함대를 파견하여 세계를 경영하려던 굴기도 옛일이 되었다. 중원을 이민족에 내준 치욕을 씻은 주원장의 자부심도 세월과 함께 녹슬었다.

명나라 17대 황제에 등극한 주유검은 환관정치에 휘둘려 내우외환에 시달렸다. 도처에 도적 떼가 들끓었고 반란군이 준동했다. 반란군 토벌을 구실로 과도한 세금을 거둬들이자 농민들이 봉기했다.

농민들의 저항은 폭동으로 발전했고 반란군으로 진화했다. 왕가윤 부대에서 틈장으로 활약하던 이자성은 왕가윤이 전사하자 고영상, 나여재, 노회회, 장헌충과 연합하여 반란군 지도자로 부상했다.

북경의 공기가 흉흉했다. 괴 소문은 바람을 타고 외성을 뒤덮었다.

"춘절이 지나면 대공세를 펼친다더라."
"반란군이 북경의 턱밑까지 치고 올라왔다더라."

자금성을 안고 있는 내성에 떠다니는 소문은 더욱 구체적이었다.

"이자성의 군대가 이미 북경에 들어왔다더라."

"조정에 협조했던 자들은 한 놈도 남기지 않고 도륙한다 하더라."

소문은 소문을 낳았다. 확대 재생산된 소문은 공포 분위기를 조성했다. 잃을 것 없는 백성들은 내심 반기며 강 건너 불구경하듯 했지만 돈 있고 권세 있는 자들은 부랴부랴 짐을 꾸려 북경을 빠져나갔다. 하지만 어디로 가랴. 북으로는 첩첩산중 장성이 가로막고, 동으로는 팔기군이 팔짱을 끼고 있고, 남으로는 반란군이 노려보고 있다. 갈 곳은 오직 하나, 서쪽이다. 북경에서 산서성으로 빠져나가는 길은 북새통을 이루었다.

이자성 군대가 시안을 접수했다. 파죽지세다. 이제 북경이 지척이다. 시안은 한, 위, 진, 수, 당나라가 장안이라 부르며 도읍지로 삼았던 고토로 그 의미가 크다. 시안을 손아귀에 넣은 이자성은 국호를 '대순'이라 칭하고 황제에 즉위했다.

대륙에 황제가 셋이다. 가히 황제전성시대다. 대명황제, 대청황제, 대순황제, 과시를 좋아하는 중국인들에겐 대(大)자가 돌림병이다. 다급해진 숭정제가 신하들을 불렀다.

"이 일을 어찌한단 말인가?"

"청나라에 원병을 청해야 합니다."

동쪽에서 숨통을 조여 오고 있는 청나라에 구원병을 청하자고 한다. 기가 막힐 노릇이다. 궁하면 통한다 했던가. 어이없는 소리 같지만 중국인들이 즐겨 쓰는 궁여지책이다. 반란군에 항복하는 것보다 청나라에 구원병을 청하여 위기를 탈출하는 것도 하나의 방법이라는 것이다.

신하들의 주청을 받아들인 숭정제는 세 사람의 사신을 선발하여 청나라에 파견했다. 스스로 생각해도 어처구니없는 하책이다. 술에 취한 숭정제가 환관을 불렀다.

"사신은 어디로 갔느냐?"
"청나라로 갔습니다."
"오랑캐에게 사신은 무슨 놈의 사신이냐? 사신으로 떠난 자들을 추격하여 당장 목을 베라."

청나라 진영으로 향하던 사신은 영문도 모른 채 길거리에서 처형되었다. 이튿날 술이 깬 숭정제가 환관을 불렀다.

"사신은 왜 아직 돌아오지 않느냐?"

황당했지만 환관은 사실대로 보고했다.

"이런 몹쓸 놈들이 있나? 사신을 처형한 놈들을 모조리 목 베고 다시 사신을 선발하라."

새로 임명된 사신이 머뭇거렸다. 사신이 청나라 진영으로 가던 도중 처형되었으니 떠나야 하나, 말아야 하나 망설였다. 대노한 숭정제가 명했다.

"꾸물거리는 자를 처형하라."

사신을 처형한 숭정제가 산해관을 방어하고 있던 오삼계를 불렀다.

"북경을 사수하라."

북경 사수를 명받은 오삼계는 고민했다.

"동쪽에 팔기군이라는 강적을 놔두고 관군 5만으로 100만 이자성 군대를 막으라고? 어림 반 푼어치도 없는 소리다. 헌데, 막으라 하지 않는가. 하라면 하는 게 장수고 죽으라면 죽는 게 병사지 않은가. 아! 싫다, 싫어."

둥, 둥, 둥. 북소리가 울렸다.

"보름 후면 북경에 입성할 것이니 항복할 준비를 하라."

이자성으로부터 최후의 통첩이 날아왔다. 통첩장을 받아 든 숭정제의 손이 부들부들 떨렸다.

"이런 쳐 죽일 놈들 같으니라고. 도적놈이 감히….'

분노가 허공을 메아리쳤다. 협박은 공갈이 아니라 현실이었다.

북경에 꽹과리 소리가 울리고 곳곳에 불길이 치솟았다. 이자성 부대가 북경에 진입한 것이다. 화염에 놀란 숭정제가 태감을 불렀다.

"반란군들이 어디쯤 와 있는가?"
"내성에 들어왔습니다."
"대영병은 어디 있는가?"
"모두 달아났습니다."

말을 마치기도 전에 태감이 도망가 버렸다. 각자도생이다. 모든 것을 체념한 숭정제가 태자와 비빈들을 불러 자결하라 명했다. 후궁들은 황제에게 마지막 절을 올리고 허리띠를 풀어 목을 맸다. 두려움에 떨고 있던 나이 어린 공주가 머뭇거렸다. 황제가 딸을 불렀다.

"너는 왜 우리 집에 태어났느냐? 가엾은 것."

탄식과 함께 숭정제의 칼이 허공을 갈랐다. 열다섯 꽃다운 소녀가 선혈을 뿌리며 꼬꾸라졌다. 숭정제는 숨이 남아 있는 몇몇 후궁들의 목을 쳤다. 황제의 품속을 파고들던 가냘픈 육신들이 꽃잎처럼 스러졌다. 핏자국이 낭자한 옷차림의 숭정제가 자신의 손가락을 깨물어 유서를 쓰기 시작했다.

"짐은 스스로 황관을 벗는다."

정신없이 써내려 간 숭정제는 유서를 남기고 내원 백산에 올랐다. 자금
성을 메웠던 수천 궁녀와 환관, 대소 신료는 다 어디 가고 그를 따른 사람
은 왕승 한 사람뿐이었다. 숭정제는 스스로 목을 매어 생을 마감했다. 주
원장으로부터 시작한 대명제국이 막을 내리는 순간이었다.

북경이 부른다 가자, 베이징으로

복림을 황제에 등극시킨 도르곤은 장비와 밀월을 즐기며 북경 진공 택일을 저울질하고 있었다. 섭정왕전에서 전략 회의가 열렸다.

"북경이 이자성군에 함락되었다. 우리는 어느 시점에 초점을 맞춰야 하겠는가?"
"단숨에 쳐들어가 쑥대밭을 만들어야 합니다."

호격이 지금 당장 쳐들어가자고 주장했다.

"다 익은 감을 주워 먹는 것도 쏠쏠한 재미가 있을 것입니다."

범문정이 홍시론을 폈다.

"이자성군에 쫓긴 오삼계군은 군대라고 하기에 민망할 만큼 지리멸렬해 있습니다. 치고 들어가면 산해관은 찬바람에 낙엽 떨어지듯 무너질 것입니다."

홍승주가 밀어붙이자고 주장했다.

"산해관의 오삼계군이 아니라 북경을 접수한 이자성군이 문제입니다."

용골대가 상승세를 타고 있는 이자성군을 경계해야 한다고 역설했다.

"북경을 얻어도 인심을 얻지 못하면 천하를 얻지 못합니다. 이자성의 반란군이 처음에는 백성들의 지지를 받겠지만 곧 민심을 잃을 것입니다. 그것이 반란군의 한계입니다. 지금 산해관을 돌파하는 것은 문제가 없지만 북경에 들어가는 것은 위험 부담을 안고 있습니다. 반란군이 자행하고 있는 약탈에 대한 원망을 자칫 우리가 뒤집어쓰게 됩니다."

역시 범문정은 천하의 지략가였다.

"우리의 목적은 북경에 들어가는 것이 아니라 백성들의 마음을 얻고 천하를 얻는 것이다. 명나라의 안내를 받으며 들어가는 것이 가장 바람직한 방법이다."

도르곤이 최종 단안을 내렸다. 힘을 앞세운 강공보다는 평화롭게 접수하는 모양새를 갖추자는 것이다. 도르곤이 소현세자를 불렀다.

"세자는 일찍이 내가 한 약속을 잊지 않았겠지요?"

도르곤은 만면에 미소를 띠었다.

"무슨 말씀이신지요?"

소현은 도무지 감이 잡히지 않았다.

"이보다 더 큰 세상을 보여 주겠다는 약속 말이오."

그래도 소현은 감을 잡지 못했다.

"세자와 함께 북경에 들어갈 것이니 준비하시오."

북경(北京). 말만 들어도 가슴 뛰는 꿈의 도시다. 온 세상의 문물이 모아지는 황도(皇都). 조선의 젊은이라면 한 번쯤 가보고 싶은 곳. 감격이 물밀 듯이 밀려왔다. 허나, 아버지의 나라 북경을 오랑캐의 말발굽과 함께 들어간다니 깊은 상실감이 가슴을 저몄다.

대정전 너른 광장에서 출정식이 열렸다. 일곱 살 복림이 중앙에 마련된 황제의 자리에 앉고 태황후 대옥아가 바로 뒤에 자리를 잡았다. 그 좌우에 섭정왕 도르곤과 우진왕이 범문정 등 대소 신료를 거느리고 도열했다. 소현세자와 봉림대군은 물론 몽골 왕과 명나라에서 투항한 홍승주를 포함한 실력자들이 모두 자리를 함께했다.

두둥 둥 둥.
북소리가 울렸다. 도르곤이 황제 앞에 부동자세로 섰다.

"북경을 정벌하라."

　가느다란 소년의 목소리지만 황제의 명이다. 황명과 함께 양백기를 하
사했다. 도르곤이 반 무릎을 꺾으며 대옥아가 대신 내려 주는 깃발을 두
손으로 정중하게 받았다. 두 사람의 시선이 부딪혔다. 묘한 감정이 흘렀
다. 그 감정은 두 사람만이 알 수 있는 기묘한 감정이었다. 깃발을 받아든
도르곤이 뒤돌아섰다.

　"북경이 우리를 부른다."

　도르곤이 깃발을 흔들었다. 우와와와! 군졸들의 함성이 천지를 진동했다.

　"북경이 거기에 있고 북경이 우리를 부르기 때문에 우리는 북경으로 간다."

　깃발을 흔들던 도르곤이 사자후를 토해냈다.

　"가자! 북경으로!"

　또다시 북소리가 울리고 팔기군의 깃발이 하늘로 치솟았다.

　"팔기여! 나를 따르라."

　백마에 오른 도르곤이 앞장섰다. 그 뒤를 양백기가 따랐다. 뒤이어 정

백기, 양홍기 등 팔기군의 깃발이 뒤따랐다. 출정식을 마친 팔기군이 남문을 빠져나갔다. 백마를 타고 앞장서 나가는 도르곤을 바라보는 대옥아의 얼굴에 흐뭇한 표정이 그려졌다.

"밤엔 저이가 황제지만 지금 이 순간, 내 앞에서 무릎을 꿇었다. 잘생긴 저 사내를 지금처럼 부리고 싶다."

야릇한 미소가 흘렀다.

"아, 이래서는 안 되는데… 이것이 권력의 맛이란 말인가?"

짧은 순간이었지만 묘한 감정이 스멀거렸다. 가지고 싶은 보물을 어렵게 가졌을 때의 충족감일까? 나 혼자만 갖고 싶은 독점욕의 발로일까? 드러내 놓고 저 사람은 내 남자라고 말할 수 없는 여인의 보상 심리일까? 남성 권력에 대한 보복 심리일까? 대옥아는 미묘하게 변화하는 여성 심리를 실행에 옮기고 싶은 냉혈 여인이었다.

심양을 떠난 청나라 군대가 금주성에 도착하여 부대를 점검했다. 소현도 도르곤 막사 옆에 군막을 설치하고 본국에서 파견된 무사의 호위를 받으며 휴식을 취했다.

도르곤이 세자를 대동하고 서부 전선으로 출동한다는 장계를 받은 조정은 무예에 뛰어난 무사 네 명을 뽑아 급파했다. 허수, 박형, 김유, 권주다. 그들에겐 세자를 호위하라는 임무도 주어졌지만 세자를 감시하라는 밀명도 주어졌다.

산해관을 앞에 두고 청군과 명군이 마주했다. 철썩이는 파도 소리만 들려올 뿐 적막이 양 진영을 감쌌다. 오삼계가 성문을 열고 나왔다. 그 뒤를 휘하 장수들이 따랐다. 도르곤과 오삼계가 마주 섰다. 오삼계가 품속에 간직하고 있던 서류를 꺼내 바쳤다. 항서를 받아든 도르곤이 오삼계를 바라보았다. 두 사람의 눈빛이 부딪혔다. 이미 적의는 없었다. 연민과 비애가 교차하는 눈빛이었다. 그 모습을 바라보는 소현은 차라리 눈을 감고 싶었다.

조선의 젊은이들이 숭정제는 몰라도 홍승주와 오삼계는 알고 있었다. 과거를 준비하는 조선의 선비들이 가장 흠모하는 인물이 문인 홍승주, 무인 오삼계였다. 특히 무과를 준비하는 젊은이들은 이순신은 몰라도 오삼계는 알고 있었다.

이순신이 노량해전에서 전사한 지 46년밖에 되지 않았다. 하지만 그는 조선 젊은이들에게 잊혀진 장수였다. 이순신은 전쟁 중에도 핍박을 받았지만 전사 후에도 거론되는 것 자체가 금기였다. 비록 선조 조에 좌의정에 추증되고 광해 조에 영의정에 추증되었지만 그것은 정치적인 수사일 뿐, 백성들이 그를 영웅으로 떠받드는 것을 선조는 용납하지 않았다.

충절의 상징으로 존경받던 홍승주는 이미 항복해 청나라 사람이 되어 있었다. 명나라의 마지막 보루 오삼계가 오랑캐 장수 도르곤에게 항서를 바쳤다. 믿고 싶지 않았지만 현실이었다.

"아버지의 나라 명나라는 지금 이 순간 영영 사라지고 있다. 최명길이 명과 내통하다 발각되어 심양까지 끌려와 죽을 고비를 넘긴 것도 부질없는 일이 되고 말았다. 김상헌이 목숨을 걸고 지키려 했던 의리 역시 속절없는 바람이 되고 말았다. 이제 우리 조선은 어디로 가는가?"

혼란스러웠다. 소현세자는 이 노릇을 어찌 수습하고 어떤 대안을 마련해야 할지 종잡을 수 없었다.

청군이 오삼계의 안내를 받아 산해관으로 들어섰다. 그야말로 무혈입성이다.

"전방 50리 지점에서 이자성군과 대치하고 있는데 우리가 열세입니다."

오삼계가 전선 상황을 설명했다.

"알았소."

오삼계를 안심시킨 도르곤이 호격을 불렀다.

"도적들에게 팔기군의 매운맛을 보여 줘라."

호격이 부대를 이끌고 질풍노도처럼 달려 나갔다. 얼마 가지 않아 이자성군과 조우했다.

"도적 떼를 섬멸하라."

호격의 명령과 함께 군사들이 튀어나갔다. 이자성군은 팔기군의 적수가 되지 못했다. 말발굽 소리와 함께 군졸들의 목이 우수수 떨어졌다. 가을바람에 낙엽이었다. 이자성군은 5만여 구의 시신을 남겨 두고 퇴각했다.

"한 놈도 남기지 말고 섬멸하라."

호격의 명이 떨어졌다. 팔기군의 기동력은 적의 퇴로마저 용납하지 않았다. 해구에 이르는 들판에 10만의 시체가 쌓였다. 산해관을 포위하고 있던 부대가 전멸했다는 보고를 받은 이자성은 긴급 참모 회의를 소집했다.

"오삼계군은 손바닥에 놓인 촛불이라고 했던 놈이 어느 놈이냐?"
"등취앙입니다."
"그자를 불러오라."

영문도 모른 채 끌려온 등치앙이 부복했다.

"오삼계에게 우리 군사 10만을 잃었다. 오삼계가 어찌 이렇게 갑자기 쎄질 수 있단 말이냐?"

"그, 그것이…."

등취앙이 우물쭈물했다.

"이봐라, 뭣들 하느냐? 이자의 목을 쳐라."

그 자리에서 등취앙의 목이 날아갔다.

"들리는 소문으로는 오삼계군이 아니라 팔기군이라 합니다."

정보 참모가 보고했다.

"뭣이라고?"

이자성이 외마디 비명을 질렀다.

"오삼계는 어디 가고 팔기군이란 말이냐?"

"그것이 아리송합니다. 아직 그 영문을 모르겠습니다."

"정보 참모가 그것도 모른단 말이냐? 이봐라! 이자의 목도 쳐라."

순간에 정보 참모의 목이 달아났다.

"오삼계가 하늘로 솟았단 말이냐, 땅으로 꺼졌단 말이냐? 오삼계군의 진상을 파악하라"

정보 참의가 즉시 동쪽으로 출발했다.

"오삼계가 청나라에 항복했고 북경으로 진격해 들어오는 군대는 팔기군입니다."

전선을 시찰하고 돌아온 정보 참의의 보고에 이자성은 경악했다. 자신의 군대는 농민들로 이루어진 오합지졸이다. 부패한 황실을 몰아내겠다는 결기는 대단했지만 전투력은 미약했다. 상대는 일당백을 자랑하는 팔기군이다.

"북경에서 철수하라."

이자성이 후퇴를 명했다. 스스로 황제에 오른지 달포도 지나지 않았다. '42일천하'가 끝난 것이다. 퇴각하는 이자성군은 궁궐을 불태우고 재물을 약탈했다. 닥치는 대로 죽이고 겁탈했다. 도탄에 빠진 백성을 구하러 온 의로운 군대로 알았는데 그것이 아니었다. 백성들이 등을 돌렸다. 백성들의 환영을 받으며 북경에 입성했던 이자성 부대는 이때부터 비적(匪賊)으로 추락했다.

북경으로 가는 길목. 산해관을 지키던 명나라 장수 오삼계가 투항했다.

산해관을 접수한 도르곤은 오삼계의 안내를 받으며 북경으로 진군했다. 이자성군의 저항은 없었다. 오삼계의 밀지를 받은 주현(州縣)의 수장들이 연도에 나와 머리를 땅에 박았다. 무령현과 창려현을 통과하고 개평위를 지났다. 하루 120여 리의 쾌속 진군이다.

옥전현을 지나 통주강 언덕에 군막을 치고 휴식을 취하고 있을 때 한 무리의 군졸이 나타났다. 미처 퇴각하지 못한 이자성의 낙오병들이었다. 100여 명의 군졸들이 도르곤 앞에 무릎을 꿇었다.

"청군이 쫓아올 줄 알고 재물과 부녀자를 수탈한 다음 화약을 터뜨려 궁전을 불태우고 황급히 성문을 빠져나갔습니다."

북경이 텅 비어 있다는 얘기다. 도르곤이 밝은 미소를 지으며 팔왕과 십왕을 불렀다.

"이자성군이 궁궐에 불을 지르고 황성을 빠져나갔다. 그들을 추격하여 섬멸하라."

팔기군의 정예 부대가 추격에 나섰다. 부대를 출동시킨 도르곤도 길을 재촉했다. 후속 부대가 미처 도르곤 행차를 따라잡지 못해 뒤처졌다. 뒤처진 부대에 세자 일행의 식량 보따리가 있다. 시강원 관원들과 호위 무사들이 이틀 동안이나 밥을 굶는 예기치 못한 사태가 벌어졌다.

드디어 내성에 도착했다. 북경은 내구외칠(內九外七)이다. 아홉 개의
문이 있는 황성권역이다. 도르곤이 행렬을 정지하고 차비를 재정비했다.
명 황실에서 가져온 황색 깃발을 앞세우고 가마를 탔다. 도르곤의 행차는
북을 치고 피리를 불며 조양문을 통과했다. 조양문은 원래 황성의 식량이
드나드는 문이었으나 오늘은 대륙의 새로운 지배자가 들어간 문이 되었
다. 연도에는 수많은 백성들이 환영했다.

"황제를 죽인 비적들을 토벌하러 온 군대다."
"사람을 죽이고 재산을 빼앗아 간 나쁜 놈들을 몰아낸 군대다."

민심은 천심이라 했던가. 북경 사람들의 청군에 대한 반감은 없었다.
오히려 반기는 기색이었다. 백성들이 향을 피우고 두 손을 마주 잡고 경
의를 표했다. 두 팔을 번쩍 들어 만세를 부르는 자도 있었다. 청나라 군대
는 북경에 무혈입성했다.

북경은 텅 비어 있었다. 말 그대로 무주공산이었다. 오문에 이르렀다.
문은 불타고 주춧돌만 남아 있었다. 황제의 숙위부대 금의위(錦衣衛) 관
원이 황제의 의장을 가지고 도르곤을 맞았다.

도르곤은 금의위에서 대령한 황옥교(黃屋轎)로 갈아탔다. 황옥교는 황
제가 타는 가마다. 도르곤의 행차가 불타 버린 태화문을 통과했다. 눈앞
에 보이는 것은 태화전 주춧돌과 너른 광장이었다. 크고 웅장했던 자금성
이 이자성군의 방화로 무영전만 남고 모두 소실되었다.

명나라의 패망을 목격한 조선의 왕세자

대명제국 군대가 출정할 때면 10만여 명의 장졸이 모여 출정식을 가졌던 태화전은 불타고 광장은 을씨년스러웠다. 세자는 충격을 받았다. 아버지의 나라 명나라가 이렇게 허무하게 무너지다니 도무지 믿어지지 않았다.

명나라는 세상의 중심이었고 대륙의 지존이었다. 그런데 소현세자의 눈앞에 펼쳐진 명나라는 초라하기 그지없었다. 천명(天命)이 떠나면 높은 담장과 넓은 해자(垓子)도 황제를 지키는 데 아무런 도움이 되지 못했다. 민심이 떠난 곳에는 아무리 단단한 철옹성도 무용지물이었다.

황옥교에서 내린 도르곤이 무영전에 자리를 잡았다. 좌우에 범문정과 용골대가 시립하고 소현은 그 뒤에 자리를 잡았다. 도르곤이 금과(金瓜)와 옥절(玉節)을 펼쳐 놓았다. 청나라의 징표다. 도르곤이 환관을 불렀다.

"황제는 어찌 되었느냐?"
"황후와 비빈들을 죽이고 스스로 죽었으며 태자와 황자는 반란군에게 붙잡혀 갔습니다."
"이런 고얀 놈들이 있나? 우리는 비적을 소탕하기 위하여 이곳에 왔다. 백성들은 근심하지 말고 생업에 종사하라."

"황은이 망극하옵니다."

궁궐에 남아 있던 관원과 환관 7000여 명이 불탄 잔해가 어지러운 황궁 바닥에 머리를 조아렸다.

"범문정! 황제의 장례를 성대히 거행하라."
"성은이 망극하옵니다."

도르곤이 범문정에게 명했는데 정작 허리를 굽실거리는 것은 명나라 신하들이었다.

"이봐라, 용골대! 백성들을 약탈하는 도적들을 한 놈 남김없이 소탕하라."
"넵, 명 받들겠습니다."

부대를 편성하여 산시성으로 도망간 이자성군을 추격하라 명한 용골대는 추격군이 황성을 빠져나간 것을 확인하고 내성 아홉 개 문을 닫았다. 모든 군대의 황성 출입을 통제한 도르곤은 융경황제 부마 후공진의 집을 소현의 거처로 지정해 주었다.

이자성군을 추격하던 팔기군에게 급히 회군하라는 명령이 내려졌다. 패잔병을 뒤쫓던 팔기군은 이자성군이 버려둔 궁녀 100여 명과 채단 수만 필을 노획하여 돌아왔다. 팔기군이 안정문에 당도했다는 보고를 받은 용골대는 군대를 통과시키고 문을 걸어 잠그라 명했다.

이자성 반란군을 추격하던 오삼계가 부대를 거두어 부성문으로 귀환하고 있다는 보고를 받은 용골대는 급히 부성문으로 출동했다. 부성문은 황성의 땔감이 드나들던 문이다. 오삼계가 군대를 이끌고 부성문에 도착했다. 용골대가 성문을 열고 오삼계를 영접했다.

"수고하셨습니다. 긴히 드릴 말씀이 있으니 안으로 드시지요."

오삼계가 성문을 통과한 순간 성문이 닫혔다. 수상한 낌새를 알아차린 오삼계의 표정이 일그러졌다.

"이게 무슨 짓이오?"
"성중에 이자성의 잔당이 날뛰고 있으니 안전한 곳으로 모시라는 특명입니다."

이자성으로부터 궁궐을 탈환하면 황자를 옹립하여 명조(明朝)를 이어가려던 오삼계의 계획은 물거품이 되었다. 그는 청나라의 북경 접수 작전이 완료되는 시점까지 연금되었다.

소현은 명나라의 패망과 청나라의 자금성 접수 사실을 어서 본국에 알리고 싶었다. 하지만 현재는 전시 상황이다. 밀사를 보낸다 해도 무사히 조선에 도착한다는 보장이 없다. 심양에서 한양이라면 모를까, 북경에서 심양에 이르는 길에는 도처에 위험이 도사리고 있다. 도르곤의 협조 없이는 엄두도 내지 못할 여정이다. 세자가 도르곤과의 면담을 청했다.

"천지개벽입니다."

"그렇게 생각하오? 난 태풍의 중심에 있어서 그런지 아직 실감이 나지 않소. 하하하."

"경천동지할 이 사실을 본국에 빨리 알려야겠소."

"좋은 생각이오."

"북경에서 한성까지 3300리 머나먼 길입니다. 가는 도중에 무슨 변고가 있을 줄 모릅니다."

도르곤이 선선히 통행 증명서를 내주었다. 통행증을 받아 쥔 세자가 홍계립을 불렀다.

"지체 없이 달려가 이것을 조정에 전하라."

세자가 서류를 내밀었다. 장계를 세자가 손으로 직접 작성하여 치계한 것은 유례가 없는 일이다. 명나라의 패망 현장을 두 눈으로 똑똑히 지켜본 소현은 이 소식을 하루빨리 본국에 알리고 싶었다.

"섭정왕 이하 여러 장수가 도적을 대파하여 승승장구의 기세로 북경에 들어갔습니다. 황성의 모든 궁전은 불타고 무영전만 남았습니다. 황급한 가운데 대강 적어서 치계를 드리니 황송함을 감당치 못하겠습니다."

대륙을 접수한 청나라

북경을 장악한 도르곤이 용골대를 불렀다.

"심양에 가서 황제 폐하를 모셔 오라."
"넵."
"황제 폐하는 물론 태황후와 황실 가족 모두를 모셔 와야 한다."
"네?"

용골대는 어안이 벙벙했다. 황제를 잠깐 모셔 오는 줄 알았는데 황실 가족 모두를 모셔오라면 천도다. 북경 공략 못지않게 중요한 작전이다. 1600리 머나먼 길에 이자성군의 복병이 있을 수도 있고 다른 비적이 출몰할 수도 있다. 만에 하나라도 불상사가 생긴다면 전쟁 중 전투에서 패한 것과는 차원이 다르다. 용골대는 바짝 긴장하지 않을 수 없었다.

무주공산 북경에 팔기군 깃발을 꽂은 도르곤은 자신감을 얻었다. 명나라의 마지막 잔존 부대는 오삼계의 깃발 아래 청나라 휘하에 들어와 있고, 명 황실을 유린한 이자성의 반란군은 패주하고 있다. 이제 청나라를 위협할 세력은 없다. 한족이라면 만만디겠지만 만주족은 달랐다. 더 미룰 이유가 없다고 생각한 도르곤이 북경 천도를 결심한 것이다.

용골대를 돌려보낸 도르곤이 소현을 불렀다.

"심양에 나아가 관원들을 데리고 오시오."
"아니, 심양에서 북경까지 머나먼 길을 어떻게?"

소현은 아득했다. 관소를 이주해 오는 것도 문제였지만 조국과 점점 멀어진다는 사실이 불길한 예감으로 작용했다.

"황제를 모셔 오기 위하여 용장군을 내보냈소. 들어올 때는 폐하의 행차와 동행하시오."

심양으로 돌아온 용골대와 소현은 북경 이주에 착수했다. 황실이 움직이고 조선관이 이동하는 것이다. 간단한 문제가 아니다. 챙길 것도 많고 격식과 예법도 층층이다. 이러한 와중에 북경 천도를 가장 기뻐하는 사람이 있었으니 효장황후다.

"황제에 등극한 아들을 데리고 그리운 남자를 만나러 간다니 이 어찌 기쁘지 아니한가?"

스스로에게 묻고 스스로 미소를 지었다. 행복한 미소였다.

드디어 황궁을 나선 순치황제 행렬이 움직이기 시작했다. 황실 식솔과 제왕들의 가솔 등 수많은 사람들의 이동은 장관이었다. 소현도 관소 사람들을 거느리고 황제의 행차를 뒤따랐다. 짐이 너무 많아 익찬 김시성과 내관 조방벽이 노복 몇몇을 데리고 머물러 있기로 하고 떠났지만 세자와 세자빈, 봉림대군 내외, 시강원 관원 등 100여 명의 대식구였다.

서문을 빠져 나온 황제 행차가 북쪽으로 방향을 틀었다. 홍타이지에게 하직 인사를 올리기 위해서다. 북릉에 도착한 복림이 아버지 홍타이지에게 예를 올렸다. 이 모습을 지켜보는 장비의 심정은 착잡했다. 이곳에 잠들어 있는 사람은 소년 황제의 아버지이며 자신의 지아비다. 자신이 죽으면 이곳에 묻히는 것이 법도지만 홍타이지 곁에 묻힐 자신이 없었다.

복림에 이어 제왕과 청나라에 항복한 몽골왕이 절을 올렸다. 이어 소현과 봉림대군이 예를 갖췄다. 북릉 참배를 마친 황제 일행은 서쪽으로 방향을 잡았다. 행차의 속도는 느렸다. 조촐한 행차라면 하루 걸이에 불과한 요하까지 사흘이나 걸렸다. 요하 강변에 막차를 마련하고 하룻밤을 묵었다. 식솔들을 거느리고 북경으로 향하는 소현의 마음은 착잡했다. 북경은 엊그제까지만 해도 아버지의 나라 황도였는데 이제 그곳에 팔기군의 깃발이 펄럭이고 있다.

달포 간의 긴 여행 끝에 황제 행차가 북경에 도착했다. 연도에는 수많은 백성들이 나와 머리를 조아렸다. 황제 전용문 정양문을 통과한 복림이 자금성에 입궐했다. 북경에 입성한 복림은 제왕을 거느리고 천단(天壇)에 나아가 제사를 올리고 등극을 고했다. 이제 바야흐로 중원의 황제가 된 것이다. 이로써 공식적인 청나라의 북경 접수가 완료되었다.

황극전(皇極殿)으로 돌아온 복림은 대소 신료들의 하례를 받고 조서를 반포했다.

"짐이 국가요, 국가가 짐이다. 모든 신민은 국가를 공경하라."

청나라, 몽골, 한족의 언어로 각각 한 번씩 읽었다.

"황제 폐하, 천천세!"

수천 대소 신료가 함성을 지르며 머리를 조아렸다. 제후가 아닌 황제라면 당연히 만만세다. 허나, 복림이 황제에 등극했지만 실세 도르곤이 눈을 부릅뜨고 있다. 그의 심기를 거스르지 않기 위한 장비의 배려다.

제왕의 배례가 끝나고 복림이 도르곤을 불렀다.

"북경 평정에 그대의 공이 지대하므로 이에 옥새를 주어 국정을 대리하도록 한다."
"천은이 망극하옵니다."

도르곤이 세 번 엎드려 절을 올렸다.

"그대에게 금 1만 냥, 채단 10만 필, 말 100필, 낙타 10필을 내려 공을 치하하노라."

"황은이 망극하옵니다."

　도르곤이 거듭 사례했다. 공식행사가 끝나고 성대한 잔치가 벌어졌다.
무려 1만여 명이 참석한 대 연회였다.

북경의 푸른 눈동자 아담 샬

이튿날, 몽골 문자와 한자로 된 새 책력을 반포한 도르곤이 소현을 황궁으로 초치했다.

"북경에는 서양에서 온 천문학자가 있소. 그의 학문이 깊어 놀라운 것이 한둘이 아니오. 이번 책력도 그의 자문을 받아 반포했소. 세자도 그와 친교를 맺으면 이로울 것이오. 내가 소개할 테니 만나 보시오."

도르곤이 소개장을 내밀었다.

"그에게 흠천감(欽天監)을 맡겼소. 시간을 내어 천문대를 찾아가 보시오."
"고맙습니다."

관소로 돌아온 소현은 이튿날, 빈객 임광과 문학 이래를 거느리고 천문대를 찾아갔다.

"어서 오시오, 세자 저하! 섭정왕으로부터 해 뜨는 동쪽 나라를 이끌 차기 지도자라고 들었습니다."

갈색 머리칼의 서양인이 반갑게 맞이했다.

"만나서 반갑습니다."

소현이 가볍게 인사했다.

"나는 탕약망이라 합니다. 하하하."

푸른 눈동자를 굴리던 서양인이 유창한 중국어와 함께 너털웃음을 웃었다. 천문대에는 여러 종류의 천문 관측 기구와 편찬 작업 중이던 서양 신법 역서 원고가 산더미처럼 쌓여 있었다. 그 가운데 달 항아리처럼 둥그런 물체가 소현의 눈길을 끌었다.

"이것이 무엇이오?"
"천구의(天球儀)라고 합니다."
"뭐하는 물건이오?"
"지평 좌표와 적도 좌표를 판독하는 데 중요한 기구이며 계절에 따른 별자리의 변화를 살피는 데 아주 유용하게 쓰입니다."

소현은 하나도 알아들을 수 없는 말이었다. 콜럼버스가 신대륙을 발견했지만 뱃사람들은 먼 바다에 나가면 절벽으로 떨어진다고 생각하던 때다. 코페르니쿠스가 지동설을 발표한 지 100년. 아직 그의 말을 믿지 않고 설왕설래하던 시기였다.

"내일은 성당에 있을 예정입니다."

"성당이 무엇 하는 곳이오?"

"예배 드리고 기도하는 곳입니다."

"아하, 대웅전처럼 기도 드리는 곳이란 말이군요?"

"네. 그렇습니다. 그러나 절집하고는 다릅니다."

이튿날, 소현은 빈객과 익위사 관원들을 대동하고 성당을 찾았다. 지붕이 고깔처럼 뾰쪽한 것이 난생처음 보는 건물이었다. 안으로 들어갔다. 가운데 통로를 중심으로 좌우에 기다란 의자가 놓여 있고 단상 중앙에는 나뭇가지를 교차하여 엮어 놓은 것이 걸려 있었다.

"어서 오십시오, 세자 저하!"

자애로운 얼굴이 반갑게 맞았다. 목소리는 어제와 같았으나 차림새는 달랐다. 머리에 둥그런 모자를 쓰고 검은색 두루마기에 도포를 겹쳐 입은 듯한 옷차림에 큰 구슬 5개와 작은 구슬 54개를 꿰어 만든 목걸이를 목에 걸고 있었다.

"어제하고는 영 딴판이시군요."

"저는 신성로마제국 쾰른에서 온 예수회 소속 신부 아담 샬 폰 벨입니다. 이곳 사람들은 저를 탕약망(湯若望)이라고 부르지요. 하하하."

웃음을 달고 사는 유쾌한 인물이었다.

북경에는 서양 선교사들이 들어와 있었다. 그 가운데 한 사람이 아담 샬 폰 벨이다. 그는 1618년 퀼른에서 사제 서품을 받고 북경에 들어와 복음을 전파하고 있었다. 아담 샬은 천문 역법에도 밝아 세 차례 월식을 예보하여 중국인들을 놀라게 했다. 숭정제의 총애를 받은 그는 숭정역서를 편찬했다. 명나라가 멸망했지만 북경에 눌러앉은 그는 도르곤에게 발탁되어 천문대장인 흠천감을 맡아 봉사하며 천주교와 서양 역법을 소개하고 있었다.

"저 나무를 엮어 걸어 놓은 것은 무엇이오?"

"예수 그리스도께서 못 박힌 십자가입니다."

"생사람을 못 박아 죽였단 말이오?"

"네 그렇습니다. 그리스도께서는 모든 사람의 죄를 대신하여 십자가에 못 박혀 돌아가셨습니다."

"남의 죄를 안고 죽어가는 사람이 이 세상에 있단 말이오?"

"네, 그분이 바로 예수 그리스도입니다. 예수님이 말씀하시기를 왼쪽 뺨을 치거든 오른쪽 뺨을 내 놓으라 말씀하셨습니다."

"이 세상에 그런 사람이 어디 있단 말이오? 정신병자 아니면 뭔가 모자란 사람이겠지요."

"예수님은 '무거운 짐을 진 자들아, 모두 나에게 오라. 내가 너희에게 안식을 주겠다.'고 말씀하셨습니다."

소현은 뭐가 뭔지 알 수 없었다.

"내일 일을 걱정하지 마라. 내일 걱정은 내일에 맡겨라. 하루의 괴로움은 그날에 겪는 것만으로 족하다'는 말씀도 하셨습니다."

소현은 머리가 아팠다. 관사로 돌아온 소현은 그날 밤 잠자리에 들었으나 잠을 이룰 수가 없었다. 천정에 십자가가 보이고 '내일 걱정은 내일에 맡겨라'는 말이 귀에 맴돌았다.

목적을 이루었으니 이제 돌아가라

북경 천도를 완료한 섭정왕 도르곤이 소현세자를 황궁으로 불렀다. 소현은 빈객 김육, 문학 이래, 보덕 서상리를 거느리고 입궁했다. 자리에는 용골대와 손이박시가 배석했다.

"북경을 얻기 전에는 청과 조선이 서로 의심하는 마음이 없지 않았소. 이제 대사가 정해졌으니 성의로 대하고 신뢰를 쌓아야 할 것이오. 세자는 일국의 왕세자로서 동국에 있어야 하니 영구 귀국을 허락하는 바이오. 봉림대군은 머물러 있다가 인평대군과 서로 교대하도록 하시오. 그리고 삼공육경의 질자와 최명길, 김상헌도 세자가 나갈 때 모두 데려가시오."

소현은 귀를 의심했다. 영구 귀국이라니? 얼마나 기다리던 말인가. 어두웠던 조국의 하늘이 열리고 막혀 있던 고국의 땅이 열리는 것만 같았다. 압록강을 건너면 마음대로 조국 산천을 거닐 수 있다. 이 얼마나 목말랐던 자유인가. 새장에 갇혀 있던 새가 빗장을 열고 푸른 하늘을 맘껏 나는 기분이었다.

청나라가 조선을 침략하고 세자를 볼모로 한 이유가 분명해졌다. 청나라의 최종 목표는 북경이었다. 중원을 손에 넣기 위하여 조선을 침공하고 세자를 볼모로 삼은 것이다. 흥분으로 밤을 새운 관소는 본국에 장계를 띄웠다.

"황제께서 세자의 영구 귀국을 허락했습니다."

소현은 귀국 준비에 착수했다. 허나, 난감한 문제가 한둘이 아니다. 북경에서 한성까지 3300여 리. 짐을 싣고 갈 소와 말이 문제였다. 1차 목표를 심양으로 정했다. 지난번 심양에서 북경으로 이주할 때 평안도와 황해도에서 징발한 마부와 말이 이제 겨우 본국에 돌아갔으니 그들을 다시 징발할 수도 없다.

북경 현지에서 임대하려니 심양까지 말 한 필 삯이 35냥이란다. 100필을 빌리려면 무려 3500냥에 이르니 그 돈을 조달할 길이 막막했다. 궁리 끝에 심양에 도착하여 지불하기로 하고 소와 말을 확보했다. 관원들이 바쁘게 돌아가고 있는 사이 소현은 아담 샬에게 고별 편지를 썼다.

"난생 처음 접하는 책과 물건을 선물 받고 제가 얼마나 기뻐하고 감사하는지 귀하는 상상도 못할 것입니다. 그중 몇 권의 책을 읽어 보니 정신 수양과 덕성 함양에 좋은 내용이 있음을 깨달았습니다. 우리나라는 학문에 대한 지평이 열려 있지 않아 오늘날까지 이런 진리를 모르고 살았습니다. 천문학에 관한 책은 귀국하면 곧 간행하여 학자들에게 널리 알리고자 합니다. 서로 멀리 떨어진 나라에서 태어난 우리가 이국땅에서 만나 형제와 같이 지내 왔으니 하늘이 우리를 이끌어 준 것 같습니다."

소현 일행이 북경을 출발했다. 동직문과 좌안문을 빠져나와 일로 동쪽으로 향했다. 이제 정말 고국으로 가는 길이다. 발걸음이 가벼웠다. 산해관을 통과한 세자 일행은 걸음을 재촉했다.

고비사막에서 불어오는 칼바람도 춥지 않았다. 정월 초아흐레. 드디어 심양에 도착했다. 볼모의 땅 심양이건만 세자빈에게는 특별한 의미를 갖는 고장이었다. 석린과 석견 두 아들을 얻은 땅이었기 때문이었다.

조선관에는 감옥에서 석방되었지만 고국에 돌아가지 못하고 발이 묶여있던 최명길과 김상헌이 기다리고 있었다.

"세자 저하!"

최명길이 바닥에 엎드려 예를 갖추고 그대로 부복한 채 하염없이 흐느꼈다. 그 모습을 바라보는 소현의 뇌리에 수많은 그림이 스쳐 지나갔다.

최명길이 지은 항서(降書)를 김상헌이 찢어 버리자 '찢는 사람이 있으면 줍는 사람도 있어야겠죠. 대감이 찢었으니 나는 주워야겠소.'라며 찢어진 문서를 주워 모으던 산성에서의 모습, 명나라와 내통했다는 혐의로 봉황성에 잡혀와 심문받을 때, '교전 당사국에 간첩을 파견했기로서니 양국의 국익에 무엇이 반하느냐?'고 초관을 머쓱하게 했던 일, 심양에 잡혀와 사형 선고가 내려질 위기에 처했는데도 의연했던 모습… 하나같이 극적이고 숨 막히는 순간들이었다.

340 병자호란

뒤이어 세자에게 예를 행한 김상헌이 시 한수를 올렸다.

　요하에 해 넘기며 고국을 그리워할 때(經歲遼河故國思)
　세자궁 가까운 것을 다행으로 여겼는데(一心猶幸近靑闈)
　내일 아침 나 홀로 요하를 건너려니(明朝獨渡遼河去)
　세자궁 돌아보며 눈물이 옷깃을 적시네(回首靑闈淚滿衣)

"황제께서 관원과 질자로 머물고 있는 대신의 자식들에게 나누어 주라고 채단 200필을 보내왔습니다. 또 한인과 몽골 사람 20명, 채원부 2명, 환관 3명을 데려가라 하셨습니다."

"물품은 상관없다만 사람은 부담스럽지 않느냐?"

"예부관원 유진장이 말하기를 '황제가 하사하였으니 사양해서는 안 된다'고 하였습니다."

"한두 사람만 데려가서 책임을 면하도록 하라."

"관소에 곡식이 남아 있습니다. 이를 어찌할까요?"

"얼마큼이나 되느냐?"

"4700석 정도 됩니다."

"농사는 빈궁이 지었으니 빈궁에게 여쭤 보아라"

보덕 서상리가 빈궁전을 찾았다.

"마마! 곳간에 쌓아둔 곡식은 어떻게 할까요?"

"곳간에 쌓여 있는 곡식은 이곳에서 생산된 식량이므로 이곳 사람들이 일용할 양식이다. 식량을 가지고 가는 것은 온당치 않다.”

“소와 말은 어떻게 할까요?”

“소와 말은 우리가 농사짓기 위하여 사들인 축생이다. 가축은 팔아서 돈으로 가지고 가는 게 가하나 저하께 여쭈어 보도록 하라.”

서상리가 다시 소현의 집무실을 찾았다.

“빈궁마마께서 세자 저하의 재가를 받아 처리하라 하셨습니다.”

“식량은 호부에 이관하고 가축은 처분하여 노자로 쓰도록 하라.”

소현이 조선관을 출발했다. 귀국길이다. 관소의 식솔 200여 명과 둔전에서 농사짓던 남녀 100여 명, 탈출하여 관소에 은거하고 있던 포로 100여 명, 인삼을 캐다 잡혀온 50여 명, 속환금을 주고 풀려난 포로 50여명이 뒤따랐다. 500여 명에 이르는 대규모 행차였다.

심양을 떠난다 하니 만감이 교차했다. 잃은 것도 많았지만 얻은 것도 없지는 않았다. 정축년(1637년)부터 을유년(1645년)까지 만 8년. 20대 중반부터 30대 초반까지 가장 왕성한 나이를 볼모로 보낸 것은 상실이었고, 더 넓은 세계를 보면서 현실 감각을 익히고 새로운 문물을 접한 것은 수확이었다. 소현은 자꾸 뒤를 돌아보았다. 말없이 서있던 회화나무가 작별을 고하듯이 허리를 구부리고 있었다.

세자빈은 맏아들 석철을 고국에 두고 떠나왔다가 심양에서 낳은 아들과 딸을 데리고 가려니 감회가 남달랐다. 심양이 점점 멀어지는가 싶더니 세자빈의 시야에서 사라졌다. 가슴에 사무치는 한과 서러움이 올올이 맺혀 있는 심양이건만 관원들과 애환을 나눈 조선관이 자꾸만 눈에 밟혔다.

너희가 하면 산법이고
우리가 하면 셈법인가

세자가 영구 귀국한다는 소식은 심양 교외에서 노예 생활하고 있는 조선인 포로들에게 절망으로 다가왔다. 포로들은 폭력과 학대에 시달리는 노예 생활을 하면서도 '세자도 볼모 생활하고 있는데' 라고 위안하며 의지했는데 이제 그마저 할 수 없게 됐다. 그들은 이대로 노예로 살다가 죽을 것인가? 목숨을 걸고 탈주할 것인가? 갈림길에 서게 된 것이다.

세자의 귀국 행차가 사하보와 백탑보를 지날 때 논밭에서 일하고 있던 포로들의 대량 탈주 사태가 벌어졌다. 통원보를 지나고 봉황성에 이르렀을 때는 세자의 행렬이 1000여 명으로 불어났다. 포로로 잡혀와 노예 생활을 하고 있던 조선인들이 탈주하여 합류했기 때문이다. 문제를 심각하게 인식한 세자와 빈객이 대책을 논의했다.

"청나라는 분명 문제 삼을 것입니다."
"책문도 걱정이지만 앞서가는 칙사도 문제입니다. 여우 같은 정명수가 눈치를 챈 것 같습니다."

청나라는 세자의 귀국과 함께 칙사를 딸려 보냈다. 북경 평정을 조선에 알리고 등극조서를 반포하기 위해서다. 상사에 예부시랑 남소이, 부사 히

소이, 역관 정명수였다. 그들은 소현 일행보다 사흘 앞서 출발했다.

"그렇다고 따라붙는 동포를 떼어 놓고 갈 수야 없지를 않느냐."
"인정상 그럴 수야 없지만 세자 저하의 행차에 누가 될까봐 저어됩니다."
"칙사의 입은 막을 수 있지만 책문 경비는 계통이 다릅니다."

칙사는 예부 소관이고 책문은 병부의 지휘를 받는다는 것이다.

"심양을 떠나올 때 저들의 아문에 귀국자 명단을 넘겨주었는가?"

관원들의 난상토론을 지켜보던 소현이 물었다.

"명단을 넘겨준 것은 없지만 대략의 숫자는 일러 주었습니다."
"몇 명이라고 했는가?"
"500명이라고 했습니다."

수십 명이 초과된다면 모를까 그 배가 넘는 인원이다. 먼 산을 바라보며 생각에 잠겨 있던 소현이 입을 열었다.

"탈주한 사람들도 모두 우리 백성이다. 하나도 떨치지 말고 데려가라."

세자의 명이 떨어졌다. 무리가 따르더라도 부딪혀서 돌파하자는 것이다. 드디어 책문에 도착했다.

"왜 이렇게 사람이 많아 해?"

책문을 경비하던 수문장이 놀란 눈을 굴렸다.

"너희 나라가 무고한 사람을 많이 붙잡아왔기 때문에 돌아가는 사람도 많은 것이다."

보덕 서상리가 맞받아쳤다.

"잡혀왔는지 담배 장사 하러 왔는지 난 그런 거 모른다. 호부에서 500명이라고 했는데 이거 너무 많다 해."
"청나라 군대가 조선에 들어와 백성들을 끌어갈 때 두 사람을 한 사람으로 친 일이 있다. 그렇게 헤아리면 500명이 넘지 않는다. 너희가 하면 산법이고 우리가 하면 셈법인가?"

헐벗고 굶주린 군졸과 백성들이 산성에서 내려왔을 때 병약하다는 이유로 두 사람을 한 사람으로 쳐 계산한 일을 상기하며 되갚아주었다.

"그런 셈법이 이 세상에 어디 있어 해? 난 그런 계산법 모른다 해."

난관에 봉착했다. 수문장이 바위처럼 움직이지 않았다.

"난 조선국 세자다. 고국에 돌아가라는 황제의 명을 받잡고 고국에 돌아가는 길이다. 돌아가는 식솔들이 한두 사람 많고 적은 것이 무슨 문제라고 길을 막는 것이냐? 냉큼 길을 열어라."

익위사 관원과 건장한 호위무사를 거느린 소현이 호통을 쳤다. 황제의 명이라는 말에 수문장이 움찔했다. 드디어 굳게 닫혀 있던 책문이 열렸다. 조선관 식솔들과 탈주한 포로들이 하나도 빠짐없이 책문을 통과했다. 책문을 빠져나온 포로들은 서로 얼싸안고 덩실덩실 춤을 추었다.

구련성에서 하룻밤을 묵은 소현 일행은 애자하에서 압록강 도하 작전에 돌입했다. 세자가 세자빈과 함께 배에 올랐다. 소현은 다가오는 고국 산천을 바라보며 감회에 젖었다. 정축년, 볼모로 끌려갈 때는 다시는 못 볼 것만 같던 조국 산천이다. 그런데 눈앞에 펼쳐진 것은 의주 석승산이다. 가슴이 뭉클했다.

소현이 탄 배가 압록강 푸른 물을 건너 의주에 도착했다. 강 건너 청나라 땅을 바라보는 소현은 감회가 새로웠다.

"도르곤이 요하를 건너던 심정으로 내 다시 압록강을 건너리…."

도르곤과 소현은 동갑내기다. 도르곤이 명나라를 정벌하기 위하여 요하를 건너던 모습을 소현은 잊지 않고 있었다. 당당하고 자신만만하던 그 모습. 자신에게 기회가 주어진다면 그런 모습으로 다시 압록강을 건너고 싶었다.

세자의 귀환을 반기지 않은 부왕

세자의 영구 귀국을 통보받은 조정은 환영 일색이었으나 인조는 아니었다. 청나라에 대한 두려움과 강박관념에 사로잡힌 인조는 세자를 내보낸 청나라의 저의를 셈하느라 여념이 없었다.

"소용! 청나라가 세자를 내보낸 까닭이 무엇이라 생각하오?"
"젊고 건강한 세자를 내보내 왕을 시키려는 것이겠지요."

인조의 아픈 곳을 찔렀다.

"그렇다면 날 북경으로 데려간단 말이오?"
"베이징을 장악한 그들이 그러하지 못할 이유도 없지를 않습니까."

퉁명스럽게 내뱉은 말이었지만 인조는 충격을 받았다.

"아, 안돼…."

그럴 수도 있다는 소용 조씨의 말에 인조가 외마디 비명을 지르며 쓰러졌다. 부랴부랴 어의와 이형익이 들어왔다.

"소란스럽게 할 것 없다. 주상 전하의 병은 내가 잘 안다. 어의는 물러가고 이형익은 침을 놓아라."

소용 조씨가 조치를 취했다. 감히 후궁이 나설 일이 아니지만 조씨는 안하무인이었다. 진맥도 없이 침을 놓으라는 처방이 내려졌다. 어처구니없는 처사에 어의 박군은 기가 막혔으나 소용조씨의 위세에 마무 말도 못하고 물러나왔다. 이형익이 13군데 혈에 침을 놓았다.

소현 일행과 평양에서 합류한 칙사가 임진강을 건너며 임금의 교외 영접을 요구했다.

"주상 전하께서 병환 중이라 서교 영접은 어렵습니다."

원접사가 임금의 건강 상태를 전했다.

"세자를 돌려보내는 경사인데 고약하구나."

심기가 불편한 칙사는 벽제관에 도착하여 움직이지 않았다. 세자를 돌려보내는 선심을 쓰는데 대접이 소홀하다는 것이다. 조정에서 긴급 대책회의가 열렸다.

"은 3000냥을 청나라 세 사신에게 똑같이 사례한다고 미리 말해주는 것도 좋을 듯합니다."

비변사에서 대안을 내놓았다.

"말보다도 실천이 중요하다. 지금 당장 사신 두 사람에게 각각 1500냥씩 주고 정명수에게는 그 배 이상을 듬뿍 주어라."

인조는 사신보다도 역관 정명수의 눈치를 더 보았다. 병중의 자신을 정명수가 청나라에 어떻게 전달하느냐에 따라 자신의 운명이 달려 있다고 생각한 것이다. 인조의 재가를 받은 조정은 뇌물 보따리와 함께 낙흥부원군 김자점을 벽제관에 파견했다.

노려보던 시선이 등 뒤에서 스멀거려

벽제관은 인조에게 꿈과 좌절을 안겨 준 곳이다. 명나라와 청나라 사이에서 등거리 외교를 펼치던 광해를 축출하고 왕위에 오른 인조는 소원해진 명나라와의 외교 관계를 복원해야 할 필요성을 통감했다. 우선 조선 초기부터 사용해 온 낡은 객사를 헐고 근사한 객사를 새로 지어 명나라 사신이 이용하도록 했다. 그런데 정작 명나라 사신들은 제대로 이용해 보지도 못하고 '오랑캐'라고 경멸하던 청나라 사신이 들어앉아 큰소리를 치고 있으니 기가 찰 노릇이었다.

청나라 사신이 묵고 있는 벽제관을 찾은 김자점이 정명수를 불러내어 귓속말을 속삭였다.

"사신 둘에게 각각 1500냥을 주고 공에게는 3000냥에 500냥을 더 얹어서 드리라는 전하의 말씀이 계셨습니다."

정명수의 입이 귀에 걸렸다.

"내탕금도 말랐다며 무슨 돈을 그렇게 과하게…."

정명수가 염소수염을 쓰다듬으며 안으로 들어갔다. 잠시 후, 상사 남소이가 너스레를 떨었다.

"황제께서 천하를 얻어 북경으로 도읍을 옮겼으니 이는 경사 중의 경사다. 국왕이 의당 교외에 나와 우리를 맞이해야 할 터인데 병 때문에 행하지 않으니 매우 온당치 못한 일이다. 허나, 중신과 대신이 연이어 찾아와 병세를 전하므로 마지못하여 따른다."

칙사가 소현과 함께 도성에 들어왔다. 내관들이 임금을 부축하고 나가 대궐 뜰에서 맞이하였다. 도승지 윤순지와 좌부승지 이행우가 배종했다.

"짐이 중원을 평정하고 천자의 자리에 오르니 온 천하가 받들고 만백성이 추대하므로 조지(詔旨)를 반포하노라. 너희 조선은 천자의 교화를 입은 지 오래되어 이미 제후국의 반열에 들었으니 특별히 너그러운 은혜를 펴서 세자를 본국으로 돌려보낸다."
"황은이 망극하옵니다."

도열한 대소 신료들이 4배를 올렸다. 이어 조서가 반포되었다.

"짐이 황제의 자리에 올라 천하를 소유하는 명호를 대청(大淸)이라 하고 연경에 도읍을 정했으며 연호를 순치(順治)라 하노라."

청나라의 북경 시대 개막을 조선에 통보한 것이다. 공식적인 영접 행사가 끝나고 칙사는 모화관으로 돌아갔다.

내관들의 부축을 받고 있던 인조가 양화당으로 들어갔다. 세자와 세자빈이 뒤를 따랐다. 양화당으로 들어간 인조는 비스듬히 누워 침을 맞았다.

"아바마마! 이역에서 돌아와 문후 여쭈옵니다."

부왕 앞에 나란히 선 세자와 세자빈이 큰절을 올렸다. 침을 맞고 있는 부왕을 바라보는 세자는 가슴이 아팠다.

"머나먼 타국에서 얼마나 고생이 많았느냐?"
"전하의 환후가 쾌차하시기만을 염원하고 있었습니다."
"청나라에서 보고 들은 것이 무엇이더냐?"
"북경에 과학 기술 열풍이 불고 있습니다. 우리도 늦기 전에 배워야 할 것입니다."
"대포를 만들어야지 과학을 배워 뭐에 쓴단 말이냐?"

홍이포의 위력을 익히 알고 있는 인조는 대포에 목말라 있었다.

"신식 총과 대포도 과학 기술에서 나온다 하옵니다."
"기술은 장인들이나 배워야지 사대부들이 배워 어디에 쓰겠느냐?"

소현은 말문이 막혔다. 아담 샬로부터 받은 서양 문명에 대한 충격을 어

떻게 설명해야 할지 몰랐다. 잠시 침묵이 흘렀다. 소현이 아담 샬로부터
선물 받은 천구의(天球儀)를 내놓았다.

"이것은 무엇에 쓰는 물건이냐?"

인조가 천구의에 시선을 멈추었다.

"별자리를 살피는 기구입니다."
"별자리는 관천대에서 살피면 됐지, 이런 것을 뭐에 쓸려고 가져왔느냐?"

관상감에서는 관천대를 설치하고 밤하늘을 관측하고 있었다.

"지평 좌표와 적도 좌표를 판독하여 계절에 따른 별자리의 변화를 살피
는 데 아주 유용하게 쓰이는 기구라 하옵니다."
"요망스런 물건이구나. 천시원의 제성이 지평선으로 사라지는 것을 알
아보기라도 하겠단 말이냐?"

고성과 함께 침을 맞고 있던 인조가 벌떡 일어나 천구의를 집어던졌다.
한자 문화권에서는 밤하늘의 별자리를 3구역으로 분할하고 달을 기준으
로 28수의 별자리를 구획했다. 이것이 3원(垣) 28수(宿)다.

자미원은 궁궐, 태미원은 신하들의 자리, 천시원은 신하들의 조회를 의
미한다. 별자리에도 지상과 같은 세계가 있다고 믿어 그런 의미를 부여한

것이다. 이 가운데 죽음을 관장하는 남궁 진수(軫宿)의 네 별을 면밀히 관찰하여 제왕의 운명을 점쳤다. 이를 발설하는 것을 천기누설이라 할 수 있다. 요망스러운 서양 물건으로 '나 죽을 날을 알아보려 하느냐?'는 것이다.

벽에 부딪힌 천구의가 산산이 부서졌다. 속살을 드러낸 천구의 속에서 설계도 한 장이 튀어나왔다. 유산탄 설계도였다.

"이봐라 내관! 끌어내어 불태워 버려라."
"아니 되옵니다. 전하!"

소현이 설계도를 잡으려 했다.

"뭐하고 있는 게냐? 쓸어내지 못하구?"

인조의 성화에 내관이 천구의 부스러기를 쓸어 가지고 밖으로 나갔다.

"꼴도 보기 싫다. 세자도 냉큼 물러가라."
"전하! 옥체를 보존하소서."

험악한 분위기에서 그것이 어렵게 구한 홍이포 유산탄 설계도라는 것을 입에 올리지 못한 소현이 세자빈과 함께 물러나왔다. 인조 곁에서 이를 지켜보던 소용 조씨가 싸늘한 시선을 보냈다.

세자빈이 돌아왔다. 그동안 누구의 견제도 받지 않고 내명부를 주무르며 야욕을 키워온 소용 조씨는 아연 긴장하지 않을 수 없었다. 세자빈이 누군가. 장차 왕후가 될 사람이다. 후궁인 자신하고는 격이 다르다. 세자빈이 내명부의 기강을 바로잡자고 들면 그동안 누려온 자신의 권위는 하루아침에 나락으로 떨어질 것이다. 세자빈이 궁중의 실상을 파악해 손을 쓰기 전에 세자빈의 입을 봉하고 손발을 묶어 놓아야 한다.

동궁으로 돌아온 세자와 세자빈은 황량한 동궁전에 가슴이 아렸다. 익위사 관원들이 묵던 관사는 아예 없애 버렸고 여기저기 서까래가 내려앉고 거미줄이 너풀댔다. 서재의 책들도 어디로 갔는지 빈 서가가 주인을 맞았다.

고국에서의 첫날밤, 소현은 잠을 이룰 수가 없었다. 뒤척이던 소현은 깊은 생각에 잠겼다. 별자리 관측 기구를 집어던지며 험악하게 굳어지던 부왕의 얼굴. 처음 보는 모습이었다.

"주작성을 관측하여 나 죽을 날을 알아보려 하느냐?"

노여운 눈초리로 바라보던 부왕의 일그러진 얼굴. 섬뜩한 기운이 돌았다. 뒤척이는 소현 때문에 잠이 깬 세자빈 역시 덩달아 잠을 이루지 못했다. 전하에게 하직 인사를 할 때, 싸늘한 시선으로 자신을 노려보던 소용 조씨의 시선이 지금도 등 뒤에서 스멀거리는 것 같았다.

궁궐 안주인은 중전이다. 서열상 자신이 그 다음이다. 소용은 자신보다 한참 아래일 뿐 아니라 격이 다르다. 아무리 임금의 총애를 받고 있다지만 소용 따위가 임금 곁에 버티고 앉아 감히 세자빈을 노려보다니 어이가 없었다.

내명부의 수장은 계비 조씨다. 하지만 아직 나이 어리고 대궐 경륜이 짧아 내전을 장악한 소용 조씨의 위세에 눌려 조용히 보내고 있다. 소현의 생모 한씨가 살아 있을 때부터 궁에 들어와 인조의 총애를 받은 조소용이 안주인 노릇을 하고 있는 것이다. 세자빈은 자신이 없는 사이에 벌어진 변화에 놀라움을 금치 못했다.

밀파한 세작을 조용히 불렀다

부엉— 부엉—.

응봉에서 울던 부엉이 소리가 점점 가까워 왔다. 능선에서 먹이를 찾던 부엉이가 창덕궁 후원으로 내려왔다. 이때 부엉이 소리와 함께 후궁전으로 들어가는 검은 그림자가 있었다. 환관 김언겸이다.

통명전은 창경궁 내전 가운데 규모가 가장 크고 화려하다. 세종의 증손자 성종이 할머니인 세조비 정희왕후 윤씨와 어머니 인수대비, 그리고 숙모 예종비 안순왕후 한씨를 모시기 위하여 수강궁을 확장하여 건립하였으나 임진왜란 때 불타 버린 것을 광해가 다시 지었다. 하늘의 기를 받아 왕자를 생산하라는 의미로 용마루가 없는 것이 특징이다.

통명전은 중전의 침전이다. 이러한 왕비의 생활 공간에 원비 인열왕후가 죽고 중전이 없는 공백기를 틈타 후궁이 슬며시 들어앉았다. 전란으로 많은 전각이 소실되어 마땅히 들어갈 곳이 없었다 해도 국법에 어긋나는 일이다. 헌데, 문제를 제기하는 자가 하나도 없었다.

병자호란의 책임을 지고 체직된 김류와 김자점이 되살아나 승승장구하고 있다. 모두가 소용 조씨의 위력이다. 환관 김언겸은 후궁 조씨가 심양관에 밀파한 심복이다. 세자의 귀국과 함께 돌아온 김언겸을 조소용이 부른 것이다.

"세자가 청국에서 가져온 물품이 무엇이더냐?"
"채단이 수천 필입니다."
"뭐라고?"

당화가 판치는 세상, 중국제 채단이라면 부르는 게 값이다.

"그것뿐이라면 지가 말씀을 안 올리겠습니다."

김언겸이 팔을 걷어 올리며 너스레를 떨었다.

"또 있느냐?"
"황금 덩어리가 수십 개에 이릅니다."
"뭣이라고?"

조씨가 외마디 소리를 질렀다.

"이것들이 정말…"

독기를 씹어 삼키던 조소용이 이를 갈았다.

"틀림없으렷다?"

조씨의 눈초리가 치켜 올라갔다.

"네, 마마."

두꺼비눈처럼 툭 튀어나온 김언겸의 눈이 놀란 듯이 껌벅거렸다.

"또 무엇이 있더냐?"
"북경에서 서양 사람에게 받은 천주학 책과 요망한 물건을 가지고 들어왔습니다."
"요망한 물건이라 했느냐?"
"네, 마마. 나무토막을 열십자로 묶어 놓은 물건입니다."
"알았다."

김언겸의 보고를 받은 조씨가 엽전 꾸러미를 던져 주었다. 배고픈 강아지가 찬밥 덩이를 받아먹듯이 소매 춤에 꾸러미를 넣은 김언겸이 통명전을 빠져나갔다.

이튿날, 조정에서 세자 귀국교서를 발표했다.

"국운이 비색하여 강토가 산산조각 났으나 세자가 돌아옴으로써 치욕을 씻었다. 지금부터 새 마음으로 새로이 시작해야 할 것이다."

세자 귀국 환영은 여기까지였다. 인조는 대소신료들의 세자 알현을 허락하지 않았다. 대궐 안팎이 웅성거렸다. 분위기를 파악한 사헌부에서 상소했다.

"세자저하의 영구 귀국은 나라의 경사입니다. 신민들의 기뻐하는 마음이 이루 헤아릴 수 없사오니 한 번쯤 하례를 올리고 옥안을 우러러 뵙는 것이 도리인데 갑작스런 명이 있어 조정의 대소 신료들의 실망이 이만저만 아닙니다."
"마음으로 경하해도 부족함이 없다."

인조는 냉담했다. 신하들이 세자를 볼 필요가 없다는 것이다.

닷새 후, 최명길과 김상헌이 한양에 도착했다. 청나라에 끌려간 이유와 시기가 달랐기 때문에 돌아오는 길도 각각 다를 줄 알았다. 그런데 가는 길은 달랐지만 오는 길은 같았다. 최명길은 입궁하여 인조를 알현했으나 김상헌은 곧바로 낙향했다. 인조는 심기가 불편했다.

"김상헌은 왜 궁에 들어오지 않았느냐?"
"몸이 불편하여 고향으로 갔다 하옵니다."
"궁에 내가 있기 때문이겠지…"

서로의 미움을 잘 알고 있었다. 인조와 김상헌은 임금과 신하 이지만 한때는 동지였다. 광해를 몰아낸 혁명 초기에는 생각이 같았다. 하지만 대류의 거대한 힘 앞에서 그들은 생각이 달랐다. 죽어서 사느냐? 살아서 죽느냐? 갈림길에서 생각의 차이를 좁히지 못하고 갈등이 증폭된 것이다.

임금은 당하(堂下) 후궁은 전하(殿下)

인조가 머물고 있는 양화당은 통명전 동쪽에 있는 전각이다. 삼전도에서 홍타이지에게 삼배구고두례를 행한 인조가 창경궁에 돌아왔으나 대부분의 건물은 불타고 없었다. 그래도 가장 깊은 곳에 있는 양화당이 화마를 피해 살아남아 마지못해 인조가 들었던 곳이다.

옛사람들은 건물의 당호를 지을 때 궁궐전당합각재헌루정원(宮闕殿堂閤閣齋軒樓亭園)이라는 원칙을 존중했다. 일종의 위계질서다. 이러한 원칙 아래 경복궁 전각 이름은 정도전이 지었고 창경궁은 서거정이 지었다.

창경궁 정전을 명정전이라 지은 서거정은 편전을 문정전이라 지었고 왕의 침전을 수녕전, 왕비의 침전을 통명전이라 명명했다. 왕대비와 대왕대비 등 왕실 어른들의 공간 환경전과 인양전을 지으면서 임금이 신하들과 시문을 논하는 장소로 양화당을 지었으니 통명전에 비해 한 급 아래다.

양화당에 있던 인조가 통명전에 들었다. 후궁은 전하(殿下)에 있고 임금은 당하(堂下)에 있으니 임금이 전하(殿下)라는 존칭을 받기가 뭔가 어색하다.

"전하! 세자가 이럴 수 있습니까?"

품속을 파고들던 조소용이 입술 사이로 비음을 흘렸다.

"무슨 일이냐?"
"세자가 황금 덩어리 수십 개를 가져와 동궁전에 감춰 두고 있다 하옵니다."
"그게 사실이냐?"
"어느 안전이라고 소첩이 허튼소리를 하겠습니까."
"틀림없냐?"
"정말입니다."

인조의 가슴을 토닥거리던 조소용이 그 가슴에 얼굴을 묻었다.

"세자가 무슨 자금으로 쓰려는지 저의를 알 수 없습니다."

인조의 아픈 곳을 건드렸다. 이귀, 김자점, 김류가 반정을 모의할 때도 자금이 필요했다. 그 뒷돈을 대 준 것이 자신이었고 반정이 성공하자 자신이 왕위에 올랐다. 모든 거사와 역모에는 자금이 필요하다는 것을 너무나 잘 알고 있는 인조다.

"세자의 저의도 의문스럽지만 강빈도 가관입니다."
"빈궁이라 했느냐?"

"네, 전하! 심양에서 선물 받은 채단 수천 필을 동궁전 깊숙이 간직하고 있다 하옵니다."

"비단이라?"

"네, 그것이 적의를 만들어 입으려는 것 아니고 무엇이겠습니까?"

적의는 왕비의 예복이다. 심양에서 가지고 들어온 채단은 왕비의 대례복을 지어 입을 수 있는 최고급 비단이라는 것이다. 적의는 국모를 상징하는 법복이다. 그러한 대례복을 지어 입기 위하여 채단을 쌓아 놓고 있다니 믿기지 않았으나 믿고 싶었다.

"으음!"

인조의 얼굴이 분노로 일그러졌다. 비록 나이 어린 계비지만 국모가 시퍼렇게 살아 있는데 적의를 준비하고 있다니 세자빈이 괘씸하기 짝이 없었다.

다시 찾은 치욕의 현장

　고국에 돌아온 지 한 달이 지났다. 그동안 맡아 보고 싶었던 고국의 냄새는 원 없이 맡았으나 적적했다. 찾아오는 사람도 없고 나가야 할 일도 없었다. 창살 없는 감옥이 따로 없었다. 볼모 살이를 하던 심양에 있을 때보다도 외롭고 답답했다. 대궐의 공기가 험악하게 돌아가는 것을 알 길이 없는 소현은 사어(司御) 박종영을 동궁으로 불렀다.

　"대동강을 건너올 때 강물이 풀렸었는데 지금 시절이 어떻게 되었는가?"
　"삼월 삼짇날이 지난 지가 꽤 오래되었습니다."
　"제비가 오지 않으면 강남으로 마중 나가야 하지 않겠는가?"
　"강남이라 말씀하셨습니까?"
　"그렇다. 강 건너 삼전도에 한 번 나가 보고 싶다."
　"뼈아픈 기억이 서린 곳에는 왜 가시려 하십니까?"
　"그러기에 가 보려는 것이다."
　"주상 전하께서 치욕의 삼배구고두례를 올리셨고 저하께서 볼모 길을 떠나셨던 곳입니다."
　"그러기에 가 보려 한다 하지 않느냐. 번거롭게 하지 말고 간단하게 차비를 놓아라."

이튿날, 익위사 관원들마저 배제한 소현은 변복에 사어 하나만을 대동하고 궁을 나섰다. 홍인문을 빠져나온 세자는 영도교를 건너 두모포에서 조운선을 탔다. 한때 조선 수군의 기지창이었던 두뭇개는 을씨년스럽기 짝이 없었다. 대마도를 정벌하기 위하여 전함 227척을 거느리고 위풍당당하게 출정하던 이종무 장군의 위용은 간 곳이 없고 짓다만 폐선만 여기저기 나뒹굴고 있었다.

훈풍을 타고 조운선이 미끄러져 갔다. 강바람이 상쾌하다. 비릿한 강내음이 궁궐에만 갇혀 있던 소현에게는 신선했다.

"돛을 올려라."

수부의 구령에 따라 조졸(漕卒)들의 손놀림이 바빠졌다. 황포돛대가 하늬바람에 포물선을 그렸다. 불룩한 배(腹)를 자랑하던 배(船)가 한강을 거슬러 올라가 낙천정에 닿았다. 멀리 남한산성이 한눈에 들어왔다. 배가 돛대를 접고 남쪽으로 방향을 꺾었다. 한강을 건넌 배가 강기슭에 닿았다.

"돌아갈 때는 나룻배를 탈 것이다."

조운선을 돌려보낸 소현은 박종영과 함께 발걸음을 옮겼다. 얼마 가지 않아 허허 벌판에 하늘 높이 솟아 있는 비석이 시야에 들어왔다. 그 순간, 소현은 그것이 삼전도 비(碑)라는 것을 금방 알아볼 수 있었다. 북한강에서 장대석을 끌어오느라 백성들의 고생이 많았다는 이야기를 들었기 때문이다.

비각에 도착한 소현은 비석을 자세히 살펴보았다. 머리에는 두 마리의 용이 여의주를 희롱하고 받침돌은 거북이 모양을 하고 있었다. 앞면에는 만주 문자가 새겨 있었으나 해독할 수 없었다. 옆면 역시 몽골 문자가 새겨 있었다. 비석 뒷면으로 돌아갔다. 대청황제공덕비(大淸皇帝功德碑)라 새겨진 커다란 글씨가 눈에 들어왔다. 그것을 바라보는 순간, 소현은 숨이 멎고 피가 역류하는 것만 같았다.

"공덕비라? 조선 강토를 짓밟은 황제가 우리에게 공덕을 베풀어 준 것이 무엇이 있단 말인가? 백성을 도륙하고 수많은 포로를 끌어간 원수에게 저주를 퍼부어도 부족할진데 공(功)과 덕(德)이라니 말도 안 된다. 나라를 보전해 준 것이 공이고 임금의 목숨을 살려 준 것이 덕이라고? 그것이라면 부왕의 가슴에만 새겨 두어도 부족함이 없을 것이다. 헌데, 조선 땅한가운데 돌 비석을 세워 놓다니 도저히 이해할 수 없다. 청나라에서 요구해도 죽음을 무릅쓰고 거절해야 마땅하거늘 우리 측에서 먼저 제안했다니 품의한 자가 누구인지 그자의 면상을 한번 보고 싶구나. 그리고 아바마마도 그렇다. 설혹 신하들의 아부 근성이 발동하여 주청했다 하더라도 부왕께서는 물리쳤어야 하지 않았을까."

다리가 후들거리고 현기증이 밀려왔다. 호흡을 가다듬은 소현은 산성으로 향했다. 눈 덮인 정월 그믐날. 부왕이 내관의 등에 업혀 내려왔던 길이다. 영광의 길이 아니라 항복하러 가던 길이다. 비탈길을 오르는 동안 조금 전 삼전도에서 보았던 비문이 뇌리에서 지워지지 않았다.

서문 문루에 올랐다. 허허 벌판에 우뚝 솟은 비각만 유난히 눈에 띄었다.

"공덕비는 조국 강토의 심장에 박힌 대못이다. 이 못을 뽑지 않고서는 대륙으로 나갈 수 없다. 저 흉물을 뽑아서 토막 낼 힘을 기르지 않고서는 대륙으로의 웅비는 한낱 허망한 꿈에 그치고 말 것이다."

시름에 잠겨 있던 소현은 성벽을 따라 발길을 옮겼다. 찬바람이 불었다. 지난해 떨어졌던 낙엽이 바람에 흩날리고 솔가지에 걸린 바람이 소리 내어 울고 있었다. 북풍한설 몰아치던 병자년 섣달. 추위와 굶주림에 죽어 가던 장졸들의 혼령이 울부짖고 있는 것만 같았다.

수어장대를 지나 지화문을 빠져나온 소현은 환궁 길에 올라 송파 나루에 도착했다. 백사장에는 강을 건너려는 백성들과 부보상들이 옹기종기 앉아 있고 차일을 친 주막에서는 주모가 탁주를 팔고 있었다.

대적할 사람은 아무도 없다

"전하를 모시고 산성으로 들어갈 때는 이곳에서 내리지 않았는데 왜 변경되었느냐?"

소현의 눈은 예리했다.

"예, 저하! 당시에는 수군 진영이 있는 송파진과 일반 백성들이 이용하는 송파 나루가 별도로 있었는데 지금은 통합되었습니다."

"왜 그리되었느냐?"

"나라에서 강제로 그런 것이 아니라 백성들이 그렇게 했습니다."

"백성들이라 했는가? 연유가 무엇인가?"

백성들의 자의라니 소현은 더욱 알고 싶었다.

"청군이 철수할 때 나루터에는 시신이 즐비했습니다. 주검을 목격한 백성들이 원한 맺힌 혼령이 해코지할까봐 두렵게 생각하여 송파 나루를 멀리하고 진(鎭)을 이용하다 보니 이제는 송파진이 나루가 되었습니다."

송파에는 수군기지 송파진과 일반 백성들의 교통로 송파 나루가 있었다. 진(鎭)에는 병선이 있었고 나루터에는 나룻배와 거룻배가 있었다. 전쟁의 참화를 겪은 송파는 참렬 바로 그것이었다. 수군진지 송파진은 초토화되었고 나루터에는 시신이 산을 이루었다. 겁탈하고 죽인 부녀자의 목 없는 몸, 포로로 끌고 가기에는 부담스러운 병약자들, 북으로 끌려가는 어미 등에서 강제로 끌려 내려와 강물에 처박힌 아기들, 차마 눈 뜨고는 볼 수 없는 참혹한 모습을 목격한 백성들은 진을 손질하여 이용하고 나루터를 멀리했다.

소현과 박종영이 배에 올랐다. 먼저 오른 사람들이 힐끔힐끔 쳐다보았다. 행색을 보아 하니 장사꾼 같지는 않다. 요대가 청색인 것으로 보아 아직 출사하지 않은 선비 같기도 하다. 혼란스러웠는지 고개를 갸우뚱거렸다. 소현은 자신을 바라보는 시선이 부담스러워 눈을 맞추지 않고 하늘을 쳐다보았다. 남한산성이 시야에 들어왔다. 산성의 소나무가 오늘따라 푸른 기상으로 다가왔다.

나룻배 승객들은 하나같이 들떠 있었다. 강을 건너면 새로움과 만난다. 이윤이 목적인 장사꾼은 어떤 손님을 만날까 기대에 부풀어 있고, 선보러 가는 총각은 색시감이 얼마나 예쁠까 설레었다.

"저기 촌닭 같은 놈은 누구야?"
"글쎄, 양반집 자제 같기도 하고 아닌 것 같기도 하고….."
"그 따위 말이 어디 있냐? 기면 기고 아니면 아니지."
"사대부 집 자제 같아."

"저놈이 사대부 집 자제라는 것을 네가 어떻게 알어?"

"갓끈이 상아영(象牙纓)이잖아."

"이런 미련곰탱이 같으니라고. 얌마, 저것이 어찌 상아 구슬이냐, 주영
(珠纓)이지."

"그렇다면 저놈이 양반 행세하려고 가짜 구슬을 달았나?"

"난리 통에 돈 가지고 신분 세탁한 놈이 어디 한둘이냐."

"아휴 속 터져. 포졸들은 뭐하고 저런 놈을 안 잡아간다지"

이들의 입방아를 참다못해 박종영이 나직이 말했다.

"말조심하라."

수군거리던 부보상이 발끈했다.

"네놈이 뭔데 하라 마라 하는 거야."

"이놈이…"

"이놈 저놈 하지마. 임마! 호로자식 같으니라고…"

청나라 사람을 호인(胡人)이라 경멸하던 조선 사람들은 병자호란을 거
치면서 청나라 군사들에게 겁탈당하여 태어난 아이들과 포로로 끌려가서
낳은 아이들을 아비 없는 자식이라 하여 호로(胡虜)자식이라 폄하하고 백
안시했다. 이거보다 큰 욕이 없다. 결국 멱살잡이가 벌어졌다.

"박 사어 그 손 놓지 못할까."

호통은 박종일에게 내려졌는데 부보상이 서리 맞은 뱀처럼 꼬리를 내렸다.

"어사한테 호통치는 거 보니까 높은 사람은 높은 사람인 것 같애."
"아냐, 사어라고 했어."
"사어나 어사나 그게 그거지."
"옆구리에 칼도 차고 있던데"
"정말?"
"허리춤을 잡았을 때 손에 잡히더라고."
"넌 이제 죽었다."

높은 사람을 입방아를 찧어댔으니 죽어도 싸다. 눈앞이 캄캄했다. 도망가고 싶어도 강물 위에 떠있는 배. 뛰어 봐야 강물이다. 머리 처박고 죽은 척할 수밖에 없다.

"것 봐, 내가 상아영이라고 했잖아."

갓끈에 매달린 구슬이 상아라고 했던 자가 옆자리에 엎드린 부보상의 옆구리를 쿡 찔렀다. 살며시 고개를 들어 갓끈을 살폈다. 틀림없는 상아였다. 갓에서 턱을 향하여 수직으로 매달린 구슬이 유난히 돋보였다.

상아는 조선에서 생산되지 않아 외국에서 수입되는 귀중품이다. 그런 상아로 갓끈을 맨다는 것은 어지간한 세도가 아니고서는 감히 엄두도 내지 못했다. 뱃머리 쪽에서 수군대던 부보상이 짐 보따리는 그대로 놔두고 사람들을 헤치며 슬금슬금 선미로 물러났다. 세자 일행과 멀리 떨어져 있으려는 심산이다. 입방아를 더 찧어 대고 싶은데 높은 사람의 귀에 들어갈까 봐 겁이 난 것이다. 선미에서는 사공이 뱃노래를 흥얼거리고 있었다.

어기야 디야차 어야디야 어기여차 뱃놀이 가잔다
역수한파 저문날에 홀로 앉았으니
돛대 치는 소리도 서글프구나
창해만리 먼 바다에
외로운 등불만 깜박거려
연파만경 수로창파 불리워 간다
뱃전은 너울너울 물결은 출렁
하늬바람 마파람 마음대로 불어라
키를 잡은 이 사공 갈 곳이 없다네
부딪치는 파도 소리 잠을 깨우니
들려오는 노소리 처량도 하구나
어기야 디야차 어야디야 어기여차 뱃놀이 가잔다.

가락이 구슬프다. 이마에 흐르는 땀방울을 삼베 수건으로 문지르며 사공은 계속 흥얼거렸다. 뱃놀이 가자는데 가락은 왜 이리 슬픈지 모르겠다.

"높은 사람이라는데 호위군사 하나 없냐?"
"그러게 말이야. 나루터 승관이나 나졸들도 아는 체도 안 하던데."
"아무래도 가짜 같아."
"저놈들이 우리 등친 일 없으니 상관할 게 뭐람."
"그러면 우리는 어떻게 되는 거야?"
"높은 사람을 대놓고 욕했으니 죽을 일만 남았지. 크크크."

부보상이 목에 손을 갖다 대며 자르는 시늉을 했다. 키 큰 부보상은 겁
에 질려 있었다. 소현의 눈빛에 주눅이 들어 있던 참인데 옆자리의 친구
마저 죽을 일만 남았다니 눈앞이 캄캄했다. 아무리 겁이 났지만 입이 간
지러웠다.

"건 그렇고 청국에서 돌아온 세자가 조소용한테 쪽을 못 쓴다며?"
"쪽이 뭐야? 완전 석 죽는 거지."
"왜 그런데?"
"야, 생각을 해 봐라. 돌아가신 인열왕후가 갑오생 말띠거든, 그래서 갑
인생 범띠 소용 조씨가 잡아먹었단 말이야. 주상 전하가 을미생 양띠지,
세자 저하가 임자생 쥐띠이니 밥이야 밥."
"네놈 말을 듣고 보니 그도 그럴 듯한데…."
"그럴 듯 정도가 아니야 얌마. 어린 나이에 국모가 된 중전도 갑자생 쥐
띠이고 청나라에서 아직 돌아오지 않은 봉림대군도 기미생 양띠란 말이

야. 지금 궁에서 조씨를 대적할 사람은 이번에 세자가 귀국하면서 데리고 들어온 석린이 하나밖에 없어. 헌데 그 아들이 경진생 용띠이긴 하나 심양에서 태어나 물이 없어. 물이 있어야 승천하는데 어림없어."

줄줄이 꿰며 혼잣말처럼 중얼거렸다.

"너 그 야그 어디서 들었어?"
"지난번 한양에 들어갔을 때 칠패 시장에서 들었다, 왜?"
"너 그 따위 허무맹랑한 소리 퍼뜨리고 다녔다간 목이 열 개라도 부족하다."

나룻배가 강 중앙에 이르렀다. 배가 심하게 흔들렸다. 사나운 물결이 뱃전에 부딪치며 하얀 포말을 일으켰다. 부서지는 물결을 바라보던 소현은 소스라치게 놀랐다. 부서지는 물결에 지워지지 않는 글씨가 있었다. 대청황제공덕비. 다시 한 번 강물을 바라보았다. 그러나 거기에는 아무것도 없었다.

소현이 강을 건너고 있는 그 시각. 인조가 도승지 김광욱을 불렀다.

"세자를 들라 이르라."
"세자 저하께서 잠시 궐밖에 나가 계십니다."
"이런 고얀 일이 있나? 과인도 모르게 세자가 궁밖에 나가다니. 호위대장과 훈련대장을 당장 들라 이르라."

"호위대장과 훈련대장도 모르는 일이옵니다."

"뭣이라고?"

인조의 입술이 분노에 떨었다.

조여드는 검은 손길

소현세자가 대궐을 빠져나와 남한산성으로 향했다는 소식은 조소용이 동궁전에 심어둔 간자를 통하여 즉각 조씨에게 알려졌다.

"흠, 하룻강아지 범 무서운 줄 모르고 호랑이 굴속으로 들어갔군. 아냐, 굴속이 아니라 아가리 속이야. 아예 날 잡아 잡수셔군. 거기가 어디라고 들어가. 산성이라면 자다가도 벌떡 일어나는 니 애비를 몰라서 그러나? 알면서 그랬다면 순진해. 철부지 같으니라고…"

혼잣말을 중얼거리던 조소용의 얼굴에 검은 웃음이 스치고 지나갔다.

"지난번 옥사에 심기원 일당이 일망타진되었다고 김자점이 보고했지만 아직도 그 잔존 세력이 남아 있는지 몰라. 산성은 음험하잖아."

사건의 발단은 지난해 일어났던 심기원의 역모 사건으로 거슬러 올라간다. 황헌의 밀고로 체포된 광주부윤 권억이 내병조에 설치된 추국청에서 고문을 이기지 못하고 입을 열었다.

"주상을 묶어 유폐한 다음 사신을 심양에 보내 세자를 귀국하게 한다면 명분도 서고 논리도 합당할 것이니 지체할 것 없다.'라고 모의하였습니다."

심기원 옥사에 연루된 권억의 공초를 받아 든 인조의 손이 부들부들 떨리던 것을 조소용은 똑똑히 기억하고 있었다. 당시 심기원은 남한산성 수어사였고 권억은 광주부윤이었다. 이 사건으로 회은군 이덕인을 옹립하려던 심기원과 그 일당이 복주되었는데도 남한산성에서 또 괴문서가 발견되었다.

"영남에서 두 패의 무리가 올라와 삼전 나루를 건널 것이다. 미리 배를 마련해 두었다가 일시에 건네 주도록 하라. 이는 수어사의 분부이고 총융사도 아는 일이다."

문서를 발견한 광주부윤 홍진문은 '어떻게 할까?' 망설이다가 조정에 보고했으나 즉시 치계하지 않았다는 이유로 추국당하고 수어사 이시백이 물러나는 소동이 벌어졌다. 이 사건으로 인조는 남한산성을 반역의 땅으로 의심하고 있었고 산성 강박관념에 사로잡혀 있었다.

"더 이상 기다릴 필요가 없다. 퇴출된 고물을 깨끗이 닦아 간직하고 있는 것은 이럴 때 쓰려하지 않았는가."

병자호란의 책임을 지고 퇴출된 김류가 그녀의 베갯머리 송사 덕분에 영의정에 올라 있다. 도원수였던 김자점은 잠시 절도에 유배되었으나 그녀의 천거로 강화유수를 거쳐 불과 4년 만에 호위대장, 병조판서, 우의정으로 고속 승진했다.

"그자들을 그 자리에 앉혀 놓은 건 장식이 아니지."

조소용이 의미심장한 미소를 지었다. 성혼(成渾)의 문생으로 조정에 출
사한 김자점은 병조에서 잔뼈가 굵은 무골통이다. 그가 내의원 도제조를
겸하고 있다. 환상적인 그림이 그려지는 자리다. 하지만 우연이 아니다.
소용 조씨가 공을 들인 결과물이다.

통명전은 구중궁궐 가장 깊은 곳에 있는 중전의 침전이다. 연회가 있는
날을 제외하고는 항상 조용한 곳이다. 적막하리만큼 한적한 이곳에 소용
조씨가 들어앉은 이후부터는 문턱이 닳았다. 승차했다고 사례하러 오는
신료들, 하사받은 감투를 쓰고 지방으로 떠나는 관리들로 북적거렸다.

이형익이 조소용의 부름을 받고 통명전에 들어섰을 때, 소주방 김상궁
이 일어나고 있었다.

"한 치의 오차가 있어서는 아니 된다."
"네, 마마!"
"실수하면 죽음이다."
"명심하겠습니다. 마마!"

궁궐의 음식 담당은 수라간이다. 세자가 가례를 올리고 동궁전으로 독

립하면 수라간 역시 대전 수라간과 동궁 수라간으로 분립한다. 병자호란 전까지는 각각 별도로 운영했다. 세자 볼모 생활 햇수로 9년. 동궁 수라간 은 심양으로 이동했고 귀국과 함께 창경궁으로 돌아왔지만 모든 것이 부족했다.

임금의 음식을 전담하는 대전 수라간은 왕의 수라를 책임지는 내소주 방과 궐내의 크고 작은 잔치를 전담하는 외소주방으로 나뉜다. 조리 기구 가 부족하고 밑반찬이 없는 동궁전 수라간 지원 임무를 외소주방 김상궁 이 맡았다. 그 김상궁이 조소용의 부름을 받고 후궁전을 다녀간 것이다.

이형익이 소용 조씨 앞에 머리를 조아렸다.

"네가 특명을 받은 날이 언제였느냐?"
"정월 초나흘이었습니다."

이형익은 조씨의 친정집을 드나들던 침쟁이였다. 그는 침을 손으로 놓 은 것이 아니라 혀와 손끝으로 놓은 술사에 가까운 침의였다. 환자들은 그의 세치 혀에 녹았고 손끝에 무너졌다. 특히 여자들이 현혹되었다. 혈 을 찾는 그의 손이 은밀한 곳에 머무르면 대부분의 여자들은 자지러졌다. 그를 한양으로 끌어올린 장본인이 소용 조씨다.

궁에 들어온 이형익은 번침으로 인조의 환심을 샀다. 왕의 주치의를 자 처하며 안하무인으로 군림하던 그는 내의원 어의와 신료들의 질시를 받아 궁에서 밀려났다. 대흥현감으로 나간 그는 조씨 어미와 추문을 일으켜 세인의 입방아에 오르내렸다. 그러한 그를 다시 궁으로 불러들인 것이 소용 조씨다.

청나라가 세자의 영구 귀국을 조선에 통보한 것이 지난해 12월 4일. 이형익이 인조의 특명을 받아 궁에 들어온 것이 1월 4일이었다. 세자의 귀국에 맞춰 이형익을 불러들인 것이다.

"내 명이 있을 때까지 성 밖에 나가지 말라."

이형익에게 금족령이 떨어졌다. 4대문 밖에 나가지 말고 대기하라는 것이다. 이형익은 금호문 밖 가회방에 조소용이 마련해 준 집에 살고 있었다.

"네, 마마!"

머리를 조아리는 이형익에게 조씨가 엽전 꾸러미를 던져 주었다. 은화였다. 꾸러미를 소매 춤에 넣은 이형익이 뒷걸음으로 물러났다.

뒤바뀐 약방문, 누구를 위한 처방인가

인왕산에 해가 걸리고 땅거미가 궁궐에 내려앉았다. 이형익이 후궁전을 나와 금호문을 빠져나가는 거의 같은 시각. 궁에 돌아온 소현을 대전 내관이 기다리고 있었다.

"세자 저하! 전하께서 찾아 계시옵니다."
"어둠이 내리는데 괜찮겠느냐?"
"환궁하시는 대로 모시라는 어명이 계셨습니다."

내관을 앞세운 세자가 양화당을 찾았다. 병석에 누워 있어야 할 인조가 꼿꼿하게 앉아 세자를 기다리고 있었다.

"아바마마! 불러 계시옵니까?"

싸늘한 냉기를 느끼며 소현이 다소곳이 머리를 조아렸다.

"허락도 없이 세자가 궐 밖으로 나가도 된다더냐?"
"황공하옵니다."
"그래, 어디를 다녀왔느냐?"

"삼전도와 남한산성을 다녀왔습니다."

"산성에 가서 군사 훈련이라도 시키고 돌아온 게냐?"

목소리에는 노기가 서려 있었다.

"아니옵니다, 마마!"

"군사 훈련이 아니면 뭐 하러 산성에 갔더란 말이냐?"

"그날의 치욕을 다시금 새기기 위하여 다녀왔습니다."

"듣기 싫다. 그들에 대한 적개심은 심양에서 쌓았으면 됐지. 새삼스레 무슨 삼전도란 말이냐?"

인조에게 삼전도는 치욕의 땅이다. 생각하기조차 싫은 이름이다. 꿈에서도 가위 눌리는 악몽의 장소다. 조선 건국 250년. 오랑캐에게 항복한 선대왕이 있었던가? 생각하면 그 수모가 뼈에 사무쳤다. 그러한 곳을 세자가 허락도 없이 다녀온 것은 자신을 모욕 주는 것이나 다름없다고 생각했다.

"황송하옵니다."

소현이 목소리를 낮췄다. 세자를 노려보던 인조가 거친 호흡을 가다듬었다.

"호국에서 가져온 물건이 많다고 들었다."

"전하! 그것은 오해이십니다."

"무엇을 가져왔느냐?"

"북경에서 구왕이 준 귀국 선물, 서양인 천문대장의 선물, 심양에서 질 가왕이 준 선물이 전부입니다."

"일국의 세자가 신하들의 입에 오르내려서야 되겠는가?"

"망극하옵니다."

"세자가 받은 선물은 개인의 소유가 될 수 없다. 호조로 돌려보내라."

"분부대로 행하겠습니다."

동궁으로 돌아온 세자는 채단 400필과 황금 19냥을 호조로 보냈다. 청나라에서 받은 선물을 몽땅 내놓은 것이다.

4월23일. 저녁 식사를 마친 소현은 잠자리에 들었으나 잠을 이루지 못하고 시달렸다. 오한과 발열을 동반한 증상이었다. 세자가 급환에 시달린다는 보고를 받은 인조는 어의 박군으로 하여금 동궁에 들어가 살펴보도록 했다. 진맥을 마친 박군이 동료 어의들과 함께 양화당으로 향했다.

"세자의 병이 무엇이더냐?"

"학질입니다."

"무슨 약을 쓰면 되겠는가?"

"학질에는 열이 많은 풍학(風瘧), 오한이 심한 한학(寒瘧), 비를 맞아 발작하는 습학(濕瘧) 고질병이 된 노학(老瘧), 열도 오한도 미지근한 해학(解瘧), 등이 있는데 세자의 증상은 오한과 열이 있으므로 쌍해음자(雙解飮子), 지룡음(地龍飮), 강활창출탕(羌活蒼朮湯), 장달환(瘴疸丸), 관음원

(觀音院)을 쓰면 효험이 있습니다."

어의 유후성이 동의보감의 처방을 열거하며 충분히 다스릴 수 있는 질환이라고 힘주어 말했다.

"탕약을 준비하라."

왕명을 받은 어의 박군과 유후성이 물러난 직후, 약방제조 김자점이 들어왔다.

"세자의 질환에는 침이 특효입니다."
"침이라 했소?"
"네, 전하!"

잠시 침묵이 흘렀다.

"전하의 옥체에도 침이 효과가 있었사오니 세자에게도 침을 놓도록 하소서."

곁에서 잠자코 있던 소용 조씨가 침의 효험을 상기시켰다.

"세자에게 침을 놓도록 하라."

탕약은 취소되었다. 양화낭을 불러나온 약방제조 김자점은 급히 이형익을 불렀다.

"세자 저하에게 침을 놓아라."

이형익은 공식 어의가 아니다. 침 하나로 인조의 신임을 얻은 인물이다. 이형익이 소현에게 침을 놓기 시작한 바로 그날 밤. 밤하늘에서는 화성이 적시성(積屍星)을 범하고 경상도 칠곡에서 지진이 일어났다.

슬퍼도 슬퍼할 수 없는 죽음

소현세자가 환경전에서 숨을 거두었다. 향년 33세. 발병 사흘 만이다. 날씨는 맑았으나 하늘도 울고 땅도 울었다. 대소 신료들은 망연자실 말을 잃었다. 소용 조씨의 엄명에 따라 궁인과 궁노들에게 함구령이 떨어졌다. 입단속에도 불구하고 궁궐 담장을 넘어간 소문은 빠르게 도성에 퍼졌다.

"세자가 독살 당했다며?"
"그런 말 함부로 했다간 목이 두 개라도 부족혀."
"입은 비틀어졌어도 말은 바로 하라고, 멀쩡한 젊은 사람이 사흘 만에 왜 죽냐?"
"학질이래잖아."
"나도 학질에 걸려 봤지만 땀 한번 흠씬 흘리고 나면 거뜬히 일어날 수 있어."
"맞어, 나도 앓아봤는데 콩나물국에 고춧가루 풀어서 먹으면 그만이야."
"사람 나름이지."
"추운 오랑캐 땅에서도 살아난 목숨인데 학질 따위에 죽을 수 있냐?"

운종가와 칠패 시장 장사꾼들이 수근거렸다. 조정은 국장도감을 설치하고 국상 체제에 돌입했다. 인조가 도제조 김자점을 비롯한 대소 신료들을 편전으로 불러들었다.

"뜻밖에 왕세자의 상을 당하여 참고할 만한 문서가 없으니 강화도에 사관을 보내 실록에서 상고해 오도록 하소서."

예조에서 품의했다.

"사흘 만에 입관할 것이니 강화도에 다녀올 필요 없다."
"세자 저하를 그렇게 대하는 것은 예가 아니옵니다."

예조에서 난색을 표했다.

"사흘 만에 입관하는 것은 사대부와 똑같은데 안 될 일이 무엇이 있겠는가? 재궁(梓宮)이란 두 글자도 쓰지 말고 구(柩)자를 쓰라."
"구(柩)자는 사가에서 쓰는 것으로 왕세자에는 적절하지 않습니다."

보덕 서상리, 필선 안시현, 겸필선 신익전, 문학 오빈, 사서 유경창, 설서 장차주가 연대하여 진언했다.

"쓰라면 쓸 일이지 왜 이리 말이 많은가? 참작하여 결정하였으니 다시는 거론하지 말라."

인조가 잘라 말했다.

"원으로 할까요, 묘로 할까요?"

이조에서 의문(儀文)을 품신했다. 왕실 묘제는 능, 원, 묘로 구분된다. 등극했거나 추존된 왕과 왕후는 능(陵), 세자와 세자빈과, 왕을 낳았으나 왕비 직첩을 받지 못한 후궁은 원(園), 강등된 왕과 사친은 묘(墓)로 칭했다. 연산군과 광해 묘가 여기에 해당된다.

"묘로 하라."

예정된 수순처럼 거침없는 인조의 태도에 신하들은 어의가 없었다.

"사리를 모르는 내관들이 염을 함부로 하고 있으니 예조 당상이 염습에 참여하도록 하소서."

승정원이 품의했다. 염습(殮襲)은 망자의 몸을 씻기고 옷을 갈아입히는 의식을 말한다. 사리를 모르는 내관들이라는 말은 구실에 불과하고 소현의 벗은 몸을 확인하여 실록에 기록하고 싶다는 의도다.

"그럴 필요 없다."

인조는 승정원의 의도를 꿰뚫어 보고 있었다.

"염습은 중요한 예이오니 종친부 족친이 들어가 참여해야 합니다."

"꼭 그렇게 해야 하는가?"

"예, 전하."

인조가 마지못해 동의했다. 종실 이희와 진원군 이세완이 풀었던 머리를 묶고 염습에 임했다.

이세완은 소현의 시신을 보는 순간 소스라치게 놀랐다.

"이럴 수가…."

불과 사흘 전까지만 해도 가파른 남한산성을 올랐던 세자의 눈, 코, 입, 귀의 일곱 구멍에서 선혈이 흘러나와 있었다.

시신은 전문가가 아니라도 자연사가 아니라는 것을 한눈에 알아볼 수 있었다. 그러나 의문을 표시하는 것은 곧 죽음이다. 다리가 후들거렸다. 대렴을 마친 시신은 숭문전으로 옮겨져 빈소가 차려졌다. 빈궁(殯宮)을 설치하지 않고 찬실에 평상과 대자리만 설치하고 흰 명주로 장막을 쳤다. 국상이 아니라 사가의 장례와 흡사했다.

사헌부와 사간원에서 주청했다.

"세자 저하의 증세도 제대로 판단하지 못하고 날마다 침만 놓다 왕세자를 이 지경에 이르게 한 이형익을 국문하여 죄를 묻도록 하소서."

"국문할 것까지는 없다."

양사에서 재차 이형익의 처벌을 강력히 주청했으나 인조는 물리쳤다. 조정이 웅성거렸다. 어의의 과실이 없다 하더라도 임금이나 세자가 훙서(薨逝)하면 어의에게 책임을 묻는 것이 관례였으니 그냥 넘길 수 없다는 것이었다. 조정의 공기를 감지한 인조는 5일 동안 조회를 정지했다. 아예 대면을 차단함으로써 신하들의 입을 원천봉쇄한 것이다.

소현세자, 땅으로 돌아가다

향리에 머물던 김상헌은 세자의 부음을 듣고 문상을 해야 할지 말아야 할지 갈등을 느꼈다. 팔도의 유생과 사대부들이 김상헌의 거취를 지켜보고 있으니 고민하지 않을 수 없었다.

시골에 있던 김상헌이 입궁하여 빈소를 찾았다. 실로 오랜만의 입궁이다. 병자년, 허둥지둥 궁을 빠져나와 남한산성으로 향한 이후 처음이다. 정치 노선은 달랐지만 소현세자가 마지막 가는 길에 조문하고 돌아갔다.

당대 최고의 풍수는 장진한이다. 그는 인조의 생모 계운궁을 김포로 천장하여 인조의 신임을 얻었다. 관상감 제조 김육이 장진한을 만났다.

"희릉과 효릉 사이를 어떻게 보시오?"
"수파(水波)가 염려됩니다."
"그럼 어디가 좋겠소?"
"영릉 부근 홍제동에 쓸 만한 등성이가 있습니다."
"그곳은 지난번 상사 때도 길이 멀어 쓰지 않았던 곳 아니오?"

장진한의 자문을 받은 관상감이 인조에게 보고했다.

"여러 술관들이 희릉과 효릉의 안을 좋다고 하는데 장진한만이 불길하다고 합니다."

그날 밤, 김자점이 장진한을 은밀히 불렀다.

"지관은 뭐하는 사람이오?"
"지상(地相)을 살피는 사람입니다."
"땅에는 길지가 있고 흉지가 있다 들었소. 그렇소?"
"그렇습니다, 대감!"
"길지를 찾는 사람이 있으면 흉지를 찾는 사람도 있을 것 아니오?"
"풍수쟁이 40여 년 동안 그런 사람은 보지 못했습니다."
"난 지상은 모르오만 관상은 좀 볼 줄 아오, 그대가 그런 사람을 만날 상이오. 하하하."

김자점의 웃음소리에 소름이 끼쳤다. 김자점이 누구인가. 나는 매도 떨어뜨린다는 낙흥군 대감이 아닌가. 김자점의 집을 나선 장진한은 다리가 후들거렸다. 이튿날, 궁에 들어간 장진한은 희릉과 효릉 사이의 구릉은 불길하다는 주장을 철회하고 효릉 안이 좋다고 번복했다.

자리가 결정되었다. 하지만 양심의 가책을 느낀 장진한이 그간의 사정을 발설하고 말았다. 이 소식을 전해들은 세자빈이 여주 홍제동을 쓰자고 간청했지만 인조는 윤허하지 않고 대노했다.

"장진한을 잡아다 국문하라."

장진한에게 날벼락이 떨어졌다. 땅의 지세를 살핀다는 사람이 자신이 들어갈 땅의 형세마저 살피지 못한 결과다.

마침내 발인이다. 숭문전에 안치되어 있던 세자의 재궁은 빈양문을 나와 명정문 남동쪽에서 소여(小轝)에 올랐다. 여러 관원들이 재배하고 하직했다. 장졸들은 각기 입직 장소에서 발인하는 쪽을 바라보며 눈시울을 적셨다.

선인문을 나온 재궁은 대여(大轝)에 옮겨 운종가를 향하여 움직이기 시작했다. 세자의 장례 행렬 치고는 초라했다. 종친부, 익위사, 시강원의 관속 및 각사의 낭관 한 사람이 따를 뿐 정승판서는 하나도 없었다. 보신각에서 치러진 노제도 간략하게 행해졌다.

종루에서 남쪽으로 방향을 바꾼 운구 행렬은 소의문을 통과했다. 국상 행렬이라면 당연히 도성의 서대문 돈의문을 통과해야 한다. 하지만 소현의 재궁은 이름 없는 백성들의 시신이 나가던 소의문을 통과했다. 무악재를 넘어 고양에 도착한 소현은 승군(僧軍) 1420명, 연군(煙軍) 900명의 부역으로 안장되었다. 소현 묘다. 심양을 바라보며 누워 있으라는 뜻이었을까? 왕실 묘역으로는 드물게 북향이었다.

품속을 파고드는 불여우

빈과 후궁을 비롯한 하위 여관은 품계가 있지만 중전은 품계가 없다. 소현세자의 생모 인열왕후가 승하한 후 입궁한 계비는 21세. 소용 조씨는 31세. 조씨가 나이도 많고 궁에 들어온 경력도 오래되었다. 하지만 내명부는 장유유서가 통하지 않는 곳이다.

중전 앞에만 서면 작아지는 소용 조씨. 눈엣가시 같은 왕비를 경덕궁으로 내쫓았으니 구중궁궐은 조씨 차지다. 임금의 총애를 받고 있으니 더 바랄 나위 없다. 나이가 많고 품계가 높은 세자빈이 버티고 있지만 그는 지아비 없는 과부요 꽁지 빠진 닭이다. 조소용이 인조의 품속을 파고들었다.

"전하! 왜 이리 잠을 이루지 못하십니까?"

"법과 원칙이냐? 바꾸는 것이 좋으냐? 그것이 문제로다."

"법과 원칙도 중요하지만 시세에 따라 수정하는 것이 실리에 맞는 것이라 생각하옵니다."

"나도 그렇게 생각한다."

"그런데 왜 이리 고민하십니까?"

"원칙대로 하자고 주장하는 자들이 많아 걱정이다."

"이 나라는 전하의 나라입니다. 전하께서 하시는 일을 감히 누가 반대한단 말씀입니까?"

"국본을 바로 세워야 하는데 조정의 대소 신료들은 하나같이 반대하고 있다."

"세자를 불러왔으면 세워야지 무엇을 망설이십니까?"

"세자라 했느냐?"

인조의 눈이 휘둥그레졌다.

"네 그렇습니다. 전하!"

"세자는 죽었는데 누굴 말하느냐?"

"소현은 죽었지만 봉림이 돌아왔지 않습니까?"

조소용의 눈동자가 가늘게 떨렸다.

"봉림이라 했느냐?"

"네, 전하!"

"으음"

인조가 괴로운 신음을 토해 냈다.

"밀어붙여야 합니다."

"믿을 만한 신하가 없어서 걱정이구나."

"너무 심려치 마십시오. 소첩이 도와드리겠습니다."

"네가 무슨 힘으로 날 도운단 말이냐?"

"그렇게 쳐다보시면 송구하옵니다."

실눈을 뜨고 임금을 쳐다보던 조소용이 더욱 깊게 품속을 파고들었다.

세자를 바꾸고 싶다

인조가 대소 신료들을 불러들였다. 영의정 김류, 좌의정 홍서봉, 영중추부사 심열, 낙흥부원군 김자점, 판중추부사 이경여, 우찬성 이덕형, 이조판서 이경석, 예조판서 이식, 호조판서 정태화, 병조판서 구인후, 공조판서 이시백, 판윤 허휘, 좌참찬 김수현, 우참찬 김육, 부제학 이목, 대사간 여이징 등 열여섯 명이 입시했다.

"원손이 성장하기를 기다릴 수 없다. 경들의 뜻은 어떠한가?"

'기다릴 수 없다.'에 무게를 실었다. 임금이 좌중을 휘둘러보았으나 누구 하나 선뜻 입을 열지 못했다.

"전하께서 갑자기 이런 말씀을 하시니 신들은 어찌할 바를 모르겠습니다."

영의정이 조심스럽게 접근했다.

"내가 죽기라도 한다면 어린 임금으로서는 나랏일을 감당할 수 없을 것이다. 그래서 나는 대군으로 후사를 세우고자 한다."

"전하의 하교는 종묘사직을 위하시는 마음에서 나온 것이지만 신들은 두렵고 의혹스러워 어찌할 바를 모르겠습니다."

김류가 몸을 사렸다.

"중국의 옛 역사를 상고해 보건대 태자가 없으면 태손으로 이었으니 이것이 곧 법입니다."

"법은 만들 수도 있고 고칠 수도 있지 않느냐."

"상도(常道)를 어기고 권도(權道)를 행하는 것은 정도(正道)가 아닌 듯합니다."

좌의정 홍서봉이 원칙론을 내세웠다.

"태평한 세상에는 반드시 장성한 세자가 있었다. 허나, 오늘날은 그러하지 않다."

"좌의정의 말이 신의 뜻과 부합됩니다. 전하께서 비록 사소한 병환이 있으시기는 하나 아직 춘추가 한창이시고 원손이 비록 미약하기는 하나 이미 10세에 이르렀습니다. 예로부터 어린 임금이 왕위를 이은 경우가 어디 한둘이겠습니까. 법통은 중대한 것이니 가벼이 바꿀 수 없습니다."

영중추부사 심열이 홍서봉의 의견에 동조했다.

"신의 뜻도 좌상과 같습니다."

이덕형이 합류했다.

"홍서봉과 이덕형 두 대신의 말은 모두가 경상(經常)의 도리이므로 신은 두 대신의 뜻을 옳게 여깁니다."

공조판서 이시백이 원칙론에 가세했다.

"신의 소견도 좌상과 다름이 없습니다. 맏자식이 계통을 잇는 것은 고금의 법입니다. 떳떳한 법을 지키면 어려운 때를 당하더라도 나라를 보전할 수 있지만 권도를 쓰면 인심이 복종하지 않아 환난을 일으킬 수 있습니다."

판중추부사 이경여가 백성 불복종을 거론했다.

"나 역시 순서에 따라 전하는 것이 순리임을 어찌 모르겠는가. 허나, 오늘날의 형세가 녹녹치 않다. 반드시 나이 찬 임금이 있어야 막중한 종사를 보전할 수 있을 것이다."
"전하의 뜻은 종사의 대계를 위하심이니 오직 성상의 결단에 달려 있을 뿐입니다."

구인후가 맞장구를 쳤다.

"이 일은 오로지 영상에게 달려 있으니 경이 결단하시오."

인조의 시선이 김류에게 꽂혔다.

"신이 비록 수상의 자리에 있으나 어찌 혼자 결단할 수 있겠습니까. 오늘날의 일이 국가 존망에 관계된 일이라면 필히 전하의 뜻을 따라야 하겠지만 현재의 상황은 그렇지 않은데도 비상조치를 행하려고 하시니 이것이 바로 신들이 함부로 결정하지 못하는 이유입니다."

"천자의 명으로 제후가 된 아들을 바꾸지 말라는 것이 법입니다."

이조판서 이경석이 원칙론을 강조했다.

"서생의 소견은 상도만을 지킬 뿐이니 어찌 임기응변을 알겠습니까."

예조판서 이식이 동조했다.

"서생이 글을 읽었어도 때에 맞추어 쓰는 도리를 모른다면 머릿속에 글이 들어 있은들 어디에 쓰겠는가?"

인조가 노기를 드러냈다.

"신의 생각에는 상도를 지키지 않으면 도리어 국가가 편안하지 못할 듯합니다."

"신의 뜻도 예판과 같습니다."

호조판서 정태화가 거들었다.

"양사의 장관들도 각각 자신의 뜻을 말하시오."

궁지에 몰린 인조가 원군을 청했다.

"권도를 행한다면 반드시 큰 걱정이 있게 될 것입니다."

부제학 이목이 도와주지 않았다.

"신에게는 상도를 지키는 것만이 있을 뿐입니다."

대사간 여이징 역시 임금의 의중을 멀리했다.

"양녕대군이 동궁에 있을 적에 백관들이 그를 폐할 것을 청하였으니 이
는 모두 나라를 중히 여겨 후환을 돌아보지 않은 것이다. 그때 만일 태종
께서 윤허하시지 않았더라면 후일의 화가 불을 보듯 하였는데 당시 대신
들은 자기 몸을 생각하지 않고 의견을 개진했다. 지금 경들은 옳은 줄을
알면서도 말하려 하지 않는 것은 무슨 까닭인가?"

"양녕대군은 덕을 잃고 법도에 어긋난 일이 많았기 때문에 조신들 간에
이견이 없었습니다. 지금은 원손이 어려서 아직 덕망을 잃은 것이 드러나
지 않았는데 갑자기 오늘의 하교가 있으므로 신하들의 의논이 합일되지
않은 것입니다."

노회한 영의정이다. 양녕대군 폐출의 변을 늘어놓으며 임금으로 하여
금 원손의 불초함을 말하게 멍석을 깔았다.

"원손의 사부가 모두 이 좌중에 있으니 어찌 원손이 현명한지 불초한지
를 모르겠는가?"

입시한 신하 중에는 김육, 이식, 이목, 이경석이 강서원(講書院) 사부를
겸하고 있었다.

"어린 소년을 두고 어찌 장래의 성취를 미리 점칠 수 있겠습니까?"

이경석이 제동을 걸었다.

"원손이 비록 나이가 어리지만 그 기질을 본다면 어찌 장래에 성취할 바
를 모르겠는가?"
"원손이 아직 어려서 덕망을 잃은 것이 없습니다."

김육이 쐐기를 박았다.

"원손은 자질이 밝지 못하여 결코 나라를 감당할 만한 재목이 아니다."

인조가 대못질을 했다.

"진강할 때에 원손의 재기가 드러난 것을 볼 수 있었습니다."

이식이 반론을 제기했다. 이때 부제학 이목이 콜록거리며 밖으로 나갔다. 해소 기침을 빙자한 현장 탈출이다. 세자를 갈아 치우는 것은 국가 대사다. 찬반에 따라 가문의 영광이 될 수도 있고 멸문지화를 당할 수도 있다. 난처한 입장에서 책임을 회피하기 위한 꼼수다.

"어느 날 갑자기 내가 죽기라도 한다면 경들은 어떻게 할 생각인가?"

임금의 성난 목소리가 빈청을 울렸다. 열기 가득했던 장내가 찬물을 끼얹은 듯 조용해졌다. 6월의 열풍에 땀은 비지처럼 흘렀으나 등골은 서늘했다. 입시했던 신하들은 머리를 조아린 채 서로의 눈치를 살피며 아무 말이 없었다.

"대신의 의논이 모두 같아야 큰 계책을 결단할 수 있는데 매양 경상 두 글자만 되뇌고 있으니 한심하구나. 이런 큰일을 당하여 따르려면 즉시 따르고 따르지 않으려거든 관직을 버리고 떠나는 것이 타당할 것이다."

임금과 신하들의 기 싸움이 정점을 향해 치달았다.

임금이 상도를 지키지 않으면 삼사의 간원들이 그 부당함을 상소하고 받아들여지지 않으면 사직서를 제출한다. 그래도 임금이 시정하지 않으면 등청하지 않는다. 이때, 임금이 한 발 물러나는 모양새를 취하며 상소를 받아들이고 입궐을 종용하는 것이 관례였다. 헌데, '날 따르지 않으려 거든 떠나라.'고 한 것이다. 신하들에 대한 선제공격이다.

"백성들은 적자손이 당연히 왕위를 계승할 것으로 알고 있는데 신들이 경솔하게 전하의 뜻을 따라 버린다면 백성들은 어디를 쳐다보아야 합니까? 이는 신하의 도리가 아닙니다."

판중추부사 이경여가 물러서지 않았다. 청나라 연호를 쓰지 않았다는 이유로 심양에 끌려가 고초를 겪다 소현세자와 함께 귀국한 강골이다.

"세자가 졸하였으면 뒤를 이을 사람은 마땅히 원손인데 국본을 바꾸는 일을 어찌 말 한 마디에 결단할 수 있겠습니까?"

영중추부사 심열이 가세했다. 경기관찰사와 한성판윤을 거친 심열은 호조, 형조, 공조판서를 거치면서 능력을 인정받아 우의정과 좌의정을 역임하고 영의정에 올랐던 인물이다.

"이미 원손의 명호가 바로잡아졌고 또 보양관도 세웠으니 위호가 정해진 지 오래입니다. 권도에 순종하는 신하들만 데리고 국사를 이끌어 가신다면 이는 견실한 국가가 아니라고 생각합니다. 성상께서는 이미 바로잡힌 명호를 바꾸려고 하시는데 뭇 신하들이 모두 바람에 쏠리듯이 따라 버린다면 장차 그런 신하들을 어디에 쓰겠습니까?"

우찬성 이덕형이 각을 세웠다. 이덕형과 임금은 특별한 인연을 갖고 있다. 반정 당시. 광해군의 도승지로 궁궐에서 숙직하던 이덕형은 반정군이 창덕궁을 점령하자 현장에서 주군을 바꿨다.

"이 일은 원로대신이 결단해야겠다. 경은 어떻게 생각하는가?"

인조의 시선이 김자점에게 멈췄다.

"세자 문제는 전하의 깊은 생각에서 나온 것이니 어찌 미룰 필요가 있겠습니까."

김자점이 좌우를 둘러보며 분위기를 잡았다. 이제 결론을 내야 할 때라고 판단한 것이다.

"경의 소견은 어떤가?"

인조가 영의정을 채근했다.

"계해년 반정과 정축 출성은 상도를 벗어난 비상 조처였습니다. 그렇기 때문에 신은 전하를 받들고 따랐습니다. 그러나 지금은 신민들의 기대가 모두 원손에게 있는데도 전하의 뜻이 이미 정해졌다면 신이 어찌 감히 그 사이에서 가부를 논할 수 있겠습니까."

인조반정과 삼전도 항복을 몸소 결행했으니 따라가겠다는 뜻이다.

"국가는 이상만으로 경영할 수 없기 때문에 봉림에게 뜻을 둔 것이다."
"전하께서 종사를 위해 원대하게 계획하시는 데 어찌 깊은 뜻이 없으시 겠습니까."
"그렇다면 경의 뜻은 이 일을 불가하게 여기지 않는 것인가?"
"성상께서 원손을 폐하고 대군을 세우시고자 하는 것은 나라를 위한 계책에서 나온 것이니 어찌 사적인 뜻이 있겠습니까."

영의정 김류가 무너졌다.

"권도를 쓰는 것은 전하께 달려 있습니다."

좌의정 홍서봉이 돌아섰다.

"대신들의 뜻은 모두 일치되었는가?"
"예, 전하!"

김자점이 머리를 조아렸다. 숨소리도 멎은 듯. 적막이 감돌았다.

"봉림대군을 세자로 삼노라."

인조가 선언했다. 드디어 대단원의 막이 내린 것이다. 곧은 도리를 따

르는 것을 군자라 하고 소신을 버리고 무조건 순종하는 것을 비부(鄙夫)
라 한다. 임금의 뜻을 미리 알아 비위를 맞추는 자를 백성들은 아첨배라
조롱한다.

사실을 은폐하고 왜곡하여 발표하라

소현세자가 승하하자 조선은 청나라에 부음을 전하고 봉림대군의 귀국을 윤허해 달라고 청했다. 귀국을 허락한 청나라는 대군을 호위하여 조선에 나가는 장수로 하여금 문상하라 명했으나 정식 조문은 아니었다.

"압록강을 건너온 청나라 사신이 용만관에서 하룻밤을 묵고 한양으로 떠났습니다."

의주부윤 홍전이 급 장계를 올렸다. 이제 올 것이 온 것이다. 공부상서 홍능을 단장으로 한 조문 사절단은 소현세자의 문상보다도 세자 사후 조선의 정치 지형을 지휘 감독하기 위하여 국경을 넘은 것이다.

의주는 만주로 나가는 길목이며 들어오는 관문이다. 한민족이 만주를 지배했을 때는 동네 길이었지만 만주를 잃었을 때는 길들여지는 길이었다. 중원을 차지한 한족과 몽골족이 그랬고, 이제는 여진족이 조선을 길들이기 위하여 다니는 길이 이 길이다.

의주에 별도의 형옥을 마련한 청나라는 한양에 있는 반청 신료를 의주까지 불러 매질을 가했고 옥에 가두었다. 청나라가 횡포를 부려도 조선은 한마디 말도 못했다. 청나라와 조선은 대등한 국제 관계가 아니라 강화 조약에 서명한 패전국으로서 갑과 을이다.

"청나라 사신이 강을 건너오거든 며칠 동안 푹 쉬어 올려 보내라 했는데 하루가 무엇인가?"

황제가 파견한 조문 사절이 올 것이라 예상한 인조는 서둘러 봉림대군을 세자로 책봉했다. 그리고 시간을 벌고 싶었다. 최대한 의주에 오래 붙잡아 두는 것이 유리했다.

"기생을 동원하여 유하도록 했으나 서둘러 떠났습니다."

평소에 청나라 사신은 입국 시 의주에서 3일간 머물렀다. 의주는 조선 땅이되 그들의 땅이나 다름없었다. 의주부윤을 비롯한 조선 관리들은 그들의 하인이었고 객관과 관아는 놀이터였다. 먹고 마시고 즐기며 유람하듯 남행길에 올랐다. 이러한 사신을 조선은 융숭히 대접했다.

"돈과 기생을 좋아하는 청나라 사신들이 서둘러 떠났다면 예사로운 징조가 아니다. 혹시, 청나라가 우리의 복안을 파악했단 말인가?"

인조의 뇌리에 불길한 예감이 스쳤다. 홍능을 단장으로 한 청나라 조문 사절 역시 의주에 입성하면서 이상한 느낌을 받았다.

"조선의 왕세자가 죽었다. 국장이다. 그런데 너무 조용하다. 예를 중시하는다는 조선이 아닌가? 헌데, 국상을 당한 백성들의 모습에서 조의를 찾아볼 수 없다. 이해할 수 없다."

고개를 갸웃했으나 감을 잡을 수 없었다.

"조제사가 의주를 떠났다 하니 어떤 계책이 필요한가?"

청나라 사신을 조제사라 칭한 인조는 실로 공청증(恐淸症)에 걸려 있었다.

"세자를 세웠으니 원손과의 만남을 차단하고 사신들의 세자 상례 접근을 막아야 합니다."

영의정 김류는 인조의 복심을 헤아리는 데 동물적인 감각을 지니고 있었다. 그러나 인조는 걱정이 태산이다. 소현세자 장례를 치렀으나 궁 안에 혼전이 있다. 혼전을 참배하겠다면 어떻게 할 것이며 세자 묘를 방문하겠다면 어떻게 할 것인가? 난감했다.

"한 점 빈틈없이 철저히 준비하도록 하라."

한양에 입성한 청나라 사신은 모화관에서 여장을 풀고 이튿날 임금을 예방하는 관례를 깨고 창경궁으로 직행했다. 인조가 청나라 조문 사절을 양화당에서 맞이했다.

"내가 병을 앓고 있는 와중에 상을 당하여 몸져누워 있다 보니 교외에 나가 영접하는 예까지 결하여 황공함을 금치 못하겠습니다. 청컨대 이 누추한 자리에서 배칙의 의식을 거행하게 하소서."

청나라 칙사가 벽제관을 출발하면 임금이 서교에 나가 영접하는 것이 관례였다.

"병 때문에 칙서를 예식대로 맞이하지 못하는 것을 이해하겠소. 거행하도록 하시오."

사신과 머리를 맞대고 구수회의를 한 역관 정명수가 고압적인 자세로 명했다.

"조선국왕은 칙서를 받도록 하라."

이 상황에선 역관이 단순 통역자가 아니라 황제다. 임금이 칙서 앞으로 나아가 한 번 절하고 세 번 머리를 조아리는 일배삼고두를 행하고 칙서를 받았다.

"조선 국왕 이휘에게 칙유하노라. 네가 보낸 사신이 북경에 와서 너의 세자가 갑자기 죽었다는 말을 듣고 무척 놀랐다. 세자가 북경에 있을 때를 돌이켜보니 그의 말과 행동이 눈앞에 선하여 애처로운 마음을 금할 수 없다. 그가 제후국의 훌륭한 국왕이 되리라 여겼는데 갑자기 이 지경에 이를 줄을 어찌 알았겠는가? 특별히 공부상서 홍능, 예부계심랑 오혹, 통사관 고아마홍을 보내어 세자에게 유제하게 하노라."

고아마홍은 역관 정명수의 청나라 이름이다. 청나라는 소현세자의 장례가 6개월 국장이라면 아직 장사를 지내지 않았으리라 생각하고 조제사를 파견했다. 헌데 조선은 세자가 승하하자 2개월도 되기 전에 장사를 마쳤다.

"섭정왕이 서신을 보내왔으니 국왕은 받도록 하시오."

정명수가 목소리를 높였다. 인조가 앞으로 나아가 예를 갖췄다.

"황숙부 섭정왕은 조선 국왕에게 위문합니다. 갑자기 세자의 부음을 듣고 크게 놀랐습니다. 세자는 온화한 성격에 문채가 높아 국왕을 도와 우리 황실의 훌륭한 제후가 되기를 기대했는데 하늘이 중도에서 꺾어 버려 애석합니다. 세자와의 정리를 생각하면 어찌 그 슬픔을 잊을 수 있겠습니까. 삼가 조의를 표합니다."

도르곤의 서신이다.

"황제께서 세자의 상을 측은하게 여기시어 사신을 보내서 칙서로 유시하시고 또 조제까지 내리셨으니 황제의 은혜가 망극합니다."

인조가 머리를 조아렸다.

"황제와 섭정왕이 세자의 부음에 놀라고 슬퍼하시면서 우리들로 하여금 조위하게 하셨습니다."

"남경이 이미 평정되었다 하니 모두가 황제의 은덕입니다."

자꾸 소현세자 이야기가 나오면 허점이 드러난다. 인조가 화제를 바꿨다.

"하늘의 도움을 받아 남경을 평정하였고 이자성은 팔왕에게 쫓기어 도망쳤습니다."

"황제와 섭정왕의 큰 복입니다."

"좌우 신하를 물리쳐 주시오."

인조는 환관 두 사람만 남기고 사관을 비롯한 시종 신하들을 합문 밖으로 내보냈다. 역관 정명수가 인조에게 다가왔다.

"소현세자의 사망 원인을 소상히 말하시오."

아픈 곳이다. 설익은 답변을 했다간 무슨 빌미가 될지 모른다.

"별도의 문건으로 보고 드리겠습니다."

"동방의 사정이 좋지 않은데 이럴 때일수록 법과 원칙을 따라야 할 것이며 그 방법은 원손을 후사로 삼는 것이 인심에 부합할 것이오."

"소방에 계책이 있습니다."

"원손에 대한 관심은 섭정왕의 각별한 뜻이오."

"알겠습니다."

밀담이 끝나고 칙사가 밖으로 나가자 인조가 도승지 김광욱을 불러들였다.

"칙사가 섭정왕의 뜻으로 말하기를 '동방의 인심이 좋지 않은데 이럴 때 어린 원손을 후사로 삼는다면 인심이 불안할 듯합니다.' 하기에 내가 사실대로 고하였더니 사신이 기뻐하여 말하기를 '국왕에게 이미 정해진 계책이 있으니 동방의 행복입니다.'고 했다. 이대로 발표하라."

인조는 사신과의 밀담 내용을 왜곡하여 발표하게 했다. 현장을 목격한 사람은 환관 두 사람이다. 허나, 환관은 눈이 있어도 보지 못하고 귀가 있어도 듣지 못하며 입이 있어도 말하지 못한다. 뻥긋했다가는 목이 열 개라도 부족하다. 진실(眞實)은 사실(事實)에 덮여 묻힐 수 있다. 그것이 사실(史實)이다.

매봉 아래 음골에서 월광욕 하는 여인

백두산 정기를 머금은 용이 물을 찾아 내달리다 삼각산에서 잠시 숨 고르기를 했다. 어디로 갈까? 보현봉을 지나 형제봉에서 잠시 머뭇거리던 용이 비보를 건너뛰어 백악 아래 둥지를 틀고 인왕과 안산을 지나 만리재를 밟고 한강변 용머리 바위에서 목을 적셨다.

동쪽으로 방향을 잡은 또 하나의 산줄기는 응봉 아래 보금자리를 마련해 놓고 낙산을 지나 오간수 문밖 숭신골 돌산에서 청계천에 발을 담갔다. 한강에 머리를 박은 용은 물이 넘쳐나지만 건천에 발을 담근 용은 물이 빈약하다. 때문에 경복궁엔 인물이 넘쳐나지만 창덕궁엔 인물난이다.

조선의 법궁 경복궁 주산이 백악이라면 동궐의 주산은 응봉이다. 우뚝 솟아 권위적인 백악이 남성의 양물을 연상케 한다면 울창한 숲속에 솟아오른 응봉은 여자의 두덩을 떠올리게 한다.

성종 이후, 여성 편력이 화려했던 왕들이 창덕궁을 애용하면서 궁궐에 치맛바람이 거셌다. 음기가 센 응봉과 무관하지 않다. 그 산줄기에 걸터앉은 숙정문이 음기가 세다고 연산과 중종 시대에는 아예 여인네들의 출입을 통제했다. 하지만 몸 하나로 신분 상승을 노려야 하는 후궁들이 살

금살금 찾아들었다. 음기를 받기 위해서다. 세인의 눈을 피해 음골을 오가던 궁중 여인들이 서로 마주치기라도 하면 민망함에 얼굴을 붉히기도 했다.

소용 조씨가 임금의 총애를 받으며 내명부를 쥐락펴락하자 매봉 음골을 독차지했기 때문이라는 소문이 자자했다. 그 소문은 뜬소문이 아니었다. 조씨는 음기가 가장 센 한사리 때면 나인을 대동하고 음골을 찾았다. 보름달이 휘영청 걸린 야심한 밤. 우윳빛 속살을 드러내고 월광욕을 즐기는 여인이 있었다, 소의조씨다.

매는 평소에 발톱을 감추고 있다 먹잇감이 나타나면 발톱을 드러낸다. 사냥 본능이다. 행동에 나서면 실패하지 않는다. 눈이 좋고 발톱이 날카롭기 때문이다. 자시가 지난 이슥한 밤. 매봉에서 부엉이가 울었다.

"전하! 무섭습니다."

조소용이 임금의 품속을 파고들었다.

"뭐이가 그리도 무서우냐?"

인조가 조씨를 꼭 껴안았다.

"조금 아까 부엉이가 울었습니다."

품속에 안겨 있던 조소용이 얼굴을 들었다. 보호 본능을 자극하는 눈동자였다.

"밤에는 밤새가 울고, 낮에는 낮새가 우는 것이 상례이거늘 무에 그리 무섭다 하느냐?"
"부엉이가 침소에 날아들어 소첩을 할퀼 것만 같습니다."
"걱정이 심하구나."
"정말입니다."

조소용이 인조의 가슴을 토닥였다. 그때였다. 부엉이가 '부엉, 부엉!' 다시 울었다.

"지금도 무서우냐?"

인조가 팔에 힘을 주었다.

"아니옵니다. 전하가 이렇게 가까이 계시면 무섭지 않은데 소첩 혼자 자는 날이면 무서워서 잠을 이루지 못하옵니다."
"그렇다면 내가 항상 네 곁에 있어 주면 되지 않겠느냐."
"정말이십니까?"

조소용이 몸을 뒤틀며 인조의 품속으로 파고들었다. 임금의 팔에 힘이 가해졌다.

얼마의 시간이 흘렀을까.

"이대로 죽어도 여한이 없습니다."
"죽긴 왜 죽느냐? 나는 네가 있어야 살맛이 난다."
"정말이십니까?"
"그럼, 그럼."

인조의 입가에 웃음이 가득했다.

"품계도 올려 주시고 소첩은 몸 둘 바를 모르겠습니다."

인조는 정3품 조소용을 두 계단 뛰어 정2품 소의로 올려 주었다.

"내가 너에게 해 줄 것이 이것 말고 무엇이 있겠느냐?"
"또 있잖습니까?"
"그것이 무엇이냐?"
"열락의 세계도 보내 주시지 않았습니까. 호호호."

요기 어린 웃음을 흘리던 조 소의가 임금의 가슴에 얼굴을 묻었다.

"운우지정은 같이 느끼는 것 아니더냐?"
"소첩을 운우(雲雨)의 락(樂)으로 보내는 전하는 천하의 무쇠이십니다."
"네가 여기 있는데 내가 널 어디로 보냈다고 그러느냐? 하하하."

"아니, 몰라요, 전하두…"

서른두 살 농익은 여인의 손가락이 인조의 가슴을 후볐다.

"과인도 이제 오십을 넘었느니라."

인조의 입술에서 버거운 숨이 새어 나왔다.

"비록 춘추는 그리 하오시나 옥체는 청춘이십니다."
"허허, 짐을 희롱하면 능멸의 죄가 얼마나 무서운지 아느냐?"

인조가 짐짓 근엄한 표정을 지었다.

"정말입니다. 이것 보십시오. 바윗덩어리잖습니까?"

조 소의의 손이 어느새 인조의 배꼽 아래에 멈춰 있었다. 임금의 호흡이
가빠졌다. 조씨의 얼굴도 홍조를 띠었다.

"전하, 경덕궁에 나가 있는 중전마마도 찾아 주시와요."

조씨가 실눈을 뜨고 눈을 흘겼다.

"중전은 병치레 때문에 나가 있느니라."

"그래도 이십 갓 넘은 젊은 몸입니다. 가끔씩 찾아 주서야 소첩의 마음이 편하옵니다."

"너무 젊어 과인이 힘들더구나."

승하한 인열왕후 뒤이어 맞아 들인 왕후는 22세였다.

"소첩도 전하를 힘들게 해서 죄송합니다."

"아니다. 넌 과인을 너무나도 편하게 해 주어서 항상 예쁘다."

"정말입니까? 전하!"

"고럼, 고럼."

"아이, 몰라요."

"이 귀여운 것."

"어제 밤엔 저도 모르게 올라갔습니다. 무례함을 용서해 주시와요."

"아니다. 그 누구도 내 위에 올라가는 것을 용납하지 않지만 너 하나만은 예외다."

합문 밖 지밀상궁의 얼굴이 붉어졌다.

"그렇다면 가끔씩 올라가는 것을 허락해 주시는 거죠?"

인조의 가슴에 얼굴을 묻고 있던 조 소의가 눈꺼풀을 지긋이 올리며 임금을 바라보았다. 농염한 얼굴에 눈동자가 촉촉하게 젖어 있다.

"가끔씩이 무슨 말이더냐. 매일 올라와도 괜찮다."

"황공하옵니다."

진한 색담(色談)에 침소의 공기가 끈적거렸다. 잠시 침묵이 흘렀다. 말은 없었지만 움직이는 것은 있었다. 이글거리며 타오르는 정염(情炎)이었다.

세자빈의 수족을 잘라라

부엉이 소리는 으스스하다. 어미를 잡아먹는 불효조라서 그럴까? 뭔가 기분 나쁘다. 때문에 선비들은 고양이 얼굴을 닮았다 하여 묘두응(猫頭鷹)이라 불렀지만 민초들은 소리 그대로 부헝이라 불렀다.

"전하! 소현세자 장례 때, 강문명이 지관 최남을 찾아가 '자오가 충돌하니 그대로 묘를 쓰면 원손에게 해가 될 것이니 책임을 져라.'고 겁박했다 하옵니다."

"이런 고얀 놈이 있나?"

"할아버지와 손자가 가깝습니까? 조카와 외삼촌이 가깝습니까? 전하께서 어련히 알아서 하셨으리라고 지놈이 뭔데 감 놔라 배 놔라 한답니까?"

"건방진 놈 같으니라구"

"그런 놈은 그냥 두어서는 아니 됩니다. 버릇을 고쳐 주어야 합니다."

"이르다뿐이냐."

부엉이가 울었다. 이번에는 부엉이계의 엄지 수리부엉이다. 부엉이는 쇠부엉이도 있고 솔부엉이도 있지만 수리부엉이가 단연 지존이다. 쇠부엉이가 사냥을 했어도 수리부엉이가 다가가면 먹이를 놔두고 자리를 피한다. 이들의 위계질서다.

"전하! 지난밤에 대전 나인이 담장을 넘어 갔다 하옵니다."

"뭣이라고?"

인조는 경악했다.

"여자가 넘어 나가는 담장이라면 괴한이 넘어오지 못하겠습니까? 무섭습니다."

"그래?"

자신의 목숨을 노리는 자들이 있다면 쉽게 넘어올 수 있는 궁장이지 않은가. 불안했다.

"불러내는 세력이 있을 터인데 두렵습니다."

조 소의가 품속을 파고들었다.

"으흠! 이런 고얀."

인조의 입속에서 분노가 튀어 나왔다.

"전하, 그렇다고 이렇게 주저앉으면 어떡합니까? 난 몰라."

조 소의가 인조의 배꼽 아래에서 손을 빼며 볼멘소리를 했다.

"지금 그것이 문제가 아니다."

"아이 몰라요."

조씨가 임금의 품속을 파고들며 도리질을 했다.

이튿날, 인조가 의금부 제조와 병조판서를 호출했다. 권력 기관 수장을 동시에 불러들이는 것은 흔한 일이 아니다.

"강문명이는 지금 어디에 있느냐?"

"양남에 배소를 정해 안치하고 있습니다."

의금부 제조가 허리를 굽혔다.

"중죄인에게 양남이라니 당치 않다. 강문성은 제주에, 강문명은 진도에, 강문벽은 평해에 각각 나누어 정배하라."

의금부 제조가 화살처럼 튀어나갔다.

"대궐 담장이 이리 낮아도 되느냐?"

인조가 병조판서를 쏘아보았다.

"무슨 말씀이시온지?"

"지난밤에 궁녀가 담을 타고 넘어갔다 한다."

"네에?"

놀란 병조판서가 더 이상 말을 잇지 못했다. 궁녀가 담을 타고 넘어간 것도 중대한 사건이지만 자신보다 먼저 알고 있는 임금의 정보망에 긴장했다. 이 정도 정보망이라면 어제 밤에 기생 끼고 술 마신 것도 알고 있단 말인가?

"이러한 사실을 병판이 모르고 있다면 누가 알아야 하느냐?"

"진상을 조사하여 즉시 상달하겠습니다."

"일각 이내에 아뢰어라."

불호령이 떨어졌다. 일각이라면 한 식경도 안 되는 짧은 시간이다. 지체할 시간이 없다. 병조판서가 바람을 일으키며 편전을 빠져 나갔다.

제15장

임금을 바꿔야 나라가 바로 선다

여명이 밝아 오는 신새벽. 어둠에 묻혀 있던 먼 산이 모습을 드러내자 토굴을 가렸던 거적을 들치며 건장한 사내들이 얼굴을 내밀었다. 맨상투의 사내가 내뿜는 입김에 새벽안개가 부서졌다. 찬 공기를 마시며 호흡을 가다듬은 사내들이 동녘 하늘을 바라보며 무릎을 꿇었다. 돌무더기로 쌓아 올린 높은 자리에 유탁이 올라섰다.

"다 같이 복창한다. 임금을 바꿔야 나라가 산다."
"나라가 산다!"
"나라님을 바꿔야 백성이 산다."
"백성이 산다!"
"왕을 바꿔야 원손이 산다."
"원손이 산다!"

함성은 없고 입술만 움직였다.

"더 크게 한다. 태양은 내일 다시 떠오른다."
"다시 떠오른다!"
"하늘은 우리의 편이다."

"우리 편이다!"

유탁의 선창에 따라 수많은 입술이 일사불란하게 움직였다. 그때였다.
동쪽 하늘이 열리며 태양이 얼굴을 내밀었다. 해를 기다리던 사람들이 다
같이 엎드려 머리를 박았다. 다섯 번이다. 경건한 의식을 치른 사내들이
삼삼오오 자리를 잡고 앉았다. 매일같이 반복되는 일영오배 의식을 치른
그들은 아침 식사 전까지 벌이는 난상 토론을 해맞이 난장이라 불렀다.
일명 해장이다.

"장군님은 언제 오십니까?"

벙거지를 쓴 사내의 얼굴에 아침 햇살이 쏟아지고 있었다.

"등주에서 배를 타고 갱갱이에 내리면 빨리 올 수 있지만 장군께서는 압
록강을 건넌다는 소식이다."
"와! 와! 와!"

그들이 기다리는 장군이 대동강을 건너고 한강을 건너기라도 한 듯이
환호했다.

"깽깽이라는 말은 들어 봤는데 갱갱이가 어디냐?"

패랭이를 삐딱하게 쓴 사내가 이지험의 옆구리를 찔렀다.

"넌 어디서 왔길래 갱갱이도 모르냐?"

"한양에서."

너 같은 시골뜨기와는 다르다는 눈빛이다.

"여기 사람들은 강경을 갱갱이라 부르거든."

"강경이 어딘데?"

"이 맹추 같으니라구, 강경도 모르냐?"

"모르니까 물어 보는 거지."

패랭이를 쓴 사내가 배시시 웃으며 뒷머리를 긁적였다.

"한양 삼개 나루, 개성 벽란도, 영산강 영산포와 함께 조선 5대 포구 말이야."

"근데 왜 네 개야?"

"이번 난리에 삼전도는 박살 났거든."

"그럼 두령이 강경 사람이냐?"

"아냐, 임천 사람인데 여기 현감하고도 막역한 사이지…"

"현감하고?"

패랭이가 놀란 듯이 눈을 크게 떴다.

"그러니까 현감이 보낸 초관이 우리 산채에 들어와 있고, 그렇기 때문에 한양 소식을 그때 그때 받아 보는 거지…"

"저기 벙거지를 쓴 저 친구들은 그럼 무어냐?"

철릭을 나풀거리는 사내들을 가리켰다.

"저 친구들은 여기 봉수대 군졸들인데 칼을 차고 있는 저 녀석이 오장이고 나머지 넷은 봉졸이야."

"저 놈들이 우리 편이라면 공주 월화산에서 보내오는 한양 소식과 은진 황화산에서 보내오는 남도의 소식을 따먹을 수 있겠네?"

"그야 말하면 마포바지에 방구 빠지기지. 훗, 훗, 훗."

유쾌한 웃음이 골짜기를 굴렀다.

"넌, 뜻도 모르고 다섯 번이나 절했냐?"

패랭이를 쓴 녀석이 눈을 내리깔았다.

"사람이 사람을 만나면 절을 하지 않느냐? 이때 하는 절이 일배(一拜). 먼저 가신 조상에게는 이배(二拜). 절집과 문묘에서는 삼배(三拜). 임금한테는 사배다."

"아, 국궁사배 그거 말이냐?"

"우리는 태양을 향하여 다섯 번 절한다. 임금보다 태양을 섬긴다는 뜻이다. 우리는 불씨도 중니도 임금도 믿지 않는다. 오로지 믿는 것은 태양

밖에 없다.”

“이야, 너 참, 유식하다. 그럼 운종가 종을 매달아 놓은 누각을 뭐라 하는 줄 아느냐?”

패랭이를 쓴 사내가 화제를 돌렸다. 한양 문제라면 자신이 있다는 표정이다.

“거야 보신각이라 하지. 인의예지신에서 신(信) 말이다. 일찍이 삼봉이 한양을 설계할 때 동쪽에 흥인문, 서쪽에 돈의문, 남쪽에 숭례문, 북쪽에 숙청문을 두고 중앙에 신의를 중요시한다는 뜻에서 종루를 세우고 보신각이라 했지.”

“헌데 북쪽엔 지자를 넣지 않고 숙정문이라 불러?”

“처음엔 소지문으로 지었으나 어감이 여자의 거기를 연상시킨다 하여 숙청문으로 바꿨지.”

“크, 크, 크으.”

패랭이를 쓴 녀석이 손으로 입을 가리고 킬킬거렸다.

“북쪽은 음양오행에 따라 겨울과 물을 의미하며 음기를 상징하고 있다. 숙청의 청(淸)자에 삼수변이 들어가니까 북을 의미한다고 할 수 있겠지. 그리고 숙청문이 숙정문으로 변한 것은 중종 때 여자들의 바람기를 잡으려고 그렇게 바꾸었다.”

3년 전에 문을 연 은진 향교에서 수학한 저력이 있어서일까. 이지혐의 답변은 거침이 없었다.

"이야, 너 박사다. 책 몇 권이나 읽었냐?"

"네가 떠 넣은 밥숟가락만큼이나 읽었다."

"예끼 이 사람이…"

　두 사람이 걸죽하게 웃었다. 그들의 웃는 얼굴에 붉은 햇살이 내려앉았다.

"잡담을 중지하고 여기에 주목하라."

　안익신이 자리에서 일어났다.

"세자를 죽인 것도 부족하여 세자빈의 오라비 강문성과 강문영을 귀양 보내고 중전마마를 경덕궁에 유폐했다."

　산채가 술렁거렸다.

"어의도 아닌 것이 의원이랍시고 궁에 드나들던 이형익이 중전마마가 몹쓸 역병에 걸렸으니 격리해야 한다고 주청하여 임금이 서궁으로 보냈다 한다."

"이런 우라질 놈이 있나?"

웅성거림 속에서 굵은 목소리가 튀어나왔다.

"이형익 그 자와 나는 고향 친구라 그 자를 잘 알고 있소."
"어디에서 왔소?"
"예산이요."
"그럼 알 만하겠군."
"그자는 동네 의원한테 어깨 너머로 침술을 배워 가지고 여자들이 머리가 아프다 해도 하복부를 만지며 진맥하고 팔꿈치에 곰발이가 나도 여인네의 아랫배에 침을 놓던 작자요. 그러던 놈이 대홍에 있는 조숙의 친정집에 드나들며 숙의 어미의 불두덩을 만져 주다 궁에 들어가 요망을 떠는 것이오."

예산에서 친구와 함께 산채에 들어온 사내가 목소리를 높였다.

"요런 배라먹을 년 놈들이 있나. 전하의 품속을 파고들어 여우짓을 하던 그년이 숙원에서 소의에 오르더니만 눈에 뵈는 게 없나 봅니다. 당장에 쳐들어가 요절을 냅시다."
"다섯 계단을 뛰어 넘어 갔으니 다섯 번 쳐 죽입시다."

격한 육두문자가 튀어나왔다.

"이형익과 조숙의도 나쁜 년 놈이지만 진정 쳐 죽일 놈은 자점이다."
"그놈도 죽입시다."

"그놈이 어떤 놈이요?"

"병자년 난리 때, 청나라 군사가 압록강을 건넜다는 의주 용골산 봉화를 보고서 '소식이 도성에 이르면 괜히 소란스러워진다.'고 묵살했던 놈이 바로 그놈이다."

"죽일 놈이구만."

"부관이 파죽지세와 같은 적정을 보고하자 '거짓말로 군정을 어지럽히려 드느냐?'고 칼을 빼어 그의 부하를 죽이려 했던 놈이 바로 그놈이다. 이런 놈이 서북방면군 도원수에 있었다니 나라가 망해도 싸다."

"옳소."

"군율에 따라 열 번 죽어도 모자랄 놈이 살아남아 주상의 총기를 흐리고 있으니 고달픈 건 우리 백성들뿐이다."

안익신이 동지들의 분기에 불을 붙였다.

"그놈도 나쁜 놈이지만 더 나쁜 놈들의 일당이 바로 아랫마을에 살고 있소. 호란 전, '명나라와 교호를 끊고 형제의 나라로 살자.'고 청나라 사신이 한양에 들어왔을 때 '사신의 목을 베자'고 주장한 놈이 있소. 그놈이 그 다음에 한 말이 가관이오. '만일 오랑캐가 쳐들어오면 나의 여덟 아들을 이끌고 나가 물리치겠다.' 했소. 헌데, 어찌 된 줄 아시오. 정작 오랑캐가 도성 가까이 쳐들어오자 다섯째 아들은 세도 있는 사람들 틈에 끼어 강화도로 도망갔소. 강화도가 어디 우리 같은 무지렁이들은 피난이나 갈 수 있는 곳이오?"

이지험이 입술을 부르르 떨었다.

"세자빈과 봉림대군이 들어갔던 강화도가 함락되자 그 녀석은 변복하고 빠져나와 금산에 숨어들었고 그 녀석의 마누라는 '되놈들에게 욕을 당하느니 차라리 죽겠다.'고 목을 매었소. 이렇게 비루한 족속들이 자결한 여인을 열녀라 칭송하고 정려각을 세워 기려야 한다고 요란을 떨고 있소. 여인의 뜻은 가상하지만 이는 나라를 지키지 못한 놈들의 비열한 면피 행동이오. 나라를 굳건하게 지켰으면 그러한 일이 없었을 것 아니오? 힘이 약해 당했으면 같이 당해야지 여자는 죽도록 놔두고 지놈들은 도망가고 참 뻔뻔한 놈들이오. 포로로 잡혀갔다 돌아온 여인을 환향녀라 핍박하고, 지켜 주지 못하여 죽어 간 여인을 열녀라 치장하여 또 다른 여인들의 희생을 강요하고, 책임 있는 사내들은 새장가 들고, 참 지랄 같은 세상이오."
"그 집이 어디냐? 당장에 처내려가 박살을 내 버리자."

산채가 또 한 번 출렁였다.

"바로 아랫동네 병사리다."

금방이라도 쳐들어갈 듯이 사내들이 자리를 털고 일어났다.

"자, 자들 진정하라. 우리가 이렇게 일어선 것은 호족 한둘을 징치하기 위해서가 아니다."
"그럼 우리가 매일같이 산을 바라보며 절을 하는 것이 닭 짓이란 말이오?"

닭의 볕을 쓴 용을 닮았다 하여 계룡이라는 이름을 얻은 산이 그들을 지긋이 내려다보고 있었다.

"여덟 아들을 데리고 나가 싸우겠다고 허언한 그자는 이미 죽었고 금산에 들어간 그자의 손자가 약관 16세로 김장생의 아들 김집에게 수학하며 하래비의 망령된 생각에 의문을 품고 있다하니 싹수가 조금 있어 보인다. 모름지기 이 나라 사대부들은 존주양이를 생명으로 삼고 대명일월 백세청풍을 희망으로 여기고 있으니 머리가 꽉 막힌 수구먹통들이다."

유탁이 뜨거운 열기를 뿜었다.

"그 어려운 한자 쓰지 말고 존말로 풀어서 말해 주시오."

여기저기서 웅성거렸다.

"쉽게 풀이하기는 내가 설명하는 것보다 과거에 급제했던 권대장이 하는 것이 낫겠소."

유탁이 권대식을 바라보았다. 머리에 두건을 질끈 동여매고 앉아 있던 권대식이 자리를 털고 일어났다.

"존주양이(尊周攘夷)는 주나라를 받들고 오랑캐를 멀리하자는 말이고, 백세청풍은 은나라가 망하자 수양산에 들어가 주나라 곡식을 먹을 수 없다며 고사리만 캐먹다 굶어 죽은 백이와 숙제의 고사다. 언뜻 보기에는 지조 있는 선비처럼 보이지만 어리석지 않은가? 이러한 사람을 성삼문은 '고사리는 주나라 것 아니더냐? 그냥 굶지 그건 또 왜 먹냐?' 라며 백이와 숙제조차 나무란다. 이것이 우리나라 선비들의 정신세계다."

"우리 산채에는 남문과 북문 두 개밖에 없는데 삼문은 또 뭐냐?"

홑저고리를 입은 사내가 벙거지 쓴 사내의 옆구리를 찔렀다.

"이런 훈장 밑 닦다 들어온 놈 봤나? 혓바닥 말아 넣지 못해."

벙거지가 눈알을 부라렸다.

"잡소리 거두고 얘기를 잘 들으시오."

권대식이 목소리를 가다듬었다.

"나라를 이 지경으로 말아먹은 사대부들은 존주양이를 최고의 가치로 여겼다. 명나라는 떠받들어야 할 대상이고 청나라는 배척해야 할 오랑캐라는 것이다. 대명일월(大明日月)은 단순하게 밝은 해와 달이 아니다. 명나라 시절로 반드시 돌아가야 할 그날이다. 백세청풍(百世淸風)의 백세는 오랜 세월을 의미하고 청풍은 눈이 시리도록 맑고 높은 군자의 절개를 뜻한다. 이러한 글귀를 장동 김대감은 자신의 집 후원 바위에 새겨 놓고 따르는 떨거지들에게 가르쳤다. 나는 북경에서 명나라가 망하는 모습을 이

두 눈으로 똑똑히 본 사람이다. 명나라가 망했는데 무엇을 존중하고 어떻게 돌아가겠다는 것인가? 한심한 노릇이다."

말을 잠시 멈춘 권대식이 냉수를 벌컥벌컥 들이켰다.

"우리나라는 대륙에 붙어 있는 혹처럼 생겼다. 사람들은 그것을 '호랑이처럼 생겼다.' '토끼처럼 생겼다.' 하지만 나는 사내들의 양물처럼 생겼다고 본다. 불같이 일어나고 쉬 사그라지는 성정도 닮았다. 이러한 지정학적 숙명을 안고 살아가야 하는 우리는 주변의 변화에 예민하게 반응해야 생존할 수 있다. 해양세가 득세하면 해풍에 촉각을 곤두세워야 하고 대륙세가 성하면 대륙풍에 민감해야 백성들이 편하다. 꼭 배신 때리자는 것이 아니다. 땅의 움직임이 감지되면 하찮은 미물도 서식지를 옮긴다 하지 않는가. 하물며 인간이 대륙의 지각 변동을 감지하지 못한다면 버러지만도 못한 처신이다."

"옳소,"

"지당하신 말씀이오."

환호가 빗발쳤다.

"50년 전. 임진년 난리 때 명나라가 우리나라를 도와줬다. 도움 받은 것 인정한다. 하지만 은혜를 입었다고 영혼마저 넘긴다면 넋 빠진 사람이나 다름없다. 그런데 이 나라 사대부들은 소중화 사상에 빠져 대륙의 변화를 외면했다. 그 결과가 무엇인가? 백성들이 죽고 다치고 욕을 당하고 춥고 배고프다. 이러한 나라를 바로 잡으려면 나라님을 바꿔야 한다. 임금을 갈아야 나라가 바로 선다."

"우우 와와"

우레와 같은 호응이 산채를 흔들었다. 노성천과 연산천이 만나는 초포를 한눈에 내려다보고 있는 산채는 정감(鄭鑑)이 탐냈던 천하의 비지(秘地)다. 늙은 호랑이가 가쁜 숨을 몰아쉬듯이 운이 다한 이씨 왕국이 망하면 양반과 상놈이 없는 세상을 이끌어갈 새 나라의 약속된 땅이라는 것이다.

"야, 근데 넌 대장을 보지 않고 어디를 보고 있냐?"

열변을 토하는 권대식을 넋이 나간 듯 쳐다보고 있는 사나이를 털보가 바라보고 있었고 털보의 옆구리를 막둥이가 찔렀다.

"나하고 같이 노비 잡으러 밤섬에서 예까지 왔다가 그 노비의 언변에 녹아 버려 여기 눌러앉은 저 형님, 침 흘리고 있는 꼬라지 좀 봐라. 내 얼굴에도 침 흐르냐?"

털보가 얼굴을 디밀었다.

"치워라. 털 침에 상판 상하겠다."
"팔도에 밤섬도 하고 많은데 어디 밤섬이냐?"

"삼개 밤섬."

"거기에는 새들만 사는 줄 알았는데 사람도 사냐?"

"이 쉐이가 칵!"

털보가 험악한 얼굴로 막둥이의 멱을 짚으려 했다.

"지~지송. 내가 실수했어. 밤섬에 사람 산다 하고…"

막둥이가 두 손을 비볐다.

"가진 것 없고 기댈 곳 없는 사람들이 물주 대신 매 맞아 주고 돈 받거나, 사람 잡아다 패 주는 것으로 먹고 살긴 하지만 세곡에 물 부어 화수해 먹는 놈들보다 낫고 사당년 아랫도리 판 돈 뜯어먹는 모가비보다 떳떳하다."

"조운선도 타 보고 사당패도 해 봤어?"

"밤섬 천한 것들이 안 해 본 것이 무엇이 있겠느냐? 물도 부어보고 물 값도 빼먹어 봤지만 그 짓은 못 해먹겠더라."

털보가 먼 하늘을 쳐다보았다. 흰 구름 사이에 애비 없는 애 떼려고 독한 약초를 너무 많이 끓어 먹어 피를 쏟다 죽어간 화심이의 얼굴이 스쳤다.

"이쁜 것!"

"뭐가?"

"고년 말이다."

"누구?"

"마음이 고왔던 고년 말이다."

털보의 망막에 구름이 멈췄다.

"싱겁긴,"

털보와 함께 흰 구름을 쫓아가던 막둥이가 다시 입을 열었다.

"건 그렇고, 노비는 누구냐?"

"난리 통에 노비들은 '살판났다.'고 도망가 버렸고, 지주들은 펄쩍 뛰다가 까무러쳤고, 재산이나 다름없는 노비들이 도망갔으니 사대부들은 아우성을 쳤고…"

털보가 말끝을 길게 늘였다.

"고, 고, 하지 말고 빨리 말해라."

털보의 입을 바라보던 막둥이가 마른침을 삼켰다.

"고녀석 대장간에 메 기다리는 쇠처럼 성질은 되게 급하네."

막둥이를 살피던 털보가 여유를 부렸다.

"도망간 노비를 잡아들이려고 나라에서 추쇄도감을 설치하면 뭐, 그들이 노비 잡아들이는 줄 아느냐? 우리가 잡지."

"네깐 놈들을 뭘 믿고 노비 잡아들이는 일을 시키냐?"

"그러니까 언감생심 원청은 꿈도 못 꾸지."

"그렇게 잡아다 주면 얼마 봤는데?"

"위에서 내려오는 돈이야 많겠지만 한 머리당 우리 손에 들어오는 것은 서른 냥."

"겉보리 숭년에 서른 냥이면 크네."

"그러니까 기집 떼어 놓고 이렇게 팔도를 쏘다니지."

털보가 북녘 하늘을 쳐다보았다. 지아비가 돌아오기를 손꼽아 기다리는 여인의 얼굴이 그려졌다 사라졌다.

"너희가 다 해먹느냐?"

"관노비와 사노비 잡아들이는 일은 송파 것들이 해먹고 청로 잡아들이는 일은 칠패와 삼개를 거쳐 우리들 몫이지."

"청로는 또 무엇이냐?"

"병자년 난리에 청나라로 붙잡혀 간 포로들은 속환금을 치러야 풀려나는데 그곳에서 도망 나와 조선에 숨어 사는 놈들이 있다 그 말이다. 청국에서 도망 포로를 속환하라 호통치면 나라님이 고뿔에 걸려 개짖머리 하고, 조정에서 포청에 포로들을 잡아들이라 하면 우리들이 '횡' 하고 뛴다 그 말이다."

"그렇다면 우리 대장이 청로란 말이냐?"

막둥이가 눈을 크게 떴다.

"등짝에 찍힌 불도장도 못 봤느냐?"

산채에 많은 사람들이 있었지만 권대식의 등판에 새겨진 낙인을 본 사람은 많지 않았다.

삼전도 수항단에서 조선의 항복을 받아 낸 청나라는 70만 명에 이르는 포로를 끌고 갔다. 포로를 재화로 간주한 청나라는 포로 속환 대가로 돈을 요구했고 대금을 마련하지 못한 포로들은 심양 남탑 거리에서 공공연하게 팔렸다. 포로 시장이다.

강제 노역과 학대에 시달리던 조선인 포로들은 탈출을 감행했다. 도망가다 잡히면 가혹한 체벌이 가해졌지만 탈주는 멈추지 않았다. 심양에서 압록강까지 7백 리. 추위와 굶주림에 시달리며 도주했다. 민가를 피해 산길을 걷다 추위에 얼어 죽고 배고픔에 쓰러졌다. 그야말로 목숨을 건 탈출이었다.

압록강을 건넌 포로들 눈앞에는 꿈에도 그리던 고국산천이 펼쳐졌지만 그들은 갈 곳이 없었다. 조국은 그들을 반겨 주기는커녕 체포했다. 붙잡힌 포로들은 청나라로 강제 송환되었고 청나라 사람들은 도망 노비의 이마에 노(奴)자 문신을 뜨는 조선과 달리 포로의 등판에 로(虜)자 불도장을 찍었다.

"세자 저하와 함께 고생하고 돌아온 강문명을 귀양 보내는 것은 필시 세자빈을 죽이려는 계책이다."

웅성거리던 산채가 찬물을 끼얹은 듯 조용해졌다.

"그다음 수순은 뻔하다. 원손을 죽이는 것이다."

권대식의 목소리가 높아졌다.

"지금 당장 쳐들어가자."
"대궐로 쳐들어가 요절을 냅시다."
"장녹수는 군기시 앞에서 죽였지만 조 소의는 여기까지 끌고 와 쳐 죽입시다."

격한 목소리들이 산채를 뒤덮었다.

제6장

저승사자의 콧노래가 들려오는 궁궐

부엉이 소리는 아름다운 소리가 아니다. 저승사자의 콧노래처럼 음산하다. 부엉이가 동네를 향하여 울면 그 마을이 상을 당한다고 전해져 내려오는 흉조다. 신년 하례가 얼마 지나지 않은 정월 초사흘. 임금이 대신과 판윤을 불러들였다.

"강빈이 심양에 있을 때 청나라 사람들과 은밀히 왕위를 바꾸려고 도모하였다."

폭탄 발언이다. 사실이라면 역모에 해당한다. 정말이라면 목이 두 개라도 부족하다. 아무런 영문도 모른 채 입궐한 대소 신료들은 서로의 얼굴을 쳐다보며 놀라움을 금치 못했다.

"강빈은 용무늬가 들어간 홍금적의를 미리 만들어 놓았었다."

적의(翟衣)는 왕후와 세자빈의 대례복이다. 여기에서 문제가 되는 것은 홍금(紅錦)이다. 붉은 비단으로 지은 대례복은 왕후만이 입을 수 있고 세자빈은 아청색이다. 또한 왕후의 소매 끝 도련에 용이 들어간 운용문(雲龍紋)을 넣고 세자빈은 봉이 들어간 운봉문(雲鳳紋)을 넣는다. 헌데 세자빈의 대례복 도련에 용무늬를 넣었다는 것이다.

"강빈은 자신의 거처를 빈전(殯殿)이라 칭하고 세자의 집무실을 동전(東殿)이라 부르도록 했다."

"그것은 오해이십니다. 그렇게 부르도록 한 것은 빈궁마마의 하명이 아니라 아랫것들이 스스로 높여 불렀으며 특히 청나라 관리들이 심양관을 방문했을 때, 가함대신들도 일부러 그렇게 불렀습니다."

이경여가 진언했다. 비록 볼모 생활이지만 청나라 사람들에게 무시당하지 않기 위하여 그렇게 불렀다는 것이다.

"듣기 싫다. 소현이 죽은 후, 남을 미워하는 마음을 드러내는가 하면 이유 없이 화를 내고 문안하는 예까지 폐한 지가 이미 여러 날이 되었다. 이는 부모와 자식 간의 천륜마저 끊고자 함이니 묵과할 수 없다. 강씨의 문밖 출입을 금하라. 또한 강씨를 찾아가 말을 나누는 자는 엄히 다스리겠다."

세자빈 호칭이 강빈에서 강씨로 추락했다. 승정원으로부터 전지를 받은 세자빈은 하늘이 무너지는 것만 같았다.

"전하! 마른하늘에 벼락입니다. 이러한 날벼락이 어찌 있을 수 있습니까? 적의는 저들이 책봉식에 입으라고 만들어 주었던 것입니다. 또한 붉은색은 저들이 우리의 왕실 법도를 잘못 이해하여 벌어진 실수입니다."

세자빈과 소현은 두 번 책봉식을 가졌다. 병자호란 전, 한양에서 거행한 책봉식은 명나라의 고명을 받았고, 심양에서 청나라의 강요로 또 한 번의 세자 책봉식을 행했다. 이때 청나라 예부에서 만들어 준 옷이 문제가 된 것이다.

"전하! 문후를 여쭙지 못한 것은 세자 저하 상례를 치르면서 심신이 허약해져 결례를 범하였습니다. 용서하여 주시옵소서. 이제 몸이 조금은 추슬러졌기에 문후 여쭈려 하던 참인데 청천벽력이십니다."

북경에서 한양까지 머나먼 거리를 건강하게 귀국했던 소현. 서른세 살 청년의 몸으로 발병 3일 만에 숨을 거둔 세자. 눈, 코, 입 등 아홉 구멍에서 선혈이 낭자했던 시신. 국법으로 6개월이 명시되어 있는 국장임에도 45일 만에 뚝딱 해치우는 장례. 세자빈은 몸과 마음이 혼란스럽고 정신 줄을 놓기 직전이었다.

"저하! 저하 가신 지 이제 8개월입니다. 저하의 죽음도 억울하온데 또다시 옥죄어 오고 있습니다. 저하! 이를 어찌하면 좋습니까? 소첩을 지켜 주소서."

외로움이 밀려왔다. 심양에 끌려가 인질 생활을 할 때에도 이렇게 외롭지 않았다. 지아비가 있고 우의정에 오른 아버지가 있었으며 출사한 남동생들이 있었기에 든든했다. 하나, 이제는 아무도 없다. 세자는 요절했고 아버지는 세상을 떠났다. 남동생들 또한 먼 곳에 귀양 가 있다. 삭풍이 몰아치는 허허벌판에 홀로 서 있는 느낌이었다.

뜨거운 눈물이 흘러내렸다. 눈물 속에 세자의 얼굴이 떠올랐다. 조선관에 입주하던 날의 모습이었다. '저들이 지어준 견고한 집에 들어가면 귀국 날짜가 멀어지지 않겠습니까?'라는 노파심을 드러내자 '돌아갈 날이 곧 돌아올 것이니 희망을 잃지 말고 기다립시다.'라며 손을 꼬옥 잡아 주던 듬직한 모습이었다.

"희망? 지금 이 순간 나에겐 무엇이 희망인가?"

곰곰이 생각해 보아도 그 무엇 하나 기대되는 것이 없었다. 보이는 것은 절망뿐, 밝은 것은 보이지 않았다. 세자빈은 석철, 석린, 석견 세 아들을 끌어안고 하염없이 흐느꼈다. 이 모습을 몰래 엿보던 여인이 어둠 속으로 사라졌다.

왕비의 침전에 들어간 후궁

구중궁궐 가장 깊은 곳에 있는 통명전은 왕비의 침전이다. 하늘의 기운을 받아 왕자를 생산하라고 지붕에 용마루가 없다. 임금의 정비 인열왕후가 사용했으나 승하 후 한동안 비어 있었다. 난리를 겪으며 궁궐 전각이 불타고 어수선한 틈을 타 소의 조씨가 슬그머니 입주했다. 임금이 통명전 옆 양화당에 상주하고 있으니 왕을 모시는 후궁으로서 임금 가까이 있어야 한다는 이유였다. 법도에 어긋났지만 누구 하나 이의를 제기한 자가 없었다.

임금이 열네 살 어린 처녀를 간택하여 새장가를 들었다. 장렬왕후다. 왕비가 통명전에 들어갔으나 지금은 경덕궁에 나가 있다. 소의 조씨가 밀어낸 것이다. 내명부에 명실공이 왕비가 있고 세자빈이 있지만 조씨의 위세에 눌려 있다. 수장이 있지만 수장 노릇을 못하고 있었다.

궁중에도 저자와 같이 통행금지가 있다. 어쩌면 더 엄격할는지 모른다. 종소리가 28번 울리면 인적이 끊어지고 33번 파루를 알리면 물 긷는 노복들의 발자국 소리가 들리기 시작한다. 하지만 후궁전 나인들에겐 통금이 없었다. 오히려 남들이 다니지 않는 시간이 가장 활동하기 좋은 시간이다.

동궁을 빠져나와 콧노래를 흥얼거리며 후궁전으로 향하던 여인이 나무 뒤에 몸을 숨겼다. 맞은편 어둠 속에서 검은 물체가 다가오고 있었다. 숨을 죽이고 있던 여인이 튀어나갔다.

"향옥아! 어디 가니?"

무심코 가던 여인이 발걸음을 멈췄다.

"어머, 깜짝이야. 어디 갔다 오는 거니?"

향옥이 호들갑을 떨었다.

"응, 동궁전에서 귀동냥하고 오는 길이야."
"귀동냥이라니?"
"이 기집애는 다 알면서…"

서로 손을 부여잡고 까르르 웃었다.

"넌 어디 가니?"
"어주방에."
"어주방엔 왜?"
"소의 마마의 심부름."
"그래, 잘 갔다 와."

"잘 가."

헤어진 그녀들이 어둠 속으로 사라졌다. 이 모습을 매봉에서 후원으로 날아온 부엉이가 지켜보고 있었다.

구중궁궐에서 벌어지는 암투

제조상궁 애란은 궁중 고사에 밝았다. 각종 기제사와 기념일을 빠짐없이 챙겼고 막힘없이 처리했다. 애란 없는 궁중 경조사는 상상할 수 없었다. 모든 것을 애란에게 의존했다. 때문에 조상 섬기는 데 극진했던 인조로부터 신임을 받았고 중전과 동궁의 신뢰를 얻었다.

입궐 당시 궁중 법도에 서툴렀던 소의 조씨는 애란에게 매달렸고 애란 역시 친딸처럼 대해 주었다. 허나, 궁중 여인들의 시샘을 누구보다 잘 알고 있는 애란이다. 그 누구에게 치우치지 않으려 애썼으나 그게 그리 쉬운 일이 아니었다. 한 마디로 외줄타기 곡예였다.

궁중 여인들 역시 애란을 통하여 정보를 입수하려 촉각을 곤두세웠다. 예민한 삼각관계가 형성된 것이다. 가장 돈독한 관계를 유지하고 있는 세자빈은 애란을 통하여 조 소의의 흐름을 파악했고 소의 조씨는 애란을 통하여 세자빈의 약점을 캐려 들었다. 그야말로 숨 막히는 탐색전이 벌어진 것이다. 설상가상으로 임금 역시 애란을 통하여 세자빈의 동정과 조 소의의 꼼수를 파악하려 들었다.

땅거미가 짙게 내린 창경궁. 세인의 눈을 피해 궁에 들어온 여인이 검은 비단 장옷을 깊게 뒤집어쓰고 종종걸음을 재촉했다. 제조상궁 처소 앞에 잠시 머뭇거리던 여인이 생각시의 안내를 받으며 안으로 들어갔다.

"아닌 밤중에 웬일이냐?"

밤늦게 찾아온 여인의 신분을 파악한 애란이 불편한 심기를 드러냈다.

"빈궁마마께 흉사가 닥칠까봐 부리나케 쫓아왔습니다."
"빈궁마마의 흉사라니? 그러한 일이라면 빈전으로 곧바로 갈 일이지 왜 이리로 왔느냐?"
"빈전에는 보는 눈이 많아서 이리로 왔습니다."

조 소의가 심어둔 세작이 동궁에 있다는 것을 여인도 알고 있었다.

"안으로 들라."

섬돌에 비단신을 벗어둔 여인이 방으로 들어섰다.

"주변을 물리쳐 주십시오."

무릎 꿇고 앉아 있는 시녀 상궁을 애란이 문밖으로 내보냈다.

"세자 저하께서 말씀하시기를 '북경에서 가지고 온 비단 때문에 화를 당하여 저승에도 가지 못하고 구천을 헤매고 있으니 이것들을 빨리 태워 버리라.' 하셨습니다. 그렇지 않으면 비단이 빌미가 되어 빈궁과 원손에게 화가 닥칠 것이라 했습니다."

"그게 정말이냐?"

"네, 그리 말씀하셨습니다."

"알았다. 입단속하고 조심해서 돌아가거라."

여인을 돌려보낸 애란이 발걸음을 서둘렀다.

어둠이 짙게 깔린 궁궐에 응봉에서 들려오는 부엉이 소리가 음산하게 들려왔다. 애란이 동궁전으로 스며들었다.

"세자 저하께서 북경에서 가지고 온 비단 옷감을 빨리 불태워 버리라고 말씀하셨다 합니다."

"누가 그러더냐?"

"길례의 꿈에 저하께서 나타나 현몽했다 하옵니다."

길례라면 세자빈도 익히 알고 있는 무당이다.

"그렇다면 시간이 화급하다. 우선 이 비단을 너의 처소로 옮기도록 하라."

세자빈이 비단을 내놓았다. 적잖은 양이었다. 아닌 밤중에 비단 수송 작전이 벌어졌다.

애란이 자신의 처소에 비단을 가득 쌓아 놓고 총 수량을 점검하고 있을 때였다. 시녀 상궁의 다급한 목소리가 들렸다.

"마마님! 후궁전에서 납시었습니다."

날카로운 금속성 목소리와 함께 조 소의가 방안에 들어섰다.

"아닌 밤중에 어인 일이십니까?"

애란이 애써 당혹감을 감추며 예를 갖추었다.

"제조상궁 방에 등촉이 켜져 있기에 지나는 길에 들렀다."

조 소의가 야릇한 미소를 흘렸다.

"안으로 드시지요."

애란의 보료 위에 조 소의가 앉았다.

"이것들은 무엇이냐?"
"경사에 쓰일 비단입니다."
"색깔이 곱구나."

이튿날, 조 소의로부터 비단의 실체를 전해 들은 인조는 대노했다.

"애란을 내옥에 내려 국문하라."

궁중의 큰 상궁 애란이 내옥(內獄)에 갇혔다. 이례적인 일이다.

"어찌 내사의 일을 국문할 수 있습니까? 더구나 사사로운 여인네의 일을 추국한다는 것은 성세에 어긋납니다."

사간원에서 반대했다.

"명에 따르도록 하라."
"애란을 내옥에서 국문하고 그 추안을 올리라 하심은 떳떳한 법도가 아니옵니다. 명을 거두어 주소서."

사헌부에서 상소했다.

"일없다."
"전하께서 죄를 지은 내인을 내옥에 가두고 내관을 시켜 죄를 다스리도록 하였으니 이 무슨 해괴한 일입니까. 궁내에 옥을 두는 제도는 어두운 시대의 좋지 못한 형정입니다. 전하께서는 어찌하여 내옥을 혁파하지 않으십니까?"

대사간 조경이 직격탄을 날렸다. 조 소의의 손에서 법이 집행되는 것은 법치에 어긋난다는 것이다.

"번거롭게 하지 말라."

삼사가 들고 일어났으나 인조의 의지를 꺾지 못했다.

드디어 국청이 열렸다. 칼을 쓰고 갇혀 있던 애란이 형틀에 매달렸다.

"어디에서 가져온 비단이냐?"

내관이 휘두르는 채찍이 애란의 어깨를 할퀴었다.

"보모상궁 처소에서 가져왔습니다."

이러한 일을 예상해서일까? 동궁에서 비단을 가져올 때 제조상궁 거처로 직접 가져오지 않고 보모상궁 처소를 거쳐 왔다.

"보모상궁을 잡아들여라."

상궁 최씨가 끌려왔다.

"어디에 쓰려던 비단이냐?"

"원손마마의 생신 잔치에 쓰려고 준비한 옷감입니다."

최씨는 원손 석철의 보모다.

"생신은 석 달이나 남아 있지 않느냐?"
"미리미리 준비하는 것도 죄가 됩니까?"

죽음을 감지한 최씨는 호락호락하지 않았다.

"누가 누구에게 전하라고 준 비단이냐?"
"원손마마에게 입히려던 옷감일 뿐입니다."
"빈궁마마께서 누구에게 전하라고 준 비단인지 바른 대로 대라."

불인두가 최씨의 가슴에 닿았다.

"빈궁마마는 모르는 일입니다."
"이런 죽일 년이 있나?"

살이 타는 냄새가 진동했다. 혹독한 고문을 견디지 못한 최씨는 숨을 거두었고 애란은 절도에 유배되었다. 귀양 떠나는 애란은 자신과 친숙했던 무당 길례가 소의 조씨의 고향 대홍에서 조씨의 부름을 받고 궁에 들어왔다는 사실을 까맣게 모르고 있었다.

절벽에서 추락하는 여자의 마음
'네가 알어?'

궁궐의 새 아침이 밝았다. 해는 솟았지만 자욱한 안개에 잠겨 있다. 지척을 분간할 수 없는 짙은 안개 속에 밤새워 숙위하던 군사들은 물러가고 낮 근무자들이 자리를 잡느라 분주하다. 안개가 서서히 걷히면서 노복과 무수리들이 바쁘게 움직였다.

"전복 구이에 독이 들어 있다."

수라를 들던 임금이 숟가락을 집어 던지며 소리쳤다. 옆자리에 앉아 있던 기미 상궁의 얼굴이 하얗게 변했다. 불똥이 어디로 튈지 모른다. 자신이 역할을 제대로 다하지 못했다면 목숨이 위태롭다. 사색이 된 기미 상궁은 오금이 저렸다.

궁이 발칵 뒤집혔다. 임금이 먹는 음식에 독이 들어 있다면 이거 보통 일이 아니다. 내란에 해당하는 중대 범죄다. 전복이 생물이라면 산지에서부터 문제가 된다. 허나, 전복은 완도에서 건조되어 진상된 건어물이다. 그렇다면 조리 과정에 문제가 있다. 혐의는 어주방에 쏠렸다.

궁궐에는 대주방과 소주방 그리고 어주방이 있다. 대주방(大廚房)은 궁에서 벌어지는 각종 연회를 담당하고 소주방(小廚房)은 평소의 음식을 담당한다. 그중에서 어주방(御廚房)은 왕과 왕후의 음식을 전담한다. 그래도 문제가 있다. 수라상 바로 옆에는 기미 상궁이 붙어 앉아 수라간에서 음식이 오면 먼저 맛보고 수라상에 올린다. 이러한 절차를 거친 음식에 독이 들어 있다니 귀신이 곡할 노릇이다.

"독은 필시 강씨가 넣었을 것이다. 난신적자 강씨를 후원에 유치하고 동궁 나인들을 내사옥에 하옥하라."

인조가 세자빈을 지목했다. 세자빈은 연금 상태다. 오가는 발길도 끊긴 지 오래다. 이러한 세자빈을 임금이 범인으로 지목했다. 대전 내관들이 동궁을 향하여 뛰기 시작했다.

내사옥도 하 수상하다. 내수사에서 관장하는 내사옥은 왕실재산 관련 범죄를 취급하는 특수 기관이다. 임금을 독살하려 한 사건이라면 당연 의금부에서 맡아야 하고 혐의자는 왕옥에 가두어야 한다. 헌데, 내수사가 전면에 나섰다.

"강씨를 4면이 꽉 막힌 방에 가두어라."
"숨 막혀 죽으면 어찌합니까?"
"죽지는 않을 것이다."
"음식은 어찌할까요?"
"죄인에게 음식은 무슨 음식이냐?"

"그리하면 죽게 됩니다."

"죽어도 싸다."

냉혹 유전자가 꿈틀거렸다.

"아냐, 아냐! 죽으면 안 되지. 배후를 밝혀내야지. 조그만 구멍 하나만 뚫어 하루 한 끼 밥과 물만 넣어 주어라."

내관들의 발바닥에 불이 붙기 시작했다.

"강씨가 비록 불측한 죄를 지었다 하더라도 시종하는 사람이 있어야 할 것입니다."

어선에 독이 들어 있다는 전갈을 받고 급히 달려온 봉림대군이 읍소했다.

"네 놈이 감히 아비의 명에 토를 달려 하느냐?"

인조의 얼굴에 노기가 서렸다.

"죄지은 흔적이 분명하지도 않은데 성급하게 이런 조치를 내리고 한 사람도 따라 가지 못하게 한단 말씀입니까?"

가장 예민한 문제를 놓고 현재 권력과 차기 권력이 충돌했다.

"네 이놈! 세자를 당장 끌어내라."

소리가 가슴을 치고 올라왔지만 입 밖으로 새어 나오지 않았다.

"세자는 떠오르는 태양이다. 지는 해에 미련을 갖다가 내가 이 모양 이 꼴이 되었는데 또다시 지는 해에 미련을 가져서는 안 되겠지."

명나라를 떠올리며 인조가 마음을 다잡았다.

봉림과의 불협화음이 즉시 소의 조씨에게 보고되었다.

"뭣이라고? 고얀 놈 같으니라고. 네놈이 누구 덕에 세자가 되었는데 건방을 떨고 있어. 네 머리 위에 모자를 씌워 준 것은 네 아비가 씌워 주었지만 네 아비를 움직인 것은 나야 나. 네놈이 예뻐서 세자로 밀어 준 줄 아니? 그렇게 생각하고 있다면 넌 등신이야. 숭선군이 조금만 컸어도 넌 어림없어. 하지만 그것은 장래에도 유효해. 그땐 넌 압록강 오리 알이야."

무서운 여자다. 이때 소의 조씨 소생 숭선군 이징의 나이 일곱 살이었다.

"어떻게 그렇게 할 수 있냐고? 너의 아부지 혁명 본능을 조금만 자극하면 돼. 너들은 너희 아버지를 엄청 위대한 사람으로 존경할지 모르지만 난 아니야. 더 이상 망가질 게 없는 막다른 골목에 선 막장 인생이야. 멀쩡한 광해를 몰아내고 왕위에 올라갔지. 일국의 임금 주제에 오랑캐 앞에 무릎 꿇었지. 세자 자리에 있던 맏아들 아작 냈지. 종법을 무시하고 둘째를 세자 세웠지. 원손을 내쳤지. 이런 사람 조금만 긁어 주면 내 몸에서 태어난 숭선군이 왕 되지 말란 법 없어."

인간 이종(李倧)을 속속들이 해부하는 눈이 섬뜩하다.

"어림없는 소리라고? 너희 아버지 혁명가? 인정해. 체격은 작고 땅딸하지만 차돌처럼 야무진 데가 있거든. 그러니까 목숨 걸고 혁명했겠지. 원래 작은 사람들이 큰 것을 좋아하거든. 집도 큰 것을 좋아하고, 여자도 나처럼 예쁘고 큰 여자를 취하고, 가마도 큰 것을 타고. 작은 것에 대한 열등감에서 비롯된 보상 심리지. 생각해 봐. 대궐이 작은 집이냐? 그리고 네 아버지 타고 다니는 대여(大輿)가 뭐냐? 큰 가마지? 그런 너희 아버지를 너들은 하나도 닮은 데가 없어. 소현, 너, 인평 자세히 살펴봐. 마음씨 좋은 네 어머니를 닮아서 그런지 착하기만 해. 근데 숭선군은 아냐. 내 속으로 낳은 내 새끼이지만 지 애비를 닮아서 그런지 야멸찬 데가 있어. 네 아비가 그랬던 것처럼 배다른 형쯤은 능히 몰아내고 왕위에 올라갈 놈이야. 그러니 너, 건방 떨지 말고 조심해. 아써?"

소의 조씨의 입가에 차가운 미소가 흘렀다.

"시종 한 사람을 딸려 보내라."

인조가 세자의 주청을 받아들였다. 지는 해가 떠오르는 태양에게 졌다

기보다도 세자의 덕성을 널리 알리는 데 절호의 기회라고 판단한 인조가 한발 물러서는 모양새를 취했다.

세자빈이 후원 별당에 감금되었다.

"내 눈에 눈물을 흘리게 한 네년의 눈에 피눈물이 나는 것을 내 이 두 눈으로 똑똑히 봐야 해. 목마른 네년이 물 한 모금만 달라고 애원할 때, 내가 직접 너에게 딱 한 모금만 줄거야."

소의 조씨의 입가에 독기가 서렸다.

"내가 주상의 승은을 입어 첫 아이를 임신했을 때, 얼마나 좋았는지 아니? 세상을 다 얻은 것처럼 기뻤어. '나도 이제 왕자를 생산하겠구나.' 생각하면 하늘을 날고 싶었어. 이러한 기쁨도 오래가지 못했어. 중전도 회임했고 너도 아이를 가졌기 때문이야. 내가 먼저 임신했으니까 제일 먼저 낳았지. 그런데 불행하게도 딸이었어. 인력으로 못하는 일이었지만 쥐구멍이라도 들어가고 싶었어. 그때 네가 아들을 낳은 거야. 국상 중에 낳았지만 원손을 낳았다고 야단법석 그런 경사가 없었다. 눈꼴 아파서 못 보겠더라. 난 한없이 초라해진 거야. 똑같이 임신해서 낳았는데 누군 축하받고 누군 불쌍해져도 되는 거냐? 난 그때 절벽에서 떨어지는 기분이었어. 그렇게 비참할 수가 없더라구. 낭떠러지로 추락하는 여자의 마음 알기나 하느냐고? 그때 난 결심했어. 널 벼랑에 세우겠다고, 그리고 떨어지는 모습을 지켜볼 거라고. 난 내가 낳은 아이에게 공주라 불러 주기를 원

했는데 옹주라 부르더라. 똑같은 씨를 받아서 낳았는데 누가 낳으면 공주
고 내가 낳으면 옹주냐? 같은 여자인데 정비만 알아주는 더러운 세상. 똑
같은 왕의 여자인데 중전만 알아주는 지랄 같은 궁궐, 확 날려 버리고 싶
었어. 박살내 버리고 싶었다구."

소의 조씨의 얼굴에 뜨거운 눈물이 흘러내렸다. 그것은 회한의 눈물도
슬픔의 눈물도 아니었다. 기나 긴 세월 가슴에 묻어 왔던 칼의 눈물이었다.

여자의 엉덩이를 왜 때려?

세자빈을 모시던 동궁 나인 정렬, 계일, 애향, 난옥, 향이와 어주 나인 천이, 일녀, 해미가 두름에 굴비 엮이듯 줄줄이 묶여 내사옥에 하옥되었다.

"내관은 나인들을 국문하라."

역모에 준하는 국사범으로 신문(訊問)하라는 것이다. 한 마디로 고문하다 죽여도 좋다는 내락이다. 위관도 아닌 내관의 국문(鞫問). 뭔가 어설펐지만 어명이다. 절차상의 문제가 있지만 왕명은 때론 국법에 우선할 수 있다. 하라면 해야 한다.

세자빈이 가장 신임하는 정렬이 머리를 산발한 채 끌려 나왔다. 내관들이 달라붙어 형틀에 묶고 볼기를 까 내렸다. 보통 죄인의 경우, 남자는 볼기를 까지만 여자는 옷을 입혀 물을 끼얹은 다음 볼기를 쳤다. 이름하여 물볼기다. 허나, 국사범에는 예외가 없다.

"어선에 독을 넣으라는 강씨의 명을 누구에게 전했느냐?"
"그런 말은 들어 본 일이 없습니다."

'철퍼덕'

정렬의 엉덩이에 곤장이 작렬했다.

"누구에게 전했느냐고 묻지를 않느냐?"
"그런 말을 전한 일이 없습니다."
'찰퍼덕'
"으아악!"

부드러운 여인의 속살에 내려앉는 곤장의 마찰음과 동시에 정렬의 입속에서 날카로운 비명 소리가 새어 나왔다. 곤장은 소리를 증폭시켜 죄인으로 하여금 공포심을 유발케 하기 위하여 버드나무로 만들었기 때문에 소리가 유난히 컸다.

"이년이 곤장 맛을 더 봐야 실토를 하려느냐? 매우 쳐라."
"으으윽!"

외마디 비명을 지른 정렬이 이를 악물었다. 건장한 사내들도 한두 대면 떨어진다는 치도곤이다. 곤장에는 너비 네 치 급의 대곤, 중곤. 소곤이 있고, 다섯 치 급 중곤(重棍)이 있지만 너비 다섯 치 서문에 두께 한 치짜리 치도곤이 가히 살인적이다. 정렬이 곤장 몇 대에 혼절했다. 공포에 떨고 있던 계일이 끌려 나왔다.

"네년이 독을 전했느냐?"

계일은 축 늘어진 정렬을 바라보며 부들부들 떨었다. 이러한 계일을 바라보는 내관의 눈동자가 개구리를 앞에 둔 뱀처럼 스멀거렸다.

"그런 일 없습니다."
"그렇다면 누구에게 독을 넣으라고 전했느냐?"
"그런 사람 없습니다."
"이런 고얀 년이 있나. 인정사정 보지 말고 매우 쳐라."

부드러운 궁둥이에 곤장비가 우수수 쏟아졌다. 매를 견디지 못한 계일이 정신 줄을 놓았다. 내관들이 달려들어 혼절한 계일에게 물을 퍼부었다. 축 늘어진 몸에 물을 끼얹자 저고리 속에 감추어져 있던 몸의 윤곽선이 드러났다. 그 모습을 바라보던 내관들이 그래도 사내들이라고 키득거렸다. 이어 애향이 겁먹은 모습으로 끌려나왔다.

"어선에 독을 넣으라는 정렬의 말을 누구에게 전했느냐?"
"그런 일 없습니다."
"정렬과 계일이 축 늘어진 것 봤지? 바른말 하면 살려 줄 것이고 고집 부리면 저고리까지 벗겨서 칠 것이다. 부드러운 속살에 매 자국이 남아서야 되겠느냐?"

내관이 게슴츠레 눈을 뜨고 회유했다. 여자의 수치심을 자극한 것이다.

"모르는 일입니다."

"독한 년들 같으니라고, 바른말을 할 때까지 매우 쳐라."

매에 장사 없다. 애향 역시 기절했다. 동궁 나인들이 모두 나가떨어지자 형신을 중단했다. 자기 차례가 올까 봐 겁에 질려있던 어주방 나인들은 공포의 질곡에서 해방되어 안도의 한숨을 내쉬었다.

이튿날, 대사간 조경, 헌납 조한영, 정언 강호와 김휘가 일찍이 등청하여 청대를 원했다.

"신들은 어선에 독을 넣었다는 말을 듣고 놀라움을 금할 수 없었습니다. 여염에 떠도는 소문이 사실이라면 이는 역적이 수라간에 숨어 있는데 전하께서는 어찌하여 죄인을 대궐 안에 있는 내옥에 하옥하여 사사로운 사람을 치죄하듯 하십니까? 강상에 관계된 죄라면 반드시 의금부에 회부하여 대신으로 위관을 삼아 삼성(三省)이 함께 다스려 옥사의 체통을 세우는 것이 조종의 법도입니다. 죄인을 국문하여 공초를 전달하는 것은 결코 내관 한 사람이 할 수 있는 일이 아닙니다. 조속히 왕옥에 내려 죄를 물으소서."

"밝히기 곤란한 이유가 있어 의금부에 회부하지 않았다."

인조의 답은 궁색했다. 소의 조씨의 청이 있었기에 내옥에 가두어 내관으로 하여금 치죄하게 했다는 말은 차마 할 수 없었다.

대사헌 이행원, 집의 김익희, 장령 유심과 이석, 지평 이재가 입궐하여 내옥의 부적절함을 간언했다. 신하들이 벌떼같이 들고 일어나자 인조가 대신 김류와 이경석, 판의금 구인후에게 국문하게 하였다. 이 소식을 전해 들은 소의 조씨가 박상궁을 불렀다.

"지금 당장 장동 김대감을 조용히 모셔 오라."

박상궁이 은밀히 궁을 빠져나갔다. 얼마 후, 좌의정이 입궐하여 후궁전을 찾았다.

"불러 계시옵니까? 마마!"

좌의정은 정1품. 소의는 정2품이다. 품계로 따져도 아래 급인데 부르면 쏜살같이 달려왔다.

"어서 오시오. 좌상. 이렇게 늦은 시간에 불러 미안하오."
"망극하옵니다."

좌상이면 조정 서열 2위다. 만인지상이인지하(萬人之上二人之下)다. 영상, 우상과 함께 삼정승 반열에 있는 사람이 임금이 빈청에서 부른 것도 아니고 후궁이 침전에서 호출했는데도 고맙다고 주억거렸다.

"내옥에서 형문하던 것을 국청에서 한다 들었소. 알고 계시오?"

"알다뿐이겠습니까."

"어떻게 생각하시오?"

"이경석이 조금 걱정이 되긴 합니다만 잘 해 보도록 하겠습니다."

"잘 해 보도록 아니에요. 수단과 방법을 가리지 말고 실토를 받아 내야 해요."

소의 조씨의 호통에 좌의정이 얼어붙었다.

"지금 김대감의 관직이 뭐에요?"

뻔히 알고 있는 것을 새삼스럽게 물으니 더욱 움츠러들었다.

"자~좌상입지요."

입이 얼어붙은 좌의정이 말을 더듬거렸다.

"그래 맞아요. 좌상은 거기에 만족하세요? 거기에서 멈출 거냐구요?"

"망극하옵니다."

"사나이가 청운의 꿈을 안고 출사했으면 영의정은 한 번 해먹어야지, 그렇지 않아요?"

"황공무지로소이다."

더듬던 말이 미끄럼을 탔다.

"이번 일을 처리하면 영상은 물러날 거예요. 영의정 자리가 무주공산이다 그 말씀이에요. 아시겠어요?"

김자점의 정신이 혼미해졌다. 꿈을 꾸고 있는 것만 같았다. 영의정. 머나먼 남의 이야기 같았던 영상 자리가 가까이 오는 것만 같았다.

"잘 알아서 하시오."

소의 조씨의 목소리가 귓전을 때렸다.

"분골쇄신 성심을 다하겠습니다."

통명전을 빠져나와 집으로 돌아가는 가마에 올라앉은 김자점은 구름을 타는 기분이었다. 병자호란의 책임을 지고 처형될 뻔한 자신을 구명해 준 여자. 강화에서 귀양살이하던 자신을 해배시켜 유배지 유수에 앉혀 준 여성. 호위대장과 좌의정으로 고속 승진을 이끌어 주었던 여인. 조상신보다도 더 끔찍이 여신(女神)으로 모셔도 부족함이 없을 것 같았다.

입 닫고 죽어 가는 사람들

창덕궁 후원에 국청이 설치되었다. 보통의 국청은 편전에 설치했으나 이번만은 다르다. 유난히 소리를 지르는 여자들을 다루는 국청이기에 편전에서 멀리 떨어진 깊숙한 곳에 자리를 잡았다.

국문에도 순서가 있다. 곤장 30대를 쳐 자복하지 않으면 또 곤장을 쳐 90대가 상한가다. 그래도 자백하지 않으면 주리를 틀었다. 90대 이상 치면 죄인이 죽을 수 있기 때문이다. 그래도 복죄하지 않으면 압슬형이고 마지막 단계가 낙형이다. 국청 바닥에 멍석이 깔리고 위관이 자리를 잡았다.

"시행하라."

나장이 멍석 위에 사금파리를 깔았다. 순서를 건너뛰어 압슬형을 가하기 위해서다. 예정된 수순은 주리다. 허나, 시간이 없다. 푸른빛이 도는 날카로운 사금파리 조각이 섬뜩하다.

어젯밤, 김자점이 위관의 소임을 맡은 영상 대감댁을 방문했다. 병자호란 당시 영의정이었던 김류와 서북방면군 도원수였던 김자점은 패전 책임을 지고 위기에 몰렸었다. 하지만 인조와 반정 동지였던 김류는 아들 김경징을 제물로 기사회생했고 김자점은 소의 조씨의 구원으로 살아났다.

"강씨 나인들이 예사 것들이 아니니 주리를 건너뛰어 압슬로 가시지요."

소의 조씨의 뒷배로 승승장구하고 있는 김자점의 위세가 영상을 압도했다.

"형신에도 순서가 있지를 않습니까?"

김류가 난색을 표했다. 절차가 문제 되면 위관이 책임을 져야 한다.

"하오나 마마께서 신속한 결과를 주문하셨습니다."
"소의마마가요?"

괴롭다. 소의 조씨가 누구인가? 후궁이지만 중궁전을 꿰차고 앉아 있는 여인이다. 임금이 용상에 있지만 모든 권력은 후궁으로부터 나온다는 것을 잘 알고 있는 김류다.

"알겠소이다."

영상 대감댁을 빠져나와 장동으로 향하는 김자점은 콧노래를 불렀다. 소임을 다하면 김류가 앉아 있는 자리가 보인다. 일인지하 만인지상의 자리 영의정. 아무나 앉을 수 있는 자리가 아니다. 밀어 주고 끌어 주는 사람이 있어야 오를 수 있는 자리다. 멀게만 느껴지던 바로 그 자리가 눈앞에 있다.

정렬을 비롯한 동궁 나인 다섯 명이 끌려나와 사금파리 위에 무릎이 꿇려졌다. 무릎에서 피가 흐르고 여기저기에서 비명이 터져 나왔다. 그럴수록 나장은 거칠게 다뤘다.

"강씨가 내어 준 독을 어주방 누구에게 전했느냐?"
"그런 일이 없습니다."
"이런 고얀 년들이 있나? 올려라."

무릎 위에 널판이 깔리고 돌덩이가 올려졌다.

"스스슥"

사금파리 깨지는 소리와 함께 피가 솟구쳤다.

"이래도 말하지 않겠느냐?"
"모르는 일입니다."
"더 올려라."

널판 위에 돌덩이가 더해졌다.

"으으윽!"

비명 소리가 국청을 울렸다. 중량을 올리며 신문했으나 원하는 답이 나오지 않았다. 돌덩이가 더 올려졌다. 합이 셋이다.

"우드득"

뼈가 으스러지는 소리가 국청을 메아리쳤다.

"사금파리가 무디어졌다. 새것으로 다시 깔아라."

압슬형이 계속되자 동궁 나인 다섯 명 모두 혼절하고 말았다. 압슬형(壓膝刑)은 인간이기를 포기하게 만드는 무서운 형문이다. 고통을 견디지 못한 아들이 아버지를 역적이라고 거짓 자복하게 할 수 있는 악랄한 고문이다. 그 폐해를 알고 있는 조정이 폐지를 검토했으나 번번이 무산되었다. 원하는 답을 받아 내기에는 이보다 좋은 방법이 없었기 때문이다.

남자도 견뎌 내기 힘든 압슬형을 가하면 원하는 답을 받아 내리라고 예상한 위관은 화가 머리끝까지 솟구쳤다.

"독한 년들 같으니라고. 이년들에게 물을 끼얹어 정신이 돌아오면 낙형을 가하라."

물을 뒤집어쓰고 형틀에 매달려 있는 나인들의 모습은 처참했다. 머리는 산발한 채 앞으로 꺾였고 으스러진 무릎에서는 피가 흐르고 있었다.

"실시하라."

물에 젖은 정렬의 저고리가 벗겨졌다. 봉긋한 가슴이 튀어나왔다. 아직 손 타지 않은 처자의 젖무덤이다. 화로를 떠난 불인두가 가슴에서 어른거렸다. 죄인을 겁먹게 하는 인두 춤이지만 압슬형에 만신창이가 된 정렬은 눈꺼풀이 내려와 보이지 않았다. 오히려 몽롱한 정신 속에서 따스한 화기가 좋음으로 다가왔다.

"독을 누구에게 전했느냐?"
"⋯⋯.."

고개를 앞으로 꺾은 정렬은 무슨 소린가 분명 들렸는데 무슨 말인지 알아들을 수 없었다. 대답할 기력도 없었다. 오직 불 인두의 온기가 따스할 뿐이었다.

"집행하라."

허공을 맴돌던 불 인두가 부드러운 피부에 내려앉았다. 연기가 피워 오르고 살이 타는 냄새가 진동했다. 여자의 가슴은 지방층이 두껍기 때문에 불꽃이 일고 연기가 자욱했다. 낙형(烙刑)은 뜨겁게 달군 불 인두로 발바닥을 지지는 형문이었는데 세월이 흐르며 얼굴과 가슴을 지지는 악행으로 변질되었다.

"으음."

외마디 비명도 제대로 지르지 못한 정렬이 앞으로 무너졌다. 생명줄을 놓은 것이다. 낙형을 받던 동궁 나인 다섯은 모두 죽고 어주 나인 셋은 겨우 생명을 건졌다.

며느리는 내 자식이 아니다

인조가 약방제조를 겸하고 있는 김자점과 의관 박태원, 침의 이형익, 어의 유후성, 최득룡을 불렀다.

"열이 위로 치밀어 가슴이 답답하다."
"옥체를 너무 혹사하셔서 그런 것 같습니다."
"아니다. 독을 먹은 데서 오는 증상인 것 같다."
"내간에서 발생한 흉역의 변고는 지난 역사에서도 드문 일입니다. 여러 날 죄인을 신문하였으나 자백을 받아 내지 못하여 통분한 마음을 가눌 수 없습니다."

김자점이 머리를 조아렸다.

"의관은 가까이 와서 살피도록 하라."

선임 의관 박태원을 제치고 이형익이 무릎걸음으로 다가갔다. 임금의 손목에 손을 얹었다. 손목이라고 다 맥을 짚는 경혈이 아니다. 폐의 경맥과 연결된 손목 안쪽 요골동맥이 제자리다.

혈의 흐름이 신통치 않다. 기가 허(虛)하기 때문이다. 맑고 깨끗한 피가 폐 속을 힘차게 드나들어야 기가 충만할 수 있다. 기가 받쳐 주지 못하는 건강은 사상누각이다. 언제 무너질지 모른다. 인조의 허(虛)는 과한 방사(房事)에서 기인한다는 것을 금방 알 수 있었다.

의원이 환자의 병세를 알아보는 데는 네 가지 방법이 있다. 보고, 듣고, 물어 보고, 만져 보기다. 이렇게 종합적으로 진찰할 것 없이 용안을 살펴보기만 해도 누렇게 뜬 모습이 황음에 빠진 폐인 같았다.

"독이 아직 남아 있어서 그렇사옵니다."

진맥을 마친 이형익이 주억거렸다.

"어쩌면 이리 과인의 짐작과 같으냐? 네가 과연 명의로구나!"

"황공하옵니다."

먼발치에서 바라보고 있던 소의 조씨가 엷은 미소를 날렸다.

"그럼 어떻게 해야 하는가?"
"해독제를 처방 올리겠습니다."

의관과 어의가 물러가고 약이 들어왔다. 약재를 선별하고 달이는 데 시간이 필요하다. 헌데 미리 준비하고 있는 약처럼 신속하게 대령했다.

창경궁의 밤이 깊어갔다. 매봉에서 소쩍새가 울었다. 짝을 찾는 소리
다. 창경궁에서 소쩍새 소리는 짝짓기 철을 제외하곤 흔치 않은 일이다.
부엉이 영역에서 소쩍새가 서식한다는 것은 생명을 담보할 수 없다.

"전하! 전하의 옥체에 아직 독이 남아 있다니 하늘이 무너지는 것 같습
니다."

임금의 품속을 파고들던 조 소의가 사뭇 진지한 어투에 눈물이 그렁거
렸다.

"의관이 처방한 해독제를 먹고 있으니 괜찮아질 것이다."
"생각하면 할수록 온 몸이 떨리고 모골이 송연합니다. 필시 강씨의 소
행이 분명합니다."
"나도 그렇게 생각하고 있다."
"강상의 법이 지엄하다는 것을 만천하에 보이소서."
"나라의 체통은 법이고 법은 나라의 근간이니라."

이튿날, 인조가 대소 신료들을 불러들였다. 임금의 부름을 받은 영의정
김류, 좌의정 김자점, 우의정 이경석, 완성부원군 최명길, 판중추 이경여,
병조판서 구인후, 이조판서 남이웅, 예조판서 김육, 공조판서 이시백, 판
윤 민성휘가 입궐했다.

"내간의 변이 극도에 달하였다. 경들은 대대로 국록을 받은 신하로서 한마디 말도 없이 무사태평하게 세월을 보내서는 안 될 것이다."

"예로부터 이러한 변이 어느 시대인들 없었겠습니까만 오늘날처럼 망극한 일은 없었습니다. 죄인들을 신문하였으나 끝내 자백을 받아 내지 못하였으니 신들의 죄가 큽니다. 독을 넣은 범인이 어주방에서 일하는 무리 중에 있을 터인데 시종 형문을 참아 내고 입을 다문 채 죽어가고 있으니 통분한 마음을 금할 수 없습니다."

영의정 김류가 괴로운 표정을 지었다.

"삼가 바라건대 성상께서는 해당 부서로 하여금 율문을 상고하도록 하소서."

이시백이 법과 원칙을 지키자고 말했다.

"제왕이 인륜의 변을 처리하는 도리는 하나뿐만이 아니었으며 아버지와 자식 간의 자애심은 어디에나 존재해 있었습니다. 이와 같은 막중한 처지를 일반적인 죄를 처리하는 것처럼 할 수는 없으니 성상께서는 깊이 생각하시어 은혜가 온전하게 하소서."

천륜은 군신보다 상위 개념이라고 최명길이 원론적인 주장을 폈다.

"승지는 변을 잘 처리한 성인이 누구인가 살펴서 아뢰어라."

"옛 제왕으로서 제대로 변을 처리한 자는 당나라 태종이 있습니다."

좌부승지 여이재가 보고했다.

"당태종은 성인이 아니고 강씨는 내 자식이 아닌데 어찌 그런 말을 하는가?"

세자빈 강씨는 분명 강석기의 딸이다. 허나, 세자빈으로 간택되어 소현과 혼례를 올리고 원손을 낳았다. 왕실 무덤에 뼈를 묻을 자격을 획득한 것이다. 하지만 아니라고 한다. 왕이 아니라면 아니다.

난상 토론이 이어졌으나 인조의 의지를 꺾을 수 없었다. 갑론을박. 치열한 논쟁이 일었으나 임금은 갑이다. 언제나 그랬듯이 을은 갑의 졸이다. 대신들이 궐을 나선 시각이 1경(一更)이었다. 뜬눈으로 밤을 새운 인조가 여명이 밝아 오자 좌, 우 포도대장을 불러들였다.

"인심이 흉악하니 이럴 때일수록 기찰을 강화하라. 순라를 엄중하게 실시하고 경들도 자리에만 앉아 있지 말고 친히 순검하라."

포도대장을 내보낸 인조가 병조판서 구인후를 불렀다.

"요즈음 돌아가는 상황이 몹시 염려스럽다. 경은 궁중에 머물며 뜻밖의 사태에 대비하라."

병조판서를 궁궐에 머물게 한 인조가 김자점을 별도로 불러 호위청에 입직하라 명했다. 대궐에 팽팽한 긴장감이 감돌았다. 인조가 승정원에 하교했다.

"죄인 강문성, 강문명 등 강씨의 형제들은 지난해 세자의 상에 간여하며 도감을 지휘하려 들었다. 그때에 내가 이미 그들이 임금을 업신여기는 마음이 있다는 것을 알았으나 경미한 죄목을 적용하여 귀양 보냈다. 지금은 그들의 누이가 큰 죄를 범하였으니 그들이 비록 먼 지방에 있다고 하지만 어찌 모를 리가 있겠는가? 다시 잡아들여 전후의 범죄 사실을 엄히 국문하여 처리하라."

금부도사가 출동하고 파발마가 뛰었다. 진도에 있던 강문명과 평해의 강문벽은 도사가 데려오고 제주에 있던 강문명은 제주목사가 압송해 왔다. 한양에 도착한 그들은 가혹한 곤장을 견디지 못하고 모두 죽었다. 김자점의 지령을 성실히 이행한 장살(杖殺)이다. 장살은 죄를 자백받기 위한 곤장이 아니라 죽이기 위한 수단이다. 강씨 형제가 국청에서 숨을 거두었다는 보고를 받은 인조가 명을 내렸다.

"강씨를 폐출하여 사사하라."

드디어 올 것이 왔다. 세자빈을 죽이라는 것이다. 죄명은 '전복 구이에 독을 넣었다.'는 것. 허나, 물증도 증인도 없다. 동궁전 나인을 잡아다 물고를 내었지만 증언도 없다. 이건 심증도 아니고 표적이다. 하지만 누구 하나 입을 열지 못했다.

너, 혁명 공포증에 떨고 있니?

태풍이 지나갔다. 허나, 아직 바람이 거세다. 언제 어느 순간에 후폭풍을 맞을는지 모른다. 세자빈을 사사하라는 명이 내렸지만 누구 하나 선뜻 입을 열지 못하는 살얼음판이다. 헌납 장응일이 총대를 멨다.

"신은 임금을 사랑할 줄만 아는 어리석은 사람입니다. 신이 오늘 말하면 내일 죽게 된다는 것을 모르지 않지만 전하의 분부를 받들어 임금을 저버리는 일은 차마 못하겠습니다. 평범한 사람도 죄목을 억지로 정할 수 없는 것인데 지친에게 어떻게 억측으로 죄를 정할 수 있겠습니까. 분부를 거두어 주소서."

목숨을 내놓지 않고는 할 수 없는 직언이다. 인조도 어이가 없었다. 이렇게 정면으로 맞받아치고 나오리라고는 미처 예상하지 못했다. 헌납이라면 사간원의 정5품 벼슬이다. 비록 간쟁을 주 임무로 하는 관리라 하지만 정5와 논쟁을 벌이는 것은 군주의 체통이 아니다. 인조가 관망하고 있는 사이 분위기를 파악한 최명길이 나섰다.

"죽일 죄가 있어도 반드시 삼복(三覆)으로 심리하여 처결하는 것이 이 나라의 법도입니다."

"그것은 태평성대나 있는 법이다. 지금은 비상시국이지 않은가?"

"청나라도 물러갔는데 무슨 비상시국입니까?"

"내가 비상이라 하면 비상이다."

"아무리 비상이라 하더라도 지친을 어찌 이와 같이 빨리 결정할 수가 있겠습니까?"

"강씨이니까 빨리 결정한 것이다."

"뭇사람들이 사사(賜死)를 옳게 여기지 않으니 시행한다면 후회를 면치 못할 것입니다."

"과인은 후회하는 일은 하지 않을 것이다."

"소신 생각에는 먼저 폐출하여 왕실의 호적에서 지우고 외딴섬에 축출하였다가 때를 봐 처단하신다면 인심이 복종할 것이나 그렇지 않을 경우 나라의 일이 우려되는 점이 많습니다."

역시 산전수전 심양 인질전까지 치른 역전 노장이다. 우선 목숨부터 살리고 그다음은 방법을 모색하자는 것이다. 최명길에 이어 이경석, 신경진, 이경여가 임금의 조치는 부적절하다는 상소를 올렸다. 자신이 처결하면 대소 신료들이 동조하리라 믿었던 인조는 당황했다.

이슥한 밤. 소의 조씨가 품속을 파고들었다.

"전하! 왜 이리 떨고 계십니까?"

"떨긴 무슨… 날씨가 좀 추워서 그러느니라."

임금을 빤히 올려다보는 조 소의의 눈동자가 '너, 혁명 공포증에 떨고 있니? 걱정하지 마. 내가 있잖아'라고 조롱하는 것만 같았다.

"저들이 아무리 저래도 한 방에 보낼 수 있습니다."
"어떻게?"

잔뜩 궁한 인조가 관심을 보였다. 그 모습을 고소하다는 듯이 바라보고 있던 조씨가 손으로 목을 치는 시늉을 했다. 몇 놈 골라서 모가지를 쳐 버리면 즉효라는 것이다.

"전하 너무 심려치 마시고 좌상을 들라 이르십시오."

이튿날, 김자점을 양화당으로 불렀다.

"절해고도에 있는 느낌이다."

"황공하옵니다."
"여론이 어떠한가?"
"전하께서 이 일을 시원하게 푸신다면 신민들이 충심으로 따를 것입니다."
"최명길이 '나라의 일이 우려되는 점이 많다.'고 하였다. 이 사람이 임금을 위협하는 것인가?"

칼로 집권한 자는 칼로 망하지 않을까 염려한다. 반정으로 권좌에 오른 인조 역시 반정으로 쫓겨날까 봐 노심초사다.

산채의 축제

안개에 묻혀 있던 산채가 서서히 모습을 드러내며 활기를 찾았다. 대장간 풀무가 가쁜 숨을 몰아쉬고 불에 달구어진 시우쇠가 뿡쇠와 교접하며 열기를 토해 냈다. 모루쇠 위에 벌거숭이로 올라선 그들을 확실하게 교합케 하기 위해서는 메를 쳐야 한다.

"딸그락 딱닥. 딸그락 딱닥."

마치 소리가 경쾌하다. 메를 유도하는 대갈마치가 쇠잡이의 손끝에서 장단을 맞추며 춤을 추고 있다. 쉴 새 없이 돌아가는 대장간에 권대식이 찾아왔다.

"어제 몇 자루나 만들었는가?"
"스물일곱 자루 만들었습니다."
"우리의 하루 목표량이 몇 자루인지 잊어 먹진 않았겠지?"
"서른다섯 자루입니다."
"힘든 일을 하는 너희들만 특별히 점심을 내주라 일렀는데 왜 목표량을 채우지 못했는가?"

대장간 식구들을 제외한 모든 산채 사람들은 점심때 마음(心)에 점(點)을 찍는 것으로 때웠다.

"메를 치는 칠복이가 토굴에 갇혀 있어서리…"

쇠잡이가 말끝을 흐리며 뒷머리를 긁적였다. 대장간에서 쇠가 무기로 변하려면 쇠를 벼리는 쇠잡이의 숙련도 필요하지만 메잡이의 메가 절대적이다. 메를 높이 쳐들고 후려쳐야 쇠가 정신을 바짝 차린다. 시우쇠가 메를 맞아야 뽕쇠가 되고 그들을 한 몸으로 붙여 줘야 칼이 된다.

"그 녀석은 옥에 갇힐 만한 죄를 지었다."

산채엔 범법자를 가두어 두는 토옥(土獄)이 있다. 깊게 판 토굴에 기둥을 세우고 싸릿대로 얼기설기 문을 단 어설픈 감옥이다. 자물통은커녕 빗장도 없다. 수감자가 문을 밀치고 나오려면 얼마든지 나올 수 있다. 하지만 투옥된 사람은 용변 보러 나오는 일 외엔 대장의 명령 없인 나오지 않았다.

"한 번만 용서해 주십시오."

쇠잡이가 간청했다.

"불씨에게 공양하는 것 이상으로 우리들에게 정성껏 밥을 해 주는 공양주는 지금 비록 환향녀라는 소리를 듣고 있지만 그녀들 역시 양갓집 규수였고 아이의 어미였고 지아비의 아낙이었다. 그들이 청나라에 잡혀가 몸을 더럽혀 돌아왔는지 우리는 알 수 없다. 목숨 걸고 절개를 지킨 여인도 있고 불가항력에 몸을 더럽힌 여자도 있을 것이다. 허나, 그들은 죄인이 아니다. 이 나라가 죄인이다. 환향녀라는 불명예도 억울한데 그녀들을 희롱하고 추행했으니 벌을 받아도 싸다."

권대식의 태도는 싸늘했다.

"한 번만 봐 주십시오."

쇠잡이의 목소리가 간절했다.

"기집 두고 들어온 사내들이 외박을 안 나가서 그런다고 비호하는 놈들은 그런 놈들 못지 않게 나쁜 놈들이다."
"지는 그런 말씀 드린 일이 없습니다요."
"희롱을 눈감아 주면 추행이 상습화되고 추행이 일상화되면 강간이 일어난다. 그렇게 되면 산채의 풍속이 무너진다. 그런 놈들을 데리고 어떻게 임금의 목을 따겠는가?"
"지가 책임지고 다시는 그런 일이 없도록 하겠습니다. 한 번만 용서해 주십시오."
"책임진다는 말, 믿어도 되겠는가?"
"예."

풀무간 열기에 검게 그을린 쇠잡이가 하얀 이를 드러내며 환하게 웃었다.

"화승총을 책임지고 만들어 내겠다는 약속은 어떻게 되었나?"

권대식이 쇠잡이를 뚫어져라 쳐다보았다.

"총신은 다 만들었으나 점화구에 문제가 있어 애를 먹었는데 가짜 마패를 만들어 팔다 쫓기던 놈이 산채에 들어왔습니다. 그놈 손재주가 보통이 아닙니다. 보름만 말미를 주시면 꼭 만들어 내겠습니다."

옆자리에 있던 이지혐이 권대식에게 귀엣말을 속삭였다. 칠복이를 축제용으로 쓰고 풀어 주자는 것이다. 역시 이지혐은 천하의 책사다. 매부 홍영진을 끌어들여 산채를 만든 것도 그였고 숨 막힐 것 같은 산채 생활에서 놀이를 고안해 낸 것도 그였다.

"좋다. 너의 약속을 믿고 메쟁이를 풀어 주겠다."
"우와! 우리 대장 최고!!"
"최오!"

열기 가득한 대장간에 환호가 터졌다. 힘세고 덩치 좋은 메잡이가 절실히 필요한 마당에 갇혀 있던 칠복이가 풀려난다니 더할 나위 없이 좋았다.

자신의 토굴로 돌아온 권대식이 부관에게 축제를 준비하라 지시했다.

산채의 축제. 그것은 먹고 마시고 춤추는 축제가 아니라 멍석말이였다. 마을에서 못된 자를 징치하는 수단으로 썼던 멍석말이를 산채에서는 축제로 활용했다.

제 발로 산채에 들어온 자라 할지라도 죄를 짓고 토굴에 갇히게 되면 처음엔 뉘우치지만 시간이 지나면 가둔 자에게 적개심을 드러낸다. 이것이 필요 이상의 시간이 지나면 증오심으로 변하고 급기야는 관가에 고변하는 배신으로 이어진다. 이러한 인간의 심리를 잘 알고 있는 이지험은 죄인에게 어느 정도 벌을 가했다 싶으면 명분을 내세워 풀어 주자는 것이다. 이때 축제 도구가 멍석말이다. 옥에서 끌려 나온 칠복이가 권대식 앞에 섰다. 푸석한 얼굴이다.

"칠복이는 내가 한 말을 따라 한다. 알겠는가?"
"예."

칠복이의 대답에 힘이 없었다.

"목소리가 너무 작다. 크게 한다. 알겠는가?"
"네."
"산채에서 남녀유별은 있지만 차별은 없다."
"차별은 없다."
"산채의 여자는 희롱의 대상이 아니라 동지다."
"동지다."

칠복이의 복창이 끝나자 그의 몸이 멍석에 말렸다. 산채 사내들이 히히덕거리며 멍석을 걷어찼다. 유쾌하게 웃으며 몽둥이질도 했다. 멍석에 말린 칠복이가 비명을 지를수록 잔잔한 발길질이 쏟아지며 웃음꽃이 피었다.

산채 사내들에겐 놀이가 없다. 건장한 사나이들끼리 부대끼며 살다 보니 삭막하다. 때론 눈알을 부라리며 드잡이가 벌어졌다. 이러한 산채에 죄인을 멍석에 말아 짓밟고 몽둥이질을 하라 하니 이렇게 신날 수가 없다.

제7장

최고 권력자와의 독대는 독배가 될 수 있다

임금이 신하를 대할 때는 승지가 입시하고 두 명의 사관이 좌우에 앉아 모든 내용을 기록했다. 이른바 좌사우언(左事右言)이다. 좌측 사관은 임금의 일거수일투족을 기록하고 우측 사관은 임금과 신하 사이에 오가는 말을 기록했다. 단독 밀담으로 인한 오해를 불식시키기 위한 제도다. 이는 임금과 신하 모두를 보호하기 위한 장치다.

독대는 달콤한 유혹이다. 우월적 지위에 있는 임금으로서는 신하를 사신(私臣)으로 만들 수 있고 부름을 받은 신하 역시 총애를 과시할 수 있다. 하지만 신하에게 독대는 독배(毒杯)가 될 수 있다. 승지를 배제한 김자점과의 대화는 계속 이어졌다.

"벼슬자리를 잃을까 걱정하는 무리들은 오직 시류에 붙을 줄만 안다. 자신이 한 말이 시행되지 않는 것을 수치스럽게 여긴다면 어찌하여 벼슬을 버리고 떠나지 않는단 말인가?"

"모두 임금을 사랑하는 마음에서 비롯된 것입니다."

"장응일은 임금을 사랑한다고 말하면서 '죄목을 억지로 정하고 죄 없는 사람을 죽이려 한다.'고 과인을 비판하였으니 이른바 임금을 사랑한다는 것이 그런 것인가?"

"장응일은 영남 사람으로 질박하여 그렇습니다."

"그의 태도는 뒷날 부관참시를 당할까 두려워하는 것이 아니고 무엇이 겠는가? 경은 오늘날 정부와 대각이 하는 것을 보라. 옳은가? 그른가?"

"이것이 어찌 뼈를 가루로 만드는 화를 두려워해서 그러하겠습니까."

"옛적에 태종이 양녕을 폐할 때, 황희가 안 된다고 하며 시종 그 뜻을 굽히지 않았다. 소신이 있다면 이와 같이 해야 할 것이다. 오늘의 일은 필시 몇 명의 간흉이 대신들을 위협하여 사태를 오도하려 한 것이다."

"결코 그런 일은 없었을 것입니다."

"그렇지 않다면 대신과 대각이 어찌 이토록 겁을 먹을 수 있겠는가?"

"과민하십니다."

"나는 예상치 않은 변이 일어날까 두렵다."

"우려할 만한 단서가 있다면 신이 어찌 모르겠습니까."

"지혜로운 자도 천 번에 한 번은 실수할 수 있다."

"걱정하지 마십시오."

"변란은 소홀히 여기는 데서 발생하는 것인데 경이 여기에서 지금 실수하고 있는 것 아닌가?"

좌의정 김자점은 임금의 명에 따라 호위청에 머물고 있었다.

"강씨는 외부의 죄인이 아니므로 내가 곧바로 대궐 안에서 사사하고자 한다. 경의 생각은 어떤가?"

"대궐 안에서 할 것이 뭐가 있겠습니까?"

"그럼, 무슨 방도라도 있단 말인가?"

"본가로 내쫓아 두었다가 서서히 그 죄를 밝혀 처치하는 것이 좋을 듯합니다."

"강씨 처단을 지연하다가 장차 큰 화가 있을까 염려된다."

"그러한 일은 없을 것입니다."

"뜻밖의 변이 발생한다면 어떻게 하려고 그러는가?"

"만일에 변란이 일어난다면 신을 먼저 베소서."

"베는 게 문제가 아니야, 나라가 베어져."

"신은 결단코 그러한 일이 없으리라고 믿습니다."

"남들은 다 아는데 경만 모르고 있을까 봐 염려가 된다."

"일이 만일 그런 지경에까지 이른다면 전하께서 비록 신을 죽이지 않는다 하더라도 신이 자결하겠습니다."

반정 당시. 혁명군을 이끌고 자하문 고개를 넘어 창덕궁을 접수할 때, 광해는 훈련대장 이흥립을 궁내에 입직하게 했으나 이흥립은 반정군과 내응하여 혁명군을 맞이했다. 자신이 광해의 우를 범하지 않을까 걱정한 것이다.

"강씨는 단지 죄를 얻은 한 과부입니다. 어찌 이와 같은 우려할 만한 환란이 있겠습니까."

"경이 이와 같이 말하니 내 깊이 믿겠다."

"영상과 우상을 불러서 의논하소서."

"두 재상은 그전부터 실없는 의논에 동요되어 사실을 돌아보지 않았는데 지금 부른다 하더라도 흔쾌히 오겠는가?"

"최명길, 이경여, 이경석도 다시 불러 의논하소서."

"이경여는 조정이 뒤숭숭한 것을 즐기고 있을 텐데…"

"전하께서 여러 신하들을 불신하여 이처럼 의심하고 계시니 신은 나랏일이 어떻게 될지 모르겠습니다."

"신료들은 과인더러 신하들의 말을 듣지 않는다고 말하지만 신료들은 내 얘기에 얼마나 귀 기울였는가? 임금을 성의 없이 섬기고도 임금이 우대하기를 바라는 것이 옳은 일인가? 맹자가 말하기를 '임금이 신하를 초개처럼 여기면 신하가 임금을 원수와 같이 본다.'고 했다. 지금 신하가 임금을 이와 같이 보고 있으니 임금이 신하를 어떻게 보아야 할 것인가? 그러나 이것은 내가 덕이 박한 소치이다. 누구를 원망하고 누구를 탓하겠는가."

인조가 탄식했다. 충청도 아산에 머물고 있던 대사헌 조경이 세자빈을 사사하라는 명이 내렸다는 소식을 듣고 급 상소했다.

"신하가 반란을 일으키려는 마음을 가지면 반드시 처형하는 것은 춘추의 법입니다. 허나, 왕법에도 순서와 절차가 있습니다. 나인들의 옥사가 중단되어 증좌를 밝히기 어렵게 된 상황에서 세자빈의 죄목을 성급하게 결정하였으니 순임금께서 '의심적은 죄는 가볍게 처벌한다.'는 가르침이 새삼스럽게 생각납니다. 소현세자가 세상을 떠난 지 1년도 채 안 되었고 어린 아이들이 강보 속에서 울고 있는데 그들의 어미를 어찌하여 죽이려 하십니까? 세자빈이 불효하다고 하여 소현세자가 살아 있을 때와 죽고 난 뒤가 이처럼 차이가 있을 수 있습니까? 세자빈이 재물로 사람을 꾀지 않았나 의심하시는 것은 신하들을 너무 천박하게 보신 것이 아닙니까? 이것은 모든 신하들을 이익이나 탐하고 염치가 없는 무리로 여기는 것입니다. 죄를 진 세자빈에게 붙어 전하를 저버린단 말입니까? 전하께서 만일 변이 생기는 것을 우려하신다면 세자빈을 섬에 정배하고 죽이지는 마소서."

대사헌의 직설에 분노한 인조는 조경을 이조참판으로 전보하고 그 자리에 이행원을 임명했다. 품계는 종2품 동급이지만 대사헌은 사정기관의 수장이다. 지방에서 인사 조치를 당한 조경은 어이가 없었다.

삼성(三省)의 한 축인 사헌부 장관이 상소를 올리면 가납하는 것이 통례였고 물리칠 경우 그에 합당한 이유를 붙여 승정원에 내려보냈다. 감정적인 인사라 판단한 조경은 상경하지 않고 아산에 눌러 앉았다.

부제학 이기조, 부응교 민응협, 장령 박안제, 교리 남선, 부교리 강백년, 수찬 유경창, 엄정구가 세자빈 사사는 부당하다고 상차했다. 역시 인조는 냉담했다.

옥당이 차자를 올려 세자빈을 사사하라는 분부를 거두어들일 것을 청했다. 임금이 반응을 보이 않자 간관들이 인피하고 등청하지 않았다. 인조도 자리를 피하는 자들은 모조리 파직하라고 명했다. 임금과 대간의 힘겨루기다. 인조가 김자점과 비국당상, 삼사(三司)의 장관을 불러들였다.

"대각에서 쟁집하는 데 경들의 의견은 어떤가?"
"궁에서 망측한 변이 발생하였으니 신하 누구인들 놀라지 않겠습니까만 법을 굽히고 은혜를 베풀어 변을 처리하소서."

새로 임명된 대사헌 이행원이 조심스럽게 의견을 내놓았다.

"부제학의 의사는 어떠한가?"

"전대 제왕이 변을 급하게 처리하다가 후회를 남긴 경우가 있었습니다. 이번 내간의 일은 외부 사람이 그 진실을 알 수 없지만 용서할 만한 경우가 있지 않을까 하는 생각은 가지고 있습니다. 그리고 임금이 이렇게 중대한 일을 처리하실 때에는 여러 신하들과 의논하여 처결해야 뒷말이 없을 것입니다."

부제학 이기조가 속도를 조절하고 원칙과 절차를 지키자고 강조했다.

"강씨가 독을 넣은 일 이외에 어떤 죄가 있는가?"

"성상께서 지난번 야대에서 '국문할 때 별로 자복한 사람이 없었고 저주한 변도 분명히 드러난 흔적이 없으니 내 어찌 이것만으로 죄를 단정하고자 하였겠는가?' 라고 하교하셨으니 더 이상 드릴 말씀이 없습니다."

그랬다. 임금은 동궁 나인들이 가혹한 형문에도 한 마디 자복 없이 죽어간다는 보고를 받고 세자빈을 단죄하는 것은 다른 데 그 연유가 있다는 것을 암시했다. 그 점을 이기조가 상기 시키자 인조가 화제를 돌렸다.

"아내와 며느리, 어느 쪽이 더 중한가?"

"어찌 가볍고 무거운 구별이 없겠습니까."

"그렇다면 며느리가 아내보다 더 중하단 말인가?"

"친하고 먼 등급이 본디 같지 않으니 아내가 더 중합니다."

"성종께서 연산의 어머니를 사사할 때, 그 당시의 여러 신하들이 쟁집하였다는 말을 듣지 못했다. 오늘날의 여러 신하들은 며느리가 시역하려던 죄에 대해서 죽음을 면해 줄 것을 청하니 이것이 도대체 무슨 도리인가? 옥당의 차자에는 '여러 고아들'이라는 말을 하기까지 하였는데 그 어머니가 이미 악독한 반역 행위를 하였는데 울어대는 자식들을 위해 용서한다면 이것은 구차한 사랑이다. 그 자식들에게 다 유모가 있는데 어찌 죽는 데까지 이르겠는가?"

인조의 노성이 섬뜩하게 빛났다.

"강씨의 죄가 비록 무겁기는 하지만 자비심을 베풀어 목숨만은 살려 주소서. 그래도 마음을 고치지 않을 때 법을 시행한다면 그 누가 옳지 않다고 하겠습니까."

이행원이 자비를 호소했다.

"연산의 어머니는 투기한 죄밖에 없었는데도 사사하였다. 옛사람이 말하기를 '요·순을 본받고자 하면 조종(祖宗)을 본받아야 한다.'고 하였으니 나는 성종조의 고사를 본받고자 한다. 알겠는가?"

격한 목소리가 빈청을 울렸다.

"강씨는 증오가 가득 차서 후환이 우려되기 때문에 내가 처단하고자 한 것인데 누가 감히 저지하려 하는가? 강씨가 큰 소리로 발악하기에 처음에는 몹시 이상하게 여겼으나 지금 와서 보니 후원하는 당류가 많은 것을 믿고서 그런 것이 아니고 무엇이겠는가?"

배후세력이 있다는 것이다.

"경들이 이처럼 여러 날 동안 논쟁을 벌이니 만일에 역적의 변란이 일어나 국가가 전복되기라도 한다면 장차 어떻게 할 것인가? 과인이 훈련대장으로 하여금 군사를 인솔하고 궐내에 입직하게 하였다면 이것은 임금으로서 불측한 변란을 대비한 것인데 경들은 태연히 논쟁하고 있으니 이는 반드시 배후에서 그대들을 조종하는 사람이 있다는 것을 말하는 것 아니고 무엇이겠는가? 이러하고도 경들이 과인의 신하라 할 수 있겠는가?"
"이행원과 이기조가 친히 전하의 명백한 하교를 들었는데 이 뒤에 무슨 논의를 다시 하겠습니까."

김자점이 사헌부와 홍문관의 입을 봉쇄하고 나섰다.

"강씨를 용서하자고 주장하는 논의를 계속한 자를 대역으로 단죄하지 않는다면 나라를 보존할 수 없을 것이다."

대못질이다. 더 이상 논하지 말라는 것이다.

"부제학은 학문을 한 선비이므로 고사를 많이 알 것이다. 순(舜)은 상(象)을 죽이지 않았는데 주공은 관숙과 채숙을 죽였다. 왜 그랬는가?"
"이 일에 대해서는 옛사람이 이미 도출한 결론이 있으므로 신이 감히 별도의 의견을 개진할 입장이 아니라 사료됩니다."

이기조가 겸손한 마음으로 한 걸음 물러섰다.

"순이 상을 죽이지 않은 것은 후환이 없기 때문이었고 주공이 관숙과 채숙을 죽인 것은 후환이 있기 때문이었다. 성종께서 연산의 어머니를 죽인 것 또한 후환을 없애기 위해서였다. 이것으로 본다면 옛날 성인이 후환을 가장 염려했다는 것을 알 수 있다."
"황공하옵니다."

김자점이 목을 늘어뜨렸다.

"오늘의 일이 무슨 옳지 못한 점이 있기에 이처럼 쟁집한단 말인가? 이런 논의를 주장하는 자들은 대신들이 적발해 본보기를 보여야 할 것이다. 이경여 외에도 그런 사람이 있을 것이다."

인조의 언성이 높아졌다.

"성상의 말소리와 기세가 너무 엄하십니다. 임금의 말씀은 이와 같아서는 아니 됩니다."

이기조가 직언했다.

"이경여는 멀리 외딴섬에 있고 최명길은 병들어 틀어박혀 있으며 김류는 조정밖에 있으니 어찌 주장하는 자가 있겠습니까."

김자점이 진화에 나섰다. 이때 이경여는 젊은 간관들을 선동하는 우두머리로 찍혀 진도에 유배되어 있었다.

"어찌 관직이 있는 자만 주장하겠는가? 비록 관직이 없는 자라 할지라도 뒤에 숨어서 주장할 것이다."

실명을 거론하지는 않았지만 김상헌을 염두에 두고 한 말이라는 것을 모두 직감으로 느낄 수 있었다.

"홍무적은 혼조에서부터 직언을 서슴치 않아 내가 유심히 보아왔는데 지금 생각해 보니 참으로 간사한 사람이다. 홍무적은 강씨의 신하가 아닌데도 '신을 죽여야만 강빈을 죽일 수 있다.'고 하였으니 이것이 도대체 무슨 말인가?"
"법전을 상고해 보면 강씨가 살아남을 리가 없는데도 논의가 이와 같으니 이상한 일입니다. 이행원이 직접 성상의 하교를 들었으니 어찌 정계하지 않겠습니까."

김자점이 새로 임명된 대사헌 이행원을 끌어들였다. 자신이 추천해서 사헌부의 수장이 되었으니 값을 하라는 것이다.

"조정 신하들이 과인의 말을 사실이 아닌 것으로 생각하니 내 몹시 미편하다."
"승지와 사관이 모두 여러 차례 입시하여 직접 하교를 들었으니 그 실상을 알 것입니다."
"진실로 사변이 있다면 비록 대장이 입직한다 하더라도 무슨 도움이 될 수 있겠는가? 오늘부터는 입직하지 말라. 나라의 흥망은 하늘에 맡길 것이다."

군사를 이끌고 궁 안에 들어와 있던 병조판서 구인후는 몸 둘 바를 몰랐다.

"서남과 소북에 대한 이야기가 성상의 하교에서 나오니 송구한 마음 금할 수 없습니다."

민망한 듯 김자점이 머리를 조아렸다. 자신이 속한 집단을 얘기하니 쥐구멍이라도 있으면 들어가고 싶었다. 허나, 인조가 서남과 소북을 거론한데는 김자점을 주구로 활용하기 위한 고도의 전략이 숨어 있었다.

"내가 왕위에 오른 지 20여 년이 되었으나 일찍이 동인·서인에 대해서는 입 밖에 내지 않았었는데 오늘 처음 이 말을 하게 되었다. 옛말에 '권력이 신하에게로 돌아가니 쥐새끼가 호랑이로 변한다.'고 하였으니 어찌 두렵지 않겠는가."

"쥐는 잡아야 합니다."

김자점이 나섰다.

"어떻게 잡으면 좋겠는가?"

"덫을 놓아 잡아야 합니다."

"쥐를 잡는 데에는 덫도 아깝다. 때려잡아야 한다."

임금이 소리하고 신하가 추임새를 넣고 있다. 장단도 멋들어진다. 뚜렷한 증거도 없이 세자빈을 사사하려는 자신의 폭정을 반대하는 신하들을 쥐새끼에 비유하고 있다. 누가 쥐고 누가 고양이인지 알다가도 모를 일이다.

광해군 시절. 능양군은 한낱 임금의 신하에 불과했다. 전쟁 방지를 위해 배명친금 정책을 펼치던 광해를 반정으로 몰아내고 권좌에 오른 그가 고양이가 되었다는 사실은 그 자신만 모르고 있을 뿐, 모두가 다 아는 공개된 비밀이었다. 스스로도 겸연쩍었을까? 깊은 상념에 잠겨 있는 척하던 인조가 말을 이어 갔다.

"김시번은 이랬다저랬다 하는 소인이다. 장부가 일을 하는 데 있어서는 자신의 소견을 지켜야 하는 것이다. 만일 스스로 반성해 보아 옳다고 여겨지면 비록 천만 사람이 비난하더라도 어찌 바꿀 수 있겠는가?"

"그의 아비 김신국이 모를 리가 없을 것 같은데 그 자식의 하는 바가 이와 같으니 그 까닭을 알 수 없습니다."

김자점이 김신국을 끌어들였다. 임금이 서인을 거론하며 원하던 바다.

"아비가 어찌 자식이 하는 바를 모를 리가 있겠는가. 김신국을 파직하라."

"분부 받들어 모시겠습니다."

"홍무적은 자신을 알아주는 은혜를 생각하지 않고 역적을 비호하였으니 정의로 귀양 보내고, 심노는 강씨를 위해 충성을 다하여 합계하려는 생각을 가졌으니 남해로 귀양 보내라. 임금을 망각하고 나라를 저버린 이경여의 죄는 멀리 귀양 보내는 것으로 부족하니 위리안치하게 하라."

세자빈을 사사하기 위한 정지작업이 마무리되었다.

아귀들이 없는 세상에서 살고 싶소

자시가 지난 이슥한 밤. 세자빈이 유폐되어 있는 후원별당. 매봉에서 울던 부엉이도 잠들었는지 고요하다. 사위(四圍)는 칠흑 같은 어둠에 묻혀 있건만 별당의 등촉은 가쁜 숨에 흔들리고 있다.

"마마! 이러시면 안 됩니다. 흐흑."

형옥이 울부짖었다.

"마마! 힘을 내십시오. 흑, 흑, 흑."

비지땀을 흘리던 세자빈이 의식을 잃고 말았다. 백지장처럼 새하얀 얼굴이다. 불수산(佛手散)이라도 있으면 좋으련만 별당에선 사치스런 약재다.

"마마! 정신을 차리십시오. 정신을…"

당황한 형옥이 세자빈의 얼굴을 흔들어 보았으나 의식의 끈을 놓아버린 세자빈은 미동도 없다. 이럴 때는 나삼(羅蔘)이 특효인데 안타깝다. 덜컥 겁이 난 형옥이 세자빈의 가슴에 얼굴을 묻고 귀를 댔다. 심장은 뛰고 있었다.

어디로 가는지 모르겠다. 구름 위를 걷는 느낌이다. 이름 모를 새들이 지저귀고 수많은 꽃들이 피어 있다. 그 사이를 나비가 너울너울 춤을 추며 노닐고 있다. 무릉도원이 이런 세상일까. 향기가 피어오르고 폭신하다. 얼마쯤 갔을까. 세자가 하얗게 웃고 있다. 가까이 가면 점점 멀어졌다. 종종 걸음으로 따라붙었다.

"저하! 신첩이옵니다."
"어서 오시오. 빈궁. 왜 이렇게 늦었소?"
"늦다니요? 왜 소첩 홀로 두고 가셨습니까? 야속합니다."

세자빈의 눈가에 이슬이 맺혔다.

"빈궁이 곧 뒤따라오리라 믿었소."
"원손과 석견, 석린은 어떻게 하구요?"
"그 아이들도 곧 뒤따라올 것이오."
"그러시면 아니 됩니다. 저하께서 우리들 곁으로 오셔야 합니다."
"아귀들이 넘실대는 세상으로 왜 다시 돌아간단 말이오. 이승의 미련일 랑 버리고 어서 빨리 오시오."

세자의 목소리는 건조했다.

"저하! 너무 힘듭니다."

애원의 눈빛으로 바라보았다.

"빈궁! 힘을 내시오."

세자가 세자빈의 손을 꼭 잡아 주었다. 따뜻했다. 가슴에 얼굴을 묻고 하염없이 울고 싶었다. 가까이 다가갔다. 가면 갈수록 세자가 멀어져 갔다.

"저하! 저하!!"

허공을 휘젓는 세자빈의 손을 형옥이 잡아 주었다.

"마마! 정신이 드시옵니까?"
"여기가 어디냐?"

혼절에서 깨어난 세자빈이 눈꺼풀을 밀어 올렸다.

"네, 후원 별당입니다."
"내가 잠시 정신을 놓았나 보구나."

좌우를 휘둘러보던 세자빈의 입가에 창백한 미소가 흘렀다.

"이러실수록 힘을 내셔야 합니다."

"저하도 그리 말씀하시더구나."

"네? 승하하신 세자 저하께서요?"

"그렇단다. 잠시 혼절한 그 사이에 저하를 만났단다."

세자빈의 얼굴에 엷은 미소가 그려졌다. 행복한 웃음이었다.

"저하와 함께 구름 위를 걷는데 그렇게 푹신하고 편안할 수가 없더구나. 계속 걷고 싶었는데 돌아와서 안타깝구나."

"그리 좋으셨어요?"

"이승도 저승도 아닌 딴 세상 같았다. 그런 세상에서 세자 저하와 오래오래 살고 싶었다. 힘을 내라고 하시면서 손을 잡아주는데 그렇게 따뜻할 수가 없었다."

자신의 손등을 만져 보던 세자빈의 눈시울이 붉어졌다. 그것도 잠시, 또다시 통증이 밀려왔다. 고통에 몸부림치던 세자빈이 '악' 하고 소리를 질렀다. 거의 같은 시각. 하복부를 가로막고 있던 그 무엇인가가 무너져 내리며 보가 터졌다. 거듭 비명을 지르던 세자빈이 하초에 피를 쏟으며 정신 줄을 놓고 말았다. 그 순간, 세자와의 사랑의 증거물이 세상에 나왔다.

왕비와 세자빈이 회임하면 임신 3개월부터 세상과 담을 쌓고 태교에 들어가는 것이 궁중 법도다. 평화로운 마음으로 늘 정숙을 유지하며 왕실을 이어 갈 왕자가 태어나기를 기원하는 것이 소일이다. 여기에는 지아비와의 잠자리도 금지된다. 후궁의 존재 이유다.

구중궁궐 깊은 곳에 유폐되어 있는 세자빈은 역설적이게도 모든 것을 지켰다. 단, 그것이 자의에 의한 지킴이 아니라 타의에 의한 유폐였기에 정신적으로 피곤했으며 마음고생이 심했다.

5개월부터는 육선을 피하고 콩으로 만든 음식과 채소를 상식했다. 건강한 왕자를 낳기 위한 섭생이다. 별당에 유폐된 세자빈은 영양 과잉은 언감생심. 죽지 않을 만큼의 음식이 제공되었다. 자신의 영양실조는 물론 태내의 생명도 심한 발육 부진을 겪었다. 죽지 않고 태동하는 것이 기적이었다.

7개월이 접어들면 산실청이 설치되었다. 산실청에는 도제조와 권초관이 임명되며 내의원의 의관과 의녀가 배치되었다. 즉, 왕비와 세자빈의 임신은 개인적인 문제가 아니라 국가적인 중대 사항이라는 의미다. 허나, 세자빈은 만인의 경하를 받아야 할 자신의 회임 사실을 밝히기는커녕 불러오는 배를 감추느라 전전긍긍했다.

산기가 있으면 산실이 마련되었다. 맨 아래에 짚을 깔고 가마니 위에 초석을 깔았다. 그 위에 양모자리를 깔고 기름 먹인 장판을 깔았다. 흘러내린 분비물의 확산을 막기 위한 조치다. 그리고 백마 가죽을 깔았다. 순수의 색 백색과 양기의 상징 말의 기를 받아 출산의 안전을 기원하기 위해서다.

자리가 마련되면 북쪽 벽에 최생부(催生符)를 붙였다. 순산을 기원하는 주술적인 장치다. 마지막으로 천정에 사슴 가죽으로 만든 고삐를 매달면 준비 끝이다. 이러한 호사는 호란이 일어나던 병자년, 석철을 낳을 때 이외에는 누려 보지 못했다. 세자빈이 유폐되어 있는 별당에는 이 모든 것이 사치에 불과했다.

세자빈이 혼절하여 의식불명 상태다. 그렇다고 어의를 부를 수도 없다. 세자빈은 죄인 신분으로 후원 별당에 유폐되어 있기 때문이다. 지켜보고 있는 형옥은 무엇을 어떻게 손을 써야 할지 막막했다.

불쌍히 여겨 피안의 세계로 인도하소서

잠시 후, 세자빈이 깨어났다.

"이러고 있을 때가 아니다. 네가 성 밖에 다녀와야겠구나."

마른 침을 삼키던 세자빈이 가까스로 입을 열었다.

"아니 될 말씀이십니다. 이렇게 위중한 마마님을 홀로 두고 소인이 어
디를 다녀온단 말씀이십니까?"

세자빈이 유폐되어 있는 후원 별당에는 시종이 두 명도 아니고 딱 한 명
딸려 있다. 형옥이 떠나면 별당에 남겨진 사람은 세자빈 혼자다. 그렇지
않아도 인적이 드문 구중궁궐 깊은 곳. 후원 별당에 세자빈 홀로 고립무
원 상태에 놓이는 것이다.

"내 한 몸보다도 더 중요한 문제다."

세자빈의 이마에서 식은땀이 흘러내렸다.

"그래도 소인은 떠나지 못하겠습니다. 마마!"

형옥이 울부짖었다. 난산의 고통에서 헤어 나오지 못한 세자빈은 의식과 무의식 경계선에서 오락가락하고 있다. 심하면 혼절하여 깨어나지 못할 수도 있다. 이러한 환경에서 시종마저 없다면 생명을 담보할 수 없다.

"명을 거역하려 드느냐?"
"마마 님의 명을 거역하여 죄를 받더라도 소인은 떠나지 못하겠습니다."
"네 심정 이해한다. 하지만…"

더 이상 말을 잇지 못한 세자빈의 입술이 파리하게 떨렸다. 가쁜 숨을 몰아쉬던 세자빈이 호흡을 가다듬었다.

"철원으로 떠날 준비를 하라."
"어디라고 말씀하셨습니까?"
"보개산이다."
"네에?"

형옥이 입을 다물지 못하고 입을 손으로 가렸다. 한양에서 철원. 평소 같으면 장정 이틀 거리다. 하지만 지금 현재는 비상 상황이다. 며칠이 걸릴지 모른다. 아니, 궁궐이나 빠져 나갈 수 있을지 자신이 없다. 병조판서가 임금의 부름을 받아 궁궐에서 상근하고 군사들이 쫙 깔렸다. 그뿐만이 아니다. 도성에는 삼엄한 경계가 펼쳐지고 있다.

동궐에는 남쪽 정문으로 돈화문이 있고 동쪽 정문 홍화문이 있다. 그밖에 선인문과 금호문 등 작은 문이 있지만 이 엄중한 시기에 별당 시종이 나가는 것은 어림없는 일이다. 설혹 대궐을 빠져 나갔다 해도 성문을 통과해야 한다. 도성에는 숭례문을 비롯한 4대문과 서소문 등 4소문이 있다. 하지만 죄인의 시종이 통과하기란 어려운 일이다. 그렇다고 새가 되어 하늘을 날아갈 수도 없다.

"혜영 스님을 찾아가라."

혜영이라면 동궁전에 드나들던 비구니다. 형옥이도 몇 번 보았던 얼굴이다. 그 스님이 있는 철원까지는 지금 너무나 험난한 길이다. 후원 별당에서 성 밖으로 나가는 것은 불가능에 가깝다.

"냉큼 떠날 채비를 하라."

멈칫거리는 형옥에게 불호령이 떨어졌다.

"네에~"

말끝을 흐린 형옥의 얼굴에 어두운 그림자가 스쳐 지나갔다. 궁궐을 빠져나가다 군사들에게 잡히기라도 하면 혀를 깨물어 자결할 용의가 있다. 허나, 후원 별당 시종이 궐을 빠져 나가다 잡혀 자결했다면 세자빈의 안위도 위태롭다. 성문 역시 그렇다. 어떻게 빠져나가야 하나? 아득하기만

했다.

"꼭 모시고 돌아와야 하느니라."

갈수록 태산이다. 홀몸으로 빠져 나가기도 힘들 터인데 스님을 데리고 들어오라 하니 난감했다.

"예전에는 광범문을 이용했으나 지금은 어림없습니다."

광범문은 창경궁 북문이다. 형옥이 몰래 궐을 드나들 때 이용했던 문이지만 지금은 경계가 삼엄했다.

"옥류천을 따라 오르면 창덕궁 북문이 있다. 그곳을 빠져나가 매봉을 지나면 성곽이다. 숙정문에는 군사들이 배치되어 있을 것이니 그곳으로 가지 말고 더 위로 올라 암문을 통과하여 도성을 빠져 나가도록 하라."

말을 마친 세자빈이 은붙이 몇 개를 내놓았다.

"지체할 시간이 없다. 어서 떠나라."

희미한 의식 속에서 혼절을 반복하는 세자빈을 홀로 두고 별당을 떠나려 하니 발길이 떨어지지 않았다. 하지만 떠나야 한다. 자리에서 일어난 형옥이 예를 올리고 별당을 나섰다. 형옥이 떠난 것을 확인한 세자빈이 붓을 잡았다.

복원용왕수신 애린제도(伏願龍王水神 哀憐濟度)
용왕님이시어, 엎드려 비옵나이다. 슬픔을 불쌍히 여겨 인도하여 주소서.

다 써 내려 간 세자빈의 어깨가 들썩거렸다. 눈물이 빗물 되어 흘러내렸다. 왕(王)자에 떨어진 눈물이 번져 옥(玉)자가 되었다.

"저하! 소첩이 죄인입니다. 용서해 주소서."

주체할 수 없는 설움이 폭포가 되어 흘러내렸다. 배 아파 낳은 자식. 거두지 못하고 강물에 띄워 보내야 하는 어미의 심정. 가슴이 찢어지는 것만 같았다.

무사히 궁궐을 빠져나간 형옥은 청풍 암문을 통과하여 잰걸음을 놓았다. 양주를 거쳐 보개산에 도착한 그녀는 혜영을 데리고 돌아왔다. 완벽한 임무 수행이다.

"불러 계시옵니까? 마마!"

혜영이 두 손을 모으고 예를 갖췄다.

"내 긴히 부탁할 일이 있어 불렀다."

"부탁이라니 당치 않은 말씀입니다."

"이것을 가지고 나가 강물에 띄워 주게."

세자빈이 하얀 보자기에 싼 상자를 내놓았다.

"여부 있겠습니까? 분부 거행하겠습니다."

"지체할 시간이 없다."

세자빈이 금붙이를 내놓았다.

"마마! 강녕하시옵소서."

혜영이 엎드려 예를 올렸다.

"어서 떠나도록 하라."

"예. 마마!"

보따리를 가지고 별당을 나선 혜영이 어둠 속으로 사라졌다. 이 모습을
지켜보던 눈이 있었다. 후궁전에서 심어 둔 세작의 눈이었다.

상자에 아이를 담아 빼돌렸지?

소의 조씨가 양화당을 찾아왔다. 임금이 외국의 사신을 맞이하거나 대소 신료들과 국사를 논하는 지엄한 장소에 후궁이 방문한다는 것은 이례적인 일이다. 중전을 경덕궁으로 내쫓고 왕비의 침전 통명전을 차지하고 있는 소의 조씨만이 할 수 있는 당돌한 행동이다.

"전하! 강씨가 몰래 아이를 낳아 궐 밖으로 내보냈다 합니다."
"뭣이라고? 아이를 궐 밖으로…?"

인조는 경악했다. 세자빈이 아이를 낳았다면 자신의 손자다. 사내아이라면 왕손이 태어난 것이다. 이거 보통일이 아니다. 국채에 관련된 중대한 문제다. 소현의 아들 석철, 석견, 석린을 잘 요리하면 봉림대군으로 기운 법통을 완벽하게 세울 수 있는데 자신도 모르는 혈손이 궁 밖에서 성장하고 있다면 국채의 근간이 흔들린다.

"이는 하늘을 속이고 전하를 속인 것입니다."
"강씨의 발칙한 짓이 어제 오늘이 아니었거늘 이럴 수가 있단 말인가?"

인조의 두 손이 부들부들 떨렸다.

"앙큼한 강씨에게 죄를 물으소서."

"으음."

인조가 분노를 토해냈다.

"강씨를 당장 물고를 내야 합니다."

"치죄가 문제가 아니라 증좌가 문제다."

"증거는 찾으면 되지 않겠습니까? 전하!"

찾다 못 찾으면 만들면 되지 않겠느냐는 표정이다.

"강씨가 아이를 낳아 궐 밖으로 내보냈다는 말만 있을 뿐, 물증이 없지를 않느냐?"

인조가 주먹을 불끈 쥐었다.

"신첩이 조사하여 증거를 찾아내겠습니다."

"지난번 옥사에서도 강씨의 시종들이 자복하지 않아 실패했는데 네가 할 수 있겠느냐?"

"전하! 심려를 놓으십시오. 이번에는 꼭 해내겠습니다."

"정말이냐?"

"네, 믿어 주십시오."

절치부심 때를 기다리고 있던 소의 조씨다. 지난번 실패를 만회할 수 있는 절호의 기회다. 완강히 버티는 동궁전 궁녀들 때문에 망신당한 것을 생각하면 치가 떨렸다. 이번에는 서두르지 않고 침착하게 처리하리라 다짐했다.

"좋다. 너를 한번 믿어 보겠다."
"황공하옵니다."

이튿날, 대궐에 비상이 걸렸다. 소의 조씨의 부름을 받은 내수사 관리들이 후궁전으로 속속 집결했다. 내관을 비롯하여 별좌, 부전수, 별제, 전회, 전곡 등 등 간부들이 망라되었다.

내수사는 궁중 살림을 맡아 보는 아문이다. 전국 곳곳에 산재해 있는 왕실 토지를 관리했으며 수많은 궁녀와 노비를 지휘 감독했다. 공장(工匠)과 옹장(甕匠)·야장(冶匠)을 두어 왕실 물품을 조달했다. 많은 재화와 인력을 관리하다 보니 사건 사고도 많았다. 때문에 별도의 감옥을 운영했다. 내사옥이다.

내옥에는 국가의 법률을 적용하기 앞서 형신과 구금할 수 있는 권한을 주었다. 궁 내부적인 일이라는 뜻이다. 이러한 특수 제도를 악용하는 사람이 있었으니 소의 조씨다. 내수사의 우두머리인 전수를 자신의 수하로 장악한 조씨는 내사옥을 자신의 사옥(私獄)처럼 악용했다.

"후원 별당에 유폐되어 있는 죄인이 아이를 낳아 궐 밖으로 내보냈다 한다. 이는 국채와 강상에 관한 일이다."

모두들 서로의 얼굴을 쳐다보며 눈이 휘둥그레졌다.

"연루자를 신문하여 전하께 공초를 올리는 것이 너희들의 임무다. 알겠느냐?"
"네,"
"죄인을 다룰 때는 옹기 만지듯 해야 한다."
"넵."
"형신을 가하되 죽이지 않고 자복을 받아 내야 한다."
"네엡."
"부득이 죄인을 죽였을 때는 너희들에게 책임을 묻지 않겠다. 알겠느냐?"
"네, 명심하겠습니다."

이튿날, 여명과 함께 내수사 관원들의 발바닥에 불이 붙었다. 후궁전 내관들이 궁궐을 휘젓고 다니며 동궁전 나인들을 잡아들이기 시작했다. 순간 동궐은 공포 분위기에 휩싸였다. 소의 조씨의 명을 받은 내사옥 도사가 여승 혜영을 잡아 오기 위해 철원 보개산으로 떠났다. 텅 비어 있던 옥도 손질했다. 먼저 형옥이 붙잡혀 왔다.

"네가 보개산 비구니를 데려왔느냐?"

전수를 겸하고 있는 내관이 머리를 산발한 채 형틀에 묶여 있는 형옥에게 물었다.

"네."
"누가 데려오라 했느냐?"
"세자빈 마마의 명을 받고 모셔 왔습니다."
"마마는 무슨 얼어 죽을 마마냐? 네가 마마라고 부르는 강씨는 죄를 얻은 죄인이다. 다시 한 번 그따위 말버릇을 하면 혀를 뽑아 버릴 테니 그리 알아라. 알겠느냐?"
"네."

겁에 질린 형옥의 목소리가 목안으로 기어 들어갔다.

"대궐을 어떻게 빠져나갔느냐?"
"동궁전 내관 종일이 도와 주어 나갔습니다."

형옥이 순순히 대답했다.

"나종일을 잡아 오라."

내관의 명에 따라 별장이 나졸들을 이끌고 뛰어나갔다.

"어디로 나갔느냐?"

"북문을 통하여 청풍 암문으로 나갔습니다."

"북문과 청풍 암문 수문장을 데려와라."

형옥의 입에서 거명된 자는 모조리 체포령이 떨어졌다. 소의 조씨의 비호를 받고 있는 내수사 내관은 무소불위의 칼을 휘둘렀다. 법위에 후궁전이 있었고 어명 앞에 소의 조씨의 명이 있었다.

"혜영을 데려와서 어떻게 했느냐?"

"곧바로 돌아갔습니다."

"돌아갈 때 강씨가 무엇을 주었느냐?

"마마께서 상자 하나를 내주시면서 혜영에게 전해 주라고 하기에 저희들은 전해 주기만 했을 뿐입니다."

"이년이 마마 소리 하면 혀를 뽑아 버리겠다고 했는데 그래도 마마냐? 이봐라! 이년의 혀를 뽑아 버려라."

장정들이 달려들어 형옥을 에워쌌다.

"사~살려 주십시오. 다시는 그런 말 하지 않겠습니다."

손으로 입을 틀어막은 형옥이 몸부림치며 애걸했다.

"이번 한 번만 봐준다. 그 대신 묻는 말에 바른 대로 대답해야 한다."

"네."

형옥이 온 몸을 부들부들 떨었다.

"상자 크기가 얼마나 되었느냐?"

"길이가 한 자(尺) 남짓 되었습니다."

"그 속에 무엇이 들어 있었느냐?"

"모릅니다."

"아기가 들어 있었지?"

내관의 눈이 개구리를 노리는 뱀의 눈처럼 번득였다. 내관의 시선이 피부를 훑고 지나가자 소름이 돋았다. 먹잇감을 찾는 뱀은 혀로 냄새를 맡는다. 궁녀를 다루는 데 이골이 난 내관은 눈으로 냄새를 맡는다.

"모릅니다."

"정말 모르느냐?"

"네, 정말 모릅니다."

산발한 머릿결 사이에서 형옥의 목소리는 떨리고 있었다.

"이봐라, 이년을 주리를 틀어라."

수염도 없는 내관이 턱을 쓰다듬으며 명했다. 발목을 묶은 형옥의 정강이에 박달나무로 만든 두 개의 막대기가 끼워졌다. 공포에 질린 형옥의 무릎이 경련을 일으켰다.

"뼈가 으스러져도 말하지 않겠느냐?"

"모르는 것을 모른다 할 뿐, 어찌 안다 할 수 있겠습니까?"

모든 것을 각오한 형옥은 담담했다.

"시행하라."

명과 함께 '악'하는 비명 소리가 내사옥을 흔들었다. 그것은 생과 사의 갈림길에서 절규하는 여인의 외마디 소리였다. 내사옥 형리들의 의욕이 넘쳤을까? 여인의 뼈가 부실했을까? 형옥의 정강이뼈가 부스러짐과 동시에 정신 줄을 놓았다. 혼절한 것이다. 그리고 깨어나지 못했다. 동궁전 내인 형옥이 죽은 것이다.

형옥의 입에서 거명된 도총부 군관과 성곽 경비를 맡은 훈련도감 별장이 내사옥에 투옥되었다. 드디어 보개산 비구니 혜영이 압송돼 왔다. 승려라고 봐주는 게 없다. 똑같이 형틀에 묶고 신문이 시작되었다.

"강씨가 무엇을 내주더냐?"

"보자기에 싼 상자를 받았습니다."

"그 속에 무엇이 들어 있더냐?"

"도성을 빠져나갈 때까지 펼쳐 보지 않아 그 속에 무엇이 들어 있는지 몰랐습니다."

"그래서?"

"양주에 이르러 보자기를 펼쳐 보니 아기 시신이 들어 있었습니다."

"시체라고? 살아 있는 아기가 아니라 시신이란 말이냐?"

내관의 눈꼬리가 치켜 올라갔다.

"네, 그렇습니다."

"허튼 수작하지 마라. 아기를 어떻게 했느냐?"

"정말입니다요. 마부도 보았습니다."

"마부가 그 자리에 있었느냐?"

"네."

"마부를 잡아들여라."

내관의 명에 따라 나장이 튀어나갔다.

"마부를 잡아 오면 네 말이 참인지 거짓인지 밝혀질 것이다. 만약 거짓
이라면 네년이 여기에서 살아서 나가지 못할 것이다. 알겠느냐?"

"네."

"지금이라도 늦지 않았다. 거짓이라면 이실직고 하라."

"참입니다요."

"좋다. 네 말이 참이라 치자. 상자 속에 아기 시체 말고 또 무엇이 들어
있었느냐?"

"없었습니다."

"정말이냐?"

"네."

"네년이 금덩이를 받아 와 자랑했다고 하던데 이래도 바른 대로 말하지 않을 테냐?"

내관이 회심의 미소를 지었다.

"그런 일 없습니다."

"이봐라, 중년들을 끌어내라."

옥에 갇혀 있던 비구니들이 끌려나왔다. 삭발한 여승들이 목에 칼을 차고 줄줄이 끌려 나오는 모습은 보기 드문 광경이었다. 형리와 옥졸들도 진기한 풍경을 호기심 어린 눈으로 바라보며 마른 침을 삼켰다. 그 모습을 바라보던 혜영은 소스라치게 놀랐다. 자신의 암자에 있던 비구니들이었다.

"이년이 금덩이를 가져와 자랑하는 것을 보았느냐?"

"네."

연화의 목소리는 모기 소리처럼 작았다. 혜영과 시선을 맞추지 못하고 고개를 숙인 여승은 혜영이 가장 아꼈던 수제자였다.

내사옥 나장이 보개산에 들이닥쳤을 때, 암자에는 아홉 명의 비구니가 있었다. 혜영을 묶어 한양으로 출발시킨 나장은 여승들을 상대로 탐문했다. 그 결과 대궐을 다녀온 혜영이가 금덩이를 보이며 자랑했다는 말을 들은 나장은 거동이 불편한 노 비구니 한 명을 제외한 전원을 붙잡아 왔던 것이다.

"이런 앙큼한 년이 있나? 네년이 금덩이를 가져 와 자랑했다는 것을 보았다 하지 않느냐. 몇 냥이나 받아 왔느냐?"
"불사에 쓸 것이라 해서 200냥을 받아 왔습니다."

혜영이 사실대로 말하지 않을 수 없었다.

"금덩이는 어디에 있느냐?"
"암자에 있습니다."
"감추어 둔 곳을 말하라."
"뒷간 앞에 땅을 파고 묻어 두었습니다."

매일같이 용변 길에 소재 확인을 하기 위하여 해우소 앞에 묻어 두었던 것이다.

"마부를 잡으러 간 나장에게 암자에 가서 금덩이도 찾아오라 일러라."

전령이 살같이 튀어나갔다.

"금덩이 외에 또 무엇을 받아 왔느냐?"

"비단을 받아 왔습니다."

"비단이 어디에 있느냐?"

"식량으로 바꾸었습니다."

"고얀 것들 같으니라구."

내관이 입맛을 다셨다. 물증을 확보하라는 소의 조씨의 엄명이 있었지만 아직까지 입수한 물증은 하나도 없다. 내관의 입술이 타들어 갔다.

"아기를 어디에 감추었느냐?"

"아기라니요? 죽은 시체였을 뿐입니다요."

"이봐라. 이년을 매우 쳐라."

곤장을 맞던 혜영이 축 늘어졌다. 물을 끼얹고 다시 신문했으나 정신을 놓았다. 의식을 회복하면 형문이 계속되었으나 혼절을 반복했다. 피비린내 나는 옥사가 이어지자 조정이 술렁거렸다.

모르고 있었으니 제 발로 감옥에 가라

조정을 장악한 김자점이 딴죽을 거는 반대 세력을 제압하리라는 기대 심리가 작용한 인조는 대소 신료와 삼성 장관을 빈청으로 불러들였다.

"강씨가 아이를 낳아 궐 밖으로 내보냈다면 이는 국가의 중차대한 일입니다. 이를 어찌 내옥에서 다룬단 말씀입니까? 국청으로 다스리소서."

대사헌이 포문을 열었다.

"궁 내부에서 일어난 일이니 내사옥에서 다스려도 문제 될 것이 없다."

인조가 선을 그었다. 내명부의 일이라고 평가 절하 하지만 궁녀를 다루면 세자빈이 나오고 세자빈이 연루된 사건을 백일하에 드러내면 정당성이 빛을 잃는 것은 자명한 일이다. 자신의 도덕성에 오점을 남길 수 있는 사건을 굳이 만천하에 드러내고 싶지 않은 것이 인조의 솔직한 심정이었다.

"지당하신 말씀입니다."

김자점이 재빠르게 치고 나왔다.

"왕손이라 하더라도 죄인의 아들이면 죄인입니다. 이러한 왕손이 궐밖에 생존해 있다면 이는 국채의 근간을 뒤흔드는 중대한 사건입니다. 추적하여 잡아들여야 합니다."

구인후가 지원에 나섰다. 인구에 회자되는 좌인후 우자점이라는 말이 헛된 소문만은 아니었다.

"동궁전 나인들이 형신을 이기지 못하고 줄줄이 죽어 나가면서도 자복한 자가 한 사람도 없고 물증도 없지를 않습니까. 이러한 상황에서 왕손이 궐 밖에 살아 있으니 잡아들이자고 한 것은 본말이 전도된 것입니다. 우선 보자기에 싸여 나간 것이 무엇인지를 밝혀야 하고 만일 사람이 나갔다면 살아서 나간 것인지 죽어 나갔는지를 확인한 연후에 추적하여도 늦지를 않을 것 입니다."

대사간이 논리정연하게 구인후를 통박했다.

"틀림없을 것입니다."
"것이라 하셨습니까?"
"그렇소이다."

구인후가 득의의 미소를 지었다.

"중차대한 문제를 논하면서 예단하는 것은 돌이킬 수 없는 우를 범할 수 있습니다. 만약 살아 있는 왕손을 내보내지 않고 사산한 아기를 궐 밖으로 내보냈다면 얼마나 가슴이 아팠겠습니까? 세자빈의 심정도 헤아려야 할 것입니다."

폭탄 발언이 터졌다. 이는 왕심을 거스리는 발칙한 언사다. 임금이 '죄인을 비호한 자를 묶어라.'고 명을 내리면 그 순간부터 죄인이 되는 위험한 언어다. 여기에서 언(言)은 주는 말이고 어(語)는 받는 말이다. 인조의 눈꼬리가 치켜 올라갔다.

"세자빈이라 하셨습니까?"

잔뜩 벼르고 있던 구인후가 되물었다.

"그렇습니다."
"강씨는 죄를 얻은 죄인입니다. 어찌 죄인을 세자빈이라 부른단 말입니까?"

잔뜩 고양된 구인후가 눈을 부릅뜨고 대사간을 노려보았다.

"아직 폐위하지 않았으니 세자빈이라 불러야 신하의 도리라는 것을 몰라서 묻는 것입니까?"

병조판서 구인후와 대사간 사이에 진검승부가 펼쳐졌다. 패자는 돌이킬 수 없는 상처를 입는다. 신하들의 논쟁을 지켜보고 있는 인조는 세자빈을 후원 별당에 유폐할 때, 폐위 절차를 밟지 않은 것이 후회스러웠다.

"내사옥에서 조사하고 있는 궁녀들을 의금부에서 다룬다는 것은 품위를 낮추는 일입니다."

팽팽한 일합에서 예리한 칼날에 상처를 입은 구인후가 화제를 돌렸다.

"이 자리에 있는 것을 부끄럽게 생각해야 할 병판이 웬 품위씩이나 거론하십니까?"

대사간이 병조판서 구인후를 노려보았다. 마주보는 두 눈에서 불꽃이 튀었다.

"무슨 말씀을 그리하십니까?"

구인후가 상기된 얼굴로 대사간을 쏘아보았다.

"병판이 궐내에 입직하면서도 하찮은 궁녀 하나가 궁성을 무시로 드나드는 것을 모르고 있었으니 역도가 전하를 위해하기 위하여 잠입하기라도 했으면 어찌할 뻔했습니까? 조선 팔도에서 가장 무예가 출중한 군사를 이끌고 궐내에 진을 치고 있던 병판은 뭐했으며 대궐을 숙위하는 도총부는 뭐하는 군사고 도성을 지키는 훈련도감은 뭐하는 군대냐는 말씀입니다."

대사간이 병조판서 구인후에게 직격탄을 날렸다. 도총부가 대궐을 숙위하고 훈련도감이 도성을 경비하는 상황에서도 인조는 불안했다. 믿을 것은 인척밖에 없다고 생각한 그는 병조판서에게 별도의 군사를 이끌고 궐내에 입직하라 명했다. 병조판서 구인후는 구사맹의 손자다. 자신의 어머니 인헌왕후는 구사맹의 딸이다. 따라서 구인후는 사적으로 임금의 외종형이다.

"숙고해야 할 병판이 무슨 전공이라도 세운 장수처럼 발언하는 것은 지엄한 어전을 능멸하는 것이고 사대부로서 온당하지 못한 처사입니다. 병판은 석고대죄 해야 할 것입니다."

대사헌이 가세했다.

"책임을 통감하고 사직서를 제출했습니다."

불의의 일격을 당한 구인후가 꼬리를 내렸다.

"사직서로 책임을 회피하는 것은 소인배나 할 짓입니다."

대사간이 공세를 이어 나갔다.

"말씀이 지나치십니다."

구인후가 발끈했다. 화내면 진다고 했던가. 구인후가 흥분하고 있었다.

"지나치다니요? 내가 병판이라면 자결했든가 목숨이 모질어 죽지 못했다면 내 스스로 왕옥에 걸어 들어가겠습니다. 일국의 병조판서가 도성이 뚫리는 것도 모르고 있었으니 백성들이 어찌 마음 놓고 살아갈 수 있겠습니까?"

대사간 채유후가 마침표를 찍었다.

"내, 친히 국청으로 다스리겠다."

가장 신임하는 구인후가 궁지에 몰리자 인조가 한발 물러섰다. 김자점이 구인후를 엄호해 주지 않은 것이 야속했지만 김자점은 불똥이 자신에게 튈까 봐 안절부절했다. 병자호란 초기, 청나라 군대가 압록강을 건넜다는 봉화를 차단하고 서북 군사요충이 뚫린 자신의 과오가 새삼스럽게 도마에 오를까 봐 전전긍긍 했다.

삭발한 여승과 어울리지 않은 조우

빈양문에 국청이 설치되었다. 동궐에는 홍화문을 비롯한 많은 문이 있지만 궁궐 안과 밖을 확연하게 구분 짓는 문이 빈양문이다. 임금이 가는 곳이면 그림자처럼 따라붙는 사관도 빈양문을 넘지 못했다. 임금의 공식 행차의 시작점이자 종점이 빈양문이다.

명정전 바로 뒤쪽에 있는 빈양문을 통과하면 경춘전, 통명전, 양화당 등 왕과 왕비, 후궁의 공간이 있고 시문을 즐길 수 있는 함인정이 있으며 숲이 울창한 후원으로 연결되어 있다. 밖으로는 공식 행사가 펼쳐지는 명정전과 편전으로 사용하는 문정전, 왕의 사랑방이라 할 수 있는 숭문당이 있다.

임금이 빈양문에 국청을 마련한 데는 이유가 있다. 궁 내부의 일이라는 의지의 표현이다. 군이 드러내고 싶지 않은 내명부의 일이지만 신하들의 간청에 못 이겨 공개한다는 뜻이다.

친국(親鞫)이 실시되었다. 인조가 자리를 잡고 대소 신료와 삼성 장관이 입시했다. 내사옥에서 고문당하여 정강이뼈가 으스러져 걷지도 못하는 혜영이 업혀 나왔다. 머리를 빡빡 깎은 여승이 임금의 친국을 받는 일은 최근에 없던 일이다.

"어디에 있는 승니냐?"

"보개산에 있습니다."

"보개산이 어디 있느냐?

"철원에 있습니다."

익선관을 쓴 임금과 삭발한 여승. 뭔가 어울리지 않는 조우가 시작되었다.

"법명이 무엇이냐?"

"혜영입니다."

"강씨를 어떻게 알았느냐?"

"세자 저하의 완쾌를 비는 불사를 드리려고 저희 암자를 찾아주시어 알
게 되었습니다."

청나라에서 돌아온 소현세자가 귀국 2개월 만에 쓰러졌다. 궁궐이 발칵
뒤집혔다, 33세의 젊은 장정이 어느 날 갑자기 쓰러져 사경을 헤맨다는
것이 믿어지지 않았다. 8년 간의 볼모 생활을 의연하게 견뎌 온 세자가 진
정 목숨이 위태로웠던 것은 심양에서 북경 가는 길이었다.

패주하는 명나라 군을 뒤쫓는 청나라 군과 동행한 세자는 낯선 풍토에
시달려야 했다. 보급 사정이 좋지 않아 직접 식사를 해결해야 했으며 패
잔병의 공격에 노출되어 있었다. 자금성에 입성한 청나라 황제가 귀국을

허락했다. 북경에서 다시 한양으로 수천 리 머나먼 여정을 건강하게 버텨
온 세자가 쓰러진다는 것은 있을 수 없는 일이라 생각되었다.

　세자가 혼수상태에 빠졌다. 병명은 학질이라 하지만 모기가 매개하는
학질이 2월에 발병한다는 것이 얼른 이해가 되지 않았다. 지아비가 몸져
누웠지만 세자빈은 가까이 갈 수 없었다. 인의 장막 속에 가려진 세자는
세자빈의 손길이 닿지 않았다. 어의가 있었지만 소의 조씨의 사주를 받은
이형익이 세자의 머리맡을 지키고 있었다. 망연자실한 세자빈은 보이지
않는 힘에 빌어 보는 수밖에 달리 도리가 없었다. 이때 찾은 곳이 신통한
효험을 보인다는 보개산 약사암이었다.

"그 뒤로 몇 번이나 만났느냐?"
"서너 번 만나 뵈었습니다."
"강씨가 찾아 왔더냐?"
"소승이 궁궐로 찾아뵈었…"

　말끝을 잇지 못한 혜영의 자세가 흐트러졌다.

"이년이 어느 안전이라고 그러느냐?"

　도사가 눈알을 부라리며 호통을 쳤다. 하지만 혜영의 눈에는 그 눈이 보
이지 않았다. 몽롱한 의식 속에서 비몽사몽 간을 헤매던 혜영이 침을 흘
리며 고개를 떨어뜨렸다. 형리들이 달려들어 고개를 바로 세웠으나 다시

무너졌다. 물을 끼얹고 얼마의 시간이 흐른 후, 혜영이 깨어났다.

"지난해 섣달, 궐에 들어왔을 때, 강씨에게 받은 것이 무엇이냐?"

"보자기에 싼 상자였습니다."

"상자 속에 무엇이 들어 있었느냐?"

"아기 시체가 들어 있었습니다."

"참이냐?"

"네."

"거짓이면 이곳에서 살아 나가지 못할 것이다."

"네."

"다시 한 번 묻겠다. 상자 속에 무엇이 들어 있었느냐?"

"아기 시신이 들어 있었습니다."

"그리고 또 무엇이 들어 있었느냐?"

"아기 시체의 가슴에 복원용왕수신 애련제도(伏願龍王水神 哀憐濟度)라는 글씨가 있었고 붉은 비단으로 만든 조그만 주머니에 나비 모양을 새긴 패옥이 있었습니다. 이밖에 다른 물건은 없었습니다."

"아기 시체를 어떻게 하였느냐?"

"처음에는 무슨 물건인지 몰라 말 등에 싣고 가다 양주에서 펼쳐보니 갓난아기의 시체가 있기에 한탄강에 던졌습니다."

"강씨가 물에 던져 달라고 하였느냐?"

"네, 깊은 강물에 던져 달라고 하~였~…"

말을 더듬거리던 혜영의 종아리에서 불그스레한 액체가 흘러나왔다.

혜영이 혈뇨를 방뇨한 것이다.

"이봐라, 이 죄인을 데리고 양주에 나가 시신을 찾아오도록 하라."

국청이 종결되었다. 인조는 양화당으로 들어가고 그 자리에 남아 있던 대소 신료들이 수군거렸다.

"사산한 것이 틀림없구만."
"살아 나간 것일 수도 있습니다."
"물증이 없는 상태에서 왈가왈부하는 것은 시정잡배나 할 짓입니다."
"시신을 찾으러 나간다 하지 않았습니까?"
"그 시신을 찾아오면 내손에 장을 지지겠수."

이튿날, 의금부 나장이 혜영을 데리고 양주에 나갔다.

"어디에 버렸느냐?"
"시체를 버린 곳은 양주가 아니고 여기에서 십 리쯤 거슬러 올라가면 포천에서 한탄강으로 흘러 들어오는 시내가 있습니다. 그곳에 버렸습니다."

금부나장이 양주, 마전, 적성, 연천 네 고을의 수령들과 함께 장정을 동원하여 투망으로 걸러 냈으나 잡히는 것이 없었다. 그들로 하여금 어깨동무하며 목이 닿는 곳까지 들어가게 해보는 등 여러 방법을 동원했으나 끝내 찾지 못하였다. 나장이 돌아와 보고했다.

"죄인이 시신을 버렸다고 하는 곳을 샅샅이 뒤졌으나 시체를 찾지 못했습니다."

보고를 받은 인조가 충청감사 임담에게 지시했다.

"바닷가 어부 중에 물질에 능한 자를 징발하여 급히 올려 보내라."

충청감사가 보낸 어부들을 양주에 보내 잠수질로 뒤졌으나 끝내 찾아내지 못했다.

"처음에는 대탄이라고 하였다가 나중에는 시냇물에 던졌다고 하였는데 이것이 찾지 못하게 하려는 뜻이 아니겠는가? 그 마음이 간사하다. 죄인이 바른말 할 때까지 추문토록 하라."

인조는 세자빈이 아들을 낳아 밖으로 빼돌렸다는 의심을 풀지 못했다. 어디엔가 살아 있을 것만 같았다. 계속된 고문으로 정강이뼈가 으스러진 혜영에게 신장(訊杖)이 가해졌다. 정신이 혼미한 상태에서 형신을 받던 혜영이 끝내 숨지고 말았다.

신념을 지키려는 자와
실익을 추구하려는 자

태풍 징후가 감지되면 배에서 내려오는 쥐가 있는가 하면 동료들이 떠난 배에 오르는 쥐도 있다. 먹이를 독차지하려는 욕심이 많은 쥐다. 세자빈 사사의 명이 떨어진 이후, 사직을 청했던 영의정 김류가 네 번째 사의를 표하자 임금이 사표를 수리했다. 그 자리를 노리던 김자점은 표정 관리에 들어갔다.

양사(兩司)가 여러 차례에 걸쳐 세자빈의 사사를 거두어 줄 것을 상차했으나 임금이 따르지 않자 대관들이 병이 났다고 등청하지 않은 자가 잇달았다. 계사에 빠진 자는 관례에 따라 체직시키게 되어 있었기 때문에 일부러 이를 범하여 체직을 도모하려는 계책이다. 장령 박안제와 임한백이 계사에 빠졌다는 이유로 인혐하여 체직되었다.

함양 군수 정홍명을 대제학에 임명한 인조는 판의금 김신국, 우빈객 정태화, 장령 박일성, 지평 이준구, 정언 기만헌에게 관직을 제수했으나 정형명은 상경하지 않고 현장에서 사의를 표명했다. 새로 임명된 지평 이준구가 상언했다.

"신이 길에서 병조판서를 만났으나 바쁘고 급한 나머지 그냥 지나치고 말았습니다. 법관(法官) 된 몸으로 결례를 범하고 태연히 직을 수행할 수가 없으니 신을 체직하소서."

뒤이어 정언 기만헌이 아뢰었다.

"길에서 호조판서를 만났으나 말에서 내리지 못했습니다. 체직하여 주소서."

대간들이 고의로 예를 범하여 줄줄이 체직의 길로 나섰다.

정승 판서가 입궐하거나 퇴청할 때면 가마 앞에서 뛰어가는 길나장이 '물렀거라. 대감 행차이시다.' '병판대감 행차이시다.' 라고 외쳐대면 일반 백성들은 길을 비켜 주며 머리를 조아리고 품계가 낮은 관리들은 말에서 내려 예를 갖추는 것이 예법이었다. 이것을 피하기 위하여 생겨난 골목이 피맛골이다.

"병을 핑계 대고 간관의 자리를 피하려고 하는 자와 예를 범했다고 인피하는 자들은 모두 파직하라."

신하들의 저항에 인조는 단호했다 김시번, 임선백, 유심, 소동도, 남노성, 임한백, 이준구, 이규로 등 여덟 사람 모두 파직되었다. 이조(吏曹)가 보덕에 남노성을 추천했다.

"강씨를 위해 절의를 지킨 사람을 이조가 버젓이 천거하니 짐을 능멸하려 드는 일 아니고 무엇인가? 해당 당상과 낭청을 먼저 파직한 뒤 추고하라."

인조가 대노했다. 인사를 품신한 이조참판 여이징이 좌천되었다. 부제학 이기조, 부응교 민응협, 교리 남선, 부교리 강백년, 수찬 유경창, 엄정구가 차자를 올렸다.

"전하께서 왕위에 오르신 지 20여 년이 되었습니다. 덕은 전대에 비할 바가 아닌데 어찌하여 며느리에 대해서만 뭇사람의 의논을 배격하고 죽이고자 하십니까? 예로부터 제왕 중에는 골육의 변을 급하게 처리하다 보니 정의가 통하지 않아 결국은 후회하고 후세에 웃음거리를 남긴 자가 많습니다. 소현세자가 죽고 여러 고아들이 아직 나이 어린데 그 어미를 죽이면 아이들이 울어대는 소리를 어찌 들으시렵니까? 우선 그 목숨은 살려주고 서서히 죄상을 구명하신다면 만백성의 유감이 없을 것입니다. 삼가 바라건대, 전하께서는 뭇 신하들의 여망에 따르시어 사사하라는 분부를 거두어주소서."

"번거롭게 하지 말라."

인조의 답은 간단명료했다. 세자빈은 죽어야 할 사람이고 그 슬하에서 태어난 아이들은 자신의 혈육이되 척결해야 할 대상이었다. 세자빈을 사사하고야 말겠다는 인조의 의지를 꺾을 사람은 구중궁궐 깊은 곳에 있는 여인 이외 조선 팔도 어디에도 없었다. 세자빈 사사가 초읽기에 들어갔다.

"강씨를 사사하려면 예조에서 거행할 절목이 많습니다."

좌부승지 여이재가 품의했다.

"예조에서 참작하여 처리할 것이니 굳이 명초할 필요는 없다."
"빈으로 책봉할 때 내렸던 인(印)과 장복, 그리고 교명책을 처리하는 절차가 있어야 할 것입니다."
"어떻게 하면 되겠는가?"
"대내에서 불사르는 것이 마땅할 듯합니다."
"알았다."
"종묘에도 고해야 합니다."

예조판서 정태화가 아뢰었다.

"사사한 뒤에 종묘에 고해도 늦지 않습니다."

소의 조씨의 각본을 김자점이 읊었다.

제8장

순진한 양은 호랑이 밥이다

산채에 봄이 찾아왔다. 토굴을 파고들던 추위도 물러가고 이름 없는 풀꽃들이 꽃망울을 터트렸다. 아스라이 보이는 강경강의 은빛 강물이 햇빛에 반짝이고 회색 계룡산도 푸르러지기 시작했다. 이제 머지않아 부처님 오신날이다. 산채꾼들의 식사를 담당하는 총석사 보살들이 우물가에 모였다.

"허구 헌 날 풀만 주냐고 아우성인데 어떡하면 좋으우?"

취나물과 머위를 씻던 아낙이 입을 열었다.

"그렇다고 절집에서 고기를 내줄 수야 없지 않소."
"초파일 하루만 어떻게 안 될까?"
"그렇지 않아도 춘정이 넘치는 사내들에게 고기를 먹여 어떻게 감당하려고."
"장정들이 겨우내 시래기 국만 먹고 지냈으니 속에 풀 날 만해요."
"그렇다면 평생을 절밥만 먹고 살아온 스님 속은 가시덤불이겠네."
"그야 스님들은 가끔 마을에 내려가 군것질도 하고 곡주도 한 잔씩 하고 돌아오잖아요."

"마자요. 마자. 내려가면 부드러운 속살도 만져 보고 온다던데요. 호 호 호."

"속살까지요?"

"그렇데요. 마을에 내려가면 치마끈을 스스로 푸는 아낙들이 있데요."

"설마 그럴 리야 있겠수?"

이때였다. 우물가 버드나무에 앉아 있던 박새가 요란하게 울었다.

"저 새는 오늘따라 극성스럽게 울어?"

"우는 게 아니라 짝을 찾는 거라우."

"짝이요?"

"목덜미가 유난히 푸른빛이 감도는 저놈 좀 봐요. 저 녀석이 숫놈인데 곱게 몸단장하고 목청을 높이며 암컷을 꾀고 있는 중이라우."

"춘삼월 호시절에 얼른얼른 거시기해서 머시기 낳으려고 그라겠지."

"그렇게 말하는 언냐의 머리에 꽂은 꽃은 무슨 꽃이우?"

그녀의 머리 위에 진달래 한 송이가 꽂혀 있었다.

"이거? 시들어 가기에 아까워서…"

말꼬리를 흐리던 여인의 얼굴이 빨개졌다.

"알나리깔나리."

"하하하"

"호호호"

여인들의 한바탕 웃음이 터졌다. 그것은 봄을 시샘하는 아낙들의 웃음꽃이었다.

"그렇구 보면 산채에 있는 남정네들이 불쌍혀. 두고 온 기집이 얼마나 보고 싶을꼬?"
"그러게요. 혈기 넘치는 남정네들이 분출하는 정기를 주체할 수 없으니 그럴 만도 하지?"
"무슨 일 있었어요?"
"남정네들의 불만이 이만저만이 아니던데요. 금방 폭발할 것 같아요."
"일영오배도 안한데요."
"참말이요?"
"그렇다니까요. 요새는 산채꾼들이 해맞이 절도 안한대요."

계룡산에 걸쳐 있던 태양이 환한 얼굴을 내밀었다. 새 아침이다. 토굴에서 나와 기지개를 켜던 장정들이 돌무더기 주변에 모여들었다.

"화승총은 몇 정이나 만들어졌는가?"

권대식의 시선이 대장간 우두머리 쇠잡이에게 꽂혔다.

"그믐날까지 일백 정이 목표인데 넉 정이 부족합니다."

"아흔여섯 정은 만들었다는 얘기냐?"

"네, 대장님."

"칼과 창은 몇 자루나 만들었느냐?"

"창 삼백 자루, 칼 오백 자루. 목표량을 이미 만들고 추가로 더 만들고 있습니다."

"알겠다. 두령은 손이 떨리지 않는 자들을 골라 화승총 쏘는 법을 익히도록 하라."

좌우를 휘둘러보던 권대식의 눈동자가 유탁에게서 멈췄다.

"염초는 진즉 들어왔습니다만 소리 때문에 아직 훈련을 못하고 있습니다."

화승총을 방사하면 요란한 소리가 난다. 그 소리는 곧 관가에 알려질 것이고 산채의 안위가 위태롭다.

"북문 쪽에 있는 동굴 입구에 거적을 씌우고 연습하라."

"네, 알겠습니다."

"연습은 실전같이, 실전은 연습같이 해야 진정한 무사다."

"명심하겠습니다."

"세자빈 마마를 사사하기로 했다는데 그것이 참입니까?"

안익신이 나섰다.

"믿고 싶지 않지만 사실인 것 같다."

"그렇다면 우리가 여기 산채에 머물러 있어야 할 이유가 없습니다. 소현 세자를 죽인 도당들이 세자빈의 오빠와 동생 강씨 형제를 죽이고 이제 세자빈을 죽이려 하니 그 다음은 불을 보듯 뻔합니다. 원손을 죽일 것입니다. 한양으로 쳐들어갑시다. 올라가서 임금과 조 소의를 요절내 버립시다."

"쳐들어갑시다."

"우우 와와!"

산채가 들썩였다.

역도들은 범상치 않은 놈들이다

공청감사 임담의 장계를 접수한 조정은 발칵 뒤집혔다. '세자빈 사사의 당연한 결과'라고 받아들이는 사람이 있는가 하면 또다시 '피를 부르는 참극의 전주곡'이라 염려하는 사람도 있었다. 인조가 형방승지를 불렀다.

"대신들을 부르도록 하라."
"이 밤중에 말씀입니까?"

여이재가 눈을 동그랗게 뜨고 되물었다. 임금과 승지. 그 사이에는 상명하복만이 존재한다. 되묻는 것은 금기 사항이다. 되묻고 간(諫)하는 것은 간원들의 몫이다. 소의 조씨의 뒷배로 승승장구한 여이재이지만 넘어서는 안 될 선을 넘은 것이다.

"표신을 내보내 들라 이르라."

국가의 변란이 있을 때, 임금이 신하를 부르는 징표가 표신이다. 일종의 야간 통행증이다. 계절에 따라 일출일몰의 차이가 있으나 해시에 종루에서 28번의 종이 울리면 궐문과 성문이 닫혔다.

일단 퇴청한 대소 신료를 야간에 부르는 것은 여간 까다로운 일이 아니다. 승정원에서 임금이 부르는 대신에게 전령을 보내 표신 반쪽을 전한다. 표신을 소지한 자가 궐문에 도착하면 승정원 주서가 임금의 압인(押印)이 새겨진 표신을 맞춰 본 후, 일치하면 입궐을 허락했다.

대소 신료들이 빈청에 모인 시간이 삼경(三更)이었다.

"이성용이 고변한 말을 살펴보면 몹시 염려스럽습니다. 두령급은 금부도사를 보내 붙잡아 오도록 하고 나머지 역도들은 선전관을 보내 경상·전라 두 도와 공청도의 군사를 풀어 붙잡아 오도록 하는 것이 어떻겠습니까?"

영의정이 주청했다.

"아뢴 대로 하고 전라·경상 두 도는 살펴보기만 하라."

경상도와 전라도 군사를 동원하였다가 그들이 적도에 붙으면 낭패라는 생각이 뇌리를 스쳤다. 대소 신료를 내보낸 인조가 병조판서 이시백을 별도로 불렀다.

"적도(賊徒)의 세력이 어느 정도인가?"
"적도들은 하늘에 제사를 지내고 훈련을 해 왔습니다."
"고얀 놈들 같으니라고"

"그들은 전주를 먼저 깨뜨릴 목적으로 이미 군사를 일으킨 흔적이 있습니다."

"전주를?"

인조는 경악했다. 조상을 모신 경기전이 있는 곳이 전주가 아닌가? 그들이 전주를 손아귀에 넣는다면 조상을 볼 면목이 없다.

"적도들은 범상치 않은 놈들입니다. 큰일 낼 놈들입니다."

"큰일을 도모한다고 했는가? 큰일이 무엇인가?"

인조의 얼굴이 붉어졌다.

"삼남의 적도들이 종횡으로 결탁한 듯합니다."

"삼남이 결탁?"

"적도들은 포를 소지한 자가 태반인데 전주가 웅부(雄府)라 하지만 어찌 격파되지 않으리라고 보장할 수 있겠습니까? 공주의 초군도 태반이 적도에 붙었다 하는데 어찌 염려스러운 일이 아닐 수 있겠습니까?"

"포를 가졌다고?"

인조에게 포는 두려움의 대상이었다. 병자년, 청나라의 침공으로 남한산성에 갇혀 있을 때, 망월봉에서 쏘아대는 청나라군의 홍이포에 간담이 서늘했던 기억이 생생하다.

"몇 문인지 아직 확인하지 못했습니다만 그들이 포를 가지고 있다는 것은 분명합니다."

관군도 보유하지 못한 포를 역도들이 가지고 있다면 이거 보통일이 아니다.

"그렇게 강적(强賊)인가?"

놀란 얼굴이 일그러졌다. 인조가 세자빈을 강적(姜賊)이라고 호칭할 때가 있었다. 그때보다도 더 공포에 떨고 있었다.

"기마병을 공주 직로에 파견하여 11개 참(站)의 상황을 신속히 보고할 수 있도록 하고 충주의 영장에게 영을 내려 기찰을 강화하게 했으면 합니다."
"그렇게 하라."
"동작진을 모진(母鎭)으로 하여 과천, 수원, 진위, 소사, 아주, 성환, 직산, 천안, 덕평, 차령에 군사를 주둔시켰으면 좋겠습니다."
"좋은 생각이다. 기마병을 급히 출동시켜라."
"경기는 양주로 하여금 동로를 기찰토록 하고 장단은 서로를, 수원과 죽산은 전라도와 경상도 두 길을 기찰토록 하는 한편 각 곳의 관진(關津)에도 모두 망보는 자를 두어 불로 서로 신호하게 하되 남산은 수원과 신호하고 아차산은 양주와 신호하게 하면서 관군을 나누어 배치해서 서로 응하게 했으면 합니다."
"양남의 관진은 모두 기찰토록 하되 서로는 우선 놔두어라."

경상도와 전라도가 제일 신경 쓰였다.

"병가에 동쪽을 치는 척하면서 서쪽을 공격하는 경우가 있으니 서쪽도 염려하지 않을 수 없습니다."

삼남에서 소요를 일으키고 평안도와 황해도에서 쳐 내려올 수 있다는 것이다.

"그대가 명장이다. 경의 군관 중에서 말을 가진 자로 하여금 기찰토록 하라."

김장생의 문인이지만 무인으로서 능력을 인정받은 이시백이다. 아버지와 함께 인조반정에 참여하여 정사공신에 녹훈된 이시백은 '이괄의 난' 때에는 무악재 전투에 참가하여 반란군의 예봉을 꺾었다. 병자호란 후에는 수어사를 맡아 남한산성을 수축하고 흐트러진 민심을 수습하여 인조의 신임을 받았다. 허나, 소현세자의 아들 석철에게 왕통이 이어지는 것이 법통에 부합된 것이라고 주장하여 인조의 배척을 받았던 인물이 병조판서에 임명된 것이 불가사의하다.

병조판서 이시백을 내보낸 인조가 김자점과 구인후를 불렀다.

"역당이 포를 가지고 있다 하니 어떻게 대처하면 좋겠는가?"

애써 불안을 감추었으나 두려운 기색이 역력했다.

"경상 감사를 문경으로 와서 머무르게 하는 것이 좋겠습니다."

조선 초기, 경주에 있던 경상감영은 경상도가 경상좌도와 우도로 나뉘면서 상주에 경상우도 감영이 자리 잡았다. 임진왜란 와중에 경상도를 합쳐 달성에 감영을 마련한 선조는 안동으로 잠시 감영을 옮긴 바 있으나 선조 1601년 대구로 감영을 옮겨 오늘에 이르렀다. 그러니까 경상감사를 새재로 불러 올리자는 것은 경상도의 행정력과 군사력을 한양 가까이 북상시키자는 것이다.

"조정에서 장수를 임명하여 역당을 진압하는 것이 옳을 듯합니다."
"전라병사를 한양 가까운 지방으로 나오게 하고 외방의 어영군도 모두 도성으로 집결시키는 것이 어떻겠습니까?"
"좋은 생각이다. 총융사를 도성과 가까운 경기 고을에 나가 주둔하게 하여 위아래에서 접응하도록 했으면 어떨지 모르겠다."
"지당하십니다."

김자점과 구인후가 타당하다고 머리를 조아렸다. 총융사를 겸하고 있는 병조판서 이시백을 다시 불러들였다.

"총융은 즉시 동원할 수 있는 군사가 얼마나 되는가?"
"신의 아병이 5백여 명이고 군영의 포수와 사수를 끌어 모으면 1천여 명은 될 것입니다."

"즉각 출동 준비를 하라."

벼락같은 명이 떨어졌다.

"갑자기 군대를 출동시키게 되면 군량 조달이 어렵습니다."

이시백이 난색을 표했다.

"남한산성에 비축해 둔 군량미 2백 석을 먼저 보내주고 강화의 미곡 5백 석은 뱃길로 보내 주겠다."

"그럼 신이 먼저 현장으로 달려가고 군졸들이 약속 날짜에 진위로 오게 하면 군사를 지휘하는 데 무리가 없을 듯합니다."

이럴 때 써먹는 것이 충정이다. 이시백은 순발력 있는 자신의 입이 스스로도 놀라웠다.

"그도 좋은 생각이다. 총융사는 즉각 떠나라."

"넵, 명 받잡고 소신 진위로 출동하겠습니다."

절도 있게 복명한 이시백이 편전을 물러나왔다. 말에 오른 이시백이 채찍을 감아쥐었다. 궐문을 빠져 나와 군영으로 향하는 이시백의 입가에 회심의 미소가 그려졌다.

"전하의 성심을 어지럽힌 것은 도리가 아니지만 그래도 이쯤 했으니까 정예군이 움직이고 군량미가 배를 타지 않은가. 역도들의 존재를 미미하게 보고했다면 언감생심 총융사의 군대가 움직이겠는가?"

어깨가 으쓱해졌다.

"역도들이 포를 가지고 있다는 것을 나도 확실히 모른다. 하지만 군관의 보고를 그대로 주상 전하께 전했을 뿐, 허위 보고는 아니잖은가?"

애써 자위해 보았지만 켕기는 구석이 있었다.

"포 있는 역당을 포가 없다고 보고했다면 군율에 따라 엄히 다스려질 범죄 행위다. 허나, 역당들이 가지고 있을 수도 있는 화승총을 포라 보고했다면 죄로 다스리기에는 과하지 않은가. 내가 친히 역당의 소굴에 들어가 확인할 수야 없으니 군관의 보고를 믿을 수밖에…"

합리화해 보았지만 문제가 되었을 때 책임으로부터 자유로울 수 없을 것 같았다.

난세에는 장수들이 적정을 과대 포장 하는 습관이 있다. 일종의 생존 전략이다. 적이 크고 강하다고 해야 패했을 때 빠져나갈 구멍이 있다. 또한, 승리했을 때 전공이 배가 된다.

갈팡질팡하는 대소 신료

심야의 회의는 계속되었다.

"영남에 보낼 장수를 정해야 합니다."

김자점이 아뢰었다.

"최만득이 어떻겠습니까?"

구인후가 천거했다.

"그는 대임을 맡기기에는 적합하지 않습니다."

김자점이 반대했다. '적합하지 않다.'라는 기준이 무엇인지 모르겠다.

"누가 장수에 적합한지 경이 다시 한 번 생각해 보라."

인조가 구인후에게 눈길을 주었다.

"김운해가 어떻겠습니까?"

"김운해는 명성이나 지위가 미약해서 제대로 사태를 진정시키지 못할 듯합니다."

김자점이 또 반대했다. 반정으로 등극한 임금을 떠받치고 있는 4인이 있다. 이들을 저자에서는 넉장(四將)이라 조롱했다. 다섯 장이라야 제 몫을 할 수 있는데 낙장이라는 비아냥이다. 김류, 김자점, 구인후, 이시백이다. 이들은 세력이 커지면서 서로 반목했고 갈등했다. 자신의 수하를 요직에 앉히려 경쟁했고 공을 세울 곳이면 자신의 수족을 파견하려 눈에 쌍심지를 켰다.

심야의 회동은 역당 진압 적임자를 정하지 못한 채 파했다. 나가려는 구인후를 인조가 돌려세웠다.

"적도들의 동향이 염려스럽기 그지없으니 경은 궁에 머물면서 다른 변고를 살피도록 하라."

강 건너 역당도 걱정이었지만 권력 핵심부의 동요가 두려웠다. 누가 반기를 들고 궐을 넘볼지 모른다. 자신이 그랬던 것처럼 이 밤, 인왕산 기슭에서 검은 그림자가 작당하여 창의문을 부수고 도성에 들어올 것만 같았다.

이튿날, 총융사 이시백이 군사 5백 명을 이끌고 진위로 떠났다. 인조는 이와 때를 같이하여 선전관을 공청도에 보내 공청병사 배시량으로 하여금 군사를 출동시켜 적의 소굴을 공격하라 명했다. 홍전을 경상 방어사로 임명한 인조는 그를 임시 감영이 설치된 문경에 급파하는 한편, 전라병사 박경지와 경상병사 양응함에게 선전관을 보내 유시했다.

"군사를 거느리고 중로에 포진해 있다 기회를 보아 적도를 토벌하라."

대궐의 밤, 불안한 마음에 잠자리에 들지 못한 인조는 전라감사 윤명은과 경상좌병사 이탄에게 선전관을 보냈다.

"별도의 명이 있을 경우 즉각 출동할 수 있도록 출진 태세를 갖춰라."

야심한 밤. 그래도 불안했다, 잠을 이루지 못한 인조는 공청감사 임담, 공청병사 배시량, 경상방어사 홍전, 전라감사 윤명은, 전라병사 김응해에게 선전관을 보내 유시했다.

"군사를 앞으로 전진시켜 역당을 토벌하라."

기다리는 매복보다도 토벌의 의지를 드러내 공격하라는 것이다. 그래도 마음이 놓이지 않았다. 역당들이 금방이라도 대궐 안으로 쳐들어올 것만 같았다. 선전관을 경기감사 한홍일에게 보냈다.

"경기의 어영군을 끌고 들어와 궁궐을 호위하라."

하얗게 밤을 새운 인조에게 비국이 보고했다.

"남한산성은 동로의 요충에 해당하는 곳인 동시에 병장기와 군량을 저장해 둔 곳입니다. 중군을 수어사 이시방에게 보내 광주방어사 홍진문과 연합하여 변란에 대비케 하소서."

보고를 받은 인조가 비국당상과 삼사의 장관을 불렀다.

"어떻게 했으면 좋겠는가?"
"적도의 세력이 몽학과는 비교할 수 없을 만큼 큰데 제압할 만한 장수가 없으니 큰 걱정입니다."

두려움에 떨고 있는 인조에게 김류가 기름을 부었다.

"지략이 있는 자를 어사로 뽑아 은밀히 현장에 파견하여 독전하게 했으면 합니다."

김자점이 묘안을 냈다.

"문무를 겸비한 인재를 얻기는 어려울 듯하다."

무예가 출중하면 지혜가 미흡하고 명석하면 용맹스럽지 못한 것이 인재다.

"총융사가 이미 떠났으나 군세가 미약하다. 다시 정예를 뽑아 보내 주고 싶다."

이시백에게 매달리고 싶었다.

"방을 내걸어 모은다면 반드시 호응하는 자가 있을 것입니다."

김류가 주억거렸다. 민심이 천심이라 했던가. 의문의 세자 죽음, 세자빈 사사. 민심이 떠난 임금을 위해 목숨을 바칠 백성이 없는 정권의 고육책이었다.

"시험 삼아 행하여 인심을 살피라."

역심의 원천은 민심이다. 그것이 알고 싶었다.

"신의 생각으로는 장수를 선발하는 동시에 군사를 뽑아 장수 1인당 1백~2백 명의 군사를 거느리고 도성에 머물러 있다가 순차적으로 내보내는 것이 옳을 듯합니다."

역당 출몰 지역보다도 궁궐의 안위가 염려스러웠다. 정예군을 모두 내보내고 난 후, 역심을 품은 자가 대궐을 넘보면 어떻게 할 것인가.

"옳은 방안이다."

"적이 생각지도 않고 있던 지역으로 들어온다면 매우 염려스럽습니다. 충주와 청주 사이에 장수 한 사람을 배치하여 변란에 대비케 해야 할 것입니다."

이시방이 아뢰었다. 이산에서 공주, 천안 직로를 택하지 않고 청주로 우회하여 영남대로를 타고 북상하면 속수무책이라는 것이다.

"경의 말을 듣건대 그럴 듯하다."
"그렇다면 이 자리에서 파견할 장수를 선정해야 할 것입니다."

김자점이 나섰다. 급하다. 머뭇거릴 시간이 없다. 이 정권이 무너지면 척결 대상 0순위라는 것을 스스로 잘 알고 있다.

"민진익이 어떻겠습니까?"

유철이 추천했다.

"그 사람은 능력이 부족한 사람입니다. 훈련도감의 장관 중에서 유찬선 같은 자는 보낼 만합니다."

김류가 천거했다.

"훈국의 장관은 밖에 내보낼 수 없습니다."

김자점이 반대했다.

"이직이 적임입니다."
"그는 어영의 중군입니다."

이시방이 난색을 표했다. 난상토론 끝에 김운해로 낙점했다. 구인후 사람이다. 인조가 김자점을 견제하는 것이 역력하다. 잔머리에 능한 인조의 용인술이다. 비국이 격문을 띄웠다.

"적도가 감히 군사를 동원하여 난을 일으켰으니 그 죄는 용서치 못할 것이다. 앞으로 서북의 날랜 군사들이 며칠 안에 모여들 것이고 도성의 정예 포수들이 구름같이 출정할 것이니 보잘것없는 좀도둑들에 불과한 너희들은 곧바로 주륙 당하게 될 것이다. 혹시라도 마음을 바꿔 귀순한다면 어찌 죽음을 면해 주지 않겠는가? 협박에 못 이긴 자, 배고픔에 마지못해 나선 자, 강제로 동원된 자는 지금 생각을 바꾸어 새로운 길로 들어선다면 상을 내릴 것이다. 괴수의 목을 베어 바칠 경우 공천과 사천은 그 자녀들까지 면천시키고 당상의 직을 제수할 것이다. 역도가 되어 집안을 멸망시키는 것과 귀순하여 몸을 보전하는 차이는 불을 보듯 뻔할 것이다. 미망에 빠져 천벌을 재촉하지 말지어다."

혈서를 남기고 궁을 떠나다

평안도 안주에서 푸른 개구리와 검은 개구리가 5일 동안 싸우는 일이 벌어졌다. 지진이 발생하거나 우박이 쏟아지는 기상이변은 가끔 있었으나 덩치가 다른 개구리가 먹고 먹히는 혈투를 벌이는 일은 예전에 없던 일이다.

"괴이한 일이로다."

평안감사의 보고를 받은 인조가 관심을 보였다.

"작은 개구리가 큰 개구리를 잡아먹었다니 나라에 큰 변고가 있을 징조입니다. 종사관을 보내 자세히 조사하고 제사를 지내야 할 것입니다."
"미물들 놀음에 무슨 제사냐? 일없다."

매봉에서 부엉이가 울었다. 동네를 향하여 울면 그 마을에서 초상이 난다는 부엉이가 궁궐을 향하여 계속 울어댔다. 그 소리를 세자빈도 들었고 소의 조씨도 들었다. 하지만 느낌은 달랐다. 세자빈은 불길한 마음이 들었고 조씨는 기쁜 소식이 있을 것만 같았다.

숲이 잘 가꾸어진 궁궐. 나뭇잎에 맺힌 이슬이 구르는 소리가 들릴 것도 같은 후원에 저벅거리는 발자국 소리가 들렸다. 한두 사람이 아니다. 놀란 새들이 퍼득거리며 날아오르고 청설모가 나무둥치로 기어올랐다.

"죄인은 어명을 받으시오."

금부도사 오이규가 금군을 이끌고 세자빈이 유폐되어 있는 별당을 찾았다. 햇볕도 들어오지 않은 밀폐된 공간에 갇혀 있던 세자빈은 소스라치게 놀랐다. 분명 사람 소리였으나 저승사자 소리 같기도 했다. 환청이려니 생각하며 정신을 가다듬고 있을 때였다.

"뭘 이렇게 꾸물거리는 것이오? 냉큼 어명을 받으시오."

금속성 목소리와 함께 건장한 장정들이 문을 박차고 들어왔다. 거의 동시에 햇빛이 쏟아져 들어왔다. 눈부셨다. 얼마 만에 보는 태양인가? 찬란하게 부서지는 햇빛이 너무나 반가웠다. 옷매무새를 고친 세자빈이 조용히 입을 열었다.

"명만 있고 글은 없습니까?"

목소리는 나직했으나 범접하기 어려운 위엄을 풍겼다.

"죄인은 무엄하게도 어명을 따지려 드는 것이오?"

"따지는 것이 아니라 명문이 있어야 받들 것 아닙니까?"

세자빈의 목소리는 차분했다.

"죄인을 사가로 폐출하라는 어명이오."
"폐출이라 하셨습니까?"
"그렇소."
"도사도 잘 아시다시피 조선 팔도의 규수가 궁에 들어오고 싶다고 해서 들어오는 것이 아니잖습니까. 승지 강석기의 여식은 세자빈에 간택되어 궁에 들어왔습니다. 선택당하기는 했지만 들어오라 초청해서 들어온 몸이란 말씀입니다. 이렇게 궁에 들어온 사람을 사가로 나가라 할 때는 합당한 사유가 있어야 할 것 아닙니까? 이유가 뭐라 합디까?"

되묻는 세자빈의 목소리가 칼칼했다.

"그런 것은 모릅니다."

궁색해진 금부도사가 시선을 피했다.

"삼간택을 통과한 규수는 만백성의 축하를 받으며 세자 저하와 가례를 올렸습니다. 가례는 국혼이며 강씨 가문의 여식이 왕실에 뼈를 묻겠다는 약조입니다. 그리고 이 나라 왕손을 셋이나 생산했습니다. 이러한 세자빈을 폐출하려면 죄목이 있어야 할 것 아닙니까?"

"그것도 모릅니다."

"모르다니요? 도사가 그런 것도 모르고 명을 집행한단 말이오?"

오이규가 꿀 먹은 벙어리가 되었다.

"알겠소. 도사를 책망한 것이 아니오니 너무 노여워 마시오. 명문(命門)도 없는 명(命)이지만 전하의 명이라 하니 따르겠소. 잠시 정리할 일이 있으니 말미를 주시오."

도사가 금군을 끌고 물러났다.

"지필묵을 가져오너라."

"마마! 종이는 있으나 붓과 먹은 없습니다."

시녀 향란이 안타까운 표정을 지었다. 이곳이 동궁이 아니라는 것을 새삼스럽게 깨달은 세자빈의 입가에 쓴 웃음이 머물렀다.

"그걸 깜박했구나. 종이만이라도 가져오너라."

시녀가 종이를 대령했다. 새끼손가락을 입에 넣고 잠시 머뭇거리던 세자빈이 손가락을 깨물었다. 순간, 붉은 피가 솟구쳤다. 피가 흐르는 새끼손가락을 종이에 가져갔다. 그리고 거침없이 써 내려 갔다. 한문 사이사이에 언문도 있었다. 급하게 써 내려 간 종이를 시종에게 건네 주었다.

"이 글을 원자에게 전하라."

"명심하겠습니다."

향란이 종이를 접어 치마 속에 넣었다. 세자빈의 체온이 가슴으로 전해지는 듯했다.

"꼭 전하거라. 내가 만약 죽는다면 저승에서라도 고맙게 여기겠다."

세자빈이 향란의 손을 잡았다.

"망극하옵니다. 마마!"

향란의 눈에서 하염없이 눈물이 흘러내렸다. 세자빈의 눈에도 이슬이 맺혔다.

"세자빈 마마께 예를 올리도록 허락해 주시옵소서."

일어서려는 세자빈에게 향란이 청했다. 옷매무새를 고친 세자빈이 자리에 앉았다. 곱게 빗은 머리에 소복을 단정하게 입은 단아한 모습이었다. 향란이 일어나 삼배를 올렸다. 세자빈에 대한 마지막 예다.

밖에는 검은 가마가 대기하고 있었다. 자리에서 일어난 세자빈이 별당을 나섰다. 얼마만의 외출인가? 뒤돌아 생각해 보니 까마득했다. 세자빈이 가마에 오르자 검은 차일이 가려졌다. 금부도사가 탄 말이 앞장서자 가마가 움직이기 시작했다.

선인문을 빠져나온 가마가 정선방 동구에 있는 돌다리를 지나 서쪽으로 방향을 틀었다. 세자빈 가마 행렬이 운종가에 이르자 장안의 백성들이 구름처럼 몰려나왔다. 가마를 붙잡고 흐느끼는 사람이 있는가 하면 아예 길을 막고 통곡하는 사람도 있었다.

"하늘도 무심하시지…"
"마마께서 가시면 언제 돌아온단 말입니까?"
"어린 왕손들은 어이하라고 이렇게 떠나신단 말입니까?"
"세자 저하 승하하신 것도 가슴 아픈 일인데 마마마저 떠나시면 너무나 억울합니다."

아낙들의 구슬피 우는 소리가 운종가를 적셨다.

"저승사자는 뭐하나 몰러. 잡아갈 사람은 안 잡아가고 …"

굵은 목소리가 군중들 속에서 튀어 나왔다.

"구미호 한 마리가 여러 사람을 잡는단 말이여. 그 여우 잡아갈 귀신은 없남?"
"조정에 간신들이 득시글거려 이 모양 이 꼴이여."

"간신이 따로 있남? 임금이 임금다우면 모두가 충신이 되고 임금이 임금답지 못하면 충신도 간신 되는 것이제."

"간신 두 놈만 물어 가면 될 터인데 인왕산 호랑이는 뭐하는 겨?"

"경복궁에 내려와 어슬렁거리지 말고 그놈들 식(食)하면 누가 뭐라나."

"그놈 두 놈이 문제가 아니라 한 놈이 문제여."

"그놈 하나만 없어지면 세상이 조용해질 텐데 저승사자는 뭐하고 그놈을 안 잡아가지…"

"이 사람이 포청에 잡혀 가 경치려구 주둥이를 함부로 놀리고 있어?"

구레나룻이 시커먼 사나이가 왕방울 같은 눈동자를 굴렸다.

"나라님도 없으면 욕한다 했는데 욕 좀 했기로서니 뭐가 잘못된 거 있수?"

"백골패가 쭉 깔려 있어."

"잡아가려면 잡아가래지, 먹고 살기도 팍팍한데 옥에 들어가 공짜 밥이나 좀 얻어먹게…"

"이 사람이 전옥서가 봉놋방인 줄 아나벼. 들어가면 살아 나오기 힘든 곳이 전옥이여."

사나이가 주변을 살피며 슬슬 자리를 옮겼다. 말은 그리했지만 두려움에 떨고 있었다.

"말세야, 말세. 난리통에도 지조 있는 충신들이 중심을 잡고 나라를 지탱해 왔는데 시정잡배나 다름없는 소인배들이 조정을 장악하고 지들 뱃

대지 채우는데 급급하니 나라가 이 꼴이지."

황토현에서 오른쪽으로 방향을 잡은 가마 행렬이 북쪽을 향해 내달렸다. 육조거리를 지나니 문루가 사라진 문이 홍예만 덩그렇게 드러낸 채 초라하게 서 있었다. 광화문이란 현판도 간 곳이 없다. 허물어진 궁장 사이로 주춧돌만 보일 뿐 화려했던 전각들은 보이지 않고 잡초만 무성했다. 경복궁은 임진왜란이 끝난 지 50년이 지났건만 중건은 엄두도 못 내고 방치되어 있었다.

서쪽 궁장 끝에 우뚝 솟아 있는 십자각을 끼고 다시 한 번 우측으로 방향을 잡은 가마가 북쪽을 향하여 쉬지 않고 달렸다. 청계천 원류 백운동천(泉)에서 발원한 물줄기와 인왕곡 청풍계가 만나는 지점에 가설된 돌다리를 건넜다. 신교(新橋)다. 다리를 건너니 동네 사람들이 길을 메웠다.

"세상에 이런 변이 있을까?"
"우리 동네 처자가 국모 될 거라고 경하했는데 이런 날벼락도 있단 말인가?"
"동기 간 다 죽이고 이젠 세자빈 마마를 죽이려나 봐."

드디어 가마가 솟을대문 앞에 멈췄다. 한때는 대감 댁보다도 세자빈 댁으로 알려졌던 집이다. 김장생 문하에서 수학한 강석기는 사마시와 증광문과에 급제하여 승문원 정자(正字)로 출사했다. 승지로 있던 강석기는 둘째 딸이 세자빈에 간택되어 동부승지와 우의정을 역임했지만 청빈한

삶을 살았다.

"마마! 이게 어찌된 일입니까?"

버선발로 뛰어나온 신씨 부인이 가마를 부여잡고 통곡했다. 세자빈이 가마에서 내렸다. 좌우를 휘둘러보았다. 집은 집이로되 동기 간들과 뛰어 놀던 옛날 그 옛집은 아니었다. 아버지가 심어 놓은 오동나무가 마당 한 구석을 지키고 있을 뿐, 을씨년스럽기 짝이 없었다.

"마른하늘에 뇌성도 유분수지 이것이 무슨 날벼락이란 말씀입니까?"

신씨가 세자빈의 손을 잡았다. 뜨거운 체온이 전해졌다.

"어머니 고정하십시오."

눈물이 폭포수처럼 쏟아질 것만 같았으나 의연함을 잃지 않았다. 신씨 의 손이 세자빈의 얼굴로 향하려 할 때였다.

"죄인에게 함부로 손을 대는 것은 국법이 용서치 않을 것이오."

찬물을 끼얹는 금부도사의 일갈이었다.

"이봐라. 자리를 대령하라."

겁먹은 노복들이 돗자리를 준비해 왔다. 마당에 돗자리가 깔렸다.

"죄인은 무릎을 꿇고 어명을 받으시오."
"폐출 외에 또 다른 어명이 있단 말이오?"

세자빈이 되물었다.

"그렇소."

도사가 어깨에 힘을 주었다.

"무슨 어명이오?"
"죄인을 사사하라는 명이오."
"사사라고 하셨습니까?"

청천벽력이었다. '전복 구이 독극물 사건'은 아무리 조작해도 하늘이 알아 줄 것이라 믿었다. 사산한 아기 시신을 궁 밖으로 내보낸 것이 죄라면 달게 받을 각오가 돼 있었다. 허나, 그것이 죽임을 당해야 할 만큼 큰 죄라고는 생각하지 않았다. 죄 없는 사람에게 죄를 뒤집어 씌워 궁에서 나가라 해서 나왔는데 사사(賜死)라니 뒤통수를 얻어맞은 듯 했다.

전복 구이에 독을 넣었다는 혐의로 후원 별당에 유폐될 때, 폐출하여 서인으로 강등할 것이라는 것은 예상했다. 하지만 죽임이 이렇게 빨리 오리라고는 상상하지 못했다. 궁녀들이 모진 고문에 죽어 나갔지만 죽일 만한 증거가 나오지 않았다고 스스로 위로했었다. 다리가 후들거렸다. 몽롱한 현기증이 엄습해 왔다. 쓰러질 것만 같다.

"그래도 이 나라의 세자빈이다. 체통을 잃지 말아야 한다."

세자빈은 흐려지는 의식 속에서 정신을 다잡았다.

"사사라면 명문이 있겠지요?"
"그렇소."

금부도사 오이규가 두루마리를 펼쳐 들고 읽어 내려갔다. 임금의 의중을 받들어 승정원에서 작성한 전지였다. 임금의 수결이 선명한 왕지를 확인한 세자빈이 무릎을 꿇었다.

"죄인은 사약을 받으시오."
"사약을 받기 전에 한 가지 물어 볼 것이 있소."
"죄인과 도사 간에 묻고 답하는 것은 금지 사항이지만 옛정을 생각하여 아는 한 답해 주겠소."

병자호란 전, 진사시에 합격하여 조정에 출사한 오이규는 세자익위사 세마(洗馬)로 소현세자와 세자빈을 가까이서 모셨던 인물이다. 또한 세자빈의 남동생 강문명과 세마직을 인수인계한 선후배 사이었다.

"내의원 도제조에 누가 있소?"

인조 지근거리에 누가 있는지 그것이 알고 싶었다. 병치레가 잦고 침 맞는 것을 좋아하는 임금 곁에 누가 있는지에 따라 사사가 누구의 계략이라는 것을 유추해 볼 수 있기 때문이다.

"좌상이 겸하고 있소."
"김자점 대감 말이오."
"그렇소."
"전하께서 지금도 이형익에게 침을 맞고 있겠구려."
"침을 맞는 것까지는 모르나 이형익이 드나드는 것은 몇 번 보았소."
"그렇다면 사사의 명이 나올 만하오."

소의 조씨가 궁으로 불러들인 이형익과 후궁전의 뒷배로 출세가도를 달리고 있는 김자점이 인의장막을 치고 있다면 사사란 당연한 귀결이라고 생각한 세자빈은 마음을 비웠다.

자리에서 일어난 세자빈이 동쪽을 향하여 4배를 올렸다. 임금이 있는 동궐 쪽이다. 며느리가 아닌 신하로서 임금에 대한 마지막 예다. 국궁4배를 마친 세자빈이 다시 북쪽을 향하여 3번 절을 올렸다. 소현세자가 잠들어 있는 소경묘를 향한 절이라는 것을 알 길이 없는 금부도사 오이규가 생뚱맞다는 듯이 바라보았다.

자리에 정좌한 세자빈이 약사발을 받아 들었다. 감색 사약 수면에 하얀 뭉게구름이 떠 있다. 하늘에 흘러가는 구름의 반영이었다. 구름 사이로 어디선가 많이 본 듯한 얼굴이 보였다. 소현세자였다. 세자가 하얗게 웃고 있었다. 그 눈망울이 슬퍼 보였다.

"저하!"

불러 보았으나 목소리는 나오지 않았다.

"빈궁! 예까지 오느라 얼마나 고생이 많았습니까?"

입술이 파랗게 떨렸을 뿐, 목소리는 들리지 않았다.

세자빈이 단숨에 사약을 들이켰다. 독기가 온 몸에 퍼져 나갔다. 정신이 몽롱해지면서 무릎이 꺾였다. 비소에 부자와 게의 알을 으깨어 꿀에 뭉치고 제련하지 않은 황금 가루와 독극물을 넣어 만든 환을 소주에 풀어 놓은 사약을 마셔서 그럴까. 주기(酒氣)가 혈관을 타고 빠르게 퍼져 나갔다.

엄습해 오는 통증과 구름 위를 나는 것만 같은 환각이 교차했다. 이때였다. 혼미한 정신 속에서 누가 부르는 소리가 들렸다. 석견이었다. 귀국하던 해, 심양에서 낳아 강보에 싸 가지고 돌아온 세 살배기 막내아들이었다.

"석견아!"

손을 뻗어 잡아 보려 했으나 잡히지 않았다. 세자빈의 팔이 허공을 맴돌았다. 찬바람이 스산하다. 정신이 가물가물하다. 이승과 저승의 경계선에서 희미하게 보이던 석견의 얼굴이 사라졌다. 피를 토하던 세자빈이 눈을 부릅뜨며 소리쳤다.

"이보시오 금부도사! 사약이 남아 있으면 더 주시오."

금부도사 오이규로부터 약사발을 받아든 세자빈이 목마른 사슴이 물을 들이키듯 벌컥 벌컥 들이마셨다. 그때였다.

'쨍그랑'

약사발 깨지는 소리와 함께 선혈이 낭자한 세자빈이 앞으로 쓰러졌다. 몽롱한 정신 속에서 흐트러지는 자세를 고쳐 잡으며 그래도 머리는 지아비가 잠들어 있는 북쪽을 향하여 숨을 거두었다. 이때 세자빈 나이 서른다섯. 한이 맺혀서일까? 세자빈의 주검은 두 눈을 부릅뜨고 있었다, 어머니 신씨가 떨리는 손으로 눈을 쓰다듬어 내리자 그때서야 눈을 감았다.

왕이 총애하는 여인과 차 한잔

금부도사 오이규로부터 세자빈을 사사했다는 보고를 받은 인조는 교명
죽책과 인과 장복을 모조리 불태우라 명하고 승정원에 비망기를 내렸다.

"오늘의 일은 후환을 막는 데 그 의도가 있었다. 그렇지 않고서야 어찌
국법을 집행하여 여러 아이들로 하여금 어미를 잃고 날마다 울부짖게 하
겠는가? 법이란 한 번 흔들리면 나라가 나라 꼴이 안 되는 것이니 내가 참
소를 믿고 죽이기를 즐겨 하여 그런 것이 아니다. 죄는 비록 무겁지만 해
조로 하여금 예에 따라 장사 지내게 하라."

예조에서 품의가 올라왔다.

"소현세자 곁에 장사 지내고자 합니다."
"그걸 안이라고 내놓느냐? 강씨가 죄를 지어 폐출 사사되었으니 소현의
묘소 곁에 묻히는 것은 어불성설이다. 강씨 집안 선산에 묻어 주어라."

세자의 여인으로 선택된 강씨 집 규수는 왕실 묘역에 뼈를 묻는 것을 당
연한 것으로 생각했다. 허나, 그것은 희망사항일 뿐, 한 많은 생을 마감한
세자빈은 경기도 시흥 구름산 기슭 강씨 선산에 묻혔다. 그곳에는 인조에

게 충성을 다 바친 아버지 강석기가 잠들어 있었다.

세자빈을 폐출하여 사사한 사실을 종묘와 숙녕전에 고한 인조는 김자점과 구인후, 그리고 내사복시 별제를 편전으로 불렀다. 사복시와 내사복시는 비슷한 업무를 관장하나 사복시는 병조 아문이고 내사복시는 왕실 소속이다. 엄격히 구분하자면 사복시는 왕실 목장과 농장을 관리하고 내사복시는 임금이 타는 말과 가마를 관리하는 기관이다.

“경들의 수고가 많았소.”
“황공하옵니다.”

김자점과 구인후의 입은 다르지만 똑같은 말이 튀어나왔다.

“과인이 지난번에 점찍어 둔 흑마는 잘 자라고 있는가?”
“여부가 있겠습니까. 전하!”

별제가 머리를 조아렸다.

“갈기가 잘생긴 갈색말도 괜찮다고 했지?”
“흑마와 우열을 가리기 힘듭니다.”
“좋다. 그 두 마리 말을 상으로 내리겠다.”
“예에?”

세 사람의 눈이 휘둥그레졌다.

"흑마는 좌상에게 갈색 말은 병판에게 내린다."
"황공하옵니다."

 인조가 타려고 기르던 말을 하사한 것이다. 김자점과 구인후의 입이 귀
에 걸렸다. 내구마를 하사한다는 것은 임금이 신하를 무한히 신뢰한다는
징표이며 임금이 내릴 수 있는 최상의 상이다. 임금이 하사하는 술, 선온
(宣醞)하고는 격이 다르다.

"향후 대책은 어찌하면 좋겠는가?"
"신료들을 불러 교서를 선포하고 팔도에 반포하소서."
"알았다."

 김자점의 의견을 받아들인 인조는 문무백관을 불러들였다.

"강적(姜賊)이 반역의 역심으로 군친을 해치고자 하기에 왕법을 시행하
여 윤기를 밝혔다. 역부(逆婦) 강은 심양에 있을 때 왕위를 바꾸려는 계책
으로 전(展)의 칭호를 사용하고 적의를 미리 만들어 놓았으니 무슨 짓인
들 못 하겠는가? 세자가 죽은 후에는 과인을 원망하는 마음으로 문안하는
예를 폐지하는 데 까지 이르렀다. 가엾게 생각하여 위로해 주고 싶었지만
천륜을 스스로 끊는 데야 어찌하겠는가? 수라에 독을 넣었으니 어찌 이처
럼 죄악이 극도에 이르렀단 말인가? 돌아보건대 난적(亂賊)이 어느 시대

인들 없겠냐마는 이렇게 악독한 역적은 옛날에도 없었다. 강상에 관계된 죄는 엄하게 다스리는 것이 법도다. 하지만 본가에 나가 스스로 죽도록 하고 해조로 하여금 장례를 치르게 하였다. 실로 부득이한 일이었지만 측은한 마음이 든다."

그날 밤, 소의 조씨의 부름을 받은 김자점이 후궁전을 찾았다. 실록이 우거진 통명전은 한 폭의 그림이었다.

"어서 오시오. 대감!"

소의 조씨의 얼굴에 화사한 미소가 흘렀다.

"마마! 문후 여쭈옵니다."
"하하하, 이 밤중에 문후라니 어울리는구려."

가소롭지만 귀엽다는 표정이다. 사실 소의 조씨는 인조를 맞을 채비로 몸단장하고 있었다. 허나, 임금이 오지 못한다는 전갈을 받았다. 몸이 불편하다는 것은 구실일 뿐, 귀인 장씨에게 가려는 연막이라는 것을 풀어놓은 아이들을 통하여 알고 있었지만 투기는 화(禍)를 부른다.

"망극하옵니다."

속마음을 들킨 것 같아 얼굴이 붉어졌다.

"오늘밤 전하를 뫼실 예정이었지만 성상께서 쉬고 싶다 하시어 대감과 차라도 한잔 하고 싶어서 불렀습니다."

"황공하옵니다."

"전하께서 병판과 김대감에게 내구마 1필씩을 하사했다는데 참이오?"

"그렇습니다."

"경하하오."

"모두가 마마의 은덕이라 생각합니다."

"은혜라니요. 기왕 주는 거 좋은 걸로 주라고 했을 뿐입니다."

"황공무지로소이다."

김자점이 소의 조씨 앞에 머리를 박았다.

"뭣들 하느냐? 냉큼 차를 내오지 않고."

조씨가 합문을 향하여 소리쳤다. 기다렸다는 듯이 내전 상궁이 차를 대령했다. 중전이 경희궁으로 쫓겨 간 이후, 중전을 모시던 내전 상궁이 아예 후궁전에 붙었다.

"어서 드시지요."

"예"

김자점이 찻잔을 들었다. 구중궁궐 깊은 곳에서 임금이 총애하는 후궁과 차를 마시는 것이 행인지 불행인지 그는 알 길이 없었다.

왕실과 혼인, 가문의 영광?

땅거미가 짙게 내린 궁궐 깊숙한 곳에 자리 잡은 통명전에 다향(茶香)이 그윽하다. 주군이 총애하는 여인과 마주하고 있는 시간, 한없이 황송했고 한편으로는 불편했다. 바늘방석 같아 빨리 일어나고 싶은 생각과 오랜 시간 대화를 나누고 싶은 욕망이 교차했다.

"그래, 저자의 공기는 어떠합디까?"

"성난 암캐가 후원에 틀어박혀 있는 동안 인심이 흉흉하여 장사도 안 되었는데 이제는 잘될 것이라 대환영입니다."

"암, 그래야지요."

소의 조씨가 엷은 미소를 지었다. 자신의 앓던 이가 빠짐으로써 만백성들이 좋아한다면 더할 나위 없었다.

"조정에서는 더 이상 말이 없습니까?"

"양주에 내려가 있는 청음이 좀 거슬리기는 하지만 대체적인 정지 작업이 끝났습니다."

"대감의 노고가 크구려."

"망극하옵니다."

소현세자와 함께 청나라에서 돌아온 김상헌은 인조의 관직 제수를 사양하고 덕소에 내려가 있었다. 허나, 그를 따르는 젊은 선비들이 인조에겐 부담스러운 존재였다.

"대감! 미운 놈 떡 하나 더 준다는 말 알고 있지요?"

조씨가 의미심장한 말을 던졌다.

"예."
"이번에 대감이 올라가면 그 자리를 청음에게 돌아가도록 하세요."
"받들어 모시겠습니다."

영의정 김류의 사직으로 영상 자리가 비어 있다. 그 자리로 밀어 올려줄 테니 좌상자리는 김상헌이 사양하지 않도록 설득하라는 것이다. 어명보다도 지엄한 후궁전의 명이다.

"후원에서 불어오는 바깥바람을 쐬고 싶소."

후원 별당에 세자빈이 유폐되어 있을 때에는 그쪽으로 고개도 돌리지 않던 소의 조씨다. 헌데, 이제는 그곳에서 불어오는 내음을 맡고 싶단다. 행동 대장으로 열심히 일했던 김자점과 그 기쁨을 공유하고 싶다는 것이다.

소의 조씨가 자리에서 일어났다. 김자점도 뒤따라 일어났다. 조씨가 통명전 밖으로 나왔다. 하늘에는 휘영청 둥근달이 걸려 있다. 연못에 놓인 석교를 건너던 조 소의가 걸음을 멈추었다. 초롱불을 밝히고 앞장섰던 나인은 다리를 건너갔고 다리 위에는 소의 조씨와 김자점 단 둘이 서 있었다.

"대감! 궁녀들이 이곳에서 동전 점을 치는 것을 보았소."
"그러셨습니까?"
"연못에 동전을 던져 앞면이 나오면 행운이 따르고 뒷면이 나오면 그렇지 않다나 뭐라나. 호호호. 대감도 한 번 해 보시겠습니까?"
"동전을 준비한 것이 없어서…"

김자점이 말끝을 흐렸다. 글씨가 새겨진 앞면이 나온다면 본전이고 글씨가 없는 뒷면이 나온다면 공연히 구설수에 오를까 봐 꽁무니를 뺀 것이다.

"그러실까 봐 동전을 준비해 왔습니다."

소의 조씨가 동전을 내밀었다. 기어라면 기어야 하는 갑과 을 사이인데 아니 던질 수가 없었다. 조씨로부터 동전을 받아든 김자점이 연못을 향하여 동전을 던졌다.

"축하합니다."
"망극하옵니다."

김자점이 던진 동전에 상평통보라는 글자가 선명했다. 행운이 온다는 뜻이다. 소의 조씨가 호들갑스럽게 축하했으나 김자점은 민망스러웠다.

인조 11년 상평청을 설치하고 주조한 상평통보는 유통에 실패하여 구리와 주석을 중국에서 들여온 조정에 재정적인 부담을 안겨 주었다. 유통 그 자체가 중단되어 화폐로서의 가치를 상실한 상평통보는 아이들이 재기를 만들어 차는가 하면 동전치기 놀이를 했다.

"김대감 손자가 준수하다 들었소."
"황공하옵니다."

뜻밖의 질문에 김자점이 당황했다.

"올해 몇이오?"
"열 살이옵니다."
"그래요? 이제 장가를 들여야겠군요?"
"아직 철부지이옵니다."
"호호호"

소의 조씨의 웃음소리가 구중궁궐 깊은 곳에 길게 여울져 갔다. 융숭한 대접을 받고 후궁전을 나선 김자점은 하늘을 나는 기분이었다.

"이제 영상 자리는 따 논 당상이다. 내가 더 바랄 게 뭐가 있겠는가? 있다면 왕실과의 혼인인데 임금의 딸을 손자며느리로 맞아들인다면 가문의 영광이다. 지금 죽어 저승에서 조상을 뵈어도 여한이 없다."

김자점에게는 김식이라는 아들이 있다. 그의 아들이 김세룡이다. 그러니까 김자점의 손자다. 그 손자에게 소의 조씨가 관심을 보이고 있다. 그녀에게는 효명옹주가 있다. 임금의 고명딸이다. 삼전도에서 청나라 황제에게 항복하고 궁궐에 돌아온 인조의 시름을 풀어 주던 딸이다. 임금의 서녀이긴 하지만 실세의 맏딸이다. 어떻게 표정 관리를 해야 할지 난감했다.

세자빈 뒤처리를 깔끔하게

"강씨가 폐출되어 죽은 것은 국가의 큰 변이므로 청나라 사람들이 곧 알게 될 것입니다. 만일 저들이 알고 물어 오게 된다면 우리 측에서 먼저 말하는 것만 못하게 될 것이니 강씨의 죄악을 낱낱이 적시하여 서둘러 주문(奏聞)하는 것이 좋을 듯합니다."

비국에서 보고가 올라왔다. 비변사는 군사 정보를 다루는 문무 합의 기구다. 대륙의 영향권에 있는 조선은 변경에 촉각을 곤두세울 수밖에 없다. 청나라는 조선에 세작을 심어 놓고, 조선은 청나라에 간자를 풀어 놓고 있다. 양국 첩보전의 각축장 의주에서 올라온 정보를 취합 분석한 비국의 보고는 당하여 끌려가는 것보다 먼저 선수를 치자는 것이다.

"주문을 지어 사은사 이경석의 사행에 추가로 부치도록 하라."

명을 받은 승문원이 주문을 작성했다.

"저의 나라가 복이 없어 궁중에서 변이 발생하였기에 전후 사실을 상세히 아룁니다. 죽은 세자빈 강씨는 그 형제가 죄를 짓고 멀리 귀양 간 것을 분하게 여겨 수라에 독을 넣어 나로 하여금 위험한 지경에 이르게 하였습니다. 이것은 고금에 없었던 변이나 목숨만은 보전해 주고자 하였지만 여론이 들고 일어나기에 부득이 강씨를 폐출하여 사사하였습니다. 이에 황제 폐하께 가감 없이 아뢰나이다."

이경석을 북경으로 보낸 인조가 대소 신료와 비국당상을 불렀다.

"요즘 도성의 인심이 어떠한가?"
"평온하고 안정되어 있습니다."

김자점이 선수를 쳤다.

"강씨를 비호한 사람들을 살피도록 하였는데 경은 그 사람을 찾아내었는가?"
"아직 찾지 못하였습니다."
"그때가 언제인데 아직 찾지 못했단 말인가?"
"망극하옵니다."
"강씨 생명 보전을 주장한 사람을 적발하여 부도의 법률로 다스려야만 사람들이 두려워하고 조심할 것이다."

또 한 차례 태풍을 예고하는 언질이다.

"수라에 독을 넣은 것은 비록 단서가 없다 하더라도 왕위를 바꾸고자 꾀하고, 적의를 만들고, 내전이라 칭하고, 성을 내 고함을 지르고, 문안을 폐한 것, 이상 다섯 가지 죄는 명백한 사실이라는 것을 알면서도 사형을 면해주기를 청한 것은 불온한 짓입니다.”

김자점이 맞장구를 쳤다. 하지만 권력 실세 김자점이 ‘전복 구이 독극물 사건’은 물증이 없는 조작된 사건이라는 것을 은연중에 실토하고 말았다.

“임금을 시해하려고 한 자를 반드시 구원하려고 하면서 ‘나는 임금을 사랑한다.’고 말을 하니 임금을 사랑하는 자가 훗날 그 독에 피해를 입어야만 정신을 차리겠는가?”
“망극하옵니다.”
“대각의 간원들이 삼공육경을 거리에서 만났을 때, 말에서 내리지 않아 결례를 범했다 핑계대고 계사에 빠져 체직되었다. 이와 같은 무리들이 대각에 있은들 무슨 소용이 있겠는가?”
“황공하옵니다.”

대사간이 머리를 조아렸다.

“강적(姜賊)이 죽지 않았을 때 손가락을 잘라 피를 내어 다섯 장의 종이에 유서를 써 그 자식에게 전하라고 시녀에게 주었다고 한다. 과인이 그 말을 듣고 그 시녀를 국문하였더니 그런 일이 있었다고 대답하였으나 유서는 끝내 찾지 못했다.”

소문만 무성하던 세자빈 유서의 존재를 인조 스스로 밝혔다.

"한문으로 썼다고 하였습니까? 언문으로 썼다고 하였습니까?"

구인후가 호기심을 발동했다.

"언문인데 간혹 한문을 섞었다고 한다."
"유서는 무슨 뜻이었다고 합니까?"

김자점도 내용을 알고 싶었다.

"소숙(小叔)과 조씨가 나를 죽음으로 몰아넣었으니 너희들이 성장하여 반드시 원수를 갚아라.'고 한 것이었다."
"놀랍습니다."
"그중에 한 시녀가 공초한 말은 이보다 더욱 섬뜩하다."
"무슨 말이었습니까?"
"내 입으로 말하기가 민망하지만 경들은 들어라."

인조가 근엄한 표정으로 분위기를 잡았다.

"조부도 원수이니 원수를 갚아라.'고 했다 한다. 이런 망측한 일이 또 있단 말인가? 손자더러 할아비를 죽이라니 이러한 망발도 있단 말인가?"

노성이 빈청을 흔들었다. 두 주먹을 불끈 쥔 인조의 입술이 파르르 떨렸다. 꿀 먹은 벙어리가 된 신료들이 잔뜩 움츠러들었다. 분위기를 바꿔야겠다고 생각한 김자점이 화제를 돌렸다.

"소숙은 누구를 가리키는 것입니까?"

소현세자의 아들에게 소숙이라면 봉림대군과 인평대군이다. 봉림대군을 원수를 갚아야 할 대상으로 지목했다면 문제는 복잡해진다. 봉림대군은 이미 세자로 책봉된 차기 정권의 핵이다. 현재 정권과의 불화가 차기로 이어진다는 의미다. 그렇다면 소현의 아들들이 임금 아래 살아남는다 해도 차기 정권에서 생존할 확률이 희박해진다.

"아마 인평대군을 가리킨 것일 것이다."

인조의 말을 듣는 순간, 가슴을 쓸어내리는 사람이 있었다.

"유서를 숨겨 놓은 사람을 의금부에서 국문하는 것이 어떻겠습니까?"

대사헌 김남중이 나섰다.

"이미 내옥에서 국문하였으니 밖으로 내보낼 필요 없다."

김남중이 재차 청하였으나 허락하지 않았다.

"의금부에서 국문하도록 하소서."

이조참판 이행원이 또 청했다.

"만일 밖으로 내보내면 외부 사람이 다 유서의 말을 들을 것이니 바로 그의 술책에 빠지게 되는 것이다."

"유서의 존재가 알려졌으니 내보내지 않는다 하더라도 외부 사람이 누가 모르겠습니까."

대사헌이 간청하였으나 인조는 허락하지 않았다.

제9장

기다리는 자에겐 기회가 없다

산채의 봄은 짧다. 왔는가 하면 가 버리는 것이 산중의 봄이다. 이름 없는 잡초가 다투어 꽃을 피우더니만 녹음이 우거지기 시작했다. 신라의 공격으로부터 도읍지를 방어하기 위하여 쌓아올린 석성이 군데군데 허물어졌으나 돌을 비집고 돋아난 푸른 잎이 감싸주었다. 산채는 역시 천혜의 요새다.

계룡산에 걸쳐 있던 해가 환한 얼굴을 내밀었다. 새 아침이다. 움막에서 나와 기지개를 켜던 산채꾼들이 넓은 마당에 모여들었다.

"포구에선 발에 치이는 게 덕자라는데 우리는 구경도 못하는구나."

간밤에 잠을 설쳤는지 하품을 하던 털보가 중얼거렸다.

"덕자가 누군데?"

짝귀가 귀를 쫑긋 세우며 털보 곁에 붙었다.

"누긴 누구야, 덕자가 덕자지."

"네가 함부로 부르는 것을 보니 어느 놈 아낙은 아닐 테고…긴 말할 것 없다. 오늘 밤 보쌈해 오자."

짝귀가 침을 삼켰다.

"덕자를 어떻게 업어 오냐?"

털보가 어이없다는 듯이 웃음을 터트렸다.

"네가 찜해 놓고 혼자 업어 오려고 그러지? 내가 알고 있는 이상 어림없다. 어디 포구냐?"

"어딘 어디야 갱갱이지."

"갱갱이 어디에 있는 처잔데?"

"우라질 놈! 덕자는 처자가 아니라 물고기여 물고기."

"이런 된장…"

군침을 흘리던 짝귀의 얼굴이 벌레 씹은 모습이 되었다.

"회 쳐 먹어도 좋고 찜 해 먹어도 좋은 허연 뱃살이 눈앞에 어른거리누나."

짝귀의 등을 토닥거리던 털보가 유쾌하게 웃었다.

"칼은 다 만들었는가?"

권대식의 시선이 대장장이에게 멈췄다.

"네. 서른 자루를 추가로 더 만들었습니다. 대장님이 쓰실 칼은 사인검을 만들려고 했으나 년(年)운이 맞지 않아 도리 없이 삼인검을 만들었습니다."

대장장이가 양날의 칼을 권대식에게 내밀었다.

"누가 이런 칼을 만들라고 했나?"

질책이 떨어졌다. 사인검은 왕실에서 의전용으로 제작하던 칼이다. 그러한 칼을 산채에서 만든다는 것이 격에 어울리지 않을 뿐만 아니라 나라를 뒤엎기 위하여 모여든 산채꾼들의 정서에 배치된다는 것이다.

"사인검은 순양(純陽)의 성질을 지녔기 때문에 음습한 궁궐에 처박혀 사특한 기운을 내뿜는 소의 조씨를 치는데 이보다 더한 칼이 없을 것 같아 소생이 만들어라 일렀습니다."

이지험이 무릎을 꿇었다. 이열치열이라 했던가. 사인검(四寅劍)은 인년(寅年) 인월(寅月) 인일(寅日) 인시(寅時)에 제작하는 보검이다. 갑인(甲寅)생 조 소의를 호랑이 기운이 응축된 칼로 치자는 것이다.

"창은?"

공공의 적을 치자는 염원이라는 데 권대식도 더 이상 추궁하지 않았다.

"다 만들었습니다."
"화승총도 다 만들었겠지?"
"네. 대장님"

주눅이 들어 있던 대장장이가 풀어진 권대식의 얼굴을 바라보며 생글거렸다.

"손이 떨리지 않은 자들을 골라 화승총 쏘는 법을 익히도록 하라고 했는데 잘돼 가고 있는가?"

좌우를 휘둘러보던 권대식의 눈동자가 유탁에게 꽂혔다.

"네, 토굴에 거적을 씌우고 방사질을 하여 명중률을 높였습니다만 며칠 전에 온 비로 염초가 젖어 잠시 훈련을 중지하고 있습니다."

화승총을 발사하면 뇌성벽력과도 같은 요란한 소리가 난다. 연습을 하여 손에 익혀야 하는데 그 소리는 곧 관가에 알려질 것이고 산채의 안위가 위태롭다. 이때였다. 잠자코 앉아 있던 이성용이 자리에서 일어났다.

"세자빈이 사사됐답니다."
"뭣이라고?"

산채가 경악했다. 소현세자를 죽음으로 몰아넣고 세자빈을 죽이려는 일당을 징치하고자 들고 일어선 산채꾼들에겐 충격이었다.

"이초관의 첩보는 믿을 수 있습니다. 이제 더 이상 기다릴 수 없습니다. 한양으로 쳐들어갑시다."

안익신의 함성이 산채를 흔들었다. 이성용은 현직 초관이다. 종9품으로 나라의 녹을 먹는 사람이다. 중앙에 있으면 90명으로 편성된 한 초(哨)를 지휘 감독하고 통솔하는 무관이다. 지방에 있어 그와 같은 부하를 거느릴 수 없지만 그래도 12명을 휘하에 두고 있다. 그 부하를 데리고 산채에 들어와 있는 것이다.

그가 자신의 상전인 현감 유동준의 밀명을 받긴 했지만 조 소의의 치맛자락에 휘감긴 인조에 대한 백성들의 원성을 잘 알고 있다. 산채꾼들이 성하면 묻어가면 되고 쇠하면 발을 빼면 된다.

현감도 마찬가지다. 두령 유탁과 현감 유동준은 막역한 친구다. 사적으로 만나면 조정의 난맥상을 성토하는 사이다. 한양에서 내려오는 정보를 유탁에게 넘겨주고 유탁으로부터 수집한 첩보를 바탕으로 산채의 세(勢)를 손바닥 들여다보듯 하며 주판알을 튕기고 있다. 전형적인 양다리 걸치기다.

"대궐로 쳐들어가자."

"조 소의의 거시기에 칼을 꽂자."

"김자점과 구인후의 목을 치자."

육두문자가 난무했다. 모두들 몰려나갈 태세다.

"자, 자들 진정하라. 여러분의 울분을 이해한다. 분명 아버지가 아들을 죽였고 며느리를 죽였다. 이것은 틀림없는 사실이다. 사가에서도 아비가 자식을 죽이면 패륜인데 하물며 백성을 어여삐 여겨야 할 나랏님이 자식을 죽인다는 것은 도저히 용서할 수 없다."

권대식이 삼인검(三寅劍)을 빼어 들었다. 북두칠성이 양각된 칼날이 햇빛에 번쩍였다.

"세자를 죽이고 세자빈을 죽인 임금이 원흉이다."

"임금을 광해처럼 위리안치 하는 것도 사치다. 목을 쳐 숭례문에 효수하자."

"효수도 장대가 아깝다. 대궐도 불태워 버리고 조 소의와 임금도 불살라 버리자."

격한 함성이 산채를 뒤흔들었다.

"임금이 용서할 수 없는 범죄를 저질렀지만 그의 휘하에는 관군이 있다. 우리의 힘은 약하다. 장군이 올 때까지 기다리자."

권대식이 임금을 '그'라 호칭했다. 받들어 모실 임금님이 아니라 타도의
대상이라는 것이다.

"장군 같은 소리하지 마라."
"장군은 올 사람이 아니고 오지 않을 것이다."
"장군은 죽었다. 쳐들어가 임금의 목을 따면 우리가 장군이다."

산채꾼들의 함성이 천지를 진동했다.

공격 받은 오합지졸들 '걸음아 나 살려라'

산채에 공포의 그림자가 드리워졌다. 총융사의 정예군이 이미 한양을 떠났고 평안도의 날쌘 군사들이 또 투입된다 하지 않은가. 그보다 앞서 공주에 있는 관군이 언제 들이닥칠지 모른다. 산채는 위기감이 팽배했다.

"배신자의 고변으로 우리의 존재가 백일하에 드러났다. 관군에 대적할 군세가 미약한 우리가 여기에 더 이상 머무를 수 없다. 산채는 군세가 강할 때는 철옹성이지만 약할 때는 독안에 든 쥐다. 남으로 자리를 옮겨 훗날을 기약하자."

권대식의 목소리에 비장함이 묻어났다. 산채는 신라의 위협으로부터 도읍지를 방어하는 백제의 군사기지 자리였다. 그 중요성은 고려와 조선 시대에도 이어져 공주 월성산에서 보낸 봉화를 은진 황화산으로 중계하는 군사요충이었다, 하지만 사방이 평야로 둘러싸여 적에게 포위되면 고립되는 취약점이 있었다.

"장군은 옵니까? 안 오는 겁니까?"

이지혐이 정곡을 찔렀다. 사뭇 시비조다.

"오실 것이다."

"개뼈다귀 같은 소리 하지 마라. 장군은 잡혀서 묶여 온다는 풍문이다."

경어가 사라졌다. 위계질서가 무너졌다는 증좌다. 외부로부터 위협은 촉매가 되어 단결의 고리 역할을 할 수 있지만 진정성이 결여되면 반목과 분열의 구실이 된다.

"장군님은 우리를 버리지 않으셨다. 꼭 오실 것이다."

지금 이 순간, 모든 것을 사실대로 털어놓으면 서로 죽고 죽이는 살육이 벌어질 것만 같았다.

"장군은 죽었다."

"장군은 살아 있다."

"살아 있으면 뭐하나? 묶여 오는 몸, 죽은 목숨이나 다름없다."

살벌했다. 살기등등한 눈동자가 산채를 굴렀다. 툭하면 터질 것만 같다.

"우리는 한 배를 탄 동지다. 죽어도 같이 죽고 살아도 같이 살아야 한다."

권대식이 목소리를 높였다.

"사는 것은 같이 살고 싶지만 죽는 것은 같이 죽고 싶지 않다."

"와~"

"우! 우! 우!"

찬성하는 함성과 반대하는 야유가 산채를 진동했다.

"좋다. 여기에 남고 싶은 자는 말리지 않겠다. 남아 있을 사람은 앞으로 나서라."

권대식의 눈동자 구르는 소리가 들리는 것 같았다.

"아무도 없습니다."

앞줄에 앉아 있던 사람들이 서둘러 답했다.

"알겠다. 해가 저물면 이곳을 떠난다. 뭉쳐 가면 관군의 눈에 뜨이게 되니 되도록이면 흩어져 가야 한다."

"네."

"산채를 빠져나가 마흘치와 용담을 거쳐 위봉산성에서 집결한다. 알겠는가?"

"네."

모두의 눈동자에 생기가 돌았다. 삶의 희망이다.

"칼과 총은 어떻게 할까요?"

"병장기는 칡넝쿨이나 헝겊으로 싸서 가지고 간다."

벌써부터 웃옷을 벗어 칼을 싸는 이가 있는가 하면 천 쪼가리로 화승총을 싸는 사람이 있었다.

"식량은 어떻게 합니까?"

"자기 식량은 자신이 챙겨라. 알겠는가?"

"네."

산채가 부산해졌다. 철수 준비다. 철군이라기보다 도망 준비다. 지휘 계통이 살아 있는 정예군도 철수 작전에선 조직력이 무너진다. 하물며 어중이떠중이가 모여든 산채꾼들에 일사불란한 퇴각을 기대하는 것은 무리다. 어수선하기만 하지 진척이 없었다.

이때였다. 북쪽 성벽을 타고 기어오르는 사람들이 있었다. 흑색 전립에 검은색 전복을 입은 무리였다. 누각도 없는 북문에서 망을 보던 산채꾼의 눈이 휘둥그레졌다. 입이 벌어지고 다물어지지 않았다. 놀란 망원이 있는 힘을 다하여 소리를 질렀다.

"관군이다."

산채가 소용돌이에 빠졌다. 칼을 뽑고 화승총을 들어 대적하기는커녕 도망가기에 바빴다. 칡넝쿨로 싼 화승총을 가지고 튄다는 것이 총을 싸기 위해 모아둔 칡넝쿨 더미를 어깨에 메고 뛰는 사람도 있었다. 관군의 공격을 받은 산채는 서로 밟고 밟히는 아수라장이 되었다. 산채꾼들의 식사를 담당했던 보살들이 유탁의 소매를 잡았다.

"두령님 우리는 어찌하면 좋습니까?"
"너희들은 갈 수 없다. 여기에 머물러라."
"관군에 잡히면 우리는 죽은 목숨입니다."
"너희들은 잡아가지 않을 것이다."

유탁이 소매를 뿌리쳤다.

"두령님! 우릴 두고 가시면 십리도 못가서 발병 납니다."
"재수 없는 소리 마라."

유탁이 아낙을 뿌리치고 돌아섰다. 그때였다.

"꼼짝 마라."

십여 명의 관군이 그를 에워쌌다.

성공한 반란은 용서될 수 있다고?

유탁이 칼을 뽑았다. 관군을 겨냥한 칼끝이 햇빛에 번쩍였다. 그 빛이 반사되어 유탁의 눈동자가 섬광처럼 빛났다. 살기다. 내가 살기 위하여 상대를 죽이려는 기(氣)다. 그러나 기를 가지고 수십 명의 군졸을 상대하기엔 벅차다.

"칼을 버려라."

별장이 소리쳤다. 유탁이 칼을 좌우로 겨누면서 허리를 구부렸다. 뛰어오를 자세다. 오른쪽에 한길이 넘는 바위가 있다. 바위에 오르면 상대적 우위에 설 수 있다. 그리고 상황을 보아 마을 쪽으로 뛸 수 있다.

"칼을 버리면 목숨만은 살려 주겠다."

별장이 호통쳤다. 참인지 거짓인지 모른다. 입에 붙은 회유일 수도 있다. 허나, 유탁은 그 어느 것도 믿고 싶지 않았다. 이 순간, 그에겐 살아야겠다는 일념만이 그를 지배했다. 어떻게 모은 산채꾼들인가? 의를 세워 살맛 나는 세상을 만들어 보겠다고 일어선 자신이 아닌가? 권대식과 지장골 계곡에서 의기투합하던 일이 머리를 스쳤다.

"나라를 도적질한 임금, 성공한 반란은 용서될 수 있다고? 그래서 반정이라고? 가당치 않은 소리들 마라. 하늘이 무너져도 검은 것은 검은 것이고, 흰 것은 흰 것이다. 호도하려 들지 마라. 너희들이 생각한 것만큼 민초들이 우매하지 않다. 백성들이 바보 곰탱이가 아니란 말이다. 밟으면 밟히는 것이 민초들이지만 다시 일어난다. 후궁의 치마폭에 휘둘려 아들을 죽인 넘. 그것도 모자라 며느리를 죽이고 손자를 죽이려는 살인마. 그와 함께 같은 하늘 아래 살아야 한다는 것은 백성의 치욕이다."

임금을 성토할 때, 두 손을 잡아 주며 '우리 함께 좋은 세상 만들어 보자.'던 권대식. 그가 보이지 않았다.

"어디로 갔을까? 살았을까? 죽었을까?"

위기에 처한 자신보다도 권대식의 안위가 걱정스러웠다. 관군의 포위망이 좁혀 왔다. 숨 막힐 것 같은 긴장감이 흘렀다. 칼은 순진하다. 이동시키는 방향과 힘 앞에 칼은 충실하다. 때문에 사냥개는 주인을 물지 않지만 칼은 자신의 주인을 벨 수도 있다.

상대를 베지 못하면 내가 베인다. 찰나의 시간과 싸움이다. 상대의 칼이 내 피부에 닿기 전에 내 칼이 상대의 살갗에 닿아야 한다. 그것도 급소에 닿아야 상대를 꺾을 수 있다. 헌데, 유탁에겐 제압해야 할 상대가 너무 많다.

"얍!"

기합 소리와 함께 유탁의 칼이 허공을 갈랐다. 순간, 군졸 두 명이 쓰러졌다. 유탁을 에워싸고 있던 관군들이 뒷걸음질 쳤다.

"물러서지 마라."

별장이 고함을 질렀다. 느슨했던 포위망이 다시 조여 왔다. 관군을 향하여 두 눈을 부릅뜨고 있던 유탁의 칼이 위에서 아래로 내리 그었다. 거의 같은 시간, 군졸의 칼끝이 바람을 갈랐다. 순간, 푸른 하늘에 선혈이 뛰었다. 선홍빛이다.

"윽!"

하늘로 치솟은 피가 지상으로 추락하는 것과 동시에 유탁의 무릎이 꺾였다. 그리고 칼이 손을 벗어났다. 주인과의 작별이다. 두 손으로 얼굴을 가리고 지켜보던 보살들이 고개를 돌렸다. 어깨에 칼을 맞은 유탁이 앞으로 고꾸라졌다.

"저놈을 묶어라"

관군이 달려들어 포박했다. 사로잡힌 유탁은 공주 감영으로 압송되었다.

퇴로를 뚫고 위봉산성에 도착한 권대식은 산채꾼을 이끌고 관군에 맞섰으나 수적 열세를 만회하지 못하고 생포되었다. 수많은 산채꾼들과 함께 사로잡힌 권대식은 전주 감영으로 이송되어 남문 앞에 효수되었다. 한양으로 압송된 안익신과 46명의 산채꾼들은 새남터의 이슬로 사라졌다. 불의한 임금을 몰아내고자 일어났던 의로운 민초들은 풀잎처럼 스러져 갔다.

님아 님아 우리 님아 가지를 말어라

　청나라 압송길에 심기원의 도움으로 탈출에 성공한 임경업은 승려로 위장하고 양주 회암사에 은거하며 기회를 엿보았다. 절실하면 통한다 했던가. 기회가 왔다. 삼개 나루에서 밀선을 탄 그는 산둥성에 상륙하여 마등고 휘하 장수가 되었으나 명나라의 패망과 함께 청군에 체포되어 한양으로 압송되었다. 시민당에서 인조의 친국(親鞫)을 받은 임경업은 김자점의 사주를 받은 나장에게 장살로 생을 마감했다.

　소의 조씨가 낳은 이징을 숭선군으로 봉한 인조는 효명옹주를 낙성위 김세룡에게 시집보냈다. 김자점과 사돈 관계를 맺은 것이다. 김세룡은 김식의 아들이고 김식은 김자점의 아들이다. 김자점이 고대하던 왕실과의 혼사가 이루어진 것이다.

　인조는 세자빈 사사를 반대했던 이경여와 홍무적을 북쪽 변방 삼수와 갑산에 이배하라 명했다. 삼수갑산(三水甲山)은 물 좋고 산 좋은 산수갑산(山水甲山)으로 오해되고 있지만 백두산 아래 오지 중의 오지다. 이경여와 홍무적을 한 번 들어가면 살아서 나올 수 없다는 귀양지로 내친 인조는 원칙을 강조하는 심로를 부령으로 이배시켰다. 부령 역시 회령과 함께 삼수갑산 못지않은 악명 높은 유배지다.

이경여는 세종대왕 5남 밀성군 이침의 6대손이다. 사간원 헌납과 정언을 거쳐 홍문관 부교리와 대사성을 역임하며 강직하기로 소문난 이경여는 우의정에 올랐으나 청나라 연호를 쓰지 않았다는 이계의 밀고로 청나라에 잡혀갔다 소현세자 귀국과 함께 고국에 돌아온 강골이다. 그는 이배지로 떠나면서 하늘을 우러러 스스로 다짐했다.

"자신의 옳지 못함을 부끄러워하고 남의 옳지 못함을 미워하지 않는 사람은 축생과 같다."

세자빈 지지 세력을 변방으로 격리시킨 인조는 소현세자의 세 아들 석철, 석린, 석견을 제주에 유배하라 명했다. 소현세자와 세자빈을 죽음으로 몰아넣은 후계 구도의 마지막 수순이다. 당시 석철은 11세, 석린은 7세, 석견은 3세였다. 석철 삼형제가 탄 배가 강진 남당포구를 출발했다. 키를 잡은 사공의 뱃노래가 구슬프다.

> 님아 님아 우리 님아 가지를 말어라
> 한 번 가면 다시 못 올 길을 왜 가느냐?
> 님아 님아 우리 님아 오지를 말어라
> 정 주고 떠날 길을 왜 찾아 왔더냐?
> 님아 님아 우리 님아 울지를 말어라
> 한번 가면 다시 못 올 길을 왜 몰랐더냐?

얼마 가지 않아 폭풍우가 몰려왔다. 하늘도 그들을 보내 주지 않았던 것이다. 앞으로 나아가지 못한 유배선이 이슬도에 피양했다. 이 소식을 전해 들은 영암군수 윤기망과 강진현감 장문석이 쾌속선으로 달려가 음식물을 전해 주었다. 이 모습을 월출산이 내려다보고 있었다.

폭풍우를 뚫고 제주에 도착한 석철과 석린은 이듬해 죽임을 당했다.

병자호란

ⓒ 이정근, 2024

초판 1쇄 발행 2024년 10월 25일

지은이   이정근
펴낸이   이기봉
편집   좋은땅 편집팀
펴낸곳   도서출판 좋은땅
주소   서울특별시 마포구 양화로12길 26 지월드빌딩 (서교동 395-7)
전화   02)374-8616~7
팩스   02)374-8614
이메일   gworldbook@naver.com
홈페이지   www.g-world.co.kr

ISBN   979-11-388-3614-2 (03810)